Manuscrit trouvé à Saragosse

萨拉戈萨手稿

（波）
扬·波托茨基
- 著 -

郑婉恬
- 译 -

第二十九天

我们很早就聚到一起,吉普赛人首领没什么事要忙,便继续讲起了他的冒险故事。

吉普赛人首领的故事(续)

西多尼亚公爵夫人和我讲了她父亲的故事之后,好几天都没有再出现,来给我送饭的一直是希罗娜。她告诉我,我的麻烦事已经解决了,这全要感谢我的舅公、德亚底安修士赫罗尼莫·桑特斯。对于我逃脱的事实,也没有人想要多加追究。宗教裁判所给我定的罪名只是举止鲁莽,仅判罚了两年的苦修期。判决书中只写了我姓名的首字母。希罗娜还转达了达拉诺萨姨妈带给我的口信,她让我这两年里不要抛头露面,而她本人将回到马德里,着手打理农场收益,也就是我父亲转到我名下的那个农场。

我问希罗娜,这两年我是否都要躲藏在这个地下室里。她回答说，这是最稳妥的办法，而且她也需要为自己的安全做好打算。

第二天来看我的是西多尼亚公爵夫人。我很高兴见到她，因为比起她那傲慢的奶妈，她更讨人喜欢。此外，我也很想听她继续讲述她的故事，在我的请求下，她便讲述起来。

梅迪纳·西多尼亚公爵夫人的故事（续）

我对父亲的信任表达了感谢，因为他愿意把人生中的重大事件都对我和盘托出。接下去的一个星期五，我再次把西多尼亚公爵的来信递给我父亲，他没有再给我念这些信，包括后来陆续收到的来信。但他会和我讲他这位好友的事情，我发现这是他最感兴趣的话题。

过了不久，我接待了一位女士的来访。她是一位军官的遗孀，她的父亲曾是西多尼亚公爵家里的家臣，她此次前来，是为了申领西多尼亚公爵领地辖区内的一块封地。我还从没有为他人做过担保，能有这样一个机会，我感到很高兴。我在一份备忘录中清晰而准确地列明了这位遗孀应得的权益。我把备忘录拿给父亲看，不出我所料，他对此很满意，便把它寄给了西多尼亚公爵。西多尼亚公爵认可了这位遗孀的权益，还给我写来一封信，对我成熟的思考能力大加赞赏。

后来，我又有另外一个机会给西多尼亚公爵写信，我也收到了他的第二封回信，他在信中告诉我，我的思想让他感到充满魅力。我确实在

第二十九天

竭尽全力地提升自己的才智。在这方面,希罗娜给了我很大的帮助,她也是一个无比聪慧的人。我写第二封信的时候,才刚满十五岁。

到了十六岁时,有一天,我在父亲的书房里,听到街上传来一阵喧哗,听上去就像是许多人正聚在一起欢呼。我跑到窗边,看到很多兴高采烈的人,他们正围在一辆镀金马车旁喜气洋洋地走着,我发现马车上有西多尼亚家族的徽章。一群绅士和门童簇拥到马车门边,这时,我看到一位十分英俊的男子走下马车。他穿着卡斯蒂利亚式样的服装,这是宫廷里刚刚过时的一种式样,也就是说,他戴着翎领,身穿一件短外套,帽子上还搭配了羽饰。他的华美服装上最引人注目的,是胸前那枚缀满钻石的羊毛图案胸饰。

"是他!"我父亲大喊,"我就知道他会来的!"

我退回到自己的房间里,直到第二天才见到西多尼亚公爵。但其后的每一天我都能见到他,因为他一直住在我父亲的宅邸里。

西多尼亚公爵被召回国内,是为了执行一项事关重大的任务。一个新的征税计划在阿拉贡引发了暴乱,他受命去平息这场暴乱。阿拉贡王国有其独特的权力体系,其中就包括"天生贵族",这一头衔曾与卡斯蒂利亚的"最高贵族"分量相当。西多尼亚家族的历代公爵都属于最古老的"天生贵族",仅凭这一点,西多尼亚公爵就能得到当地人的敬重,不过他的个人品质也令当地人很是钦佩。公爵前往萨拉戈萨,顺利调和了宫廷与民众之间的利益冲突。宫廷请他自行选择一份奖赏,他提出的申请是,希望能在国内稍作停留,多呼吸一些祖国的空气。

西多尼亚公爵生性豪爽,他毫不避讳地告诉我,与我交谈令他感到非常愉快。我父亲和他的其他友人商议政事时,西多尼亚公爵几乎一直和我待在一起。他向我坦承,自己天生嫉妒心重,有时甚至会达到粗暴的程度。我们聊天的主题不是他,就是我。当这类谈话在一个男子和一个女子间形成习惯时,他们的关系很快就会变得亲密起来,所以,当我被父亲叫进书房,得知西多尼亚公爵有意要娶我为妻时,我一点也没有感到惊讶。

我回答说:"我不需要时间考虑,因为我已经预见到,西多尼亚公爵可能会对他朋友的女儿产生好感,而且我已经提前衡量过了他的个性与我们之间的年龄差距问题。"

"但西班牙的最高贵族只与最高贵族通婚,"我又补充道,"他们会如何看待我们的联姻呢?他们可能会拒绝用最高贵族之间的称谓来称呼公爵,以含蓄地表达他们的不满。"

"这一点我也提醒过西多尼亚公爵了,"我父亲说,"他回答说,他只求你的同意,其他事情他自有主张。"

西多尼亚公爵其实就在不远处等候,他满脸羞涩地走进书房,与平时那自信洋溢的样子判若两人。我被他的诚意打动了,没过多久就答应了他的求婚。我的决定给两个人带去了欢乐,我父亲的欢喜简直难以用语言来形容,希罗娜也欣喜若狂。

第二天,西多尼亚公爵邀请马德里城中所有的最高贵族共进午餐。等宾客到齐之后,他请大家落座,并对他们说:

"阿尔巴,我向您致意,因为我将您视为这里最尊贵的客人,并不是因为您的家族比我的家族更有名,而是因为我敬重您家族中的那位英雄[1]。

"我们有一项不成文的规定,为了保持荣誉,我们必须娶一位最高贵族的女儿为妻。毫无疑问,我也非常鄙视那些门不当户不对的婚姻，如果他们是为了财富或美色而做此选择的话。

"我今天想要告诉大家的事与之完全不同。诸位知道，阿斯图里亚斯人[1]宣称，他们的地位与国王一样尊贵，甚至略高于国王。不管这种说法有多么夸张，他们的贵族头衔的确大多源自摩尔人入侵之前的时代，因此他们有权自认为是全欧洲最高贵的贵族。

"阿斯图里亚斯最纯正的血液，流淌在蕾奥娜·德·巴尔·佛罗里达的血管里。在她身上，纯粹的血统与珍贵的美德融为了一体。我认为，这样的一桩婚事定能为一个西班牙最高贵族家族带来荣耀。我现在把一只手套扔到众人中间，如果哪位有不同意见，就请捡起这只手套。"

"我来捡，"阿尔巴公爵仍然用最高贵族之间的称谓称呼着西多尼亚公爵，"不过只是为了把手套还给您，并向如此高贵的一场联姻表达我的赞赏之情。"

接着，阿尔巴公爵亲吻了西多尼亚公爵，其他最高贵族们也纷纷亲吻了他。我父亲告诉我这一幕时，语调里隐约有一些担忧："这令我想起了那个崇尚骑士精神的年轻时的西多尼亚。蕾奥娜，你要当心，不要惹他生气！"

我承认，我的性格里曾有一些虚荣自傲的成分，但虚荣心一旦得到满足，这种妄自尊大的傲慢就离我而去了。我成了西多尼亚公爵夫人，心中充满了甜蜜的感情。在私下里，西多尼亚公爵是一个脾气非常好的男子，因为他总是饱含深情。他一直保持着善良、亲切、慈爱的样子，他那天使般的心灵反映在他和善的面庞上。只有偶尔几次，当

---

[1] 译注：阿斯图里亚斯人自称源自西哥特人，比哈布斯堡家族更加古老。

他情绪非常糟糕时，他的神情才会变得狰狞，让我不禁颤抖起来，仿佛在他身上看到了杀死范·伯格的那个凶手。但西多尼亚很少发脾气，与我有关的所有事情都能让他感到高兴。他喜欢看我说话做事，能猜出我最微不足道的小心思。我原以为，他对我的爱不可能再多了，但我们女儿的出世使他的爱意更加浓烈了，我们的幸福生活也走向了巅峰。

我生完孩子，身体恢复之后，希罗娜对我说："我亲爱的蕾奥娜，你已经成为一个妻子、一个幸福的母亲，你不再需要我了，我必须远赴美洲去了。"

我请求她留下来陪我。

"不，"她说，"那里有人需要我。"

希罗娜就这样走了，还带走了我那时拥有的所有幸福。我刚才向你描述过那段天堂般美好的日子，但好景不长，因为很显然，人世间是容不下这么多幸福美满的。我今天没有力气再向你诉说我的不幸了。再见，年轻的朋友。我明天再来。

年轻的西多尼亚公爵夫人的故事让我深深地着迷。我想知道故事后来是怎么发展的，也想知道那么幸福的生活为何会转变为这么可怕的灾难。在思考这个问题时，我又想到了希罗娜所说的，我必须在这个地下室里躲藏两年的建议。这并非我的意愿，于是我着手准备起了自己的逃跑计划。

西多尼亚公爵夫人为我送来了食物，她双眼红肿，像是大哭过一场。不过她对我说，她已经平静了一些，可以告诉我她的不幸故事了，于是她便讲述起来。

第二十九天

我曾告诉过你,希罗娜是我的陪媪,接替她工作的是一个名叫堂娜曼琪亚的三十岁女子,她颇有几分姿色,也有一定的学识,因此,她常有机会参与到我们的社交活动中来。在此类场合中,她总是装出一副与我丈夫相爱的样子。我对此一笑了之,我丈夫也没有太在意这件事情。其他时间里,她又想尽办法讨好我,想了解我的一切。她常常把话题转向轻浮的内容,或把城里的八卦消息传给我听,有好几次我都告诫她不要再说了。

我亲自给女儿喂奶,幸运的是,在我的厄运降临之前,我就给她断奶了。关于这些厄运,我马上就会讲到。第一件不幸的事,是我父亲过世了。他突发急病,在我的怀抱中离开了人世,弥留之际,他祝福了我,并没有预见到我后来会有什么样的遭遇。

比斯开地区发生了暴动,西多尼亚公爵被派往那里,我跟随他一路来到布尔戈斯。我们在西班牙各省都有土地,在几乎每个西班牙城市里都有房产。不过,西多尼亚公爵家族在布尔戈斯只拥有一栋别墅,位于城外大约三英里的地方,也就是你现在所处的位置。公爵将所有的随从都留在此地照顾我,自己只身前往目的地。有一天,我回到家时,听到院子里传来吵嚷声。仆人们告诉我,他们抓到了一个小偷;他的头被石块砸中,已经昏了过去,但这个年轻人拥有无与伦比的英俊面庞。

仆人们把小偷抬到我面前,我立刻认出,他就是艾墨西多。

"天哪!"我大喊,"他不是小偷,这个年轻人来自阿斯图里亚斯,他是在我外祖父家里长大的。"

我请大管家把他抬到屋里去,好生照料。我好像还提到,他是希罗娜的儿子,不过我记不清楚自己是否说过这句话了。

第二天,堂娜曼琪亚告诉我,这个年轻人发着高烧,在迷迷糊糊的状态中,他充满爱意地说了很多关于我的事情。

我对堂娜曼琪亚说:"如果她继续这样信口雌黄,我会把她开除的。"

"咱们走着瞧!"她回答。我命令她不要再出现在我面前。

第二天,她托人在我面前为她求情。接着,她又自己过来,跪在我的脚边。我原谅了她。

一周之后,有一天,当我独自待在房中时,我看到曼琪亚搀扶着艾墨西多走了进来,艾墨西多看起来非常虚弱。

"你找我来有什么事?"他用无力的声音说。

我吃惊地看了一眼曼琪亚,不过,我不想让希罗娜的儿子感到困扰,于是就命人给他搬来一把椅子,让他坐在离我几步远的地方。

"我亲爱的艾墨西多,"我说,"你母亲后来再也没有提起过你的名字。我想知道,自从我们分别之后,你的生活是怎样的。"

艾墨西多讲起话来很吃力,不过,他还是勉强地讲述起了自己的故事。

艾墨西多的故事

当我乘的那条船扬帆启航时,我感到万念俱灰,以为自己再也看

第二十九天

不到故国的海岸了。我母亲如此无情地驱逐了我,让我心生怨恨。同时,我也根本无法理解,她为什么要这样做。她曾告诉我说,我是你的仆人,所以我竭尽全力地服侍你,从来没有违抗过你的命令。"究竟是为什么?"我问自己,"她要把我扔得远远的,好像我犯了什么不可饶恕的罪过似的。"我越想越不明白。

我们航行到第五天时,发现自己的船被堂费尔南多·阿鲁德斯的舰队包围了。我们遵照指令,驶到了旗舰的船尾处,那里有一个镀金眺望台,上面装饰着各色旗帜。我看到堂费尔南多站在那里,脖子上戴着好几条挂有勋章的耀眼夺目的项链,一群军官毕恭毕敬地围在他身边。他举起手里的喇叭,问了我们几个有关航程的问题,然后就放我们走了。放行之后,船长对我说:"那是一位侯爵,不过他也是从见习水手做起的,就像那个打扫舱室的男孩一样。"

艾墨西多的故事讲到这里时,他不断地用尴尬的神情看着曼琪亚。我以为,正因为有她在场,艾墨西多不敢提及自己的经历,于是便让她离开房间。我这么做时,心里想的完全是我与希罗娜的情义。至于我是否会因此而遭到某种怀疑,我根本就没有多想。曼琪亚离开后,艾墨西多继续讲述起来。

女士,我认为,既然滋养我们成长的是同一个人的乳汁,那我们的心灵就应该是相通的。除了想你,或是为你着想,我的心无法进行任何其他的思考,能触动我心弦的事物全都与你有关。船长告诉我,堂费尔南多是从一个见习水手逐渐成长为侯爵的。我记得你是侯爵的女儿,要是有朝一日我也能成为侯爵,那必定会是件再好不过的事了。我问船长："堂费尔南多是怎么做到的？"船长回答说："他用英勇的行为来证明自己，因而军衔逐级提升。"从那一刻起，我就决心要当一个水手，并练习如何攀爬船帆索具。船长出于担心，一直竭力劝阻我，但我并不理会他，等我们到达维拉克鲁斯的时候，我已经是一个像样的水手了。

我父亲的房子就在海边，我乘坐划艇来到岸边。我父亲迎接我的时候，身边还围着一群年轻的黑白混血女郎，他让我与女郎们一一拥抱。她们为我表演了舞蹈，还有其他各种挑逗行为。我们就在这种轻浮的氛围中度过了这一晚。

第二天，维拉克鲁斯的行政长官派人来劝告我父亲，如果他要坚持这种生活方式，那他就不能把自己的儿子留在家中，必须把我送到德亚底安会的学校里去。我父亲虽然不情愿，但还是服从了这个指令。

我们学校里有一位教师，为了鼓励我们学习，他常常对我们说，第二国务秘书坎波·萨雷斯侯爵原先也是我们这样的穷学生，他凭借自己的刻苦努力，才开创了辉煌的人生。听说还可以通过这种方式成为一名侯爵，我便抱着极大的热情努力学习了两年。

后来，维拉克鲁斯的行政长官换了人，继任者没有前一任那么多规矩，于是我父亲觉得可以冒险把我接回家去了。

我再一次沦陷到了黑白混血女郎的无限激情之中，我父亲也不遗余力地怂恿着她们这种行为。我对这些轻浮的举动很是反感，但她们教了我很多从不知晓的事情，最后，我终于明白了，为什么自己会被驱逐出阿斯图里亚斯。

与此同时，我感到自身正在发生令人不安的变化。我心中萌生出

第二十九天

全新的情感，让我回想起了小时候曾玩过的那些游戏，阿斯托贾花园里，我和你曾经拥有过的那些遗失的美好，模糊的回忆中，你那千百种体贴的举动。无数诸如此类的非分之想同时攻击着我脆弱的神经，使我在心理和生理上都感到难以抵挡。医生们说，我患上了虚痨引起的热病。我觉得自己并没有得病，但神志确实是一片混乱，严重时，我常常能看到眼前并不存在的事物。女士，在我错乱的想象中，我最常看到的形象就是你；不过并不是你如今的形象，而是我当年离开时你的样子。有时候，我会从睡梦中惊醒，看到你穿过暗夜，光彩照人地站在我面前。当我出门时，大自然中的声音仿佛在一遍遍地呼喊你的名字。

有时，我会看到你正走过眼前的平原。当我望着天空，祈求上天终结我的痛苦时，又会看到你的倩影出现在天穹之上。

我发现，在教堂里，我的痛苦会减轻，祈祷能带给我最大的宽慰。到了后来，我终日栖身于这虔诚的避难所之中。有一天，一位在苦修中已经两鬓斑白的修道士与我攀谈起来，他对我说："噢，我的孩子，你心中有大爱，已经超越了凡尘俗世。到我的房间来吧！我会给你指明通往天堂的道路。"

我跟着他走进房间，看到了几件粗毛布衬衣和其他殉道所用的器具，我并没有感到多么害怕，因为我正遭受着另一种痛苦。修道士为我读了几段圣人的事迹。我请求他把书借给我，然后彻夜阅读。我的头脑中产生了很多新的想法。在一场梦境中，我看到天堂的大门打开了，里面有许多长得和你很像的天使，而事实也确实如此。

你与西多尼亚公爵成婚的消息也传到了维拉克鲁斯。关于投身宗教生活，我已经斟酌了一段时间。我夜以继日地为你祈祷，祝你在此世安享幸福、在天国里得到救赎。做这样的祈祷时，我心中也十分愉快。我那虔诚的导师告诉我，美洲的修道院里，戒律都相当松懈，他建议我到马德里的修道院中去当见习修士。

我将自己的决心告诉了父亲。他一向看不惯我的虔诚行为，但又不愿意公开劝阻我，于是他让我等我母亲来了再说，按计划她应该很快就出发了。我回答说，我在此世已经没有父母，天堂现在才是我的家。我父亲无言以对。随后，我去见了行政长官，他批准了我的计划，并把我送上了即将启航的一班船。到达毕尔巴鄂时，我听说我的母亲已经登船前往美洲了。我的见习介绍信是发给马德里的，于是我就踏上了前往马德里的道路。在路过布尔戈斯时，我听说你就住在城外不远处。我决定在告别俗世之前，再去见你最后一面。我想，见过你之后，我在为你的救赎而祈祷时，就会更加热诚了。

于是，我来到了你的别墅前，走进外院，想找一个阿斯托贾家旧时的仆人。因为我知道，他们后来都跟随在你身边。我打算和第一个路过的旧相识打招呼，然后请他帮忙找一个地方，能远远地看着你登上马车就行。因为我只是想看到你，并不想让你也看到我。

第一个路过的仆人，我并不认识，我感到有点不好意思，于是躲到了一间空屋子里，接着，我看到一个面熟的人经过。我刚走出屋子，就被石块砸晕了……但是，女士，我可以感受到，我的故事让你心中起了波澜。

"我可以向你保证，"西多尼亚公爵夫人说，"艾墨西多那虔诚而又冗长的叙述，只是让我感到同情而已。"她又接着讲述起来。

第二十九天

但是当他提到阿斯托贾花园和我的童年游戏时,往昔的记忆、如今的幸福、对未来的莫名忐忑和一阵隐隐的忧伤,让我的心变得沉重起来,我忍不住泪流满面。

艾墨西多站起身来,我以为他要亲吻我裙子的褶边,但他腿一软,脑袋抵在了我的膝盖上,双臂紧紧抱住了我。就在那一刻,我从镜子里看到了曼琪亚和西多尼亚公爵的身影。西多尼亚公爵满面怒容,十分可怕,与平时判若两人。

我害怕得不知所措。过了一会儿,我又朝镜子里看去,却什么也没有看到。我把艾墨西多的手臂移开,并大声喊叫起来。曼琪亚走了进来,我命令她照顾好这个年轻人,然后就退到书房里去了。镜中的场景让我深感忧虑,但我确信,西多尼亚公爵当时并不在场。

第二天,我问起艾墨西多的消息,得知他已经离开这所房子了。

三天之后,我正准备上床休息时,曼琪亚交给我一封公爵的来信,上面只有寥寥数语:

> 你必须按照堂娜曼琪亚的指令行事,我,你的丈夫和你的法官,要求你这么做。

曼琪亚用一条手帕蒙住了我的眼睛。我感到有人抓着我的胳膊,把我带进了这间地下室。

我听到铁链的声响。有人解开了蒙在我眼睛上的手帕,我看到艾墨西多脖子上拴着锁链,被绑在你现在所靠着的这根柱子上。他面如死灰,眼睛也失去了神采。

"是你吗?"他奄奄一息地说,"我说话非常困难,他们没有给我水喝，我的舌头已经和上颚贴在一起了。我的痛苦不会长久的，等我去了天堂，我会在那里传扬你的故事。"

艾墨西多说到这里时，从墙上的这个缺口处射出一颗子弹，击碎了他的手臂。他大喊："噢，上帝，请宽恕那个开枪的人吧！"

第二声枪响从同一个方向传出。我没有看到这一枪所造成的伤害，因为我已经昏了过去。

我清醒过来之后，看到女仆们都围在我身边，她们似乎并不知道发生了什么事，只是告诉我，曼琪亚已经离开这所房子了。那天上午，我丈夫的一名侍卫前来告诉我，公爵已经去了法国，他有一项秘密任务在身，几个月内都不会回来。只剩我一人之后，我振作起了精神，把这场遭遇交给我们全能的至高无上的法官去裁判，自己则全心全意地照顾着女儿。

三个月后，希罗娜出现在我面前。她从美洲回来了，已经去马德里找过了她的儿子，去了他准备开展见习的那家修道院。由于在那里没有找到儿子，她便去了毕尔巴鄂，从那里开始追踪艾墨西多的行程，一路追到了布尔戈斯。我害怕她过度悲伤和愤怒，就只说了一部分事实，但她还是逼着我说出了全部真相。

你也知道，这位女士性格刚烈，狂暴的愤怒及各种毁灭性的可怕情绪占据了她的心。我自己也悲痛难耐，没有办法为她减轻痛苦。

有一天，希罗娜在重新整理自己的房间时，在一块挂毯后面发现了一扇通往地下室的暗门。她看到了我刚才和你说起的那根柱子，上面还沾染着血迹。她来见我时，情绪已经到了疯狂崩溃的边缘。自此以后，她一直把自己锁在房中，更准确地说，她一直待在那个可怕的地下室里，思考着复仇的方法。

第二十九天

一个月之后,有人来通报,西多尼亚公爵回来了。他进屋的时候神态自若,充满慈爱地和女儿打了招呼,然后请我坐下,自己则坐到了我的身边。

"夫人,"他说,""关于我该怎样对待你的问题,我努力思考了很长时间。我不会改变对你的态度。在这个家里,仆人们依然会尽心地服侍你,而我也会一如既往地尊重你,至少表面上是这样。这种状态将持续到你的女儿年满十六岁时……"

"等她满十六岁时,会发生什么?"我问西多尼亚公爵。

这时,希罗娜端来了一杯热巧克力,我突然意识到,杯中可能下毒了。

西多尼亚公爵继续对我说:"等你的女儿十六岁时,我会告诉她,女儿啊,你的样子让我想起了一个女人,我来给你讲一讲她的故事。她是一个美人,她的心灵似乎比外在更美丽。但她的美德是假装出来的。她靠着装模作样,获得了全西班牙最令人羡慕的婚姻。有一天,她的丈夫有要事,需要离开她几周时间,她立刻从老家叫来了一个可怜虫。他们回忆起了彼此之间曾经的爱情,然后投入了彼此的怀抱。我的女儿,这个卑劣而伪善的女人就在那里,她就是你的母亲。接着,我会把你赶出家门,你可以到你母亲的坟前去痛哭,她是一个和你同样卑劣的女人。"

这整件事情如此不公,早已让我的心坚硬如铁,这番尖刻的言辞并没有怎么伤到我。我抱起女儿,去了另一个房间。

不幸的是,我忘记了热巧克力的事。后来我听说,当时西多尼亚公爵已经整整两天没有吃东西了,他拿起面前的那杯热巧克力,一饮而尽。

接着，他就回到了自己房间。半小时后，他命人去把桑格·莫雷诺医生找来，并且只允许他一个人进屋。

一个仆人跑去医生家里，但医生去了乡间的一所房子里，去练习解剖了。仆人又很快找到那所房子，但医生已经离开了。仆人找遍了他平时常去的场所，但等医生上门时，已经是三个小时之后，这时西多尼亚公爵已经死了。

桑格·莫雷诺仔细检查了尸体。他观察了指甲、眼睛和舌头，还派人取来了一堆瓶瓶罐罐，不知道是派什么用场的。随后，他来到我面前，对我说道："女士，我可以明确地告诉您，西多尼亚公爵死于一种可怕却又高效的混合剂，它是由麻醉性树脂和腐蚀性金属组成的。我只是医生，不想招惹是非，揭露罪行这件事，还是留给那位至高无上的法官去裁判吧！我会对外宣称，西多尼亚公爵是死于中风。"

其他医生随后也来了，他们一致认可桑格·莫雷诺的诊断。

我把希罗娜找来，向她复述了医生的话，她显得十分苦恼。

"你毒死了我的丈夫！"我对她说，"一个基督徒怎么能犯下这样的罪行呢？"

"我的确是一个基督徒，"她说，"但我也曾是一个母亲。如果有人割破了你孩子的喉咙，你可能会比一头发怒的母狮子更加残忍。"

我指出，她这样做可能会把我毒死。

"不会的，"她说，"我一直透过锁眼在观察。如果你伸手去拿那个杯子，我会马上冲进去的。"

后来，嘉布遣会的修士们来取西多尼亚公爵的遗体。因为他们挥舞着大主教的谕令，所以没有人敢违抗他们。

在此之前，希罗娜一直表现得十分镇定，但此时，她突然焦虑不安起来。她害怕在给遗体做防腐处理的时候，人们会发现中毒的痕迹。她为此坐立不安，精神都快要失常了。在她的恳求下，我不得不做了夺走遗体的事情，也因此有幸遇到了你。我在墓地里那番夸张的说辞是为了蒙骗我的仆人们。当我们发现抬过来的是你之后，我们只能再次蒙骗仆人们。现在葬在花园小教堂里的，是另一具尸体。

尽管我们有周密的预防措施，希罗娜还是难以安心。她提出要返回美洲，在决定如何处置你之前，要一直把你关在这里。至于我，我一点也不害怕。如果遭到审讯，我就会说出事情的真相，我也和希罗娜明确说过了这一点。公爵的武断与残忍，让我对他的爱烟消云散，就算他不死，我也不可能和他生活在一起了。如今，我把所有的幸福都寄托在我的女儿身上。我并不担心她的未来，她名下已经积累了二十个最高贵族的头衔，有此作为保障，她将来嫁一个好人家是没有问题的。

年轻的朋友，这就是你想要了解的一切。希罗娜知道，我已经将全部故事都告诉了你。她认为，就算你只了解一半的故事，也已经太多了。

这地下室里太闷了。我要上楼去呼吸一点新鲜空气。

说完自己的悲惨故事之后，西多尼亚公爵夫人说她快要窒息了，便离开了地下室。她走了之后，我环顾四周，发现这个地方确实有点令人窒息。年轻死难者的墓穴，和用来绑缚他的那根柱子，都是非常阴森的家居陈设。我之前愿意待在这个监牢里，是因为我还在担心德亚底安会的审判。不过，当我的案子了结之后，我就不再喜欢这个地方了。希罗娜自信地以为可以在这里关我两年，对此我感到很可笑。这两位女士对狱卒这份职业毫无经验。她们把地下室的门敞开着，以为仅凭这道铁栏杆就能把我关住，似乎它是一道无法逾越的障碍。其实，我不但做好了逃跑的计划，就连这两年的苦修期内应该躲在哪里，我都已经想好了。接下来，我就要告诉各位我当时的打算。

我还在德亚底安会学校里的时候，常常会觉得我们教堂门口的那几个小乞丐日子很好过。他们显然比我命好。确实如此，当我读书读到脸色苍白，仍然无法令教师完全满意的时候，这些穷小子们正在街头闲逛，在教堂门前的台阶上用扑克牌赌栗子吃。他们互相打闹时，不会被人强行拉开。他们身上弄脏时，也不会被逼着洗澡。他们可以当街脱掉上衣，在排水槽里洗衣服。还有什么能比这种日子更惬意呢？

当我被关在监牢里时，又一次想到了这些顽童们的幸福生活。我在思考最佳行动方案时，便决定要在苦修期内从事乞丐这个职业。的确，我所受的教育可能会让我显得与众不同，因为我的谈吐要比我的同行们高雅一些。不过，我希望自己可以毫不费力地学会他们的语调和举止，将来再切换回来就行了。这个决定看似荒唐，但在我当时的处境下，这确实是最佳的选择了。

我下定决心之后，就折断了一把小刀的刀刃，开始切割一根铁栏杆。我花了五天时间把它切断，然后又小心地把碎石块收集起来，放回到栏杆底部，以免引起怀疑。

我完成切割工作的那天，来送饭的是希罗娜。我问她，每天这样给地窖里的年轻人送饭，她是否会担心露馅。

"不会的，"她回答，"你通过的那道暗门，通向另一栋独立的建筑，也就是当时你的棺材架停放的那个地方。我已经派人用砖把门封起来了，我借口说那里会唤起公爵夫人悲伤的回忆。我们走的这条暗道，入口在我的卧室里，而且还有一块挂毯作为掩饰。"

"我相信，那个入口处还有一道铁门。"我说。

"并没有，"她回答，"那扇门很单薄，但隐藏得很好。无论如何，我都会锁上自己的卧室门。我觉得在这所房子里，一定还有类似的地下室，是由其他那些嫉妒的丈夫们设置的，他们也犯下过类似的罪行。"

说完这些，希罗娜似乎急着要走。

"你为什么要着急走？"我问她。

"因为公爵夫人想要出门。到今天为止，她已经完成了前六周的服丧期，她想出去兜兜风。"

得到了我所需要的信息后，我没有再耽搁希罗娜的时间。她出去时，又没有关上地下室的门。我匆忙地写下一封信，向公爵夫人表达了歉意和感谢，并把这封信放在栅栏上。接着，我把那根铁栏杆掰开，先是进到了两位女士待的那个地下室里，然后穿过一条漆黑的通道，来到一扇锁着的门前。我听到了马车和马的声音，断定公爵夫人已经出发了，而奶妈也不在自己的屋内。

我得想办法把门打开。这扇门已经有些腐朽了，我刚一用力就把它给打开了。我进入奶妈的卧室里，既然她一直都会留心把房门锁好，那我暂时待在里面就应该是安全的。

我在镜子里看到了自己的脸，发现我的形象与我所要追求的职业还有所差距。我从壁炉里拿起一块木炭，弄暗了自己的肤色。随后，我又在自己的衬衫和外套上撕开几道口子。接着，我朝窗外看去，外面是一个小花园，曾经是屋主们的一小片乐土，而今却完全荒废了。我打开窗户，发现这是同一侧外墙上唯一的窗户。这个位置并不高，我可以直接跳到花园里，但我还是用了希罗娜的床单。接着，我借助一个旧凉亭的框架，翻到围墙外面，奔向田野之中。能呼吸到野外的空气，我感到很高兴，更为高兴的是，我终于逃离了德亚底安会、宗教裁判所、公爵夫人们和她们的奶妈。

我看到了远处的布尔戈斯城区，但走上了相反的方向。我来到一个简陋的小客栈，将我仔细用纸包裹的一枚二十里亚尔硬币交给了老板娘，并告诉她，这笔钱我会全都用在她的店里。她笑了起来，给我端来了两倍于硬币价值的面包和洋葱。我身上还有一些钱，但我不想被别人看到，于是就去马厩里打地铺，就像每个十六岁的少年一样，很快就沉沉地睡去了。

我一路平安地到达了马德里，途中没有遇到什么值得一提的事。我在入夜时分进了城，找到了我姨妈的家，她见到我时有多么高兴，各位可以尽情想象。不过，因为害怕暴露自己的行踪，我在她家只待了一小会儿。我横穿马德里市区，来到了普拉多大道上，然后直接席地而卧，很快就睡着了。

天一亮，我就开始在街道和广场间穿梭，我需要寻找一个合适的地点来开展业务。路过托莱多大街时，我遇到了一个小女仆，她手里正捧着一瓶墨水。我问她，是否刚去过阿瓦多罗先生家。

"不，"她回答，"我刚才去的是大墨水罐堂菲利佩家。"

由此得知，我的父亲仍然保留着同一个昵称和同一个爱好。

与此同时，我得为自己找一个栖身之处。在圣洛克教堂的正门

第二十九天

台阶下,我看到了几个和我同龄的淘气鬼,他们的面相让我产生了好感。我走过去对他们说,我来自外省,这次来到马德里,是为了把自己托付给那些慈悲的心灵,我身上还有几个里亚尔,如果他们有集体存钱罐的话,我愿意把自己的钱放进去。

这番开场白帮助我博得了他们的好感。他们说,确实有一个集体存钱罐,放在街尾卖板栗的小铺里。他们带我去见了那个卖板栗的摊贩,接着,我们又回到了教堂正门前,开始玩起了塔罗牌。

正当我们全神贯注地玩牌时,有一个衣着光鲜的男人来到我们面前,仔仔细细地挨个打量着我们。接着,他显然是选中了我,把我叫到一边,让我跟他走。他把我带到一条僻静的小巷里,对我说:"孩子,我挑选了你,而不是你的同伴们,是因为你看上去比他们更机智,我想委托你办的这件事,需要机灵一点的人才能办成。事情是这样的,过一会儿会有许多女子从这里经过,她们都穿着黑色的天鹅绒长裙,披着黑色的蕾丝头纱,她们都把脸遮得严严实实的,难以分辨谁是谁。不过幸好,每个人身上的天鹅绒与蕾丝图案都是不同的,依此可以判断这些蒙着面的美人们究竟是谁。我是其中一位美人的情郎,她也爱我,但她的爱情似乎并不专一,我决定要验证一下这件事。这里有两片天鹅绒和两片蕾丝的面料样品,如果有两位穿着同样服装的女子路过,你就要仔细观察,看看她们是进了这间教堂,还是去了对面的房子里,那是托雷多骑士的家。接着,你就到街尾的客栈来找我,并告诉我实情。我先给你一个金币,等你完成任务之后,我会再给你一个金币。"

这个男人说话时,我将他仔细打量了一番。他看上去不像是一个情郎,更像是一个丈夫。我回想起了西多尼亚公爵的愤怒,眼看着婚姻里的重重疑心将要磨灭甜美的爱情，我感到有些迟疑。于是我决定只完成一半的任务，也就是说，如果那两位女子进了教堂，我就去和那个嫉妒的丈夫通报实情，但如果她们去了别的地方，我就会把实情告诉她们，提醒她们注意危险。我回到同伴们身边，让他们继续玩牌，不要管我。接着，我躺到他们身后，把那几片天鹅绒和蕾丝的式样熟记于心。

不久之后，许多女子两两相伴着走来了，其中确实有两个穿着同样服装的女子。她们假装要走进教堂的样子，却在正门台阶处停住了脚步。她们四下观察了一番，确认没有被跟踪之后，就迅速穿过街道，走进了对面的房子里。

吉普赛人首领说到这里时，有人请他去队伍里处理事务，他便离开了。

贝拉斯克此时开口说："这个故事真的让我感到震惊。吉普赛人首领的故事，一开始总是很简单，仿佛可以直接猜到结尾，但事实并非如此。第一个故事会引出第二个故事，第二个故事里又会衍生出第三个故事。以此类推，就像是某些除法所产生的循环小数，小数可以无限延伸。在数学范畴中，部分级数是可以通过一定的方法来求和的，但从吉普赛人首领的故事里，我能得到的唯一结果，只是一团难以解开的乱麻。"

"除此以外，还有听故事的无穷乐趣，"丽贝卡说，"如果我没理解错的话，你本来是打算直接去马德里的，但现在却舍不得离开我们了。"

"我留在此地有两个原因，"贝拉斯克回答，"首先，我开始

第二十九天

了一项重要的运算,准备在这里完成它。其次,女士,我必须向你坦白,我以前并不知道,能得到像你这样一位女士的陪伴,是这么愉快的事,或者更准确地说,你是唯一一个让我觉得能够相谈甚欢的女子。"

"公爵先生,"犹太姑娘回答,"如果能把次要原因替换成主要原因,我会感到很高兴的。"

"你不必过于纠结我把你放在几何学之前还是之后,"贝拉斯克说,"我纠结的是另一件事情——不知道应该如何称呼你。我只能将你简化为 x、y、z 等符号,在代数里,我们用这些符号来代表未知的量。"

"我很愿意向你透露我的姓名,"犹太姑娘说,"假如你在神志恍惚时仍能记得它的话。"

"完全不必担心,"贝拉斯克插话,"通过替换运算的长期练习,我已经养成了一个习惯,永远用同一个符号来代表同一个量。你一旦告诉我你的姓名,就算你想要更换,都再也换不了了。"

"很好,"丽贝卡说,"请叫我劳拉·德·乌泽达。"

"不胜荣幸,"贝拉斯克说,"或者也可以称为,美丽的劳拉、聪明的劳拉、迷人的劳拉,因为在你的底数上,还可以加上许多指数。"

在他们聊天时,我想起了自己前几日向那个土匪所做过的承诺,会去营地以西四百码处和他会面。我带上了佩剑,走出一段距离之后,就听到一声枪响。我走向枪声传来的那片树林,遇到了之前打过交道的那个匪帮。他们的首领对我说道:"欢迎你,骑士先生。你信守了诺言,而且也很勇敢。你看到那块山岩上的隧道了吗?它通向一个地下洞穴，那里有人在焦急地等你，希望你不要辜负我们对你的信任。"

我走进了隧道，那些陌生人则留在外面。往前走了几步之后，我听到背后传来一声巨响，回头看到，一块巨石在某种神秘装置的推动下，正在封闭入口。透过石缝照进来的微弱光线很快消失了，隧道里一片漆黑。尽管如此，我还是快步往前，因为隧道里路面平整，坡度平缓。我毫不费力地前进着，但我可以想象，许多人在此处境下可能会无比恐惧，因为这条路通向地底深处，而且看不到终点在哪里。我整整走了两个小时，一手握着剑，另一手伸在前面探路，以防自己撞上什么东西。

突然之间，我感到一缕微风掠过身边，然后听到一个甜美悦耳的声音说："一个凡人怎敢来到地精的地下王国？"

另一个同样迷人的声音回答："也许他是来抢夺我们的宝藏的。"

第一个声音接着说："如果他愿意放下他的剑，我们就能接近他了。"

这时我说："迷人的地精们！通过声音，我已经知道你们是谁了，假如我没有弄错的话。我不会放下我的剑，但我会把剑尖插到土里，这样你们就没什么好怕的了。"

接着，这些地底的精灵们便拥抱了我，尽管一种神秘的本能告诉我，这就是我的表妹们。四周突然间亮了起来，我果然没有猜错。她们把我带进一个洞穴，里面装饰着地毯和珍贵的矿物，从中透射出千百种氤氲的色彩。

"那么，"艾米娜说，"再次见到我们，你觉得开心吗？你现在和一个年轻的以色列姑娘生活在一起,她不但漂亮,还很聪慧。"

"我可以向你们保证,"我回答,"我对丽贝卡完全没有动心。恰恰相反,每次我与你们相见时,都担心这会是最后一次见面。别人都劝我相信你们是邪恶的幽灵,但我并不信那一套。心中有个声音告诉我,你们是和我一样的人,都是为爱而生的。人们总是说,一个男人只可能真心爱上一个女人。这毫无疑问是错误的,因为我就无差别地同时爱着你们两个。我的心无法对你们做出区分,你们共同主宰着我的心灵。"

"噢,"艾米娜呼喊道,"是亚本塞拉赫的血脉主宰了你的心灵,因为你可以同时爱上两个女子。既然如此,你就信仰那个允许一夫多妻制的神圣宗教吧!"

"那样的话,你就有希望继承突尼斯的王位了。"祖贝达补充道,"如果你能去看一看那个迷人的国度,那该多好啊,去看看巴尔多宫和马努巴宫中的闺阁、花园、喷泉、精美的浴池,还有成百上千个奴隶姑娘,她们的美貌甚至超越了我们!"

"别再说那些太阳底下的王国了,"我回答,"我们正在地底深渊之中,无论我们离地狱有多近,在这里还是能感受到感官的愉悦,那是传说中先知许诺给天选之子的幸福。"

艾米娜略带忧伤地微笑着,用温柔的眼神注视着我,而祖贝达则用双臂搂住了我的脖子。

原注:

1 指阿尔巴公爵(1507—1582),本名菲南多·阿尔瓦烈斯·德·特莱多,曾血腥镇压尼德兰人起义。

萨拉戈萨手稿

第三十天

我醒来时,表妹们已经不在我身边了。我不安地环顾四周,发现前方有一条长长的幽暗的走廊,我猜想这就是我该走的路。我迅速穿好衣服,步履轻快地朝前走着。半个小时之后,我来到了一道旋转楼梯前,既可以向上重返地面,也可以向下走,进入山体的更深处。我选择了第二条路,进入了一个地下墓室,我看到那里有一个由四盏灯照亮的墓穴,旁边有个年老的伊斯兰托钵僧正在喃喃地做着祷告。

这位老者转过身来,用柔和的声音对我说:"欢迎你,阿方索先生,我们已经等了你好一会儿了。"

我问他:"我们现在是不是就在卡萨·戈麦雷斯城堡的地下空间里。"

"你说得没错,尊贵的拿撒勒人,"托钵僧说,"这个墓穴里掩埋着戈麦雷斯家族那个备受关注的秘密。不过,在说这个重要话题之前,我想先请你简单吃点东西。今天你将要用上自己的全部体力和精神力量。而且,也许,"他带着嘲讽的神情补充道,"你的身体将会渴求休息。"

说完这些,老者把我领进一个相邻的洞穴,我看到餐桌上已经摆好了早餐。等我吃完之后,老者让我聚精会神地听他所说的内容。

"阿方索先生,我知道,你那美丽的表妹们已经告诉了你祖先的事迹，也解释过了卡萨·戈麦雷斯城堡的秘密有多么重要。世界上没有什么比它更重要的了。掌握这个秘密的人，能够轻易地统治众多民族，甚至还有可能一统天下。从另一个角度来说，如果这种强大的力量落到轻率的人手中，就会变得异常危险，可能会毁灭长年累月建立起来的服从与秩序。我们遵循了数个世纪的律法要求，这个秘密只能传给拥有戈麦雷斯家族血统的男子，而且他们必须先证明自己的勇气和正直。同时，律法还要求，被选中的人必须在宗教仪式的权威见证下庄严起誓。不过，我们对你的性格十分了解，所以你只需要单独起誓就可以了。那么，你是否愿意以你的荣誉起誓，永不向他人泄露你将在这里听到和看到的一切？"

由于我正在为西班牙国王效力，起初我认为不能以我的荣誉起誓，除非能够确保在这个洞穴里不会听到或看到任何有损于这种荣誉的事物。我向托钵僧表达了自己的疑虑。

"先生，你的小心谨慎完全可以理解。"托钵僧回答，"你的力量属于你所效力的那个国王，但你现在身处的这个地下空间，从来不归他统治。你的家族血统也赋予了你一定的责任。你已经对你的表妹们发过誓，我要求你所发的誓，只不过是那个誓言的延伸。"

我同意了这个说法，尽管这套逻辑有点奇怪，并按要求以自己的荣誉发了誓。

随后，托钵僧打开墓穴的一面墙，里面有一道楼梯，通往地底更深处。

"从这里下去，"他说，"我不需要陪着你。今晚我会来接你的。"

于是我便走了下去，我其实很愿意告诉各位，我在那里看到了什么，只可惜我的誓言是一道无法逾越的阻碍。

那天晚上，托钵僧如约前来把我接走。我们一起来到了另一个洞穴中，晚饭已经准备好了。餐桌设在一棵金色的大树下面，这棵树代表的是戈麦雷斯家族的家谱。树干分成了两大枝干，一边代表着信伊斯兰教的戈麦雷斯族人，这一边枝繁叶茂，生机勃勃；另一边则代表着信基督教的戈麦雷斯族人，那一边看上去枝叶枯萎，布满了又长又危险的荆棘。吃过饭后，托钵僧说道："你不必对两大枝干的鲜明反差感到吃惊。那些忠于先知律法的戈麦雷斯族人，都得到了王冠作为奖赏，而其他族人则过着寂寂无闻的生活，最多能谋得一些低级的官职。这些人都没有资格知晓家族的秘密，如果说你能成为一个例外，那是因为你赢得了两位突尼斯公主的青睐，因而也得到了家族的尊重。尽管如此，你对于我们的原则宗旨还只有粗浅的了解。如果你愿意转换到另一根枝干上，也就是已然十分茂盛、必将更加茂盛的那一边，你就能得到所有想要的东西，以实现个人理想，完成宏图伟业。"

我想回答几句，但托钵僧没有给我开口的机会，而是接着说："无论如何，你家族的财产终究是属于你的，你费尽周折来到这个地下空间，这笔财产可以算作是对此的奖赏。这里有一张汇票，是以马德里最富有的银行家伊斯特万·莫罗的名义开具的。上面看似只写着一千里亚尔的金额，但一种秘密的笔法使它成了无限兑付的汇票。你只需要签下自己的名字，就能得到你想要的任意金额。现在，沿着旋转楼梯朝上走，当你数到第一千五百级台阶时，你会看到一个十分低矮的空间，在这个空间里爬行五十步，你就来到了卡萨·戈麦雷斯城堡的中央。你最好能在那里过夜。第二天，你会很容易地在山脚下找到吉普赛人的营地。再见,亲爱的阿方索,愿先知启迪你的智慧,指引你走上求真的道路。"

托钵僧亲吻了我,并向我告辞,接着在我身后合上了门。我严格遵照他的指令往上走,时不时需要停下来喘口气。最后,我终于看到了星空。我躺到一个废弃的拱顶下,很快就睡着了。

第三十一天

醒来后,我看到了山谷里的吉普赛人营地,我远远地观察到大队人马正在准备拔营重新踏上旅途。于是我快步下山,回到了营地。我本以为会有人问我之前的两晚去了哪里,但没有人问我这些,大家似乎都在专注地整理行装,准备出发。

我们上马之后,秘法师说:"借此机会,我向大家保证,今天我们又能听到流浪的犹太人的故事了。那个无赖以为我功力尽失,其实我还保存着部分神力。当我逼迫他回来的时候,他已经快走到达鲁丹了。他为了表达不满,故意走得很慢,但我有办法让他快起来。"接着,他从口袋里拿出一本书,照着书念了几句严酷的咒语。不久之后,我们就看到一个人出现在了山顶上。

"瞧瞧他,"乌泽达说,"那个懒鬼!那个恶棍!看我怎么收拾他!"

丽贝卡为这个犯了错的人求情,她的哥哥似乎不那么生气了。当流浪的犹太人走到我们面前时,秘法师只是用我听不懂的语言严厉地责备了他几句。接着,秘法师让他走在我的坐骑旁边,接着上次中断的地方继续讲他的故事。这个闷闷不乐的流浪者没有回答他,而是直接讲起了故事。

第三十一天

流浪的犹太人的故事（续）

上回说到，耶路撒冷出现了一个名叫希律派的宗派，宣称希律王就是弥赛亚，我也承诺会向各位解释一下，弥赛亚对于犹太人来说有着怎样的意义，我就从这里开始讲吧！"弥赛亚"在希伯来语里表示"已涂油"或者"已经用油抹过"，而在希腊语里，这个词译为"基督"。当雅各从那场著名的梦境中醒来后，将油泼在他之前枕过的那块石头上，并将这个地方命名为"贝瑟尔"，意为"上帝之家"。桑楚尼亚松[1]的著作中曾记述，诺亚之子闪发明了"贝特尔斯"，也就是"活的石头"。当时的人们认为，任何东西只要涂过了圣油，就会立刻充满神性。国王登基时都要涂抹圣油，因此"弥赛亚"也成了"国王"的同义词。当大卫王提到弥赛亚的时候，指的便是自己，从《圣经》中的第二首赞美诗开始，就可以明显地看出这一点。

但是，当犹太人的王国遭到分裂和入侵、成了周边大国的欺辱对象、犹太人民被囚禁奴役时，先知们为了安慰人民，便告诉他们，有朝一日，大卫的后裔将成为国王，他会灭了巴比伦的威风，让犹太国重现辉煌。

先知们在头脑中搭建华美的建筑，用不着花费真金白银，于是他们在想象中认真规划了未来的耶路撒冷城。那座城市应该配得上如此伟大的一位君主，城中的神庙应当富丽堂皇，让人民觉得宗教膜拜是一件高贵的事情。听到这些预言，犹太人民只当它是个心理安慰，没有人会太当真。毕竟，预言中的事情要等到他们的子孙的子孙那一代才会发生，他们有什么必要当真呢？

到了马其顿帝国统治的时代，这些先知似乎或多或少地被人遗忘了，拥有马加比血统的人，也不会被认为是弥赛亚，尽管这些人将国家从异族的压迫中解放了出来。他们的后裔虽然拥有国王的头衔，但也没人会认为他们就是先知预言过的人物。

不过到了希律王这里，情况发生了变化。在四十年的时间里，他手下的弄臣们极尽奉承拍马之能事，只为了取悦这位君王。最后，他们甚至劝他相信自己就是先知预言过的那位弥赛亚。希律王已经厌倦了许多事情，唯独对至高无上的权力日益执着。他发现通过这则预言，他可以辨别出哪些人是忠于自己的。于是，他的亲信们组建了一个名叫希律派的宗派，为首的正是那个骗子西底加，也就是我祖母的弟弟。可想而知，我的祖父和德里乌斯都放弃了去耶路撒冷定居的计划。他们请人制作了一个青铜盒子，把西勒的售房合同、三万达利克的收据和德里乌斯将债权转让给我父亲的证明都锁在了这个盒子里。然后，他们将盒子封存起来，并互相承诺不再想定居的事，除非形势有所转圜。

希律王过世之后，犹地亚见证了最可怕的内斗。三十个宗派的领袖纷纷给自己涂油，自立为王，一时间出现了三十个弥赛亚。几年之后，末底改娶了一个邻居的女儿为妻，我是他们唯一的爱情结晶，在奥古斯都在位的最后一年降临了人世。我祖父想要亲自为我行割礼，还请人筹备了一场盛大的筵席。但他习惯了清静的生活，这场庆典让他过于操劳，再加上年事已高，他很快就病倒了，几周后就离开了人世。他在德里乌斯的怀中吐露了遗言，希望德里乌斯能够代我们保管青铜盒子，不要让坏人的阴谋得逞。我母亲遭遇了难产，在她公公去世的几个月后，她也撒手人寰了。

那时的犹太人都流行取一个希腊或是波斯名字，家人给我取名为亚哈随鲁。当我1603年在吕贝克①认识安东·科特鲁斯的时候，用的就是这个名字，杜德勒斯对此有过记载。1710年，我在剑桥时用的也是这个名字，各位可以在睿智的坦泽柳斯的著作中找到相关信息。

"亚哈随鲁先生，你的名字在《欧洲舞台》[2]中也出现过。"贝拉斯克说道。

"完全有可能，"犹太人说，"自从那些秘法师们想到要把我从非洲腹地请出来之后，我就声名鹊起了。"

接着，我问犹太人，他为什么喜欢那片蛮荒之地。

"因为那里没有人类，"他回答，"我偶尔会遇到迷路的旅人或是阿拉伯人家庭。我知道有一头母狮正在兽穴里喂养它的小狮崽。我会把母狮引到它的猎物面前，亲眼看着它吞食猎物，令我赏心悦目。"

"看来你不是个厚道的人啊，亚哈随鲁先生。"贝拉斯克说。

"我早就警告过你们，"秘法师说，"他是这世界上最无耻的恶棍。"

"如果你也活了一千八百年，"犹太人说，"你也好不到哪里去。"

"我希望自己活得比你长，而且比你更正派，"秘法师说，"不过，我们别再想这些不愉快的事了，继续讲你的故事吧！"

---

① 译注：位于德国北部石勒苏益格-荷尔斯泰因州，距离汉堡60公里。

萨拉戈萨手稿

犹太人没有回答他,而是继续讲起了故事。

无情的现实让我父亲倍感失落,年迈的德里乌斯与他住在一起,他们继续过着与世无争的生活。但西底加却依旧心神不宁。自从希律王过世之后,他就失去了一个大靠山。他日夜担心我们会出现在耶路撒冷,于是决定牺牲我们,以换取内心的安宁。客观情况也对他的计划十分有利,因为德里乌斯已经失明了,而我父亲与德里乌斯感情很深,他也因此更加避世不出了。六年时间就这样过去了。

有一天,有人来告诉我们,几个来自耶路撒冷的犹太人买下了我们隔壁的房子,看样子来者不善,这些人长得都像是刺客。我父亲本就喜欢隐居生活,听说了这个消息之后,更有理由不出门了。

这时,队伍里传来一阵喧哗,打断了流浪的犹太人的故事,他借此机会大步逃走了,而我们也很快到达了休息点。饭菜已经准备好了,经过长途跋涉之后,我们都胃口大开。等餐布撤走之后,丽贝卡对吉普赛人首领说道:"上回您的故事被人打断时,我记得您正说到那两位女士确定了无人跟踪后,就穿过街道,走向了托雷多骑士的房子。"

吉普赛人首领看到我们对后续的故事这么感兴趣,便接着讲述起来。

第三十一天

吉普赛人首领的故事（续）

两位女士刚走到台阶上时，我就上前拦住她们，把那几片面料样品拿给她们看，并把那个嫉妒的丈夫交给我的任务告诉了她们。接着我说："女士们，请到教堂去吧。我去把那个自称为情郎的人找来，我猜他是你们中哪一位的丈夫。当他看到你们后，可能就会离开了，因为他并不知道你们已经知道了被跟踪的事。接下去，你们想去哪儿就去哪儿。"

两位女士十分感谢我的建议。我跑到街尾的客栈里，告诉那个男人，那两个女子确实进了教堂。我们一起回到教堂，我指给他看那两个身穿天鹅绒长裙的身影，其面料和样品一模一样，包括蕾丝。他似乎还是有些疑虑，这时，其中一位女士转过身来，似乎无意间掀起了面纱。那个嫉妒的丈夫脸上立刻展露出婚姻美满的自豪表情。不久之后，他就离开教堂，走入了人群中。我跟着他来到街上，他感谢了我，又给了我一个金币。接过金币的时候，我感到良心有点痛，但又不敢泄露自己的计谋。我看着他离开，然后找到了那两位女士，陪她们来到了骑士的房子前。更漂亮的那位想要给我一个金币。"不，女士，"我说道，"我欺骗了那个所谓的情郎，因为我看出他是一个丈夫，是我的良心让我这么做的。我还是有原则的，不能两头收好处。"

我回到圣洛克教堂的门前，炫耀起手中的两枚金币，我的同伴们都感到目眩神迷。他们也常常接到类似的任务，但从没有人给过他们这么丰厚的报酬。我准备把金币放到集体存钱罐里去，同伴们都跟着我，想要瞧瞧那个卖板栗的老板娘有何反应。她看到金币时，确实大吃了一惊。

老板娘宣布，我们不但可以无限地畅吃板栗，她还会给我们一些小香肠和烧烤用的调料。一顿美餐当前，我们的乞丐帮里洋溢着无限的欢乐。不过我不打算这样吃，准备给自己找个更好的厨子。与此同时，我们尽情地抓取着板栗。我们回到圣洛克教堂门前，享用了晚餐，然后便用外套把自己包裹起来，很快就睡着了。

第二天，昨天那两位女子中的一位找到我，让我给那位骑士送一封信。我去了他家，把信交给了他的男仆。不久之后，他们就让我进屋了。托雷多骑士一出现，就立刻赢得了我极大的好感，我完全可以理解为什么女士们不可能对他无动于衷。他是一个年轻人，面容非常亲切可爱。他不需要微笑就能展露出快乐的神情，笑意仿佛已经刻在了他的脸上。他举手投足之间都散发着优雅的气质，但如果仔细观察，会发现他身上有一种放荡不羁的性格，这种性格可能让女士们敬而远之，毕竟不是每位女士都有信心可以驯服最多情的浪子。

"朋友，"骑士说，"我已经了解了你的智慧和正直，你愿意当我的仆人吗？"

"恕难从命，"我回答，"我本是一个绅士，不能从事服务他人的工作。我之所以选择当乞丐，就是因为这个职业不会打破我的原则。"

"太棒了！"骑士说，"这样的思维方式才是卡斯蒂利亚人该有的样子，那么，我能为你提供什么帮助呢？"

"骑士先生，"我说，"我热爱自己的职业，因为它很体面，也能让我以此为生,但乞丐们吃得很差,如果您能允许我来这里,和您的仆人们共同用餐,并分享您的甜点,那就太好了。"

"十分乐意,"骑士说,"在我接待女士们的那些日子里,我通常会把手下人都打发走。如果你愿意屈尊在这些日子里来服侍我的话,我将感到十分感激。"

"先生,"我回答,"在您与女士们相会的日子里,我很乐意来为您服务,因为服侍您所带来的愉快心情,会让我觉得这是一项高贵的工作。"

随后,我向骑士告辞,来到了托莱多大街上。当我问起阿瓦多罗先生家在哪里时,没有人能够回答我。但是当我问起"大墨水罐堂菲利佩"时,有人指给我看一个露台。我看到上面有一个男人,正神情凝重地抽着一支雪茄,似乎正在数着阿尔巴公爵府屋顶上的瓦片。尽管我仍然敬爱他,却还是忍不住地惊叹,上天赋予他过多的严肃感,却给了他的儿子过少的严肃感,要是上天能够分配得更平均一点就好了。不过这时,我突然想到人们常说,上天的安排就是最好的安排,于是我回到了同伴们中间。我们去卖板栗的老板娘那里试吃了香肠,竟然出乎意料地好吃,以至于我把骑士家的甜点都抛在了脑后。

傍晚时分,我看到那两位女子走进了骑士家,并在里面待了很长时间。我跑过去,准备看看有什么可以效劳的地方,却看到女士们已经出来了。我对更为漂亮的那位说了一些暧昧的赞美之词,作为回报,她用扇子轻轻地拍了拍我的面颊。

过了一会儿,有一个年轻人来找我问路。这个人神情庄重,斗篷上绣着的一个马耳他十字更显威严,从他的衣着来看,这个人刚经历过长途的旅行。他问我托雷多骑士住在哪里,我答应给他带路。我们

萨拉戈萨手稿

发现前厅里没有人,于是我便打开了房门,和他一起走了进去。

托雷多骑士大吃一惊。"这是怎么回事?"他说,"是你吗?我亲爱的阿吉拉?你来马德里了?我太高兴了,不过马耳他那边发生了什么事?分区领主、大区领主[3]、见习督导,他们近况如何?让我亲吻你一下!"

阿吉拉骑士用同样的热情回应了这些友好的表示,不过他的姿态十分庄重。

我估计这两位好友会共进晚餐,于是就到前厅里找了一些布置餐桌的用具,又去端来了饭菜。晚餐备好之后,托雷多骑士让我去找管家拿两瓶法国起泡酒。我把酒放在餐桌上,并打开了软木塞。

这两位好友已经畅谈了很久,回忆起了许多往事。接着,托雷多说道:"难以想象,我们竟然可以结下如此深厚的友谊,尽管我们的性格是如此不同。你严守各种美德,但我还是很欣赏你,就好像你是全世界最不羁的罪人那样。事实上,我在马德里一个朋友也没有。你仍然是我唯一的朋友,不过我必须承认,在爱情上我都没有这么专一。"

"你还坚持着那一套与女士相处的原则吗?"阿吉拉问。

"那一套原则?已经有所变化了。"托雷多说,"以前我一个接一个地换情人,尽量加快更换的速度,但我发现这种方式太浪费时间了。如今,第一段恋情还没有结束时,我就已经开始了第二段,同时还规划着第三段。"

"所以你决定永远不抛弃你那放荡的生活方式了?"阿吉拉反问。

"我确实不想放弃,"托雷多说,"但我担心这种生活方式可能

第三十一天

会抛弃我。马德里这儿的女士们性格中都有些执着坚定的成分,让男士们不得不装出更专一的样子。"

"我们的骑士团既有军事属性,"阿吉拉说,"也有宗教属性,我们像修道士和神父那样发过誓。"

"没错,"托雷多说,"也像那些妻子们那样发过誓,她们发誓会忠于自己的丈夫。"

"她们死后,难道不会因此而受到惩罚吗?"阿吉拉说。

"我的朋友,"托雷多回答道,"作为一个基督徒,我忠诚于自己的信仰,但这里面肯定有一些误解。你怎么能够想象,乌斯卡里斯法官的妻子仅仅因为伴我度过了一个小时,会要永世燃烧呢?"

"我们的宗教告诉我们,还有其他的场所可供赎罪。"阿吉拉说道。

"你指的是炼狱。"托雷多说,"说到炼狱,我想我已经亲历过了。我曾和可恶的茵妮丝·纳瓦拉谈过恋爱,她是世界上最任性刁蛮、最擅于嫉妒的人。就是因为她,导致我再也不敢和女演员交往了。不过,我的朋友,你怎么不吃不喝呀,我的酒瓶已经空了,但你的酒杯还是满的。你在想些什么?你到底在想些什么?"

"我在想,"阿吉拉说,"我看到了今天的太阳。"

"关于这一点,我相信你,"托雷多说,"现在跟你说话的这个人,也看到了今天的太阳。"

"我还想着,"阿吉拉说,"我非常想看到明天的太阳。"

"你会看到的,"托雷多说,"除非明天有雾。"

"这可说不准,"阿吉拉说,"因为我可能今晚就要死了。"

"不得不说,你确实在马耳他学到了令人振奋的谈话方式。"托雷多说道。

"唉,"阿吉拉说,"人终有一死,只是死期尚未确定而已。"

"等等,"托雷多说,"这些有意思的话是谁告诉你的?他一定是个言谈风趣的人。常有人请他出去吃饭吗?"

"并没有,"阿吉拉说,"这些话是我的告解神父今天早上对我说的。"

"你刚到马德里的当天就跑去忏悔了?"托雷多说道,"所以,你是来决斗的吧!"

"正是。"阿吉拉说。

"太棒了,"托雷多说,"我好久没有参加决斗了。我来当你的副手吧!"

"这恰恰是不可能的,"阿吉拉说道,"我不管选谁当副手,都不可能选你。"

"天哪!"托雷多说,"你又和我哥哥发生了那该死的争执!"

"正是如此,"阿吉拉说,"莱尔马公爵没有给予我满意的答复,所以我们今晚要在曼萨纳雷斯河畔的大桥下面,借着火炬的光亮进行决斗。"

"仁慈的上天啊,"托雷多悲伤地说,"难道我今晚就要失去一个兄弟或者一个朋友吗?"

"也许两个都会失去,"阿吉拉说,"我们将进行你死我活的决斗。我们用的不是花剑,而是右手持短剑,左手持匕首。你也知道,这些武器是冷酷无情的。"

托雷多的内心非常敏感,他的心情一转眼就从无限欢喜落入了极端的绝望之中。

第三十一天

"我料到你会伤心的,"阿吉拉说,"我本不打算来见你的,但我听到了上天的声音,它要求我来告诉你,人死之后还将遭遇哪些痛苦。"

"别说了!"托雷多说,"别再劝我虔诚信教了!"

"我只是一个士兵,"阿吉拉说,"我不懂得如何布道,我只是听从上天的指令。"

这时,我们听到了十一点的钟声。阿吉拉拥抱了他的朋友,并对他说道:"托雷多,听我说,内心深处的直觉告诉我,我今晚就会死去。但我希望我的死能换来你的救赎。我决定将决斗推迟到午夜时分再进行,所以到时你要留心了。如果死者真的能通过某种方式与生者交流的话,那么请你确信,你的朋友一定会告诉你彼世的样子的。到了午夜时分,你一定要特别留心。"阿吉拉再次拥抱了他的朋友,然后就离开了。

托雷多扑到床上大哭起来。我退回到前厅,非常好奇事情将会如何发展。

托雷多不时地爬起来看看表,然后又扑到床上继续哭泣。夜色漆黑一片,透过百叶窗木片间的缝隙,远处的几道闪电亮光照了进来。一场暴风雨正在临近,在这悲伤的情形之上又平添了几分惊悚。午夜的钟声响起时,我们听到百叶窗上传来三记敲击声。

托雷多打开百叶窗说:"你死了吗?"

"我死了。"一个阴森的声音说。

"那里真的有炼狱吗?"托雷多说。

"是的,我就在炼狱里。"那个声音说。接着,我们听到了痛苦的呻吟声。

托雷多倒在地上，额头埋进了灰尘里。接着他站起身，拿上外套出了门。我跟在他后面，一路来到了曼萨纳雷斯河畔。不过，我们还没有到达桥下时，就看到那里聚集了一群人，有人手里还举着火把。托雷多看到了自己的哥哥。

"别过来，"莱尔马公爵说，"不然，你就要看到你朋友的尸体了。"

托雷多昏倒在地。我看到他的随从们一拥而上，于是就自己回去了。到达教堂门前之后，我开始思考起了刚才听到的对话。萨努多神父常对我们说，彼世有一个炼狱，所以再次听说这件事，并没有令我感到惊奇。这一切都没有使我受到太大的惊吓，我像平时一样睡得很熟。

第二天，第一个来到圣洛克教堂的就是托雷多。他面色苍白，惶惶不安，简直快要认不出来是他了。他做过祈祷之后，就请求见一见告解神父。

吉普赛人首领说到这里时，有人过来打断了他的故事。他不得不向我们告辞。我们其他人也就各自散去了。

原注：

1 Sanchoniathon，公元前12世纪的一位腓尼基历史学家。
2 《Theatrum Europaeum》杂志，1627年创办于法兰克福，一直发行到1738年。
3 grand bailli，马耳他骑士团的等级之一。

第三十二天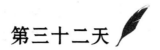

我们很早就出发了,沿着一条小径朝纵贯山区的深谷里走去。一个小时之后,我们看到了犹太人亚哈随鲁。他走到贝拉斯克和我中间,接着讲起了他的故事。

流浪的犹太人的故事(续)

有一天,一名罗马法庭的书记官来到我家门前。我们请他进屋,他告诉我们,我父亲被指控犯有叛国罪,称他试图让埃及落入阿拉伯人之手。这个罗马人离开之后,德里乌斯对我父亲说道:"我亲爱的末底改,你没有必要为自己辩解,因为人人都知道你是无辜的。但你会损失一半的财产,你必须心平气和地放弃这些财产。"

德里乌斯的判断是对的,这场官司让我们家耗费了一半的财产。

到了第二年,有一天我父亲出门时,发现门前台阶上躺着一个奄奄一息的人。我父亲请人将他抬进屋内,想把他救活。但就在此时,执法官员们冲进我们家,连同隔壁住着的八个人,他们全都声称,亲眼见到我父亲杀害了这个人。我父亲在牢里被关了六个月,为了保他出来,我们家又耗费了另外一半财产,也就是剩余的全部财产。

我父亲仍然拥有房子的所有权,但他却无家可归了,因为我们邪恶的邻居家着了火。那是一个夜里,隔壁的邻居们趁乱冲进我们家,把家里的物品尽数偷走,还在我们家继续纵火焚烧。

到了第二天早上,我们的房子只剩下一堆灰烬,失明的德里乌斯在废墟中蹒跚地走着,而我父亲则抱着我,哀叹着自己的不幸。

商店开门之后,我父亲牵着我的手来到了面包店,这家的老板一直在为我家送货。老板看我们这么可怜,就送给我们三条面包。我们回去之后,德里乌斯告诉我们,在他独自一人的时候,有个人过来对他说道:"噢,德里乌斯,愿你的不幸也降临到西底加头上!原谅那些受他雇佣的人吧。我们是受雇过来杀害你们的,但我们饶了你们的性命。这里有一些钱,可以帮你们支撑一段时间。"

那个人给了德里乌斯一个钱包,里面有五十个金币。

这份意料之外的帮助让我父亲高兴起来。他找到一条烧得只剩下一半的席子,开开心心地把它铺在灰烬上,然后将三条面包放在上面,又拿着一个破损的陶罐去接水喝。我当时七岁,我记得在那一刻,自己和父亲同样高兴,还和父亲一起去了水槽接水。我也为这顿早餐做了贡献。

我们刚开始吃早饭时,一个和我同龄的孩子走了过来,他一边哭,一边求我们给他一点面包充饥。

"我是一个罗马士兵和一个叙利亚女人生的孩子,"他说道,"我母亲在生我时死于难产。我父亲战友的妻子们轮流哺育了我,她们都是随军的小贩。当然，我能长到这么大，也吃了很多别的食物。我父亲被派去与一群牧羊人作战，但他再也没有回来，他的战友们也都杳无音信。剩下的面包我昨天全都吃完了，我试着在城里讨些吃的，但家家户户都对我关上了门。我看到你们家既没有门，也没有房子，所以希望你们能施舍给我一些吃的。"

年迈的德里乌斯从来不会错过任何说教的机会，他对我们说道："这件事说明了，一个人就算穷困潦倒到底，也总有能力为其他人做一些事；相反地，一个人就算手眼通天，也总有需要他人帮助的时候。欢迎你，我的孩子，和我们一起分享这些苦难的面包吧。你叫什么名字？"

"我叫吉马努斯。"孩子说。

"祝你长命百岁。"德里乌斯说。他的这句祝福话一语成谶，因为这个孩子的命确实很长，他如今依然在世，生活在威尼斯，自称圣日耳曼伯爵[1]。

"我认识他，"乌泽达说，"他也略通一些卡巴拉密法。"

流浪的犹太人接着讲述起来。

我们吃过饭之后，德里乌斯问我父亲："地窖的门有没有被人破坏？"

我父亲回答说："地窖门还是锁着的，和火灾前一样，而且火焰并没有伤及地窖的天花板。""好的，"德里乌斯说，"从我收到的那个钱包里取两枚金币，去请几个工人来，围着地窖天花板的位置搭建一个棚屋。原先房子的瓦砾堆里，一定还有一些可以利用的建材。"

确实,有几根横梁和木板还完好无损。工人们用某种工艺将这些木材结合到一起,所有结构上都覆盖有棕榈叶和编席。这样,我们就拥有了一个舒适的小窝。在当地优越的气候条件下,我们已经别无他求了。在如此晴朗的天空下,一小片屋顶就已经足够,吃的虽然简单,但也是最健康的。因此可以说,和你们这边被称为温带的地域比较起来,在我们那里,贫穷并没有什么可怕的。

在我们搭建棚屋时,德里乌斯将一张席子铺在街道上,然后坐了上去,用腓尼基三角竖琴演奏了一曲。接着,他又演唱了一首华美的咏叹调,这是他当年为克丽奥佩特拉创作的。这位年逾花甲的老者嗓音依然迷人,吸引了很多人过来围观,大家都沉醉在他的歌声中。他唱完咏叹调之后,对大家说道:"亚历山大的市民们啊!请给可怜的德里乌斯一点施舍吧!你们的父辈都知道,我是克丽奥佩特拉的首席音乐家,也是安东尼最欣赏的乐师!"

随后,小吉马努斯捧来一个小陶碗,人们纷纷把钱投了进去。

德里乌斯设了一条规矩,每周只演唱和乞讨一次。每到这一天,整个街区的人们都围拢过来,给我们留下足够的钱之后,他们才会回家。这些施舍不但归功于德里乌斯的嗓音,也要归功于他的口才。他的演讲总是令人振奋,又富于教益,而且还穿插着许多趣闻轶事。由此,我们的生活还算过得去。但与此同时,我父亲由于遭受不幸命运的接连打击,健康状况不断恶化,一年不到就撒手人寰了。从此以后,只有德里乌斯一人照顾我们,他的嗓音变得苍老而沙哑,我们也只能凭借逐渐减少的施舍勉强过活。到了这年冬天,他咳嗽得很厉害,嗓子完全咳哑了,再也无法康复,这使得唱歌乞讨这条生路也断绝了。之后，我从培琉喜阿姆①的过世亲戚那里继承到一小笔钱。我仅分到五百金币，还不及我应得份额的三分之一。但德里乌斯告诉我，穷人是不能指望公平的，无论我们得到多少，都应该知足和感恩。于是他便以我的名义欣然接受了这笔遗产，并善加管理，使我的整个童年都衣食无忧。

德里乌斯没有忽略对我的教育，对吉马努斯的教育同样毫不放松。我们两人总有一个陪伴在他的身边。吉马努斯陪他的日子里，我会去街区里的一个犹太小学校上学。等到吉马努斯有空时，他会去信奉埃及女神爱希丝的一个祭司那里听课。那个祭司名叫卡埃莱蒙，后来，他作为火炬手参加了这位女神的崇拜仪式。每当他说起这些仪式的时候，我都会听得入迷。

流浪的犹太人讲到这里时，我们到达了休息点，于是他便走进深山之中。傍晚时分，大家都聚到一起，而吉普赛人首领也没有什么公务要忙，于是丽贝卡请他继续讲故事，他便讲述起来。

---

① 译注：古埃及城市，位于尼罗河最东边的入海口。

萨拉戈萨手稿

吉普赛人首领的故事（续）

　　托雷多骑士身上一定积累了很多罪过，因为他在告解神父那里忏悔了很长时间，他离开时泪流满面。走出教堂时，他似乎已经彻底悔悟了。他走过大门的时候看到了我，并示意我跟着他走。

　　当时天色尚早，街上没什么人。骑士叫住了我们遇到的第一个赶骡人，租了他的骡子，我们骑着骡子出了城。我提醒他，出门这么久，他家的仆人们可能会担心的。但他回答：“不会的，我已经预先告知过他们了，不必等我回来。”

　　"骑士先生，"我对他说，"您允许我对此事做出自己的评论吗？昨晚那个声音对您所说的内容，其实在您的教义问答书里也可以找到。您已经去忏悔过了，也毫无疑问得到了宽恕。不管怎么说，您可以稍微调整一下自己的做派，但不必如此苦恼自责。"

　　"噢，我的朋友，"骑士说，"一个人一旦听到了逝者的声音，他就命不久矣。"

　　我这时才意识到，我这位年轻的保护人以为自己就快死了，是这个念头影响了他。于是我决定，不能离开他半步。

　　我们沿着一条僻静的道路，穿越了一片荒芜的田野，一直走到一家卡玛尔迪斯修道院门前。骑士付清租用骡子的钱，然后便抬手敲门。一个修道士走过来。骑士做了一番自我介绍，然后请求在修道院里隐居几个星期。修道士带着我们来到花园深处的一个隐居处，并通过手势告诉我们，用餐时间会以铃声告知。我们的房间里放满了宗教书籍。骑士终日阅读,心无旁骛。至于我,我发现一个修道士在用杆子钓鱼,便加入了这个活动,这是我唯一的娱乐方式。

缄默不言是卡玛尔迪斯会的戒律。第一天时,我并没有为此而烦恼,但到了第三天,我就感到无法忍受了。至于骑士,他的忧郁与日俱增,很快就一言不发了。

我们在修道院里待了一周之后,我看到圣洛克教堂门前的一位同伴来到了此地。他告诉我,他看到我们骑着租来的骡子离开了,后来他又遇到了那个赶骡人,并从他那里听说了我们的去向。他还告诉我,我走之后大家都有点伤心,我们的小小队伍也快要散了;他本人正在服侍一个加的斯商人,那个人在一次不幸的事故中摔断了双臂和双腿,所以需要人照顾。

我告诉他,我在卡玛尔迪斯修道院里一天也待不下去了,想请他代替我照顾骑士几天。

他回答说,很乐意帮我的忙,但他担心无法服侍那位加的斯商人,会让对方感到失望。他是在圣洛克教堂门前接的活,如果自己食言的话,恐怕会对聚在那里的同伴们产生不利的影响。

我告诉他,我可以代替他去服侍那个商人。我发现自己已经在同伴们中间树立了一定的威信,这位同伴也并不想违背我的指令。我带他去见了骑士,并告诉他,我要回马德里去处理一些重要事务,需要离开几天,在此期间,我会请这位同伴来照顾他,这位同伴会和我一样尽心尽力的。骑士没有说话,而是用手势告诉我,他对这个替换计划没有意见。

于是我便回到了马德里,并立刻按照同伴的指示去了一家旅馆,但我发现,那位病人已经被转到了圣洛克大街上一位著名医生的家里。我毫不费力地找到了医生家，并告诉他，自己是代替同伴齐克托来照顾病人的，我的名字叫作阿瓦里托，我会像自己的同伴一样忠实地为病人服务。

医生告诉我，他可以接受我的服务，但我必须马上去休息，因为接下来的几天我都要连续陪夜。于是我就先睡了一觉，然后在当天晚上去医生那里报到。医生把我带到病人的床边，我看到这个人四仰八叉地躺在床上，姿势非常别扭，除了左手之外，他的四肢全都动弹不得。

这个病人其实是个长得挺不错的年轻人。他并没有得病，只是因为摔断了四肢而疼痛难忍。我想尽一切办法逗他开心，转移他的注意力，好让他忘记疼痛。最后，我终于说服了他，请他给我讲讲自己的故事，他便讲述起来。

洛佩·苏亚雷斯的故事

我是加的斯最富有的商人加斯帕·苏亚雷斯的独生子。我父亲的性格一向严厉古板，他规定我只能在他的商店柜台前工作，不许做任何其他事情。加的斯那些名门望族的子弟们常举办的娱乐活动，我父亲一律禁止我参加。我希望自己的一举一动都能符合父亲的心意，所以很少去剧院看戏，更是从不参加商业城市经常举办的那些周日节庆活动。

但我的头脑总是需要放松的,为此,我会去阅读一些有趣但又危险的书籍,也就是小说。小说读得多了,我自然对爱情产生了憧憬,但由于我很少出门,也从没有女子到我家来做客,所以我根本没有机会寄托自己的感情。

我父亲在宫中也开拓了一些生意,他认为这是让我认识马德里的一个好机会,于是便告诉我,他准备派我去马德里。我对此不但毫无异议,还感到非常高兴,因为我终于可以远离柜台上的铁栏杆和店铺里的灰尘,去呼吸更为自由的空气了。

出行的准备工作一切就绪之后,我父亲把我叫到他的书房里,对我说:

"我的孩子,你要去的那个地方并不像加的斯一样给予商人那么高的地位,商人们必须稳重谦逊地行事,以免让自己的职业蒙羞。这份职业给了他们荣耀,因为商业不但为国家繁荣做出了巨大贡献,也切实增强了国王本人的实力。我这里有三个忠告,你一定要严格遵守,否则我会对你加以严惩的。

"首先,我要求你避免与贵族结交。他们以为屈尊与我们说上几句话就算是给我们面子了。不能让他们产生这种误解,因为我们的名誉并不仰赖于他们的任何评价。

"第二,我要求你自称为苏亚雷斯,而不是堂洛佩·苏亚雷斯。头衔并不能提升一个商人的名誉,一个商人是否成功,只在于他是否拥有广泛的人脉和做生意的智慧。

"第三,我禁止你在任何情况下拔剑。为了入乡随俗,我允许你佩戴一把剑。但你必须记住,一个商人的荣誉只在于他是否能审慎稳妥地履行合同。这就是为什么我从不希望你参加任何危险的击剑课程。

"如果你违反了以上任何一项要求，都会招致我的怒火。不过我还有第四项要求，如果你敢于违反的话，不但会招致我的怒火，还会遭受到我父亲的诅咒，以及我的祖父、也就是你的曾祖父的诅咒，是他奠定了我们家族的基业。这最关键的一点就是，永远不要与宫廷银行家莫罗兄弟的家族发生任何直接或间接的纠葛。

"莫罗兄弟是这个世界上最诚信的人，这一点是无可指摘的，我禁止你与他们交往，一定让你感到很吃惊。不过，当你了解我们家族因为他们而遭受到的不公之后，你就不会再感到惊讶了。为此，我必须和你简单地讲一下我们家族的故事。"

苏亚雷斯家族的故事

我们家族财富的奠基者是伊尼戈·苏亚雷斯，他少年时曾在七大洋上搏击风浪，后来在玻利维亚波托西银矿的拍卖中购得了相当一部分股权，并在加的斯开办了一家贸易公司。

吉普赛人首领说到这里时，贝拉斯克拿出自己的笔记本，做了一些笔记。吉普赛人首领对他说："公爵先生准备开展某项有趣的运算吗？我的故事可能会让你分心的。"

"完全不会，"贝拉斯克说，"我正在为您的故事做笔记。伊尼戈·苏亚雷斯可能在美洲遇到了某个人，他可能会告诉他另一个人的故事，而另一个人也是有故事的人。为了理清故事的线索，我设计了一种关系列表，类似于循环数列的通项公式，之所以叫作循环数列，是因为最初的几个数值会不断重复出现。请您继续吧！"

吉普赛人首领接着讲起了故事：

为了创办公司，伊尼戈·苏亚雷斯准备与西班牙的商界巨头们结交为友。莫罗兄弟当时已经颇有声望了。伊尼戈向他们表达了建立长期合作关系的意向，也得到了他们的同意。为了尽快开展业务，伊尼戈在安特卫普设立了一个基金，以便在马德里结算。但是，当他收到拒付通知书和退回的汇票时，各位可以想见他有多么生气。接着，他又收到了一封道歉信。罗德里格·莫罗来信告诉他，自己日前陪内阁大臣去了圣伊尔德丰索宫①，来自安特卫普的确认函迟发了，而他的业务主管又不想违反公司的既定规范，现在，他愿意承担任何赔偿。但伊尼戈·苏亚雷斯已经受到了侮辱，他与莫罗兄弟断绝了一切来往，他临终时告诫自己的儿子，永远不要与莫罗家族打交道。

我的父亲鲁伊兹·苏亚雷斯一直谨守着他父亲的忠告，但一场意料之外的严重经济衰退，致使商贸公司数量锐减，他可以说是在万般无奈之下，才向莫罗家族求助的。对于自己的这个决定，他后来万般悔恨。我之前告诉过你，我们家在波托西银矿的拍卖中购得了相当一

---

① 译注：圣伊尔德丰索宫是西班牙国王的行宫，位于马德里以北80公里处。

部分股权。这意味着我们拥有大量实物白银,习惯于用银子来结算,因为实物不会受到汇率波动的影响。为此,我们打造了许多装实银的箱子,每箱存放一百磅的实银,价值两千七百五十七皮阿斯特外加六个里亚尔。这些箱子你应该见过一部分,我们用铁片箍牢箱子,并用带有我们家族标记的铅封密封起来,每个箱子都有独立的编码。它们曾去过印度,也去过欧洲和美洲,从没有人想过要打开检查,大家都愿意以收到实银形式的付款。在马德里,这种实银货币也广为人知。但是有一次,当某人用四箱银子向莫罗公司付款时,他们的业务主管不但要求开箱检查,还找人来检验了实银的成色。当这个侮辱性事件传扬到加的斯时,我父亲怒不可遏。后来,他确实收到了一封道歉信,来自罗德里格的儿子安东尼奥·莫罗。安东尼奥在信中称,他受到官廷的召唤,去了一趟巴拉多利德,等他回来之后,对于手下职员的举动大为恼火,那个职员是外国人,所以对西班牙的结算惯例不太了解。

我父亲对这样的道歉并不满意,他与莫罗家族断绝了一切来往,并在临终时告诫我永远不要与莫罗家族打交道。

我一直谨守着父亲的忠告,生意上也是一帆风顺。但是后来,一系列机缘巧合使我与莫罗家族发生了瓜葛。我忘记了父亲临终时的告诫,或者说,我没有把他的告诫放在心上,结果我遭遇了什么,我这就说给你听。

有一次,为了官中的生意,我必须去一趟马德里。我在那里认识了一位名叫利瓦德斯的退休商人,他在不同领域都有大量投资,并靠投资收益生活。我与此人意气相投,我们的友谊很快就升温了,直到那时,我才发现利瓦德斯是莫罗家族当时的当家人桑乔·莫罗的舅舅。我当时就应该和利瓦德斯断绝来往的,可我并没有那么做。相反地,我与他的友谊变得更加深厚了。

有一天,利瓦德斯对我说,既然我对于菲律宾的生意相当熟悉,他想在我当地的生意中入股一百万。我向他指出,既然他是莫罗家族当家人的舅舅,他就应该把投资委托给莫罗家族。

"不,"他回答,"我不想和自己的亲戚有金钱上的往来。"最后,他成功地说服了我,为他进行投资。由于我和莫罗家族没有任何瓜葛,他也更愿意通过我来进行投资。回到加的斯之后,我在每年发往菲律宾两条商船的基础上,又增加了一条商船,之后,我就没有再多想这件事了。

第二年,可怜的利瓦德斯去世了,桑乔·莫罗来信对我说,他的舅舅在我这里投资了一百万,他现在想把这笔钱要回去。我当时或许应该把入股协议的条款告知他的,但我不想和这个该死的家族有任何瓜葛,所以就直接把一百万还给了他。

两年后,我的商船返航了,我的资产翻了三倍,也就是说,其中的两百万是属于已故的利瓦德斯的。为此,我不得不写信给莫罗家族,告诉他们,我这里有两百万要交给他们。

他们回信说,这笔本金两年前就已经存入银行了,所以这件事早就已经了结了。你一定可以想见,我的孩子,这肆意的侮辱让我受到了多么大的冒犯。因为这等于是说,他们把这两百万施舍给我了。我和加的斯的几位商人谈起了这件事,他们告诉我,莫罗家的做法是对的,既然本金已经存入了银行,那么我所获得的利润,他们是无权分享的。我则拿出原始合同来证明,利瓦德斯的本金一直在商船上,如果这笔生意血本无归的话,我是有权把先前归还的那一百万要回来的。不过，我发现这些商人对莫罗家族过于崇拜，就算我向商业委员会提起申诉，他们的专业意见还是会向着莫罗家族的。

我又咨询了一个律师，律师告诉我，关于莫罗家族收回本金这件事，他们已故的舅舅生前并没有相关的指示。他的意愿是把钱投资在我的商船上，因此这笔本金应该说还在我的手里，而莫罗家族存入银行的一百万，是与此事毫无关系的另一笔钱。我的律师建议我，在塞维利亚法庭上起诉莫罗家族。我确实这么做了，作为原告，我在六年里花费了十万皮阿斯特；但就算我费尽周折，最后还是输掉了官司，那两百万仍然留在我的手上。

起初，我想用这笔钱建立一个慈善基金会，但我担心人们可能会认为，这份善意里也有一部分属于该死的莫罗家族。直到现在，我还是不知道该拿这笔钱怎么办。当我制订资产负债表的时候，我会在贷方一栏中少记两百万。所以你看，我的孩子，我有充分的理由禁止你与莫罗家族有任何来往。

吉普赛人首领讲到这里时，被人请到别处去处理事务了，我们也就各自散去了。

原注：

1 圣日耳曼伯爵（1707—1784）是一个声名狼藉的冒险家。

第三十三天

我们出发后不久,流浪的犹太人就加入了我们的队伍,继续讲起了他的故事。

流浪的犹太人的故事(续)

我们就这样在善良的德里乌斯的关怀下一天天长大,他虽然已经看不见了,但仍然用他的深谋远虑指引着我们,用他的忠诚劝告教育着我们。一千八百年过去了,现在回想起来,我漫长的人生中唯一有过快乐的岁月,就是我的童年时期。我敬爱德里乌斯,他就像一位慈父一样;我与吉马努斯的感情也很深厚,但我们常常会争论,争论的议题永远只有一个,那就是宗教。犹太会堂里宣讲的教义是容不下其他信仰的,我也深受其影响。我常对吉马努斯说:"你们崇拜的偶像有眼睛,却什么都看不见;他们有耳朵,却什么都听不见。他们的眼睛是金匠雕刻出来的,老鼠在他们的耳朵里做窝。"吉马努斯总是反驳说,这些偶像并不是天神,而我对于埃及的宗教一无所知。

他总是这样反驳我,反倒引发了我的兴趣。我问吉马努斯,是否可以请卡埃莱蒙[1]祭司亲自向我传授他的宗教,当然这一切只能暗地里进行,因为一旦犹太会堂知道了这件事,我一定会被逐出教会,颜面尽失。卡埃莱蒙很喜欢吉马努斯,所以他很高兴地答应了我的请求。第二天夜里,我来到爱希丝神庙旁的一片小树林里,吉马努斯将我介绍给了卡埃莱蒙,卡埃莱蒙让我坐到他身边,然后双手合十,开始了虔诚的冥想。过后,他用下埃及方言念起了一段祈祷词,这种方言我完全能听懂。

埃及祈祷书

噢,我的神,您是万物之父,只有您的信徒才能得见您的真容

您如此神圣,用言语创造了世界

您如此神圣,大自然代表着您的形象

您如此神圣,您是超越了自然的存在

您如此神圣,比任何力量都更强大

您如此神圣,比任何高峰都更高远

您如此神圣,比任何赞美都更完美

请接受我的心和我的口向您供奉的感恩之情

没有一种语言能够形容您,您在静默中与我们交谈

您消灭了一切谬误,它们是真理的敌人

请给我信心,给我力量,让您的恩典泽被苍生,包括那些尚处蒙昧之中的人民,还有那些已经对您有所认知的人

民，他们是我的兄弟，也是您的孩子

　　我信仰您，并且愿意公开宣扬我的信仰

　　我向往生命与光明

　　愿我能分享您的神圣之光，是您把这个心愿植入了我的心间

　　卡埃莱蒙念完祈祷词之后，转过身来对我说："我的孩子，如你所见，我们的宗教和你们一样，也信仰一位以言创世的神。你刚才听到的这段祈祷词摘自《太阳神的学问》[2]，我们认为这本书的作者是三倍伟大的托特，在所有的庆典上，我们都会将他的著作拿出来展示一番。我们现存的古籍手抄本之中，据说有两万六千本是出自这位两千年前的哲学家之手，但是，由于只有祭司们有权抄写这些古籍，他们极有可能额外添加了很多内容。此外，托特的著作里充满晦涩而又玄奥的抽象语言，可以引申出纷繁多样的解读。因此，我只向你传授最广为接纳的那些基本教义，它们与迦勒底人的教义多少有些类似。与世间万物一样，宗教本身在一股缓慢而持久的力量作用下，其形态和性质也在不断发生着变化。因而，几个世纪之后，一个宗教的名字也许还没有变，但其供人信仰的内容却发生了实质性的改变——寓言的初始含义已经无从追溯，而人们对教义也只剩下了一知半解。

　　"因此，我无法保证，自己向你传授的是正宗的古老宗教，在底比斯的奥西曼达斯[3]浮雕上，你可以看到那些古老的宗教仪式场景。我只能保证，我的老师教给我的内容和方法，我会原封不动地传授给我的学生。

　　"首先，我建议你不要执着于任何具体的形象和比喻，而是要

努力去理解这些物体所承载的精神内涵。由此来看，大地代表着所有的物质形态，神坐着莲叶在污泥上漂浮，代表着精神可以寄托在物质上，但又不受到物质的束缚。你们的律法制定者就曾用过类似的比喻，他曾说，上帝的精神体现在流水中。据说，摩西是由太阳城赫里奥波利斯的祭司们抚养长大的；你们的宗教仪式其实与我们非常接近。和你们一样，我们也有世袭制的祭司家族、也有先知、也施行割礼，诸如此类的相似之处还有很多。"

卡埃莱蒙的课讲到这里时，爱希丝神庙里的辅祭敲响了午夜的钟声。我们的教师告诉我们，他要回到神庙里去履行一些宗教职责，我们可以在第二天夜幕降临时再来找他。

"你们很快就要到达休息点了，"流浪的犹太人说，"因此，请允许我把剩下的故事留到明天再说。"

流浪者离开之后，我开始回想他所说的故事，发现其中包含着颇为明显的意图，想要模糊我们宗教的边界，以便为那些想劝我改变信仰的人煽风点火。但我的内心很坚定，看得清荣誉为我指明的是哪条道路，不管别人怎么怂恿我，他们都不会得逞的。

此时，我们到达了休息点。照常吃过饭之后，吉普赛人首领没什么事情要忙，便继续讲起了他的故事。

第三十三天

吉普赛人首领的故事（续）

年轻的苏亚雷斯讲完了他的家族故事之后，似乎有点累了，我明白睡眠对于他的康复来说至关重要，便请他把接下去的故事留到下一晚再讲。这一晚他睡得很好。第二天晚上，他的状态似乎恢复了不少，我看他还没有睡意，就请他继续讲故事，他便讲述起来。

洛佩·苏亚雷斯的故事（续）

我之前提到过，我的父亲禁止我使用"堂"这个头衔、拔剑或是与贵族结交，但最重要的是，不许我与莫罗家族有任何来往。我也告诉过你，我唯一的爱好就是阅读小说。我牢牢记住了父亲的告诫，然后访遍了加的斯的所有书店，购买了许多小说，以确保我的旅途充满乐趣。

最终，我登上了一艘三桅帆船，能离开我们那座炎热干旱、尘土飞扬的小岛，我心里感到十分快活。与此同时，安达卢西亚海岸上盛开的繁花也令我心醉神迷。我们的船驶入瓜达尔基维尔河，并在塞维利亚靠岸。我准备一找到合适的赶骡人，就离开那座城市。一位赶骡人向我毛遂自荐,他的马车比一般的马车更为舒适。我决定雇佣他,便把我从加的斯买来的书全都塞进了马车里,然后出发前往马德里。

从塞维利亚到科尔多瓦一路上美丽的乡村景色、如诗如画的莫雷纳山远景、拉曼恰当地人田园牧歌式的生活,这一切是如此的赏心悦目,让我读起小说来更有滋味了。我的心灵变得更加柔软,我用各种高贵优雅的情感充实自己的心灵。简而言之,当我到达马德里时,我已经深深陷入了爱河之中,尽管当时我还没有一个具体的爱的对象。到达首都的当天,我住进了马耳他十字旅馆,那时正值中午,人们很快为我准备好了午饭。接着,就像其他在旅馆过夜的旅人们那样,我把行李放到了旅馆房间里。这时,我听到门上有声响,看到门把手在转动,于是就走了过去,猛地朝外推开了门。我感到推门时有些阻力,应该是撞到了人。果然,我看到门外站着一个衣着光鲜的男子,正在揉着自己被门碰伤的鼻子。

"堂洛佩先生,"这个陌生人对我说,"我在旅馆里听说,鼎鼎大名的加斯帕·苏亚雷斯那尊贵的公子住到了这家店里,我特地来向您表达我的敬意。"

"先生,"我说,"如果您仅仅是想进门,我开门时应该会在您的额头上撞出一个肿块,但既然您受伤的部位在鼻子上,那我猜想,您当时可能是在透过锁眼偷窥。"

"太聪明了!"陌生人说,"您的智慧真是超群。您猜得没错,为了与您结识,我想先看一看您是怎样的一个人。您在房间里走动和摆放行李的动作是如此高贵,让我看得十分着迷。"

说完这些,陌生人便自说自话地进了我的房间,继续着他的演讲:"堂洛佩先生,本人是旧时卡斯蒂利亚的布斯柯罗斯家族的著名后裔,请不要把我们与那个来自莱昂地区的布斯柯罗斯家族搞混了。人们都知道我名叫堂洛克·布斯柯罗斯。但是从今往后,人们在提及我的时候,都会说我是您的忠实仆人。"

这时,我想起了父亲的告诫,便对他说道:"堂洛克先生,我必须告诉您,在我与父亲加斯帕·苏亚雷斯告别时,他禁止我使用'堂'这个头衔。此外,他还禁止我与贵族结交,由此,还请阁下理解,阁下的好意我是没有办法领受的。"

听到这些话,布斯柯罗斯变得严肃起来,他说道:"堂洛佩先生,您的话让我陷入了窘境,因为我的父亲在临终时曾告诫过我,在遇到著名商人时,一定要用'堂'这个头衔来尊称他们,并且一定要与他们结交。由此,阁下可以想见,如果阁下执意要遵守您父亲的告诫,那我就不得不违背我父亲的临终遗愿。无论您怎样回避我,我都会尽全力与您结交的。"

布斯柯罗斯的一番话让我感到既困惑又震惊。此外,他看上去十分严肃,由于我父亲禁止我拔剑,我只得想方设法地避免矛盾。

与此同时,布斯柯罗斯在我的桌上看到了几枚八字金币,每一枚与八个荷兰达克特金币等值。"堂洛佩先生,"他说,"我一直有收集八字金币的习惯,您桌上的那几枚正好是我所缺的那几个年份。您也知道,集齐一整套有多么重要,我相信,我给予您这个向我施恩的机会,您一定会感到很高兴;或者说,是命运给了您这个机会,因为这种从1707年开始铸造的金币,我差不多集齐了所有年份,就只缺这两枚了。"

我把那两枚八字金币送给了布斯柯罗斯,心里只盼着他能快点离开,但他并不是这么打算的。

布斯柯罗斯神情严肃地对我说:"堂洛佩先生,我觉得我们共用一个盘子或共用一套刀叉来用餐是不太合适的,我会请人再送一套餐具过来。"

布斯柯罗斯照此吩咐下去,人们把午饭送进房间。我不得不承认,这位不请自来的客人言谈还是非常风趣的。如果不是违背了父亲的告诫,会让我感到有些苦恼,我倒是很愿意与他共进午餐的。

布斯柯罗斯吃完饭之后,马上就离开了。等到午间的暑气消散之后,我请人带我去了普拉多大道。那里的美景令人赞叹不已,但我还是更想去看一看丽池花园。这个静谧的花园常在爱情小说中出现,我有一种预感,觉得自己也能在那里收获一份甜蜜的感情。

花园中的景致如此秀美,难以用语言来形容,我沉醉在内心的赞叹与喜悦之中。过了好一阵,几码之外的草丛里有一个闪闪发亮的东西吸引了我的注意。我把它捡了起来,发现那是一个挂在金链子上的肖像吊坠。肖像上画的是一个非常英俊的男子,吊坠背后还有一缕用金丝带束起来的头发,金丝带上印着:"亲爱的伊妮丝,我完全属于你。"我把吊坠放进口袋,继续散步。

走回到原先那个地方时,我遇到了两位女子,其中一位非常年轻漂亮,她正在草丛里寻觅着什么,脸上带着焦急的神情,应该是丢失了重要的东西。我很快猜到,她正在寻找那个肖像吊坠。我恭敬地走上前去,对她说:"女士,你要寻找的东西应该就在我这里,但是为了保险起见,我希望你能描述一下这个物品,以证明它是属于你的,这样我也好把它交还给你。"

"先生,"美丽的女子说,"我在找一个连着金链子的肖像吊坠,这是断掉的一截金链子。"

第三十三天

"肖像吊坠上有什么题词吗?"我问她。

"有的,"女子回答时,脸上微微泛起红晕,"上面写着,我的名字是伊妮丝,而肖像的主人完全属于我。这样可以了吧,你还有什么问题?"

"女士,"我说,"你还没有告诉我,这个幸运的男子是以何种方式属于你的。"

"先生,"女子说,"我回答你的问题是为了让你放心,不是为了满足你的好奇心。我不知道你有什么资格问我这样的问题。"

"我的好奇心,"我回答,"更准确地说,应该是我的关心。至于我有什么资格问这样的问题,我必须向你指出,那些拾金不昧的人通常会得到一笔不菲的奖赏。我向你要求的奖赏,就是请你告诉我实情,尽管这可能使我成为最不幸的男人。"

这位美丽的女子神情严肃地对我说:"第一次见面,你的言行就如此大胆,照你这么做,很可能就没有第二次见面的机会了。不过,我愿意满足你的好奇心,这肖像上画的是……"

就在此时,布斯柯罗斯突然从旁边一条小径里冒了出来,十分殷勤地打起了招呼。"女士,祝贺您,"他说,"认识了这位加的斯富商的贵公子。"

女子的神情变得非常愤怒。"你都不知道我是谁,就敢用这种语气和我说话,我可不是你以为的那种人。"之后,她又对我说:"先生,请把你找到的那个肖像吊坠还给我。"

拿到吊坠之后,她就上了马车,离我们远去了。

有人来找吉普赛人首领,首领请我们允许他把后面的故事留到第二天再讲。他离开之后，美丽的丽贝卡——如今大家都叫她劳拉——对贝拉斯克说："公爵先生，对于年轻的苏亚雷斯的高贵情感，你有何看法？你是否曾腾出时间来思考，这种被称为爱情的东西是怎么回事？"

"女士，"贝拉斯克回答，"我的理论体系涵盖了大自然的各个领域，当然也能够解释大自然在人心中植入的七情六欲。我对所有情感形式都进行了研究和定义。对于爱情的研究特别顺利，因为我发现爱情可以用代数语言来描述，如你所知，凡是可以用代数来描述的问题，通常都可以得到令人满意的解答。

"假设我们将爱情设定为正值，用正号来表示，那么作为爱情的对立面，仇恨就应该用负号来表示，而漠不关心、也就是毫无感情的状态，它的值等于零。

"如果我用爱情乘以爱情，不论是'我爱上了爱情'，还是'我爱这种爱上爱情的感觉'，我最后得到的都是正值，因为正数与正数相乘，得到的永远是正数。

"不过，如果我'痛恨仇恨'，我得到的是爱，或者说是正向的感情，因为负数与负数相乘，得到的是正数。但是，如果我'痛恨对于仇恨的痛恨'，我就又回到了爱的对立面，也就是说，得到了一个负数，因为负数的三次方还是负数。

"至于爱与恨的乘积，或者恨与爱的乘积，它们永远是负数，因为正数与负数相乘，或者负数与正数相乘后，得到的永远是负数。所以，无论我'恨爱情'还是'爱仇恨'，我总是站在爱的对立面。美丽的劳拉，对此你有何异议吗？"

"完全没有异议，"犹太姑娘说道，"而且我确信，听到这样的论证之后，所有女人都会放弃争辩的。"

"我并不希望是这样，"贝拉斯克继续说，"如果她们这么快就放弃了，可能会跟不上我的思路，无法理解这套理论所引申出来的推论或结论，所以我还是继续论证吧。既然爱与恨和正数负数的运算规则一致，那么我就可以把恨写为'负爱'，但不要把'负爱'和'漠不关心'混为一谈，因为后者的值是零。

"现在，让我们来观察一下情侣们的行为。他们先是彼此相爱，接着又彼此仇恨，然后又对这种仇恨的行为悔恨不已，于是他们更加珍惜和深爱对方，直到又一个负面事件把一切感情推向反面。我们可以明显地观察到，乘积呈现出正负交替的规律。到了最后，你听说那个人刺死了自己的女朋友，这时你可能会陷入困惑，不知道这到底是由爱还是恨导致的结果。好吧，根据代数的规则，当指数是奇数时，你可以求出根x究竟是正数还是负数。

"这套理论能够在现实中得到验证，爱情常常始于小小的看不惯，这是一个微小的负值，我们用$-b$来表示。这种看不惯会导致两人发生争执，我们用$-c$来表示争执。当这两个数值相乘时，我们得到的乘积是$+bc$，这是一个正值，也就是相爱的感觉。"

这时，劳拉·德·乌泽达打断了贝拉斯克的论述，对他说："公爵先生，如果我没有理解错的话，爱情最好的表达方式，就是（x-a）的乘方不断增长的过程，这里的a值要远远小于x值。"

"亲爱的劳拉，"贝拉斯克说，"你读懂了我的思想。是的，迷人的姑娘，了不起的牛顿发明的二项式定理，将指引我们探索人类的心灵，就像其他任何运算项目一样。"

之后，我们就各自散去了。从那天起，我们可以很明显地看出，美丽的以色列姑娘在贝拉斯克的脑中和心上都留下了深刻的印象。鉴于他和我一样,也是戈麦雷斯家族的一个后人,我相信,这位迷人的姑娘对他的吸引力,会被人当作劝他改信伊斯兰教的工具。接下去发生的事情,证明了我的推测是正确的。

原注:
1 哲学家杨布里科斯(约250—330)在《埃及秘仪》中提及的一个名字。
2 该书实际由新柏拉图主义作家写于较晚时期,并被假托为"三倍伟大的赫尔墨斯"(即埃及神话中的托特)所著。
3 指拉美西斯二世(约公元前1279年—公元前1213年)。

第三十四天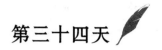

我们一大清早就上路了。流浪的犹太人没想到我们会这么早出发,所以走到很远的地方去了。我们等了他很长时间。最后,他终于出现了,走到我的身边,继续讲起了故事。

流浪的犹太人的故事(续)

"虽然我们崇拜各种偶像,但我们也深信存在一个唯一的至高无上的神。"第二天夜里,卡埃莱蒙对我们说,"托特的文章明确指出了这一点,对此他所述如下。"

神是静止、独立、自成一体的,人们无法用思想与他连通,也没有任何事物能与他融为一体。他是他自己的父亲,也是他自己的儿子,他是神唯一的父亲。他就是美德,他是一切思想和基本要素的源泉。这唯一的神存在的原因,只有他自己能够解释，因为他自成一体，没有来处。他是一切的起源，是万神之神，是不可分割的统一体，是一切要素的源泉。他存在于思想诞生之前，所以被称为诺亚塔克。[1]

"你们看，我的朋友们，"卡埃莱蒙继续道，"我们对于神性的理解，比其他宗教都要透彻高深。不过我们也相信，这唯一的神身上的种种特性，以及他与我们交流时的部分表现，都可以分别单独拿出来作为崇拜的对象。我们可以把它们称为不同的神明，或者更准确地说，是不同的神圣美德。

"因此，我们将神的思想称为'艾迈弗'，当它以言语的形式呈现时，我们将其称为'托特（说服）'或是'奥迈特（解读）'。

"当神的思想——真理的卫士——降临到人间，并施展他的创造力时，我们将其称为'阿姆恩'；当神的思想带来艺术的力量时，我们将其称为'普塔'或'伏耳甘'；当神的思想展现出最为仁慈的一面时，我们将其称为'奥西里斯'。

"我们认为，至高无上的神只有一个，但当神泽被苍生时，其表现形式丰富且无穷。因此，我们将他视为众多神明的结合体完全没有不敬的意思，因为在我们凡人的感知中，神的特质确实是多面且多元的。

"至于半神精灵，我们相信每个人心中都住着两个——善良和邪恶。勇士的灵魂特质与半神精灵类似，尤其是那些第一流的灵魂。

"神明的性质就像是以太，勇士与半神精灵的性质就像是空气，而凡人的灵魂则带有物质属性。我们将神的旨意喻为光芒，它填满了整个宇宙的所有空间。

第三十四天

"古老传说中常常提到天使,或者来自天上的信使,他们的职责是传递神的旨意以及其他神明的意愿,希腊化的犹太人称其为天使长。

"那些被任命为祭司的人相信自己有神力,能够召唤神明、半神精灵、天使、勇士和幽灵现身。但此类法术一旦施行,必定会打乱宇宙运行的秩序。神明降临到人世间时,太阳或月亮会在凡人眼中消失一段时间。

"天使长周身的光环比普通天使的光环更耀眼;勇士精灵的光环比不上天使,但比凡人的光环更明亮;凡人受到阴影的遮蔽,周身的光环十分黯淡。黄道十二宫的王子们出现时,皆伟岸庄严。这些不同属性的神灵们现身时,还伴有各种不同的场景变化,以此来互相区分。比如,邪灵现身时总会给周遭环境带来有害的影响。

"至于偶像,我们相信,如果在塑造偶像时结合特定的天象并辅以一定的法术仪式,偶像就会带有一部分神的属性。但这种伎俩与神的真理相去甚远,而且具有误导性,所以我们会让低级的祭司去做这些事,我本人则有幸属于高级祭司。

"当一名祭司召唤神灵时,他身上多少就具有神灵的部分属性。尽管如此,他仍然是一个凡人,但有部分神性寄托在他的肉身里。他以某种方式与其神灵融为一体。当处在这种状态中时,他可以轻易地控制野兽或是地上的精灵,也能命令幽灵离开它们寄生的人体。

"通过混合石料、草药和动物体,我们的祭司们有时可以创造出一种能够承载神性的混合物,但只有祈祷词才是祭司与神灵交流的真正纽带。

"前面提到的所有这些仪式和教义,我们并不认为其来源于托特,或生活在奥西曼达斯①时代的第三代使神墨丘利②。我们认为,它们真正的作者应该是先知比提斯,他生活在大约托特之前的两千年前,他所阐述的是第一代使神墨丘利传达的教义。但正如我之前所说的,随着时间流逝,教义会发生改变和增减,我相信,这个古老的宗教传到现在,一定已经掺杂了不少的虚假内容。

"最后,我可以坦白告诉你们,我们的祭司有时候甚至会威胁神明。在献祭过程中,他们可能会说出这样的话——如果您不能满足我的心愿,我就会告诉世人,爱希丝女神正满怀嫉妒地隐瞒着什么。我会将地狱里的秘密公之于众。我会撬开奥西里斯的棺材,让他的尸块散落一地。

"坦白说,我并不赞成使用此类咒语,迦勒底人对此是完全弃绝的。"

卡埃莱蒙的课讲到这里时,神庙里的辅祭敲响了午夜的钟声。快要到休息点了,请允许我先讲到这里,明天再接着讲。

流浪的犹太人离开后,贝拉斯克对我们宣称,犹太人的故事毫无新意,他所说的一切都能在杨布里科斯的书中找到。"我认真钻研过这本书。"他说,"我一直不能理解,既然评论家们认为哲学家波菲利写给埃及人阿内本的信是真实存在的,那他们为什么又要怀疑埃及人阿巴蒙给波菲利的回信是波菲利伪造的呢?我的看法恰恰相反——我认为波菲利直接将阿巴蒙的回信内容放到了自己的书里,并添加了

---

① 译注:即拉美西斯二世。
② 译注:即希腊神赫尔墨斯。

若干对于希腊哲学家和迦勒底人的评论。"[2]

"管它什么阿内本还是阿巴蒙呢,"乌泽达说,"我可以保证,那个犹太人说的都是纯粹的事实。"

我们到达了休息点,简单吃过饭之后,吉普赛人首领有了空闲,便继续讲起了他的故事。

吉普赛人首领的故事(续)

年轻的苏亚雷斯讲到了他的花园偶遇是如何结束的,这时,他看上去有了睡意。睡眠对他的康复来说非常重要,于是我就让他赶紧休息。到了第二天夜里,他接着讲起了故事。

洛佩·苏亚雷斯的故事(续)

离开丽池花园时,我心中充满了对于美丽女子的爱意和对布斯柯罗斯的愤慨之情。第二天是周日,我想,如果跑遍本地的教堂,我可能会遇到我念念不忘的那位女子。在前三家教堂里我一无所获,但在第四家教堂里,我找到了她。弥撒结束之后,她在离开教堂的路上特意从我身边走过,并对我说:"肖像上的人是我哥哥。"

她走远了之后,我还呆立在原地,沉醉在那只言片语之中。她之所以要特意对我说那句话,让我放心,一定因为对我产生了兴趣。

回到旅馆之后,我请人把午饭送到房间里,并盼望着布斯柯罗斯不要再出现。但他还是端着汤进了我的房间,对我说:"堂洛佩先生,我回绝了二十个邀请,正如我之前所说,我会一心一意地为阁下效劳。"

我特别想对这位堂洛克先生出言不逊,但我记起了父亲的忠告,永远不要拔剑,所以还是劝自己要避免矛盾。

布斯柯罗斯又命人送来一套餐具,并坐到桌边,用一种扬扬自得的语调对我说:"您必须承认,堂洛佩先生,昨天我帮了您一个大忙。我在不经意间让那位女士知晓了您是一位富商之子。她装出一副十分恼怒的样子,只是为了让您相信她对于财富的诱惑毫不动心。您可别信这一套,堂洛佩先生,您确实既年轻又聪明,还有一张英俊的脸。但当别人爱上您时,金钱自然会显现出它的功用。我本人却不用担心这件事,若别人爱上我,爱的就是我这个人,在我的情感际遇里,从来没有自私自利的成分。"

布斯柯罗斯就这么喋喋不休地说个没完,等到吃完午饭之后才离开。傍晚,我来到丽池花园,心中隐隐有些预感,美丽的陌生人今天不会来。她确实没有出现,布斯柯罗斯却出现了,他和我在花园里度过了整个晚上。

第二天,他又来和我一起吃午饭,离开时对我说,他会在丽池花

第三十四天

园里等我。我告诉他今天不准备去那里。到了傍晚时分,由于我确定他不会信我的话,于是便在去丽池花园的路上先躲在了一家店铺里。我在店里待了没多久,就看到布斯柯罗斯走过。他去了丽池花园,当然没有找到我,我看到他又原路返回了。然后,我才走进花园,在里面逛了几圈之后,那位美丽的陌生女子终于出现了。我彬彬有礼地问候了她,她看上去也并没有什么不快。我很犹豫,要不要对她在教堂里说的那句话表示感谢。

看到我窘迫的样子,她先开了口,微笑着说:"你声称如果一个人归还了失物,他就有权索要奖赏。由于你找到了这个肖像吊坠,就想了解我与肖像中人的关系。现在你已经知道了,所以别再问其他问题了,除非你能找到我的其他失物,那样你才有权索要更多的奖赏。不过,我们常常这样并肩散步,是不太妥当的行为。再见了。如果你有话要对我说,我并不禁止你与我攀谈。"

女子彬彬有礼地向我告辞,我也对她深深地鞠了一躬。随后,我来到一条相邻的平行步道上,出神地望着我原先走过的那条小径。陌生女子散了一会儿步之后,就离开了花园,在登上马车时,她最后看了我一眼,眼神让我感到十分温暖亲切。

第二天早上,我仍旧沉浸在这种心情中,痴痴地遐想着这份爱情的未来。我觉得不久之后,美丽的伊妮丝就会允许我给她写信了。由于我从未写过情书,觉得还是有必要练习一下,以便掌握这种文体。于是我就拿起笔,写下了这样一封信:

> 颤抖的双手交织着我羞怯的感情,让我难以写下这些词句。而文字又能表达些什么呢?一个凡人如何能写下爱神的

旨意？没有一支笔能够描绘这神圣的爱情。

　　我想把自己的感情寄托在这张纸上，但它们却逃离我的笔端，飞到了丽池公园的树林里。因为你在沙地上留下的纤纤足印，让它们流连忘返。

　　这座国王的花园，是否真如我想象中那般美丽？不——我眼中的美景，全都是你赋予的。假如人人都能在此地发现同等美景，这座花园又怎会有荒芜的一日？

　　这座花园芳草依依，茉莉争相吐露着芬芳，你路过的那片树林，嫉妒着自己那片浓情蜜意的树荫，更加充满活力地抵挡着正午暴晒的阳光。而你只是路过而已。却已经住进了我的心中，在这颗心里，你会做些什么呢？

　　写完信之后，我又从头读了一遍，觉得内容过于浮夸，于是既不想当面呈交这封信，也不想把它寄出。不过，为了让自己再沉湎在这个白日梦中，我还是把它装进了信封，并写上了"致美丽的伊妮丝……"随后，就把信丢进了一个抽屉里。

　　那晚我想出去走走，于是就到马德里的大街小巷里闲逛起来，在路过白狮旅馆时，我欣喜地想到：如果在这里吃饭，我就可以躲开那个该死的布斯柯罗斯了。于是我就在那里吃了饭才回到了自己的旅馆。我打开抽屉时，发现那封情书不见了。我问了我的随从，他们都说只有布斯柯罗斯一个人来过。我确信是他拿走了信，也很担心他拿着信做出什么傻事。当天傍晚，我没有直接去丽池花园，而是像上次一样躲在了同一个店铺里。不久之后，我就看到美丽的伊妮丝的马车经过，布斯柯罗斯则跟在马车后面跑着，手里还挥舞着一封信。

他过分激动的动作和喊声让马车停了下来,趁此机会,他把信递到了收信人手上。接着,马车继续往丽池花园驶去,然后布斯柯罗斯便离开了。

我无法想象这场闹剧将如何收场,只能拖着脚步朝花园走去。我看到伊妮丝和她的同伴正坐在树荫下的一条长椅上。

她示意我过去,并邀请我坐下,接着说道:"先生,我觉得有必要开门见山地和你谈一谈。首先,请你告诉我,你为什么要给我写这些荒唐的东西;其次,你为什么要让那个厚颜无耻的人来给我送信,你明明知道我很不喜欢那个人?"

"女士,"我回答道,"这封信确实是我写的,但我并不想给你。我写这封信只是为了感受一下写情书的快乐,写完之后我就把它放进了抽屉里。那个可恶的布斯柯罗斯正是从抽屉里偷走了信。自从我来到马德里之后,他就一直阴魂不散地缠着我。"

伊妮丝笑了起来,然后用一种大度的姿态读着我的信,然后说道:"你叫堂洛佩·苏亚雷斯?你和加的斯那位有名的富商有什么亲戚关系吗?"

我回答说:"我正是他的儿子。"

接着,伊妮丝说了一些无关紧要的事情,然后就回到了马车上。上车前,她对我说:"这封荒唐的信留在我这里不太妥当,我把它交还给你。但请你好好保管,也许有一天,我会问你要这封信的。"把信还给我之后,伊妮丝握了握我的手。

在此之前,还从没有女子握过我的手。我在小说中读到过这样的桥段,但仅仅阅读文字,却无法领略其中的妙处。我觉得,以此来表达情意,是一种颇有魅力的方式。回到旅馆时,我觉得自己已经成为了全世界最幸福的男人。

第二天,布斯柯罗斯又屈尊与我共进午餐。"您看,"他说,"那封信到达了它的目的地。我可以从您的脸上看出,那封信发挥了它的作用。"

我被迫承认,我欠了他一份人情。

将近傍晚时分,我来到丽池花园,在入口处看到了伊妮丝。她走在我前面大约五十步远的地方,身边没有女伴,只有一个随从远远地跟在她身后。她回头看了看我,然后继续朝前走,并把她的扇子丢到了地上。我把扇子捡起来还给她,她大方地接了过去,然后说道:"我答应过你,当你归还我的失物时,我会给你相应的奖赏。我们在长椅上坐一会儿,把这件事办妥吧。"

她把我领到了前一晚的那条长椅边说:"好吧,你把肖像吊坠还给我的时候,你知道了上面画的是我的哥哥。这次你又想了解些什么呢?"

"噢,女士,"我回答,"我想知道你是谁,叫什么名字,是哪家的姑娘。"

"听着,"伊妮丝对我说道,"也许你以为,你家的财富会让我惊叹,但是当你知道了我是谁,就会打消这个念头的,我父亲和你父亲同样富有,他就是银行家莫罗。"

"天哪!"我大喊道,"我没有听错吧?噢,女士,我真是这世上最不幸的男人。要是我对你动了心,就会遭受我父亲的诅咒,还有我的祖父和曾祖父伊尼戈·苏亚雷斯的诅咒,我的曾祖父曾在七大洋上搏击风浪,后来又在加的斯开办了贸易公司。我真是连死的心都有了。"

第三十四天

　　就在这时，布斯柯罗斯从长椅背后的树丛中探出头来，把脑袋伸到伊妮丝和我中间，对伊妮丝说："别信他的话，女士，这是他摆脱别人时惯用的伎俩。当他不愿意与我来往时，就声称他的父亲禁止他与贵族结交。如今，他又声称害怕惹恼自己的曾祖父伊尼戈·苏亚雷斯——那个曾在七大洋上搏击风浪，后来又在加的斯开办了贸易公司的人。女士，您不必气馁，像他这样的贵公子确实没有这么容易上钩，不过总有一天会的。"

　　伊妮丝无比愤怒地站起身来，走向了她的马车。

　　吉普赛人首领讲到这里时，有人过来打断了他的故事，当晚我们也没有再见到他。

原注：

1 这段话以及后文中的大部分内容，都是对于杨布里科斯《埃及秘仪》一书中vii. 2-6章节的简略翻译或意译。

2 如前文所述，这些内容确实来自杨布里科斯的著作。

第三十五天

流浪的犹太人的故事（续）

我们再次上马出发，走向大山深处。大约一小时之后，流浪的犹太人出现了。他像之前一样，走到贝拉斯克和我中间，接着讲起了他的故事。

第二天晚上，可敬的卡埃莱蒙继续亲切地为我们授课，他对我们说："昨晚我讲了很多内容，还没有来得及提到一条在这里被广为接纳的教义，这条教义在希腊人中更是广为人知，这都要归功于柏拉图引领的时尚。我说的这条教义，就是对于圣言——或曰神的智慧——的信仰，我们有时将圣言称为'曼德'，有时称为'迈特'，有时称为'托特（说服）'。

"我要告诉你们的第二条教义是由三代墨丘利之———三倍伟大

的托特①——建立的。他认为,神性可以分为三个部分,即被称为圣父的神本身、圣言和圣灵。

"这些就是我们的教义。我们的戒律也同样纯粹,尤其是对于祭司们来说。谨守美德、斋戒和祈祷是我们生活的组成部分。

"我们只吃素食,这使得我们血管中流动的血液不容易过热,这样就能更好地控制自己的感情。阿庇斯神的祭司们甚至完全放弃了与女性之间的情爱行为。

"这就是我们宗教的现状。它与古代宗教有几个方面的重要差异,例如灵魂转世说,如今已经没什么人相信了,但在七百年前,毕达哥拉斯来我们国家访问时,灵魂转世说还拥有众多信徒。我们的古老神话中提到许多行星之神,被称为守护者。但是如今,只有用星座来算命的人还相信这些教条。正如我之前所说,宗教和世间万物一样,都处在不断的变化之中。

"最后,我要和你们讲一讲我们神圣的秘密仪式。我会告诉你们需要了解的与此有关的一切。首先,我可以向你们保证,就算你们得到了秘仪启蒙,也不会对我们的神话起源有更多的了解。翻开历史学家希罗多德的书看一看吧!他是一个略通秘仪的人,恨不得在每一页上都吹嘘这件事,但他在研究希腊诸神的起源问题时,水平就和普通人差不多。

"他所谓的神圣语言,与真实历史毫无关系,而是罗马人所称的'turpiloquens',也就是不洁的语言。每个入门者都会听到一个与日常道德相悖的惊人故事。在希腊的埃莱夫西斯,说的是宝珀女神如何

---

① 译注:特里斯梅季塔斯,或称"三威"。

接待谷物女神刻瑞斯的故事；在小亚细亚的弗里吉亚，说的是酒神巴库斯的放荡爱情故事。

"在埃及，我们认为此类不雅故事是一种隐喻，暗示了万物的本质是多么地粗鄙，这些故事的意义也仅限于此。一位名叫西塞罗的罗马著名执政官最近刚写了一本书，论述了神的性质[1]。他承认，自己并不知道意大利的宗教仪式源自何处。不过他是一名占卜官，所以参与了伊特鲁里亚人宗教中的所有秘仪。关于秘仪启蒙的所有故事都明显带有愚昧的色彩，由此可见，秘仪启蒙并不能让我们更多地了解我们宗教的起源。起源是很久很久以前的事了。在奥西曼达斯浮雕上，已经能看到祭祀奥西里斯的仪式场景。对于阿庇斯和奈未斯[2]的崇拜，是酒神巴库斯三千多年前带入埃及的。

"因此，秘仪启蒙既不能揭示宗教的起源，也无法让我们对神的历史或象征物的含义有更多的认识。不过，秘密仪式对于人类还是很有用处的。那些自认为犯了重罪，或是双手被杀戮所玷污的人们，会去秘仪祭司那里忏悔自己的罪过，并通过浸礼来净化自身。在这一有益的风俗出现之前，许多人没有机会接近圣坛，只能被社会抛弃，落草为寇。

"在波斯太阳神密特拉斯的秘仪上，入门者都会得到面包和葡萄酒，这顿餐食称为'圣餐'。罪人们得到了神的宽恕，过上了比先前更为纯洁的新生活。"

这时，我打断了流浪的犹太人的话，并指出，我认为圣餐是基督教独有的仪式。

贝拉斯克随后说道："请原谅我，不过流浪者的说法和我在殉道者游斯丁的著作中所读到的内容是一致的，游斯丁甚至还补充说，他发现这其实是魔鬼的恶行，它预先模仿了基督徒们日后会进行的仪式。不过，流浪的犹太人先生，请继续讲你的故事吧。"

于是，犹太人接着讲了起来。

"不同宗教的秘仪中，"卡埃莱蒙说，"还有另一种共通的仪式。一个神明去世之后，人们将他埋葬，进行几日的哀悼。接着，这个神明会起死回生，令众人欢欣鼓舞。有人认为，这种仪式象征着日落日升，但大部分人都认为它象征着土里的种子。"

"年轻的以色列朋友，关于我们宗教的教义和仪式，我大致都讲给你听了。"祭司说，"你看，我们并不是偶像崇拜者，尽管你们的先知常常这样指责我们，不过我承认，你们的宗教信仰和我们的宗教信仰，都已经不能满足国民的需要了。如果我们环顾四周，就会发现到处都是不安的情绪和喜新厌旧的追逐。"

"在巴勒斯坦，人们成群结队地走进沙漠，聆听那位在约旦施洗礼的新预言家的教诲。在这里，你会发现到处都是巫医、江湖郎中和那些把波斯宗教与埃及宗教混为一谈的波斯麻葛。年轻的数学家阿波罗尼奥斯[①]披着一头金发，在不同的城镇间游走，把自己当作毕达哥拉斯一样的人物。街头杂耍艺人们自称为爱希丝女神的祭司。旧的仪式已被遗忘，神庙里荒草丛生，圣坛上的香火早已断绝。"

[①] 译注：阿波罗尼奥斯（Apollonius of Perga，约公元前262年—公元前190年），古希腊数学家，与欧几里得、阿基米德齐名。

流浪的犹太人说到这里时，发现我们很快就要到达休息点了，便遁入一道深谷之中，很快就不见了踪影。

我把贝拉斯克公爵带到一边说："关于流浪的犹太人给我们讲的故事，我想听听你的意见。其中有些内容对我们来说是有忌讳的，我觉得这些内容与我们所信仰的宗教教义相悖。"

"阿方索先生，"贝拉斯克回答，"你这些虔诚的想法，在任何理性的人眼中都会得到尊重的。可以说，与你相比，我的信仰更加达观，但同样热烈而纯粹。关于这一点，我的理论体系中自有明证，我之前好几次和大家谈起过这套体系，概括来说，它是对于天道及其无穷智慧的一系列思考。"

"因此，我认为，阿方索先生，既然我可以无所顾忌地听他的故事，那你也大可不必有什么顾虑。"

贝拉斯克的回答让我彻底放下了思想包袱。到了晚上，吉普赛人首领有了空闲，便继续讲起了他的故事。

吉普赛人首领的故事（续）

年轻的苏亚雷斯给我讲了丽池花园里那令人难堪的一幕之后，他似乎渐渐有了睡意。我知道睡眠对他的康复极为重要，便让他好好休息。第二天晚上我去陪夜时，他接着讲起了自己的故事。

洛佩·苏亚雷斯的故事（续）

我对伊妮丝依然念念不忘，你也可以想象，我对布斯柯罗斯有满腔的怒火要发泄。尽管如此，这个厚颜无耻之徒第二天又出现在了我面前，就在汤刚端进来的时候。他吃饱喝足之后，对我说："堂洛佩先生，可以想象，在您这个年纪，并不会把婚姻当作头等大事。但很多人年纪轻轻就定了终身，实在是一件傻事。不过，为了拒绝一位女子的爱意，就搬出您的曾祖父伊尼戈·苏亚雷斯，那个曾在七大洋上搏击风浪，又在加的斯开办了贸易公司的人，称他会因此而恼怒，这种做法确实有些荒唐了。幸好当时有我在，多少为您打了圆场。"

"堂洛克先生，"我回答，"既然您已经为我做了这么多，那就请您再为我做一件好事，今晚不要再去丽池花园了。我想，美丽的伊妮丝很可能不会再去那儿了，就算她去了也不会和我说话的。不过，我还是想到昨晚与她相会的那条长椅上去坐一坐，为自己的不幸命运尽情哀叹和痛哭一场。"

布斯柯罗斯神情十分严肃地说："堂洛佩先生，阁下刚才对我所说的这些话，使我受到了深深的伤害，会让我以为我对您的无私奉献并不能有幸得到您的赞赏。我当然可以让您为自己的不幸命运独自哀叹痛哭一场，但万一美丽的伊妮丝出现了呢？要是我不在场，谁来为您的轻率举动打圆场呢？不，堂洛佩先生，我对您太忠心了，无法执行您的这个指令。"

布斯柯罗斯吃完饭后立刻离开了。等到午间的暑气消散之后，我又出门去丽池花园。为了谨慎起见,我还是在路边店铺里先躲了一阵子。我看到布斯柯罗斯经过,进了丽池花园,但没有找到我,便原路返回,似乎朝普拉多大道的方向去了。接着,我离开了自己的瞭望哨,来到了那个满载着我的欢欣与忧伤的地点。我坐在前一天坐过的那条长椅上,泪流满面。

突然间,我感到肩膀上被人拍了一下。我以为又是布斯柯罗斯,于是怒气冲冲地转过身去,但我看到的竟然是伊妮丝。她无比优雅地对我微笑,坐到了我的身边,让女伴自己去散一会儿步,然后对我说:"我亲爱的苏亚雷斯,昨天我对你非常生气,因为我不明白你为什么要提到自己的祖父和曾祖父,不过我还是去了解了一下情况。我听说一个世纪以来,你们家族一直拒绝和我们家族有任何往来,起因都是些微不足道的小事。不过,假如说你们家这边有些阻碍的话,我们家这边也有一些阻碍。我父亲早就为我定好了亲事,他担心我的心另有所属。他不希望我经常出门,而且禁止我去普拉多大道或是剧院。他之所以允许我带着陪媪来这里,只是因为我必须要时常呼吸新鲜空气。这个花园十分清幽,他认为我在这里散步颇为安全。我未来丈夫是一位那不勒斯绅士,名叫桑塔·茂拉公爵。我认为他娶我的唯一动机就是为了获得我的财富,好贴补他自己的家业。我对这门亲事一直心存抗拒,遇到你之后,这种感觉就更明显了。我父亲是一个说一不二的人,却对他的妹妹阿瓦洛斯女士言听计从。我这位亲爱的姑妈非常宠爱我,她也对那位那不勒斯公爵十分反感。我跟她说起了你的事情,她很想见见你。陪我走到马车那儿去吧,在花园门口,阿瓦洛斯女士的一位用人会带你去她家的。"

可爱的伊妮丝这一番话让我心中充满了欣喜,涌动着无数甜蜜的希望。我陪她走到马车边,随后前往她姑妈家。我有幸获得了阿瓦洛斯女士的认可。接下去的几天里,我每天都在同一时间拜访她,而且每次都能遇到她的侄女。

我的幸福持续了六天。到了第七天,我听说桑塔·茂拉公爵来到了马德里。阿瓦洛斯女士让我不要灰心;她让一个女仆把一封信悄悄交给了我,信的内容是:

伊妮丝·莫罗致洛佩·苏亚雷斯:

我那可恨的未婚夫已经来到了马德里,我家现在到处都是他的手下。我获准退到一间有一扇窗面向奥古斯丁小巷的房间。窗户并不高,我们可以在那里短暂交谈。我有一些事关我们幸福的事情要对你说。请在夜幕降临时前来。

我收到信时才下午五点,而天黑要等到晚上九点,我不知道应该怎样度过这中间的四个小时。我决定去一趟丽池花园。一进入花园,我心中就充满了甜蜜的遐想,暂时忘记了等待的煎熬。我绕着花园走了几圈之后,看到布斯柯罗斯走了进来。我的第一反应就是爬上身边那棵节疤横生的橡树。可惜我身手不够敏捷,没能成功,于是我只能从树上下来,坐到了一条长椅上,摆出一副不畏强敌的架势。

布斯柯罗斯用他惯常的沾沾自喜的口气和我打了招呼,说:"堂洛佩先生,看来美丽的莫罗家的姑娘已经平息了您曾祖父伊尼戈·苏亚雷斯——那个曾在七大洋上搏击风浪,又在加的斯开办了贸易公司的人——的怒火。怎么,您没有话要说吗,堂洛佩先生?既然您不愿开口,我就在这条长椅上讲一讲我自己的故事吧。我的故事相当奇特，会给您带来特别的启迪。"

我已经下定了决心，要默默忍耐到日落时分，所以我没有拒绝布斯柯罗斯，任由他讲了起来。

堂洛克·布斯柯罗斯的故事

我是堂布拉斯·布斯柯罗斯的独生子，他是另一位布斯柯罗斯的弟弟的幼子，而那一位布斯柯罗斯本身也是幼子一脉的子弟。

我父亲有幸为国王效力了三十年，他在一个步兵军团中担任少尉。眼看他的不懈努力无法帮他晋升到中尉军衔，他便离开了军队，在一个名叫阿利亚祖洛斯的小镇上建立了家庭，与一位贵族女子结了婚。女子的叔父是一位大教堂教士，留给了她六百皮阿斯特的长租收益。他们婚后只有我这一个孩子，这段婚姻也没有持续多久，我八岁时，我父亲就去世了。

于是只剩下母亲一人照顾我，她对我也并没有多么关注。她认为活泼好动对孩子有好处，便允许我整日在街道上乱跑，并不关心我每天都在做些什么。其他同龄的孩子们都没有随意外出的自由，所以我就上他们家里去看他们。他们的父母习惯了我的拜访，对此也不以为意。由此我发现，自己可以在任何时候溜进镇上的任何一间房子。

我天生就有敏锐的观察力，镇上家家户户的私密事件全都逃不过

第三十五天

我的眼睛，我会把这些事情事无巨细地讲给我母亲听，她总是听得津津有味。我必须承认，多亏我母亲的引导，我才获得了参与他人事务的有益能力，为他人造福比为自己着想更有乐趣。

曾经有一段时间，我以为把自家的事情讲给全镇人听，也能让我母亲感到开心。于是，不论谁来我们家做客、不论他们谈了些什么、谈话内容有多么私密，全镇人都能第一时间得到消息。但这样的广而告之似乎并不能换来母亲的笑颜，相反，一顿严厉的责罚使我明白了，可以将外界的新闻带回家里，但是不能将家里的新闻传扬出去。

过了一段时间之后，我发现镇上人全都躲着我。我因此而深受打击。他们越是为我的好奇心设置障碍，我的好奇心就越强烈。就算是最私密的卧室，我也想出了千百种方法来窥探。镇上的房屋通常结构单薄，这也助了我一臂之力。房间的天花板一般只由并排放置的木板组成。到了晚上，我会溜进阁楼，只需要在木板间钻一个小孔，就能了解婚姻的所有秘密。我把这些见闻讲给我母亲听，她又会把这些小道消息搞得阿利亚祖洛斯镇上人尽皆知，更准确地说，她每碰到一个人，就要把这些八卦传扬一遍。

人们不难猜到我母亲的这些小道消息来自何处，于是他们越来越嫌弃我。所有的人家都对我关上了大门，但他们的天窗却很欢迎我。每当我蜷缩在阁楼中时，和这些同胞们共处一室，但他们却浑然不觉。在不知情的情况下，他们给了我栖身之处，我就像老鼠一样住在他们的家里。我也会像老鼠一样，找机会溜进他们的食品储藏室，小口小口地偷吃他们的食物。

等我长到十八岁时，我母亲告诉我，该为自己选择一门职业了。不过我早就做好了选择，我想成为一名律师，这样我就有无数了解别人的家庭秘密的机会，并参与其中。于是，我决定要学习法律，并出发前往萨拉曼卡。

与我出生的小镇相比，城市竟如此不同！我的好奇心得到了多么大的施展空间！但新的障碍又那么难以逾越！城里的房子都有好几层楼高。到了晚上，房门都会仔细地锁好，而更令我心痒难耐的是，那些住在二楼和三楼的人，晚上都喜欢开着窗户呼吸新鲜空气。我马上就断定，光靠一己之力是没办法成功的，我需要物色几个同伴，请他们支持我的事业。于是我一边上法律课，一边观察同学们的性格，看看哪几个是可靠的人。最终，我敲定了四个合格的人选，我们开始在夜间四处游荡，不过也只是在街巷中喧哗嬉闹而已。

最后，我觉得时机成熟时，便对他们说："亲爱的朋友们，这城里的人们整晚开着窗睡觉，如此胆大妄为，你们不觉得惊讶吗？就因为他们睡在我们头顶二十尺的上方，就有权对我们这些学生居高临下了？他们这样睡是对我们的侮辱，他们的安眠让我感到坐立难安，所以我决定要先探一探楼上是什么情况，再让这些人瞧瞧我们的厉害。"

大家纷纷赞同我的说法，但没人明白我想干什么。于是我进一步解释起来。"我亲爱的朋友们，"我说，"首先，我们需要一架十五尺长的梯子。我们中的三个人用斗篷把自己遮蔽好，然后轻松地提着梯子往前走，看起来就像是排成一列行进的样子，最好能沿着较暗的一侧街道行进，让梯子贴着围墙一侧。当我们选定窗户之后，就可以把梯子靠上去，然后，我们中的一个人爬上去侦察屋内的情况，其他人则站得稍远一些，以便望风，确保团队的安全。等我们掌握了底楼以上的情况之后，再打算要做些什么。"

第三十五天

我的计划得到了认可,于是我定做了一架既轻便又牢固的梯子。梯子造好之后,我们立刻开始了行动。我选择了一栋外表雅致的房子,楼上的窗户不是太高。我把梯子靠到墙上,然后爬了上去,从卧室往外看,应该只能看到我的脑袋。

那晚正好满月,但起初我完全看不清屋内的情景。过了一会儿,我看到床上有一个面容憔悴的男人正盯着我看。他似乎吓得连话都说不出来了。等他镇定下来一些后,对我说:"可怕的血淋淋的头颅啊!请不要再折磨怪罪我了,那只是我的无心之过!"

布斯柯罗斯说到这里时,我发现太阳正快速西沉。由于我没有戴表,就向他询问时间。

这个简单的问题似乎让他深受冒犯。"堂洛佩·苏亚雷斯先生,"他有些恼怒地说,"我认为,当一位上流社会的成员有幸向您讲述故事时,在最扣人心弦的节点上打断他,向他询问时间,就等于是在暗示他的故事非常无聊。我不能接受这样的指控,因此我会继续讲述我的故事。"

既然被当成了一颗可怕的血淋淋的头颅,我索性就努力扮出最可怕的鬼脸。那个男人被吓坏了,他跳下床,逃出了卧室。原来床上不止他一个人:一个年轻女子也醒了过来,从被子里伸出两条圆润的胳膊。看到我之后,她起床锁上了卧室门,就是她丈夫逃离的那扇门,然后示意我爬进来。我的梯子还不够长,我只能踩在建筑立面的一个雕刻物上,借着力跳进了房间。看清了我的脸之后,这个女子似乎发现自己认错了人,我也意识到,她在等另一个男人。不过她还是让我坐下，并迅速穿上了一条裙子。

接着，她走到我面前，在离我几步远的一把椅子上坐了下来，说："先生，我正在等一位亲戚，他要来和我谈一些家庭事务。您可以想象，既然他从窗户进出，那一定有他的道理。至于您，先生，我并不曾有幸认识您，也不知道您为什么会在这个时间出现在我的屋子里，现在并不是人们通常做客的时间。"

"女士，"我回答道，"我本来无意要进入您的屋子，只是想伸出头来看一看卧室里的情景。"我借着这个机会，把一切都向这位年轻女士和盘托出，包括我的这项爱好、我的童年消遣以及我和四个年轻人所组建的这支团队，他们都是来支持我的事业的。

那位女士认真地听我说完，然后说："先生，您刚才所说的事情，让我理解了您，对您充满了敬意。您说得一点没错，了解他人的生活是这个世界上最有趣的事了，我也一直秉持着这种观点。我不能再留您了，不过我们还会再见的。"

"女士，"我说，"您醒来之前，很荣幸您的丈夫将我的脸当成了一颗可怕的头颅，这颗头颅是为了一桩无心之过而来谴责他的。请您也给我一些面子，告诉我这件事的前因后果吧。"

"我很认同您的好奇心，"女士说，"明天傍晚五点，请到公共花园里来，我会和一个朋友一起在那里等您。不过今晚，我们还是先说再见吧。"

女士彬彬有礼地把我送到窗边。我爬下梯子，找到了同伴们，把我的见闻告诉了大家。第二天傍晚五点，我准时来到了公共花园。

布斯柯罗斯说到这里时，我看到太阳就要落山了，于是着急地说:"堂洛克先生,我向您保证,我真有急事,不得不向您告辞。您下次屈尊来与我共进午餐时,可以再接着讲您的故事。"

布斯柯罗斯神情凝重地对我说:"堂洛佩·苏亚雷斯先生,我现在看明白了,您就是故意要侮辱我。如果是这样的话,您还不如直接对我说我就是一个放肆无礼的爱嚼舌根的讨厌鬼。不,堂洛佩先生,我不敢相信您真的那样看待我,因此,我会继续讲述我的故事。"

"我在公共花园里遇到了那位女士,她身边还有一位友人,是一位高挑迷人的女士,与她年纪相仿。我们坐到了一条长椅上,那位女士想让我对她有更深的了解,便讲起了自己的人生故事。"

芙拉斯科塔·萨莱若的故事

我是一位英勇军官的幼女,我父亲功勋卓著,因此,他过世时,俸禄全都作为抚恤金转给了他的遗孀。我母亲出生于萨拉曼卡,她带着我和我姐姐多萝西娅隐退到了那里,当时人们都叫我芙拉斯科塔。我母亲在城里一个僻静的区域拥有一所房子,她请人将房子修葺和装潢了一番,然后带着我们住了进去。我们的生活非常简朴,和我们的房子外观一样十分低调。

我母亲不允许我们去剧院、斗牛场或是公共花园。她从不去别人家做客,也从没有人来我们家拜访。我没有任何消遣方式,只能终日站在窗前看风景。

我一向十分注重文雅的仪态,任何衣着体面的人从我窗前的街上走过时,我都会注视着对方,并用眼神传达欣赏之情。过路人自然都能感受到我的关注。有些人向我致以问候,有些人对我报以青睐的眼神,还有些人在街上来来回回地走了好几遍,就是为了多看我一眼。当我母亲发现了我这种举动之后,就会对我说:"芙拉斯科塔,芙拉斯科塔!你在干什么?你要矜持稳重点,向你的姐姐学学,否则你会嫁不出去的。"

我母亲的话毫无道理,因为我姐姐现在仍然剩在家里,而我已经结婚一年了。

我家窗前的街道十分僻静,很少有外貌打扮能合我心意的人从那里走过。不过,我家周围的环境也并非一无是处。在离窗户很近的地方有一棵大树,树下有一张石椅。那些想要静静欣赏我的人们,就可以坐在石椅上,既不引人注目,也不会引起怀疑。

有一天,一位衣着比他人光鲜的男子坐到了那张石椅上,从口袋里拿出一本书读了起来。不过,看到我之后他就无心阅读了,和我四目对视。接下来的几天里,这位年轻人总会出现。有一次,他走近我的窗前,似乎在找什么东西,然后问道:"女士,你有没有丢什么东西?"

我回答说:"没有。"

"太可惜了,"他说,"假如你脖子上戴着的那个小十字架掉下来的话,我就能把它捡起来带回家了。能够拥有一件曾属于你的东西,我会感到很荣幸,因为这说明,相较于其他在石椅上坐过的人,你对我并非无动于衷。你在我心上刻下的烙印,也许能赋予我与众不

第三十五天

同的特权,让我获得你的青睐。"

这时,我母亲走了进来,仓促之间我来不及回答那位年轻人。但我敏捷地取下了十字架,丢出了窗外。

那天傍晚,我看到两位女士来到我家窗外,后面还跟着一个身着漂亮制服的随从。两人坐到石椅上,然后掀起了自己的头纱。接着,其中一人从口袋里拿出一个纸包,她打开纸包,从里面取出一个小小的金色十字架,随后,又瞟了我一眼,眼神中带着一丝嘲讽。毫无疑问,那个年轻人将我最初爱的信物转送给了那位女士,我顿时怒火中烧,整夜都没睡着。

第二天,那个朝三暮四的年轻人又来到石椅边坐下。我吃惊地看到他从口袋里拿出一个小纸包,打开之后,从里面取出一个小十字架,然后深情地吻了一下。

当天晚上,两个仆人穿着前一天那个随从的同款制服,出现在窗前的街道上。他们抬来了一张桌子,摆好餐具。接着,他们离开了一会儿,很快又端来了冰淇淋、巧克力、橙汁、饼干和其他点心。随后,那两位女士又出现了,她们坐到桌前,仆人们侍奉着她们享用这些点心。

我的母亲和姐姐从不在窗前张望,不过听到这一阵瓶瓶罐罐的响声之后,也忍不住来看个究竟。其中一位女士看到了她们,感觉她们性情很温和,便邀请她们共享这桌点心,只需要再搬几把椅子出来就行了。

我母亲爽快地接受了邀请,她请人搬了几把椅子出去。我们在服装上添了几件饰品,随后来到餐桌边。那位女士亲切热情地招待我们。问候她时,我发现她和那个年轻人长得很像。我想她可能是年轻人的姐妹。由此我推测他可能和她提起了我,又把我的十字架给了她,所以她前一天来到石椅边,只是为了考察我。很快我们就发现,桌上还少几个汤匙,我姐姐便回房去取。紧接着,我们又发现没拿餐巾,于是我母亲也回房去拿了。她刚一走,我就对那位女士说道:"女士,假如我没有猜错的话,你应该有一位兄弟,和你长得很像吧?"

"不,女士,"此人回答道,"你所说的那位兄弟,正是我本人。请仔细听好,我还有一个兄弟,名叫圣卢戈尔公爵。我也即将成为阿尔科斯公爵,因为我即将与拥有那个头衔的女继承人结婚。我对这位未婚妻十分反感,但要是我拒绝了这门亲事,我们家里必定哀号一片,我不想看到这种场景。由于我无法按照自己的心意选择婚姻,我便决定将自己的心留给比阿尔科斯女士更值得爱的人。我完全没有暗示你做任何不光彩的事情,女士,不过,既然你不会离开西班牙,我也不会离开,那么我们一定后会有期,就算没有,我也会创造条件让我们重逢。你母亲就快回来了。这里有一枚戒指,上面镶着一颗价值不菲的独粒宝石。我选择这枚价值高昂的戒指,是为了请你确信,我并不会用自己的出身来蒙骗你。我请求你收下它,作为我思念的信物,也希望它能让你常常想起我。"

我母亲对我的教育非常严格,因此我很清楚,为保护自己的名节,我应该拒收这份礼物。但我最终还是说服自己收下了它,至于当时我是怎么考虑的,现在已经记不清了。我母亲和姐姐拿着餐巾和汤匙回来了。那位未知身份的女士整晚都非常殷勤和善,分别时,我们彼此都留下了很好的印象。不过,那位可爱的年轻人再也没有出现在我的窗下,也许他已经和阿尔科斯家族的女继承人结婚了。

第三十五天

到了下一个星期天，我突然想到，这枚戒指放在我房间里迟早会被人发现的。当时我正在教堂里，于是便假装在座位底下捡到了这枚戒指，拿给我母亲看。她告诉我戒指上镶嵌的可能只是个玻璃饰品，不过她还是让我把戒指放进口袋里。我家附近住着一位珠宝商人，经过他的鉴定，这枚戒指价值八千皮斯托尔。这么高的估价让我母亲喜出望外。她告诉我，恰当的做法是，将这枚戒指呈交给我们家的保护人圣安东尼·帕度阿，但如果我们把戒指卖掉，就能换来两份体面的嫁妆，足够我和姐姐出嫁用了。

"请原谅我，亲爱的母亲，"我回答，"以我之见，我们应该先广而告之，称我们捡到了一枚戒指，但不要公布戒指的具体价值。如果戒指的主人出现了，我们就应该把戒指归还给她。如果没有人来认领，那么我姐姐和圣安东尼·帕度阿一样，都无权占有这枚戒指，因为是我捡到了它，毫无疑问应该归我所有。"

我母亲没有回答。我们便在萨拉曼卡城里公示，称我们捡到了一枚戒指，不过并没有透露其价值，您也许也猜到了，并没有人前来认领。

那位以如此厚礼相赠的年轻人，在我心上留下了深深的印记，我整整一个星期都没有再到窗前。但最终我又恢复了从前的习惯，重新坐回到窗前，一坐就是一天。

那位年轻公爵在我窗前流连时曾坐过的那条石椅上，如今端坐着一位身形魁梧的男子，他看上去性情十分沉静平和。他发现我在窗边，这一景象似乎让他稍有些不悦。他转过身背对着我，尽管他看不到我，还是会扰乱他的心思，因为他常常会不自在地转过身来。不久之后他就离开了，神情中还透露出一丝恼怒。不过第二天，他又来

萨拉戈萨手稿

了,并演出了相同的戏码。他就这样不断地离开又回来,终于,两个月后,他向我求婚了。

我母亲说,这样的好姻缘可不是天天都能碰上的,要求我接受他的求婚。我听从母命,将原本的名字芙拉斯科塔·萨莱若改为了堂娜弗朗西丝卡·科纳德斯,并搬到了昨天我们相遇的那栋房子里。

嫁给科纳德斯先生之后,我便全心全意地让他幸福。我努力得有些过头了。结婚三个月之后,我发现他的幸福程度超出了我的预期,更糟糕的是,他以为他也让我感受到了完美的幸福。他沾沾自喜的表情与他的面容并不相配,而且令我感到不悦和厌烦。不过幸好,这种阖家幸福的状态并没有持续多久。

有一天,科纳德斯出门时遇到了一个小男孩,男孩手中拿着一封信,看上去一副不知所措的样子。科纳德斯决定帮一帮他,然后发现信上的收件人是"可爱的芙拉斯科塔"。科纳德斯脸一沉,吓得那个送信的男孩拔腿就跑。接着,科纳德斯把这份珍贵的文件拿回家里,读到了这样的内容:

> 也许我的财富、勇气和名声还未能引起你的关注?我已经准备好面对一切、付出一切、承担一切,只求你投来关注的目光。那些声称为我效力的人一定都欺骗了我,因为我至今没有得到你的任何回应。不过,勇敢是我天性中的一部分。当我的热情燃起时,没有什么能够阻碍我,我的热情哪怕刚刚萌生出来,都恣意驰骋、无所羁绊。我唯一担心的就是得不到你的关注。
>
> 佩纳·弗洛伯爵

第三十五天

读完这封信之后，科纳德斯的幸福感一瞬间消失无踪。他变得坐立难安，疑虑重重，他不允许我出门，除非有我们的一位女邻居作陪，因为她堪称道德楷模，所以得到了他的信赖。

科纳德斯此时还不敢对我提及他的痛苦，因为他还不清楚我和那个佩纳·弗洛伯爵到底是什么关系，甚至无法断定我是否认识他。在此期间发生的许多小事都助长了他的焦虑情绪。有一次，他发现花园围墙上支着一架梯子，还有一次，他觉得家里似乎藏着一个陌生人。我们常能听到小夜曲的旋律，这是吃醋的丈夫们深恶痛绝的一种音乐。最后，佩纳·弗洛伯爵的胆大妄为超出了极限。有一天，我和那位虔诚的邻居一起去普拉多大道上游玩。我们待到很晚，那条长路的尽头只剩下了我们两个人。这时，伯爵上前和我们打招呼，正式宣布了他对我的情意，说他已经下定决心，如果得不到我，他就去死。接着，他硬生生地拉住我的手，要不是我和邻居大声喊叫的话，真不知道他会做出什么事情来。

我们胆战心惊地回到家里，那位虔诚的邻居对我丈夫说，她拒绝再陪我出门，她经历的一切实在是太不幸了。也难怪佩纳·弗洛伯爵会那么做，谁让我摊上了这么一个无力维护妻子名节的丈夫呢？尽管我们的宗教确实禁止我们复仇，但一位可爱而忠诚的妻子的名誉，还是值得好好保护的。最后她又说，佩纳·弗洛伯爵之所以胆大妄为，可能是因为有人告诉他，科纳德斯先生是一个宽厚懦弱的人。

第二天晚上，我丈夫回家时，正走在他通常所走的那条窄巷子里，突然发现前面有两个人堵住了去路。其中一人正拿着一把超长的佩剑，对着墙练习箭步冲刺；另一个人对其说："太棒了，堂拉米罗先生，要是你用这种剑法对付佩纳·弗洛伯爵，他就不会再成为兄弟

萨拉戈萨手稿

们和丈夫们的眼中钉了！"佩纳·弗洛伯爵这该死的名字传进了科纳德斯的耳朵，他立刻躲到旁边一条昏暗的支巷里去了。

"我亲爱的朋友，"拿着长剑的人说，"对付佩纳·弗洛伯爵这件事，我一点也不担心。我已经决定要留他一条命，只是把他伤到一定的程度，让他无法再玩弄之前的那些小伎俩就行了。拉米罗·卡拉曼撒被誉为全西班牙的顶级剑客，绝非浪得虚名。我担心的只是决斗之后的判罚，假如我有一百个达布隆金币①，我就能到岛上³去避避风头了。"

那两个友人继续着对话，正当他们准备离开时，我丈夫从躲藏处追了上去，跟他们打招呼说："两位先生，我也是一位丈夫，最近也被佩纳·弗洛伯爵的事搞得心事重重。如果你们打算杀了他，那我本不应该参与你们的谈话。但如果你们只是想给他点颜色看看，那我很乐意提供一百个达布隆金币，帮助你们到岛上避一避。请等我一下，我马上回家去取钱。"

于是他回家拿了一百个达布隆金币，把它们交给了那个可怕的卡拉曼撒。

两天之后的晚上，我们听到一阵急促的敲门声。打开门后，我们看到一位执法官带着两个警察正站在门前。那位执法官对我丈夫说："先生，我们特意晚上来找您，就是为了保护您的名誉，免得搞得四邻皆知。我们来找您，是为了佩纳·弗洛伯爵的案子，他昨天被人谋杀了。据说有一封信从一个杀人犯的口袋里掉了出来，信中的内容让我们有理由相信，您给过他们一百个达布隆金币，唆使他们杀人，并协助他们潜逃。"

---

① 译注：西班牙及拉丁美洲的古金币。

第三十五天

我丈夫颇为淡定地回答了这番询问,他的冷静出乎我的意料。"我从未见过佩纳·弗洛伯爵。昨天,有两个陌生男子递给我一张一年前我在马德里开具的一百达布隆的汇票,我把相应的金额付给了他们。如果您需要的话,我可以把那张汇票拿给您看。"

执法官从口袋里取出一封信,说:"这上面写着'我们会带着好心的科纳德斯给的一百个达布隆金币,出发前往圣多明哥。'"

"这个……"我丈夫说,"说的应该就是那张汇票对应的一百个达布隆金币。那是一张不记名汇票,我无权延期支付,也无权询问持票人的姓名。"

"我只负责刑事案件,"执法官说,"对于商业事务我并不熟悉。再见,科纳德斯先生,非常抱歉打扰您了。"

正如我先前所说,我丈夫此时的冷静机智让我大感意外。不过之前我也有所察觉,当他的个人利益或个人安全受到威胁时,他的头脑是很灵光的。

当所有危险都解除了之后,我问我亲爱的科纳德斯,他是否真的派人杀害了佩纳·弗洛伯爵。起初他不愿意透露一丝口风,不过最后,他承认自己给过那个剑客卡拉曼撒一百个达布隆金币,但不是为了杀害伯爵,只是为了给他一点教训,让他收敛一点。但是,他自认为变成了杀人犯的帮凶,为此良心备受折磨,甚至打算去圣地亚哥-德-孔波斯特拉或更远的地方进行朝圣,以便获得更多的宽恕。

我丈夫的这番忏悔,似乎预示了一系列反常的超自然现象的降临。几乎每天晚上都有可怕的事情发生,让他本就受尽折磨的良心更加惴惴不安。这些灵异事件几乎全都与那一百个达布隆金币有关。有时,我们会听到黑暗中有一个声音在说:"我要把那一百个达布隆金币还给你。"有时,我们会听到数钱的声音。还有一次,一个小女仆在角落里发现了一个装满金币的罐子,但是当她用手去触碰金币时,却发现只是一堆枯叶,她把这罐子枯叶也拿给我们看了。

接下去的一天晚上,我丈夫在路过一间昏暗的月光照亮的卧室时,看到角落里好像有一颗被装在一个盘子里的人头。他大惊失色地逃了出来,把这件可怕的事情告诉了我。我走进房间,发现那只是用来保存假发的一个假人模型而已,只是偶然放在了他的剃须盘上。但我并不想反驳他,甚至希望他处在这种惊吓的状态中,于是我发出恐惧的尖叫,并向他保证我也看到了那颗沾满鲜血、面容可怖的头颅。

后来,家中几乎每个仆人都见过了那颗头颅,我丈夫为此寝食难安,我们都开始担心他快要精神失常了。不过,您应该已经猜到了,所有这些灵异事件都是我的杰作。所谓的佩纳·弗洛伯爵只是一个虚拟出来的人物,只是为了让科纳德斯有所顾忌,不要总是一副沾沾自喜的样子。执法官和剑客都是阿尔科斯公爵家里的仆人们扮演的,公爵一完婚就马上回到了萨拉曼卡。

昨天晚上,我本来打算给我丈夫制造一次巨大的惊吓,因为我很确定他会逃出卧室,逃进他的书房,那里有一张祈祷用的凳子。随后,我准备把卧室门锁上,然后让公爵从窗口翻进来。我并不担心我丈夫会发现他或是看到梯子,因为我每晚都会把房子的各个入口仔细地锁好,把钥匙放在自己的床头。突然间,我看到你的脑袋出现在了窗台上,我丈夫把你当成了佩纳·弗洛伯爵的幽灵,以为它是为了那一百个达布隆金币来找他报仇的。

最后,我要向您介绍一下我这位虔诚又谨守道德的邻居,也就是我丈夫非常信赖的那个人。啊,这位邻居正是阿尔科斯公爵本人,他的这身女装打扮真的非常适合。我仍是一个忠诚的妻子，但我却无法拒绝亲爱的阿尔科斯公爵，因为我也不知道，也许有朝一日我会抛弃美德，到那个时候，我希望阿尔科斯公爵能陪在我的身边。

芙拉斯科塔的故事就说到这里，接着，那位公爵开口说："布斯柯罗斯先生，我们不是无意间向您透露这个秘密的。我们要尽快催促科纳德斯离开此地，甚至盼着他不要局限于一次简单的朝圣，而最好能去某个虔诚的隐修所进行长期的苦修。为此，我需要您和您手下的四个同学帮忙。我会把自己的计划告诉您的。"

布斯柯罗斯说到这里时，我发现太阳马上就要落山了，我在一阵惊恐中突然想到也许我就要错过与美丽的伊妮丝的约会了。于是，我赶紧打断了他的故事，恳求他把阿尔科斯公爵的计划留到明天再讲。布斯柯罗斯又搬出他惯常的那一套刁蛮说辞，但这一次我实在压抑不住怒火，对他说："布斯柯罗斯，你这个讨厌鬼，你给我的生活带来了无限痛苦，今天要么你要了我的命，要么就准备好保住你自己的小命吧。"我一边说，一边拔出了剑，让他也拔出自己的剑。

由于我父亲连花剑都不让我碰，所以我不知道应该怎样舞剑。我只能拿着剑在空中胡乱挥舞一番，打算以此吓退我的对手。不过对手虚晃一剑，就刺穿了我的手臂，剑尖还划伤了我的肩膀。

我的剑掉到了地上，然后倒在了自己的血泊之中。不过最令我痛苦的是我将不能按时赴约了，我再也无从知晓亲爱的伊妮丝原本打算对我说些什么。

刚讲到这里时,吉普赛人首领就被人请走了。他离开之后,贝拉斯克说道:"幸好我有先见之明,预料到吉普赛人首领的故事会一环套着一环。芙拉斯科塔·萨莱若对布斯柯罗斯讲了她的故事,布斯柯罗斯又把这个故事转述给洛佩·苏亚雷斯,苏亚雷斯又转述给了吉普赛人首领。我希望吉普赛人首领能给我们讲讲美丽的伊妮丝后来怎么样了。但如果他又在故事里套上另一个故事,我会和他翻脸的,就像苏亚雷斯和布斯柯罗斯翻脸一样。不过,我认为首领今晚不会再过来了。"

吉普赛人首领确实没有再出现,于是我们便各自休息了。

原注:

1 即《论神性》(*De Natura Deorum*)一书。
2 阿庇斯是孟斐斯的神牛,奈未斯是赫利奥波利斯的神牛。
3 指西班牙的西印度群岛。

第三十六天

我们再次出发。流浪的犹太人很快就加入了我们的队伍中,继续讲起了他的故事。

流浪的犹太人的故事(续)

睿智的卡埃莱蒙教授给我们的课程,内容博大精深,我给各位所讲的只不过是一个大致的框架而已,其中心思想是:有一位名叫比提斯的先知,在他的著作里论证了神与天使的存在;而另一位名叫托特的先知,则用晦涩难懂而又高深莫测的形而上学传达了自己的理念。

在这套神学理论中,神被称为天父,人们只能在静默中赞美他。不过,当人们想要赞叹他自成一体的状态时,就可以说:"他是他自己的父亲,也是他自己的儿子。"从父子一体的角度来看,他也被称为"神的理性"或是"托特",在埃及语里,"托特"意为"说服"。

最后,自然被认为是由精神和物质组成,精神被看作是神性的投射,我之前和各位提到过,神坐着莲叶在污泥上漂浮的意象。这一形而上学的创立者,叫作"三倍伟大的托特"。柏拉图在埃及度过了十八年之后,将这个以言创世的学说带回了希腊,也为自己赢得了"如神一般"的美名。

卡埃莱蒙宣称:这些教义与古代埃及宗教已经有所不同,它们已经发生了演变,所有宗教都不是一成不变的。他的这个观点很快就在亚历山大的犹太会堂里得到了验证。

我并不是唯一一个学习埃及神学的犹太人,其他犹太人也对这个学问产生了兴趣。他们对那种密码式的写作方式尤其感兴趣,所有的埃及文学作品中都采用这一写作方式。它可能源自象形文字,也源自埃及人的箴言——决不执着于象征符号,而要探寻符号背后的意义。

亚历山大的拉比们也想找一些密码来破译,他们饶有兴味地推断:摩西的著作中运用了一种精妙超群的写作技巧,不但记载了真实发生过的历史事件,字里行间还暗藏着无数的象征含义。一些犹太学者敏锐地破解了这些隐藏的象征含义,并为自己赢得了一时的盛誉。而在所有拉比当中,最精于此道的当数斐洛[1]。他长期研究柏拉图的学说,惯于运用语义模糊的形而上学来传递暧昧不明的思想。因此,他被称为"犹太会堂的柏拉图"。斐洛的第一部著作探讨了创世这一主题,着重研究了数字七的内涵。在这本著作中,他将神称为"天父",这与埃及神学非常相近,但与《圣经》的风格相去甚远。书中还说,蛇是肉体欢愉的隐喻,而女性来自男性肋骨的故事也是一个比喻。

这位斐洛还写了一本关于梦境的书,他认为神有两座神庙;一座是这个世界,这座神庙中的最高祭司就是神的圣言;另一座是理性的心灵，其最高祭司是人类。在关于亚伯拉罕的书中，斐洛的表述更具埃及风格，他宣称："我们的神圣文本中描述的那个存在体，或曰神，是万事万物之父。他的两翼分别是神最原始本真的两种力量：创世力和守护力。它们一个叫作上帝，一个叫作天主。因此，至高无上的神总与这两股力量相伴，有时是一个统一的存在，有时又呈现出三体合一的形态：当全然纯粹的心灵超越一切数的概念、甚至超越最接近一的二元观念时，那个最伟大也最简单的抽象体，也就是那个统一的存在就会显现；当心灵还未通晓伟大的秘仪时，三体合一的形态便显现出来。"

这位斐洛可以将一切目力所及或脑力所及的事物全都柏拉图化，后来，这位斐洛还成了克劳狄皇帝[①]的一名议员。他在亚历山大备受尊崇，其论述风格充满美感，而且每个人内心都喜爱新鲜的事物，这两点结合在一起，帮助他赢得了大部分希腊化犹太人的认同。不久，可以这么说，他们的犹太品质只剩下了一具空壳。对于他们来说，摩西的典籍变成了一块画布，他们可以在上面任意涂抹自己想象出来的隐喻和谜语，尤其是有关三体合一的隐喻。

这一时期，艾赛尼派[②]的荒唐组织已经成形，他们都不娶妻，而且所有的财产都是公用的。简而言之，新式宗教犹如雨后春笋一般涌现出来，犹太教、麻葛教[③]、萨比教[2]和柏拉图主义以各种方式杂糅在一

[①] 译注：克劳狄一世，罗马帝国朱里亚·克劳狄王朝的第四任皇帝，41—54年在位。
[②] 译注：艾赛尼派并非教会组织。公元前2—公元前3世纪，在巴勒斯坦的死海，以及埃及的马雷奥蒂斯湖生活。
[③] 译注：也称为琐罗亚斯德教，是古代波斯帝国的国教。

起，各种占星术大行其道。古老的宗教则全面崩溃，被人遗忘。

　　流浪的犹太人说到这里时，我们就快到达休息点了。这位悲伤的流浪者离开我们，很快就消失在群山之中。将近傍晚时，吉普赛人首领有了空闲，便接着讲起了他的故事。

吉普赛人首领的故事（续）

　　年轻的苏亚雷斯和我讲了他与布斯柯罗斯的决斗故事之后，似乎有了睡意。我让他安心入睡。到了第二天，我请他继续讲故事，他便接着讲述起来。

洛佩·苏亚雷斯的故事（续）

　　刺穿了我的手臂之后，布斯柯罗斯宣称，他很高兴又得到了一个证明自己忠诚度的机会。他从我的衬衫上撕下一片布条，包扎好了我

第三十六天

的手臂，然后用一件斗篷把我包裹起来，送我到外科医生那里。医生对我的伤口进行了紧急处理；接着，我叫了一辆马车，回到了自己的旅馆房间。布斯柯罗斯请人在我的前厅里另外搭了一张床。无法摆脱此人让我感到很沮丧，再也没有力气提出任何异议了。第二天，和大部分受伤的人一样，我发烧了，布斯柯罗斯的确尽心尽力地服侍我，没有离开过我的床边半步，接下来的几天里也是如此。到了第四天，我已经能够绑着手臂吊带出门了。到了第五天，午饭后有一个人来找我，阿瓦洛斯女士派他给我送来一封信。布斯柯罗斯立刻把信夺了过去，自顾自地念了起来：

伊妮丝·莫罗致洛佩·苏亚雷斯：

我亲爱的苏亚雷斯，我听说你参加了一场决斗，还伤到了手臂。你可以想象，我有多么地心疼啊。不过，今天是我们努力的最后机会了，我希望能让我父亲发现你在我的房间里。这是一着险棋，但我的姑妈阿瓦洛斯女士会护着我们的，我只需要听她的指令行事即可。请信任送信给你的这个人。明天，一切就都来不及了。

"堂洛佩先生，"讨人厌的布斯柯罗斯说，"您看，您眼下也离不开我的协助，您至少也得承认，这件事需要随机应变，而这正好是我的强项。我一直觉得，能拥有我这样一个朋友是您的福气，不过，在眼下这件事上，您真的应该为自己感到庆幸。啊，主保圣人圣罗格[①]

[①] 译注：13世纪生于法国，天主教瘟疫主保圣人。

在上!如果您让我讲完自己的故事,就能知道我为阿尔科斯公爵做了些什么,但您粗暴地打断了我的故事。不过,我也不该为此而抱怨,因为我刺中您一剑,让我拥有了证明自己忠诚度的新机会。而现在,堂洛佩先生,我只恳求您一件事,在正式按计划行动之前,不要轻举妄动,不要提问,也不要说话。一切都交给我吧,堂洛佩先生,一切都包在我身上。"

说完这些,布斯柯罗斯带着莫罗女士派来的那个可靠的送信人去了隔壁房间。他们商量了很久,之后,布斯柯罗斯一个人回来了,手里还拿着一份奥古斯丁小巷的地图。

"这里是巷尾,通向多米尼克修道院,"他说,"你会在那里遇到之前的那个送信人,他还会带上另外两个人。至于我,我会守在巷子的另一头,带上我的朋友们,他们也是您的朋友,堂洛佩。不对,不对,我搞错了,这里会安排两个人,我的那些朋友则会在后门那边守着,让桑塔·茂拉公爵的手下无路可走。"

我想,既然他已经说了那么多话,那我也有权发表一些意见,询问一下在整个计划里我需要做些什么。但布斯柯罗斯却傲慢地打断了我的话,说道:"不要提问,堂洛佩先生,也不要说话!这是我们约定好的条件,就算您忘了,我还没有忘。"

这天接下来的时间里,布斯柯罗斯忙进忙出,一直到夜里。他一会儿说邻近的房子里灯太亮了,一会儿说小巷里有可疑的人在走动,一会儿又说约定好的信号没有发出。有时布斯柯罗斯亲自回来汇报情况,有时则派他的心腹回来报信。最后,他终于来接我了,我也顺从地跟着他走。你完全可以想象,当时我的心在狂跳。想到自己违背了父亲的告诫,则使我更添愁绪,但对爱情的渴望超越了其他一切

第三十六天

情感。

走进奥古斯丁小巷之后,布斯柯罗斯告诉我,他那些可靠的朋友们在哪里驻守,并向他们发出了暗号。他告诉我说,假如有无关人员路过,他的朋友们就会上前故意找茬儿,这样过路人很快就会绕道而行了。"现在我们在这里,"他继续说,"您必须爬上这架梯子。您看,梯子稳稳地搭在建筑石料上。我会注意观察信号,等我拍手时,您就马上爬上去。"

谁能想到,经过这一番周密的布置,布斯柯罗斯竟找错了窗户?但这竟然真的发生了。这件事的后果,我马上就告诉你们。

我右手臂还绑着吊带,不过一接到信号,我就凭借一只胳膊的力量敏捷地爬上了梯子。当我爬到梯子顶端时,并没有看到那扇约定好要半开着的百叶窗。我冒险用仅剩的那只手敲了敲窗,靠两条腿保持平衡。就在此时,一个男人用力打开了百叶窗,窗户直撞到我身上。我失去了平衡,从梯子顶端落到了下方的一块建筑石材上。那条本已受伤的胳膊上又断了两处,一条腿被梯子的横档卡成了骨折,另一条腿也脱臼了,从脖子一直到臀部都伤痕累累。那个开窗的男人显然盼着我死掉,因为他对我大喊道:"你死了吗?"

我怕他下楼来结束我的性命,于是回答说:"我已经死了。"

那个男人又喊道:"那里真的有炼狱吗?"

由于我浑身剧痛,于是便回答说:"炼狱真的存在,我现在就在炼狱里。"随后我就昏了过去。

此时,我打断了苏亚雷斯的故事,问他那天晚上有没有下暴雨。

"那天晚上确实电闪雷鸣,"他回答,"也许是因为这个缘故,

萨拉戈萨手稿

布斯柯罗斯才会认错房子。"

"啊,"我大喊道,"这下事情就明白了。您就是那个来自炼狱的声音,您就是不幸的阿吉拉。"

我立刻跑到街上,这时天刚微亮,我雇了一头骡子,向卡玛尔迪斯修道院疾驰而去。我找到了托雷多骑士,他正五体投地伏拜在一幅圣像前。我也伏拜到他身边,由于卡玛尔迪斯修道院里不允许高声讲话,我便凑近他的耳朵,悄悄地把苏亚雷斯的故事告诉了他。起初他毫无反应,但过了一会儿,托雷多转过头来对我耳语:"我亲爱的阿瓦里托,你觉得乌斯卡里斯法官的妻子还爱我吗?她是否还没有变心?"

"太棒了!"我回答说,"嘘!我们不要惊扰了这些虔诚的修士。您继续照常祈祷,我会想办法告诉他们,我们的隐修已经期满了。"

当院长听说我们想要回归俗世时,他又对骑士的虔诚大加赞赏了一番。

我们一离开修道院,骑士就恢复了往日兴高采烈的模样。我把布斯柯罗斯的故事讲给他听。他告诉我,他也认识这个人,此人是阿尔科斯公爵门下的一位绅士,所有马德里人都觉得他十分讨厌。

吉普赛人首领讲到这里时,有人把他请走了,那天晚上他也没有再出现。

原注:

1 指犹太思想家斐洛·尤迪厄斯(在公元1世纪时负有盛名)。作者在此处引用了他的著作《论梦》和《论亚伯拉罕》中的内容。

2 古时的一种拜星教。

第三十七天

这一天我们原地休整。早餐比平日里更丰盛，也更精致。所有人都聚到了一起。美丽的犹太姑娘还特意打扮了一番，但如果是为了取悦公爵，她这番努力就算是白费了。因为公爵欣赏的并不是她的外貌，而是她超越一般女性的思考力和理解力，因为她在精密科学领域受过良好的教育。

丽贝卡一直想知道公爵如何看待宗教问题，因为她对基督教深恶痛绝，在诱导我们改信穆斯林宗教的计谋中，她应该也扮演了某种角色。因此，她半开玩笑半认真地询问公爵，在他的宗教信仰里面，是否也存在某些难解的方程式。

她一提到宗教这个话题，贝拉斯克立刻变得庄重严肃起来。不过，当他体会到那个问题中有一丝嘲讽的意味时，又有些恼怒。在思考一番之后，他做出了这样的回答：

萨拉戈萨手稿

贝拉斯克的宗教理念

我明白你的意思,你是想考考我的几何学水平。那么,我就用几何学知识来回答你。当我想要标示"无穷大"时,我会取分母为1,分子为一个无限符号,也就是一个横过来的数字8;当我想要标示"无穷小"时,我就会取分子为1,而分母为一个无限符号。我用这些符号来标示某种表面现象,但对于这些现象的本质,我却一无所知。"无穷大"就是恒星数量的无限次乘方,而"无穷小"就是最小原子的无限次分割。

我可以由此标示"无穷"的概念,但它到底是什么,我却并不理解。现在,既然我对"无穷大"和"无穷小"只能标示却无法理解和阐述,那我又如何能阐述那个兼具无限伟大、无限智慧和无限善良的存在,那个万千无穷世界的创造者呢?这时,我的几何学就需要宗教来帮忙了。宗教给了我一个无法分割的三体合一的概念,既然它超越了我的认知范围,我又如何能提出异议呢?我唯有顺从地接受它。

科学并不是对于宗教的背离,无知才是。一个无知的人自以为能理解生活中的常见现象;而一个自然哲学家会在谜团中探索,努力地理解万事万物,却永远无法透彻地理解。对于无法理解的现象,他会试着去接纳,这就已经是迈向信仰的第一步了。牛顿先生和莱布尼茨先生都是虔诚的基督教信徒,甚至还是神学家,他们也都承认,自己无法理解数的神秘真谛。

如果他们出生于我们的教会环境,还得承认另一项无法理解的神秘真谛，那就是人类与其创造者之间的联结的可能性。作为一个课题来看，这种可能性并没有提供任何直接数据，因为它给予我们的都是未知的量。不过，它并不是完全不可认知，它向我们指出：人类与其他智慧载体具有根本性的区别。如果人类确实是这个世界上独特的存在，如果我们可以确认，人类与其他所有动物有着质的区别，那我们就能更加确信，人类能够与其创造者产生联结。了解了这些预设条件之后，我们来分析一下动物的智慧。

动物有意愿、记忆力和联想力，能够权衡利弊并做出决定。动物能思考，但无法对思考这件事本身进行思考，因为这需要二次方的智力水平。动物可不会说："我是一个有思想的生物。"动物绝不可能拥有这种抽象思维。从来没有一种动物有数字的概念，尽管这是抽象思维中最简单的一个层面。

对于喜鹊来说，只要它怀疑附近藏着人，就不会离开自己的鸟窝。有人决定要测试一下喜鹊的智力水平。实验中，五个猎人走进一个藏身处，喜鹊会等到第五个人出现之后才离开自己的窝。把人数换成六七个猎人之后，喜鹊似乎就数不清楚了，它总会在第五个人出现之后离开自己的窝。有人便由此推断，喜鹊能从一数到五。他们的论断是错误的。喜鹊只是记住了五个人的形象，并没有计数。计数能力是从物质环境中提炼出数字概念的抽象思维能力。

我们都见过江湖骗子的动物表演，小马能够根据扑克牌上的黑桃或梅花点数，进行相应次数的跺脚。但事实上，小马只是根据骗子暗中做出的手势，开始跺脚或停止跺脚。它们并没有计数的概念。这种最简单的抽象思维能力，可能就是人类智力与动物智力之间的界线。

我们常会觉得动物的智力和人类很接近。狗能够辨认出谁是自己的主人和朋友，也能辨认出谁既不是朋友也不是敌人。它会对前者表达好感，对后者保持距离。它不喜欢长相凶恶的人。它会紧张，也会兴奋。它有希望，也有恐惧。如果被人发现它在做不允许做的事情，也会感到羞愧。普林尼曾讲过这么一件事，人们教一群大象跳舞，然后发现，有一晚大象们在月光下自发排练舞蹈。

在具体场景中，动物的智力会令我们惊叹。主人鼓励它们做什么，它们就做什么；主人禁止它们做什么，甚至为此而惩罚它们，它们就会避免这种行为。但是从这些可行或不可行的具体事例中，它们无法提炼出抽象的认知。因此，它们无法为自己的行为分类，哪些是好的行为，哪些是坏的行为。这种抽象归纳比计数的难度更高。它们连相对简单的思维都不具备，又何谈相对更难的思维呢？

是非观念中，有一部分是人类自己的发明，因为在一个国家被视为恶的行为，在另一个国家可能属于善行。不过总的来说，是非观念提醒着我们，我们在善和恶的抽象符号下分别罗列了哪些行为。动物是没有能力进行这种抽象归纳的。因此，它们并不具备是非观念，也不会依照善恶的标准来行事。它们对奖赏与惩罚完全没有概念，除了我们为了方便而非为它们好而直接施加在它们身上的赏罚。

因此，人类确实是这个世界上独特的存在，拥有自成一体的思维体系。只有人类掌握这套思维，只有人类能够提炼、归纳抽象概念，只有人类能够区分善恶，因为正是提炼、归纳和区分善恶的能力塑造了人类的是非观念。

但是，人类为什么会拥有其他动物完全不具备的能力呢？借助类推法，我们可以认识到，这世上的万事万物都有其存在的理由。上天将是非观念赋予人类，一定也有其目的。于是，我们借助逻辑推理，创立了自然宗教。自然宗教将我们引向何方？与天启宗教的答案完全一样，那就是：未来的奖赏。因为当两个乘积相等时，双方的因数不会相差太多。

不过，作为自然宗教的基础，逻辑推理本身是一件危险的工具，能够轻易伤害到使用它的人。哪种美德不曾遭到过逻辑推理的质疑？哪种罪行没有得到过逻辑推理的辩护？永恒的天意难道会任由诡辩家的三寸不烂之舌来左右道德的命运？当然不会。信仰，在童年习惯、孝顺和人类内心需求的支撑下，为人们提供了一个比逻辑推理更为可靠的精神支柱。将我们与禽兽区分开来的道德心，其本身也遭受过质疑，怀疑论者曾把道德心当作自己的玩物。他们暗示人类与这个世界上的其他所有智慧生物并无区别。尽管如此，我们仍然能明显地感受到自己心里有一杆是非的秤，在宗教仪式上，神父会对我们说："上帝降临到这个祭坛上，与你联结为一体。"此时，我们就会清晰地领悟到自己并不是兽性的存在。我们会坚定自己的内心，严守自己的是非观念。

也许你会说，这些并不能证明自然宗教和天启宗教的目标是一致的。如果你是一名基督徒，那你当然会信仰天启宗教及其原初神迹。不过稍等一下，我们还是先来看一看，天启宗教和自然宗教有何不同吧！

根据神学家们的说法，上帝创造了基督教。哲学家们也秉持这种观点，因为他们认为，没有神的许可，万事万物都不可能存在。但神学家们的论点是用神迹作为支撑的，神迹都是自然法则无法解释的事件，因此哲学家们很难接受。通过对自然的研究，哲学家们倾向于认为：上帝，我们神圣宗教的创造者，一定是在人力可及的范围内、在自然与精神世界的普遍法则框架内创造了这个世界。

说到这里，区别并不是很明显，不过自然哲学家们试图让这种区别变得更加微妙。他们对神学家们说："那些亲眼见过神迹的人会自然而然地产生信仰。而你们的虔诚更加难能可贵，因为距离神迹发生已经过去了十八个世纪。如果说信仰是一种美德，那你们已经通过了考验，无论神迹是真实发生在眼前，还是通过神圣典籍流传下来，只要考验是相同的，那么通过考验的荣誉也是相同的。"

听到这种论调后，神学家们不再甘心囿于守势，对自然哲学家们说："但你们所谓的自然法则又来自何处呢？你们凭什么认为神迹是超越自然法则的现象，而不是某种你们还不了解的自然现象？你们对自然法则还只是一知半解，就敢用它来挑战宗教的教义。在你们所谓的光学定律研究中，光线为何能从各个角度穿透彼此，而不会相撞？可是，当光线射到镜面上时，为什么又会像弹性物体一样弹回来？声音也能如此互相穿透，而且也会有回声回弹过来。声音遵循着与光线十分相近的运动法则，但声音似乎只是一种缥缈的状态，而光线却似乎有着物质基础。你们无法理解这些事，因为从根本上来说，你们什么都不理解。"

自然哲学家们被迫承认他们确实什么都没有搞懂。不过他们也可以说："如果我们无法定义神迹，也远无法否认神迹，你们神学家也无权驳斥教会神父们的观点，他们承认我们宗教的教义和仪式在早先的古代宗教中就已经存在了。这些教义和仪式如果不是通过上帝的启示而来，那你们就不得不认同我们的观点，承认这些教义的出现与神迹毫无关系。"最后，这些自然哲学家们还补充道："如果你们希望我们明确地阐述基督教的起源，我们的观点便是——

第三十七天

"古代的神庙都堪比屠宰场,他们的神明都是些荒淫无耻之徒,不过,有些宗教人士的团体拥有更为纯净的理念,他们的祭品也没有那么令人反感。哲学家们将神称为'狄奥斯(theos)',但并不会取朱庇特神或萨图恩神这样具体的名字。当时的罗马正在用武力征服世界,让全世界都屈服于它的恶行。此时,一位神圣的人物出现在巴勒斯坦。他向人们宣扬,要爱自己的同胞,轻视财富,宽恕他人的冒犯,遵从天父的意志。

"他在世期间,老百姓都追随着他;他过世之后,他们便团结在了一起。一些更有见识的人从异教仪式中挑选了一些合适的仪式,用来装点这个全新的宗教。最后,教会神父们在讲坛上用引人入胜的精彩宣讲来宣传教义,代替了此前老百姓口口相传时所用的朴实语言。就这样,人们从异教和犹太教中撷取精华,以人力可及的方式创立了基督教。而这也正是上帝意志的体现。毫无疑问,这位宇宙的创造者可以在星空上用火红的文字书写自己的神圣教义,但他并没有这么做。他将一个更完美的宗教形式隐藏在了古老宗教的秘仪里,就像在一个橡果里藏了一整片森林,有朝一日,我们的后代可以在那里享受荫凉。我们没有意识到,自己今天的点滴作为,将在后世发展为令人赞叹的功绩。正是因为如此,我们才将上帝称为远见者。否则,我们只需称他为强者。"

这就是自然哲学家们对于基督教起源的阐述,这当然远不能让神学家们满意,不过他们也不敢继续争辩下去了,因为他们在对方的阐述中发现了一些确实挺有道理的观点,与此相比,那些小错误也都变得可以接受了。

由此可见,哲学家们和神学家们的两股意见,就如同人们所称的渐近线,可以无限接近、但又永不交会。也就是说,两种意见的差异十分微小,小于任何已知的距离或可感知的数量。那么,难道我会为了这些小到可以忽略不计的差异,而站到我的教友和教会的对立面吗?难道我要为了这些微不足道的差异,在同胞们的信仰里撒播疑虑、摧毁他们道德的根基?当然不会。我还没有这个权力,所以我全心全意地信仰这门宗教。牛顿先生和莱布尼茨先生都是基督教徒,甚至还是神学家;莱布尼茨甚至还曾致力于教会的统一。我本人自然没资格与这些伟人相提并论,我只是在有关创世的文献中学习神学,并从中找到了更多崇拜创世者的理由。

说完自己的见解之后,贝拉斯克摘下帽子,似乎陷入了冥想,沉浸在自己的思绪之中。在旁人看来,他就像是一个得到了宗教喜悦的苦行僧。

此时,丽贝卡看上去有些心烦意乱,我发现那些想要弱化我们的宗教观念、诱导我们改信伊斯兰教的人,在几何学家这里也都碰了钉子,就像在我这里难以得逞一样。

第三十八天

前一天的休整十分有益,我们再次出发时,精力更加充沛了。流浪的犹太人前一天没有出现,因为他不能有半刻的停留,只有在我们行进时,他才能跟在队伍里讲述故事。我们还没有走出一英里,他就出现了,像之前一样走在我和贝拉斯克中间,讲起了他的故事。

流浪的犹太人的故事(续)

德里乌斯年事已高,自觉将不久于人世,他把我和吉马努斯叫到身边,让我们去地窖门边往下挖掘,挖到一个青铜盒子以后,就拿过来给他。我们按照他的指点找到了盒子,并拿给了他。德里乌斯从胸前取出一把钥匙,打开了盒子,然后说:"这是两份经过签署和封存的羊皮纸文件,其中一份能确保我亲爱的孩子拥有耶路撒冷最漂亮的房子,另一份可以换来三万个达利克金币以及这些年的利息。"

接着,他把我祖父希西加和长辈西底加的故事全都告诉了我,然后又补充道:"那个贪婪而卑鄙的人如今还在世,由此可见,悔恨并不会让人早逝。我的孩子们,等我死后,你们要立即前往耶路撒冷。不过在找到保护人之前,你们要隐姓埋名。最好能等到西底加死了以后再行动,他如今年纪很大了,应该也活不了多久。在此期间,你们可以靠这五百个达利克金币生活。金币就缝在我的枕头里,我一直小心地保存着。

"我还有最后一个建议要给你们。生活中不要心存怨念,这样你们才能保有干净的良心,才能拥有一个安宁的晚年。至于我,我死时也要像活着时那样,我要唱着歌走。按照人们的说法,这将是我的天鹅绝唱。荷马[1]和我一样,也是一个盲人,他曾为阿波罗写过一首赞美诗,尽管他看不到太阳神的真容,当然我也已经看不到了。我曾为这首赞美诗谱了一个曲子,我会唱起这首歌曲,只是不知道能不能唱完。"

于是,德里乌斯唱起了歌,开头是:"向你致敬,幸福的拉托娜[2]。"可是,当他唱到"德洛斯[3],你是否愿意接纳我的孩子进入你的国度"时,德里乌斯的歌声低了下去。他靠在我的肩头上,呼出了最后一口气。

我们为这位老朋友哀悼了很长时间,最后我们便出发前往巴勒斯坦。在离开亚历山大的十二天后,我们到达了耶路撒冷。为安全起见,我们都改换了姓名。我给自己取名为安提帕,吉马努斯则自称为格拉菲拉。我们一开始住在城门外的一家旅馆,问起西底加的家在哪

---

[1] 译注:古希腊著名诗人。
[2] 译注:希腊神话中的泰坦女神。
[3] 译注:古希腊宗教重地,据传是阿波罗的出生地。

里时,很快就有人为我们指路,因为那是耶路撒冷最漂亮的房子,完全可以与王子的华美宫殿相提并论。西底加府邸的街对面住着一个修鞋匠,我们在他家里租借了一间陋室。我不经常出门,吉马努斯则走遍了城市的大街小巷,想办法打探消息。

几天之后,他回来说:"我的朋友,我有了一个重大发现:西德隆河流经西底加府邸后方时,河面便变得开阔平缓。那个老人每晚都会在一树茉莉花下入睡,他现在就在那里,我带你去瞧瞧迫害你的人吧。"

我跟着吉马努斯来到了河对岸一个美丽的花园,看到一个老人正在花园里睡觉。我坐在对面观察他,他睡觉的状态与德里乌斯完全不同!他似乎不断跌入扰人的梦境之中,无法安睡,常常会在睡梦中颤抖。"德里乌斯,"我感叹道,"您崇尚纯洁的生活,是多么明智啊!"

吉马努斯也和我发出了同样的感叹。

我们还在观察时,一个人影进入了我们的视线,我们马上把这些道德评判和感悟都抛在了脑后。那是一位年轻的姑娘,差不多十六七岁的年纪,她身着华美的服饰,与她倾国倾城的美貌相得益彰。她的脖颈和脚踝上都戴着珍珠和镶满宝石的链饰。除此以外,她只穿着一身镶有金边的亚麻长裙。吉马努斯赞叹道:"她就是维纳斯本尊!"我情不自禁地拜倒在她面前。这位年轻的绝色女子看到我们,似乎有点紧张,不过很快就恢复了从容的姿态,拿起一把孔雀羽毛制成的扇子,在老人头顶轻轻地扇起来,为他消除暑热,让他睡得更安定一些。

吉马努斯拿出特意带在身上的一本书,假装读了起来,我也假装听他念书，不过我们的注意力全都集中在那个花园里。

老人醒了过来，他问年轻姑娘的那些问题让我们明白，他的视力很弱，看不见我们正坐在对面，这让我们很高兴，因为我们正打算常去那里坐坐。西底加起身，在美丽姑娘的搀扶下离开了花园，我们也回到了借宿的地方。闲来无事的时候，我们和房东修鞋匠攀谈起来。我们从他那里得知，西底加的儿子们全都过世了，他的财富将会传给其中一个儿子的女儿：这个孙女名叫莎拉，深得她祖父的喜爱。

回到自己房间之后，吉马努斯说："亲爱的朋友，我想到了一个办法可以彻底解决你和这位舅公之间的恩怨——那就是让你和他的孙女结婚。我们需要小心行事，确保一切顺利。"

我十分赞同这个计划，讨论了很长时间，以至于当天晚上还梦到了这件事。

第二天，我又来到河边，接下来的几天也是如此。我几乎每天都能见到我那年轻的表妹，她有时独自一人，有时陪着她的祖父。后来，不用我开口说，这位美丽的姑娘就已经猜到，我每天都是为她而来的。

流浪的犹太人说到这里时，我们到达了休息点，这个不幸的流浪者很快就消失在群山之中。

丽贝卡非常谨慎，没有再问公爵有关宗教的问题。不过她对他的理论体系很感兴趣，于是便抓紧机会和他谈起了这件事，甚至向他抛出了一连串问题。

第三十八天

贝拉斯克的理论体系

"女士，"贝拉斯克回答道，"我们只不过是一群盲人，勉强能摸到几道城墙的位置，了解几条道路的走向，但我们绝不可能知道整座城市的精确地图。不过，既然你问起了这件事，我还是会尽力阐述你所称的我的理论体系，而我更愿意将它称为我的世界观。

"我们所能看到的一切事物、远处山脚下那片广阔的天地，或者说我们能够感知到的整个自然界，都可以划分为无机物和有机物这两类。两者之间的区别在于：有机物拥有器官，而有机物的构成元素则都是无机物。也就是说，女士，你身体的组成要素，也可以在我们所坐的石头里，或是石头上覆盖的青草里找到。的确，你的骨头里有碳酸钙，肉里有硅土，胆汁里有碱金属，血液里有铁，眼泪里有盐，你身上的脂肪是由可燃物质和空气元素组成的。因此，如果将你放进一个反射炉中，你会缩小为一个玻璃瓶；如果再加入一些金属粉末，你就能成为一片优质的远摄镜头。"

"公爵先生，"丽贝卡说，"你描绘的景象真有意思。不过，还是请继续阐述吧！"

公爵以为自己在不经意间对美丽的犹太姑娘表达了赞美，于是向她脱帽致意，接着又戴好帽子，继续说了起来——

我们可以看到，无机物的元素有一种自发倾向，就算不是形成

萨拉戈萨手稿

生命的倾向，至少可以说是形成组合的倾向。不同元素结合在一起，接着又分开，与其他元素再次结合，结合物会呈现一定的形态。我们可以认为这些元素有形成有机物的倾向，但无机物本身无法形成有机物，除非借助某种胚芽物质，不然无机物不可能组合出生命形态来。

生命力就像磁力一样，我们看不到它本身，只能看到它的作用效果。它在有机体内的基本作用是阻断其内部的发酵过程，也就是我们常说的腐败过程，生命力一旦离开有机体，这一过程就会启动。因此，一位古代哲学家曾大胆宣称，生命力是某种盐。

生命力可以长期保存在液体中，例如蛋，也可以长期保存在固体中；例如种子，一旦条件适宜就会开始生长。

生命力作用于身体的所有部位，包括液体部分。例如，血液一旦离开血管，就会开始腐败。生命力存在于胃壁之中，避免胃酸在分解胃中已无生命的食物残渣时伤害胃壁。

从身体上割裂下来的不同部位，其残存生命力的时长各不相同。

最后，生命还有自我繁殖的特性，这就是人们所说的神秘的繁衍，它与自然界的所有事物一样是个谜。

有机体可以分为两大类：一类在燃烧后形成固态碱，另一类则富含挥发碱。植物属于前一类，而动物属于后一类。

有些动物的器官进化等级很低，看上去比植物还要低等，比如海上漂浮的黏质微生物，或寄生在羊脑中的包虫囊。有些动物的器官进化等级较高，但它们身上仍很难找到意愿的踪迹。因此，当珊瑚虫伸出触手捕食小动物时，该动作很可能只是其组织形成方式的结果，就像有些花朵一样，夜里闭合，而白天会随着光照方向转动。

从某种角度来说，水螅虫伸出触角、张开吸管时，所体现出来的意愿与刚出生的婴儿一样,新生儿还没有思考能力,但已经具备意愿了;在婴儿身上,意愿比思想更早出现,它是饥饿或疼痛的直接结果。

同样地,痉挛的肢体想要伸展时就触发了我们的意愿。胃常常会拒绝某种强加给它的食物。美食当前,唾液腺会肿胀起来,味觉器官也会体现其意愿。这种情况下,理智往往无法占上风。

想象一下,假如有一个人长时间处于饥渴状态中,四肢蜷缩成一团,独自一人过了很久,你会发现,这个人的不同身体部位会同时展现出不同的意愿。

这些由需求直接激发的欲望,在成年水螅虫和新生儿身上都能看到。这些欲望是更高级的意志的基础,意志发展起来以后,便能够促进有机体日益完善。

新生儿的意愿先于思想出现,不过也并没有早很多,而且思想本身也是由基本元素构成的,这一点我稍后会讲到。

贝拉斯克阐述到这里时,有人过来打断了我们探讨。丽贝卡告诉公爵,她听得津津有味。我们将后半部分课程留到第二天再说,对此类议题,我也深感兴趣。

萨拉戈萨手稿

第三十九天

我们再次出发,流浪的犹太人很快就加入了行进队伍,接着讲起了他的故事。

流浪的犹太人的故事(续)

在我为莎拉魂牵梦绕的日子里,吉马努斯并没有对她产生那么强烈的爱意。他花了几天时间去聆听一位名叫约书亚的大师讲道,此人后来以耶稣之名闻名天下。因为希腊语里的"耶稣"正好对应希伯来语的"耶和书亚",各位可以从《旧约全书》(*Septuagint*)的希腊语译本中了解这一点。

吉马努斯甚至想要追随这位大师前往加利利,不过考虑到我还需要他的协助,于是就留在了耶路撒冷。

一天傍晚,莎拉摘下自己的面纱,想把它系到香胶木的树枝上去。但一阵风吹来,把这片轻盈的织物吹进了西德隆河。我跳进河水

第三十九天

中攥住了这片面纱,然后把它系到了露台下的树枝上。莎拉从脖子上解下一条金项链,抛给了我。我亲吻了一下项链,然后游回了河对岸。

年迈的西底加被这阵声响给吵醒了,他想知道发生了什么事,莎拉便把事情经过讲给他听。他以为自己站在栏杆边,但其实他正站在光秃秃的石头上,旁边只有低矮的灌木。老人脚下一滑,穿过灌木丛滚入了河水中。我立刻跳进河里抓住老人,并把他救回了岸边。这一切只发生在转瞬之间。

西底加醒过来之后,发现自己躺在我的怀里,意识到是我救了他的命。他问我姓甚名谁,我说我是一个来自亚历山大的犹太人,名叫安提帕,我没有什么财产,父母也已经亡故了,来到耶路撒冷是为了找机会赚钱。

"我希望能成为你的义父,"西底加说,"你可以住在我家里。"

我接受了他的邀请,但没有提及吉马努斯。吉马努斯也认为这样比较妥当,所以他继续借住在修鞋匠的房子里。于是,我住进了仇敌的家中并渐渐赢得了他的尊重,如果他发现我是他大部分财产的合法继承人,可能会杀了我。至于莎拉,她对我的好感正与日俱增。

当时,耶路撒冷城中已经出现了货币兑换生意,此类生意在如今的东方国度中依然存在。在开罗或巴格达,你们会看到一些人坐在清真寺门前的地上,膝盖上架着一张小桌子,桌子的一个角上有一个槽口,数好的钱币就会从这个槽口滚落下去。他们身边堆放着装有金币和银币的布袋,可以根据客户的要求提供相应的货币。如今,这种货币兑换商被称为"萨拉夫",你们福音书的作者们也用小桌子作为指代,将这类人称为"崔普希多"。耶路撒冷几乎所有的货币兑换商都

萨拉戈萨手稿

为西底加效力，他与罗马的包税人①和海关官员串通一气，可以任意抬高或压低某种货币的价值。我很快就意识到，要想赢得这位舅公的好感，最保险的办法就是成为一名精明的货币兑换商，密切关注汇率的涨跌。我很快就精于此道，两个月后，所有人在操作前都会先来征求我的意见。

那时市面上有一个传言：罗马皇帝提比略已经下令，要对帝国的所有钱币进行统一重铸；银子将不再作为货币使用，而将被融铸成银锭，充实国库。这个故事不是我编出来的，但我觉得我有权传播这个消息。各位可以想象，这个传言对货币兑换行业产生了怎样的影响。西底加本人也觉得这件事真假难辨，无从判断。

我告诉过各位，在东方各个国度中，清真寺门前至今依然能看到货币兑换商。而在当时的耶路撒冷，我们都在神庙内部做生意。神庙内部空间广阔，我们只占据了一些角落，不会影响到神圣典礼的举行。不过那几天里，由于受到了传言的警示，货币兑换商们都没有出现。西底加没有询问我的意见，但他似乎正通过眼神揣摩我的想法。最后，当我认为银子已经经历了充分的贬值之后，我将自己的计划告诉了舅公。他认真地听完之后，脸上挂着犹豫而忧虑的神情，久久未散，最后他说："我亲爱的安提帕，我的地窖里有两百万塞斯特斯金币。如果你的投机生意成功的话，就能迎娶莎拉。"

对于迎娶美丽的莎拉的憧憬，以及犹太人普遍对于金钱的渴望，使我一下子心潮澎湃起来。平静下来之后，我便走遍全城，继续贬低

---

① 译注：法国封建时代受王室委托承包征收间接税的人，承包人预先将税额一次性交给国库，取得王家税收权，再向纳税人征收，以此牟取暴利。

银子的价值。吉马努斯也尽力帮助我。我成功地劝服了几个商人,让他们拒收银子。最后,耶路撒冷城的居民们甚至对银子产生了恐惧和厌恶的心理。当我们觉得这种心理已经成为定势时,就着手开始了行动。

在约定好的那天,我把所有的金子都装在铜罐里并封好,然后带到神庙中。我传出消息,说西底加有一笔生意需要用银币来支付,因此决定兑换二十万塞斯特斯银币,兑换比率是一盎司金币换二十五盎司银币。也就是说,兑换者可以赚到超过百分之一百的利润。而且,急于兑换的市场情绪让我很快就出手了一半的金币。银币一兑换进来,我们的搬运工就会把它们转移到别处,因此从明面上来看,我目前好像只换得了两万五千至三万个塞斯特斯银币。就在一切进展顺利、西底加的财富即将翻倍之时,一个法利赛人过来告诉我们……

流浪的犹太人说到这里时,转身对乌泽达说:"有一个比你更强大的秘法师,正命令我离开你。"

"真的吗?"秘法师说,"还是因为你不愿意告诉我们神庙里发生的打斗,还有你挨了多少拳头?"

"黎巴嫩山的老者正在召唤我。"犹太人说着,很快就从我们的视线中消失了。坦白说,我并没有为此而恼怒,也不希望他再回来,因为我怀疑他是一个精通历史的骗子,借着讲述自己故事的名义,向我们灌输一些我们本不该听信的内容。

这时,我们到达了休息点,丽贝卡恳请公爵继续为我们讲授他的理论体系。他沉思片刻,然后就讲述起来。

> 萨拉戈萨手稿

贝拉斯克的理论体系(续)

昨天,我向各位阐述了意愿的构成要素,以及其出现先于思想,我也答应各位,今天要讲一讲构成思想本身的基本元素。

古典时期一位思想极为深邃的哲学家告诉我们,在形而上学的研究中应该遵循哪条道路。在我看来,其后那些自认为在此基础上添砖加瓦的人们,其实没有取得任何实质性的进展。

在亚里士多德诞生的很久之前,希腊语中的"思想(idea)"一词指的是"形象(image)",而"偶像(idol)"一词也由此而来。亚里士多德经过仔细的检验之后,发现自己的所有思想都来自形象,也就是我们的感官所获得的印象。由此,我们可以推断,世界上最天才的发明家们,实际上什么也没有发明。神话作者们将男子的上身和马的身体拼接在一起,或是把女子的身体和鱼的尾巴拼接在一起。他们为库克罗普斯①减去了一只眼睛,又为布里亚柔斯②添加了几条胳膊,但他们并没有发明出全新的东西,因为人类不具备那种能力。自亚里士多德以来,人们普遍认为:思想中出现的一切,无一不来自于先前的感官印象。

不过,在我们的时代中,有些哲学家认为自己的观点更为深刻,他们曾说:"我们同意,如果没有感官作为媒介,心灵也无法成长起来。可是,一旦心灵获取了应有的能力之后,就可以构想出感官从未

---

① 译注:希腊神话中的独眼巨神。
② 译注:希腊神话中乌拉诺斯和该亚所生3个长有100只手、50个头的儿子之一。

体验过的事物,例如空间、永恒与数学原理。"

我必须向各位承认,我并不赞同此类新学说。对我而言,抽象无非就是做减法,做减法就是去除一些东西。假如在想象中把房间里的所有东西都搬空,包括空气,我就得到了一个抽象的空间。假如把一段时间的起点和终点去掉,我就得到了永恒。假如用一个智慧生物减去其身体,我就得到了天使。假如去除几条线段的宽度,只留下它们的长度,以及它们所构成的二维图形,我就得到了欧几里得学说的要素。假如我在一个男子身上减去一只眼睛,再加上一些身高,就得到了独眼巨人库克罗普斯。这些全都是感官所获得的印象。如果这些新派哲学家们能向我展示一个抽象概念,而我又无法用减法的方式来解释它,那我就可以公开拜他们为师。但是在此之前,我还是更信赖古人亚里士多德的学问。

"思想概念"或"形象"并不仅限于视觉印象。声音冲击我们的耳朵,能给予我们与听觉有关的概念。柠檬让我们牙根紧咬,能给予我们酸味的概念。

不过,需要注意的是,我们的感官还有这样一项本领,即使远离了造成印象的物体,我们的感官还是能产生印象。当别人建议我们吃个柠檬时,仅仅是想象这个吃的过程,也会令我们分泌唾液、紧咬牙根。响亮的乐声会久久回荡在我们耳中,尽管乐队早已停止了演奏。以我们目前的生理学研究水平,还无法解释睡眠现象,因而也无法解释梦境。不过我们至少已经认识到:器官的无意识行为会让器官恢复到刚产生感官印象时的状态——或者换一种说法——恢复到概念形成时的状态。

由此可见,在我们等待生理学研究有所突破的同时,不妨先接受这样一个理论:概念是刻在我们脑中的印象,即使远离了造成印象的物体，我们的感官仍然能无意识或有意识地重回印象形成时的状态。值得注意的是：当我们刻意想着那个物体时，重塑的印象不会太明显；而当我们处于发高烧的状态时，重塑的印象就如同真实发生时一样鲜明。

以上这一系列定义和推论理解起来可能有些困难，我们可以通过一些事例来更明晰地阐述这个议题。

就我所知，那些生理结构与人类接近、显示出某种程度的智力的动物们，都拥有一个叫作大脑的器官；但在那些与植物相近的动物体内，却找不到这个器官。

植物也有生命，有些植物还有自发移动的能力。在海洋动物中，有些物种像植物一样，不具备自发移动或是移位的能力。我见过另一些海洋动物，它们的动作是机械刻板的，就像我们的肺部运动一样，似乎并不受意志的控制。

进化等级最高的动物们拥有意志，能形成概念，而只有人类拥有抽象思维的能力。

不过，并不是所有人都在同等程度上具备抽象思维能力。腺体系统的缺陷使得那些甲状腺肿大的山地居民失去了这一能力，失去了一种或几种感官功能之后，再进行抽象思维就会变得非常困难。

聋哑人和动物有相似之处，他们都没有语言功能，因此在理解抽象概念时会显得特别吃力。不过，当他们看到别人伸出五根或十根手指，指代五个或十个与手指无关的物品时，就能够掌握数字的概念。当他们看到其他人跪拜祈祷的样子时，也能理解什么是"不可见的存在"。

对于盲人来说，掌握抽象思维则要容易得多，因为这是与生俱来的能力，语言是智力最直接的载体。此外，盲人不容易受到周遭事物的干扰，这也使他们具备了独特的联想思维能力。

第三十九天

不过，假如一个孩子天生聋盲，那么基本可以断定，他永远无法理解任何抽象概念。他也许能通过味觉、嗅觉和触觉形成这些概念，也许能够梦到这些概念。如果因为一些不良行为而遭到了惩罚，他也许会避免此类行为，因为他还具有一定的记忆能力。但是我认为，无论人们再怎么不懈努力，也无法让他理解恶行这个概念。他没有道德观，也没有是非观念，假使他犯下了杀人罪，我们也无法判他有罪。他们的灵魂与常人有别，因为这是神之意志的两种截然不同的表现形式。为什么会存在这样的差别呢？因为他们缺失了两种感官功能。

还有一种更加微小但不可忽视的差别，存在于爱斯基摩人和霍屯督人[①]与文明人之间。这种差别是如何产生的呢？并不是因为他们缺失了某种感官功能，而是因为与文明人相比，他们头脑中的概念和联想的数量要少得多。文明人能够通过阅读游记来了解世界各地的风貌，也能够通过阅读典籍来通晓历史上的所有事件，因而他们头脑中所储备的概念数量远远超过普通农民，当他们对这些概念进行组合、联结和对比时，他们就拥有了无穷的知识和智慧。

牛顿一向习惯于将不同概念联系到一起，在他储备的海量概念中，有一个绝妙的联想，那就是将苹果落地和月球运行轨道联系在一起。

综上所述，我所得出的结论是：智力的高低取决于头脑中概念的数量和联想的能力。又或者，请允许我换一种方式来表述，智力的差异是概念数量与联想能力的复比。我接下来要讲到的内容，还请各位特别留意。

组织结构不健全的动物，可能既没有意愿，也无法产生概念。

---

① 译注：南部非洲的种族集团。

它们的行动是非自觉的，就像那些敏感植物一样。尽管如此，我们还是可以假设，当淡水水螅虫伸出触角吸食小虫时，它有时会吃到一种比其他虫类更美味的虫子，这时，它就会产生"好""更好"或"不好"的概念。如果它有能力筛选掉"不好"的虫子，那也算是一种意愿的表现。伸展触角的需求，是它最基础的意愿。吞食虫子的过程使它产生了两到三种概念。辨别食物优劣的能力，是选择意愿的体现，这是一个或多个概念作用的结果。

如果我们将此推论应用到新生儿身上，就会发现，新生儿最初的意愿直接来自生理需求。也就是说，在这种意愿的驱使下，他们会寻找到奶妈的乳头。而一旦尝到乳汁的滋味，他们马上就会形成一个概念。当感官接收到其他印象之后，新生儿还会形成第二个、第三个、第四个概念。有了数量基础之后，这些概念不但同时存在，互相之间还能进行排列组合。就算我们不用排列组合的运算公式来计算，至少也能借鉴相应的数学原理。我现在所说的排列组合，是不考虑先后顺序的，也就是说组合ab和组合ba是等价的，两个字母相互间只存在一种组合的可能。

三个字母两两组合时，有三种可能性；三个字母全部出现，又是另一种可能性。总计得到四种可能性。

四个字母两两组合时，有六种可能性；三三组合时，有四种可能性；四个字母全部出现，又是另一种可能性。总计得到十一种可能性。

五个字母排列组合时，总计得到十六种可能性。

六个字母排列组合时，总计得到五十七种可能性。

七个字母排列组合时，总计得到一百二十一种可能性。

八个字母排列组合时，总计得到二百三十六种可能性。

九个字母排列组合时，总计得到四百九十五种可能性。

十个字母排列组合时，总计得到一千零十三种可能性。

十一个字母排列组合时，总计得到两千零三十五种可能性。

由此可见，从二以上算起，每增加一个概念，所有概念的排列组合总数就会翻倍；五个概念与十个概念的排列组合总数相比，也就是十六比一千零十三，中间相差了六十九倍。[1]

我用这样的算式来表述观点，并不是要将思维的本质简化为公式，只是为了阐述排列组合的普遍性质。

我之前提到过，智力的差异是概念数量与将概念排列组合起来的能力的复比。

现在，我们可以用一把刻度尺来标示不同的智力水平。假设牛顿的智力位于最大刻度值，也就是一百万，而阿尔卑斯山中一个农民的智力值为十万。在这两个数值之间，我们可以设定无数数值，用来表示比农民聪明、却比不上牛顿的头脑。我和各位的智力都处在这一区间。

位于刻度尺顶端的那些人，大致有以下这些特质：

能够对牛顿的理论进行补充；

能够理解牛顿的理论；

能够部分理解牛顿的理论；

有组合概念的卓越能力。

另一方面，我们也可以想象一下，从农民的十万智力值往下数，十六、十一、五、一直到仅有四个概念和六个组合，乃至仅有三个观念和四个组合的智力水平。

仅有四个概念和六个组合的智力水平的婴儿，还不具备抽象思维能力，不过在这个数值与十万之间，还存在无数个数值，其大小取决于概念数量和组合概念的能力，这两者的复比代表的就是抽象能力。

动物与聋盲的儿童都不在此列，后者是因为缺乏概念，前者是因为缺乏组合概念的能力。

最基础的抽象能力应该就是计数能力，该能力可以把物体与其数学性质分离开来。在学会计数之前，儿童并没有抽象能力；在学会分析数量之后，他们才具备抽象思维。这是一个渐进的过程。当他们掌握了最基础的抽象思维之后，就可以组合与形成概念了。

无论是最低的智力值，还是最高的智力值，都属于同一种性质的数值，都是以概念数量为基础，根据排列组合的运算法则而计算得出的。智力值的测评方法是统一不变的。

因此，无论智力值是高是低，它们都属于同一种数值范畴，就好比最复杂的运算与加减法是同一种性质的思维活动，而每一篇完整的数学论文，都是从最直观的现象中逐步提炼推导出最深奥结论的过程。

贝拉斯克又用了好几种类比来阐述这一理念，丽贝卡似乎十分欣赏他的才智。之后，他们便各自回去休息了。临别时，他们互相表达出惺惺相惜之情。

原注：

1 原文部分数值有误，正确值为：5∶26（而非16）；7∶120（而非121）；8∶247（而非236）；9∶502（而非495）；11∶2036（而非2035）；三十九倍（而非六十九倍）。

第四十天

我很早就醒了,为了享受一下晨间的清凉,我走出了帐篷。贝拉斯克和劳拉·德·乌泽达也正好抱着同样的目的走出了帐篷。

我们沿着通往大路的方向散步,想看看会不会遇到其他旅人。不过,走到山石间的一道深沟前时,我们决定坐下来休息一下。

没过多久,我们看到一支旅行队走进了山谷,在我们脚下大约五十尺的地方行进。随着旅行队越走越近,我们也越发感到吃惊。队伍前头是四个美洲人,他们身穿式样简单、配有饰带的长袍,头戴的草帽上有五彩缤纷的长羽毛作为装饰,每个人都配有一条长步枪。跟在他们身后的是一队骆马,每匹骆马背上都驮着一只猴子。走在其后的是一支装备精良的黑人骑兵。再后面是两位年长的绅士,他们骑着安达卢西亚纯种骏马[1],身体紧裹在蓝色天鹅绒披风之中,披风上还绣着卡拉特拉瓦骑士团的十字标识[2]。在他们身后,八个马鲁古群岛的岛民抬着一顶中国式大轿子。可以看到,轿子里坐着一位身着西班牙服饰的年轻女子,一个年轻人潇洒地骑着马在轿门一侧护卫。

再往后,有一个年轻女子昏昏沉沉地躺在驮轿上,旁边有一个骑

---

[1] 译注:世界上最古老也最纯正的马种之一。
[2] 译注:西班牙最早的宗教性军事组织。标识由骑士的剑和牧师的十字架组合而成,象征庄严与勇敢。

着骡子的牧师,不停地往她身上洒圣水,似乎正在为她驱魔。他们后面还跟着一支长长的队伍,队伍里的人肤色各异,从乌木黑到橄榄棕色,就是没有白皮肤的人。

这支队伍经过我们脚下时,我们都没有想到要问问看他们是什么来历。不过,当整支队伍就快走过时,丽贝卡说道:"我们真应该问一下他们是谁。"

听了丽贝卡的话,我看到队伍末尾有个人走得比较慢,已经和大部队拉开了一些距离。我冒险爬下山岩,抓住了这个掉队的人。

他跪到地上,看上去十分害怕,对我说:"侠盗大人,请饶我一命吧!我虽然是个出生在金矿群中的贵族,但名下没有分毫财产。"

我回答说,我不是个强盗,只是想打听一下,刚才走过去的那几位高贵的绅士姓甚名谁。

"如果是这样的话,"这个美洲人骄傲地站起身来,对我说,"那我可以满足您的要求。如果您愿意的话,我们可以爬到那块突起的岩石上,以便看到山谷中旅行队的全貌。首先,阁下可以看到队伍里那些穿着奇装异服的男子,他们是来自库斯科和基多的高原人,负责照看那群骆马,我的主人准备把这些骆马进献给伟大的西班牙与印度群岛之王。

"那些黑人都是我主人的奴隶,或者说曾经是奴隶,因为在西班牙的土地上,奴隶制和异端邪说都是被禁止的。从他们双脚踏上这片神圣土地的那一刻起,这些黑人就成了自由的人,和你我一样。

"走在右边的那位年长绅士是佩纳·贝雷斯伯爵,是那位也叫这个名字的著名总督的侄子,他是最高等级的最高贵族。

"另一位年长的绅士是堂阿隆索,也就是托雷斯·洛韦拉斯侯爵,他是某位托雷斯侯爵的儿子,后来成了洛韦拉斯家族女继承人的丈夫。这两位绅士之间的友谊一直很深厚,而当佩纳·贝雷斯之子与托雷斯·洛韦拉斯的独生女——也就是您所看到那对璧人——成婚之后,这层关系就亲上加亲了。那位年轻的准新郎骑着一匹神采奕奕的骏马,年轻的准新娘所乘的镀金轿子,是婆罗洲国王送给已故的佩纳·贝雷斯总督的礼物。

"最后,驮轿里的年轻姑娘,就是神父正帮她驱魔的那位,我也完全不认识。昨天早上,我在好奇心的驱使下,进入了大路边的绞刑场里,看到这个姑娘正躺在两具吊死鬼的尸体中间。我叫来众人,让大家都看看这番奇景。我的主人伯爵大人发现这个姑娘还一息尚存,便命令我们将她带到我们的宿营地。他甚至还决定原地休整一天,以便好好地照顾这个病人,她值得我们照顾,因为她是一位绝色美人。今天,我们冒险把她放在驮轿上,不过她常常会昏厥过去。

"跟在驮轿后面的那位先生名叫堂阿尔瓦·马萨·格尔多,他是首席大厨,或者说是伯爵的大总管。他身边的人是勒马多和拉乔,他们分别是面点师和甜点师。"

"先生,这已经超出我想了解的范围了。"我说道。

"最后,落在队伍末尾、有幸为您做介绍的这个人,名叫堂冈萨罗·德·耶罗·桑格,是出身于皮萨罗和阿马格洛家族的一名秘鲁贵族,他继承了这两个家族的英勇气概。"

我向这位高贵的秘鲁人表达了谢意,然后就回到自己的同伴身边,我把听说的一切都告诉了他们。我们一起回到营地,并向吉普赛人首领汇报说,我们见到了他的朋友小隆泽托,还有小艾尔维拉的女儿,就是他为之与总督展开周旋的那个小艾尔维拉。

吉普赛人首领回答说，他们早就计划离开美洲了，上个月到达了加的斯，上星期从那里出发，在瓜达尔基维尔河河畔度过了两夜，就在离佐托两兄弟的绞刑架不远的地方宿营，然后在绞刑架下发现一个年轻姑娘正躺在两具尸体中间。

接着，他补充道："我有充分的理由相信，那个年轻姑娘与戈麦雷斯家族毫无瓜葛。我也不知道她是谁。"

"什么？"我惊呼起来，"那个年轻姑娘不是戈麦雷斯家族派来的？可她也躺在了绞刑架下面？所以闹鬼的传闻是真的了？"

"有可能。"吉普赛人首领说。

"我们必须让那支旅行队停留几天。"丽贝卡说道。

"我已经想到了这一点，"吉普赛人首领回答道，"今晚，我会派人把他们一半的骆马偷过来。"

第四十一天

用这种方法来挽留陌生人,让我感到有些荒唐。我本想说出自己的看法,但吉普赛人首领已经下令拔营了。他的语调十分坚定,让我打消了提出异议的念头。这一次,大部队只走出了几倍步枪射程的距离,就重新扎营了。在这个扎营点附近有一片开裂的山岩,仿佛曾经历过一场地震。大家吃过午饭后,就各自回帐篷休息了。

将近傍晚时分,我前往首领的帐篷,听到里面一片喧哗。那位皮萨罗家族的后人带着两个异族仆人,正趾高气扬地要求首领归还骆马。吉普赛人首领不动声色地听着他的叫嚣,这让耶罗·桑格变得更加肆无忌惮,他的声音更响了,言语中还时常夹杂着"无赖""强盗"等词汇。这时,首领吹响了一声尖厉的口哨。渐渐地,帐篷里聚满了手持武器的吉普赛人,随着他们陆续走进帐篷,那个秘鲁人的嗓门也渐渐低了下去。最后,他声音剧烈颤抖,旁人已经听不清他在说些什么了。

见他平静下来之后,首领微笑着向他伸出手,说:"请原谅我,勇敢的秘鲁人,从表面上来看,这件事我确实不占理,您也有理由感到愤怒;不过,还是请您先去找一下托雷斯·洛韦拉斯侯爵,问他是否认识一位名叫达拉诺萨的女士,那位女士的侄子纯粹出于好心,代替洛韦拉斯女士成了墨西哥总督的妻子。如果他还记得的话,请让他到这里来与我见面。"

堂冈萨罗·德·耶罗·桑格眼见一场血光之灾竟然如此和谐地收场了，心中感到十分高兴，他承诺会妥善地完成这项使命。

他离开之后，首领对我说："托雷斯·洛韦拉斯侯爵以前曾痴迷于小说和田园诗，我们得找一个合适的环境来接待他。"

我们走入山岩的狭缝之中，茂密的灌木丛使其更显幽深。突然间，我被眼前的一幕震惊了，这是我从未见识过的自然美景：一片深青色的湖水清澈见底，四周围绕着险峻的峭壁，峭壁与峭壁之间夹着一片片阳光充裕的沙滩。沙滩上鲜花怒放，虽然没有呈现出一定的布局，但可以看出，种植这些鲜花的人很有艺术感。在悬崖与湖水交会的地方，有人在山岩中凿出了通道，以便从一片沙滩走到另一片沙滩。湖水流到天然洞穴之中，洞室被装点得宛如海上仙女卡吕普索的居所。在如此之多的隐秘洞穴中，人们可以享受清凉，甚至还能沐浴。这片山水笼罩在绝对的寂静之中，看来这里仍然是世人未曾知晓的一片净土。

"这是我小小王国的一个行省，我曾在这里度过了几年时光，那几年或许是我一生中最幸福的时光。"首领对我说，"不过，那两位美洲人就快到了。我们找一个适宜的洞室，等候他们光临吧。"

我们选择了一个装饰华美的洞室，丽贝卡和她哥哥也来了。不久之后，两位年长的绅士也到达了洞室。

"这难道是真的吗，"其中一位说，"过了这么多年之后，我竟然与小时候对我有过大恩的人又重逢了？我一直都在打听你的消息，但却一无所获。在美洲的时候，我也没有收到过任何有价值的消息。"

第四十一天

"其他人也很难找到我,"吉普赛人首领说,"我的命运充满了转折,我曾无数次乔装改扮,隐姓埋名,想要追踪我的行迹并不是一件容易的事情。不过现在我们终于重逢了,请赏光在此地多留几日吧。你可以在这里缓解旅途劳顿,你一路走来应该已经很疲惫了。"

"不过,听说这儿是一个魔法统治的地方。"托雷斯·洛韦拉斯侯爵说道。

"的确有这样的传言,"吉普赛人首领说道,"在阿拉伯人统治时期,这里叫作阿弗里德·哈马米,也就是魔鬼浴场的意思。而现在,这个地方叫作拉弗里达。莫雷纳山区的居民们都不敢到这里来,每到晚间,他们就会聚在一起谈论与此地有关的奇异传闻。我也不想让他们了解这里的真实情况,因此,我请求你把大部分随从安置在山谷外围,不要进入我们扎营的这道山谷。"

"我的老朋友,"托雷斯·洛韦拉斯侯爵说,"希望你允许我的女儿和未来的女婿也到这里来。"

吉普赛人首领深深鞠了一躬,然后派人去把那两位年轻人和少数几个仆人接过来。

当吉普赛人首领带着客人们参观山谷时,贝拉斯克满脸惊讶地环顾四周。他捡起一块石头,仔细地观察了一番,然后说:"这块石头可以在玻璃吹制工匠的熔炉里直接熔化,不用加任何添加剂。我们正处在一座古老火山的火山口里。这个倒锥体的内壁可以帮我们求得它的深度,进一步计算出火山爆发时的膨胀力。这是一道值得思考的题目。"

贝拉斯克思考了一会儿,然后从口袋里取出笔记本,写了一些东西。接着,他说:"对于火山,我父亲有一套精妙的理论。他认为,从岩心爆发出来的膨胀力一定强于蒸汽或是硝石燃烧所产生的膨胀力,他由此推断,有朝一日我们将会了解流体的性质,其作用力能够解释大部分的自然现象。"

"所以你认为,这片湖是由火山爆发形成的?"丽贝卡说。

"是的,女士,"贝拉斯克回答,"石块的性质证明了这一点,而这片湖的形态也是一个有力的证据。通过观察对岸的物体,我估计湖的直径大约有三百英寻,由于圆锥下部的平均倾斜度大致是六十六度,所以火山口的深度大约是四百一十三英寻,里面原本容纳了九百七十三万四千四百五十五立方英寻的物质。正如我先前所说的,没有一种人类掌握的力量能够移动如此大量的物质,就算把所有人造力汇集在一起,也无法与之相比。"

丽贝卡还想对这番推论做出一些评价,但此时托雷斯·洛韦拉斯侯爵带着自己的随员们回来了。首领认为,也许不是每个人都有兴趣参与这个话题,他想让贝拉斯克结束这番几何演算,于是便对他的贵客说:"先生,我刚认识你的时候,你还沉浸在爱河之中,也像爱神本身一样俊美。你与小艾尔维拉的婚姻一定充满了喜悦与欢欣。你一直生活在芬芳与甜蜜之中,从没有见识过生活的毒刺。"

"也不尽然。"托雷斯·洛韦拉斯侯爵说,"的确,爱情在我的生命中占据了太多时间,不过除此以外,我也认真履行了作为一名贵族的所有职责,因此,我可以问心无愧地承认自己的小小弱点。既然我们现在身处于一个景色浪漫的地方,如果各位愿意听的话,我想讲一讲自己的人生故事。"

众人一致赞同这个提议,于是他便开始了讲述。

第四十一天

托雷斯·洛韦拉斯侯爵的故事

你应该还记得，你进入德亚底安会学校的时候，我们就住在离你的达拉诺萨姨妈家不远的地方。我母亲有时候会去看望艾尔维拉，但她从不带我去。艾尔维拉进入修道院，假装出一心想当修女的样子，像我当时那个年纪的男孩，当然不适合去见她。我们俩都饱受相思之苦，幸好我母亲答应为我们的书信往来充当信使，以缓解我们的痛苦，尽管她有些不太情愿。因为她认为罗马教廷的赦免不是那么容易能够拿到的，按照常规，我们必须等到赦免令颁布之后，才能互致书信。虽然有重重顾虑，她还是帮我们传递着往来信件。至于艾尔维拉的财产，我们一直小心翼翼地没有去动它。她装出想当修女的样子，万一这件事成真，她所有财产又会落回到洛韦拉斯的旁系亲属手里。

你的姨妈向我母亲提起了她的那位德亚底安修士舅父，她称赞他是一个机敏而睿智的人，关于教廷赦免的事，一定能给出好建议。我母亲对你的姨妈深表感激。她给桑特斯神父写了信，神父觉得事关重大，因此没有回信。他亲自来到布尔戈斯，还带来了一位拥有罗马教皇使节头衔的顾问，那个人用了假名，因为参与此类协商的人士都不愿意透露自己的真实身份。

众人商定，让艾尔维拉再当六个月的见习修女，在此之后，待她当修女的心愿消失殆尽时，她就成了隐居在修道院中的一个身份高贵的赞助人，可以拥有私人随从，也就是陪她一起住在修道院里的女仆，还可以在外面拥有一栋住所，不过她本人并不住在那里。我母亲和几个律师会搬到那里去住,他们负责理清与监护人地位相关的法律细节。至于我,我需要跟随一位导师前往罗马,那位教廷顾问也会跟我们同行;不过我并没能马上成行,因为大家认为我年纪太小了,难以求得教廷的赦免,于是我又等了两年才出发。

那是怎样的两年啊!我每天都能在修道院会客室里与艾尔维拉相会,剩下的时间我要么在给她写信,要么在读小说。此类阅读内容让我写信的技巧大有长进。艾尔维拉也会读同样的小说,她的回信总能和我心意相通。书信来往中很少有我们自己的语汇,我们所用的辞藻都是从小说里来的,但我们的爱情却是真挚的,或者至少我们非常欣赏彼此。总是横亘在我们中间的铁栏杆,就像一道无法逾越的障碍,让我们更加渴望爱。我们的血液中燃烧着青春的火焰,感官的躁动与浪漫的情意一起占据了我们的头脑。

我出发的日子终于到来了。告别的那一刻真是极度痛苦。我们的悲伤没有预演,也非伪装,但近乎疯狂。人们都担心艾尔维拉会昏死过去。我的悲伤和她一样强烈,只不过我能够更好地克制自己的情感。旅途风光让我心情大为缓解。这也要归功于我的导师,他不是学校里出来的那种老掉牙的学究,而是一位退休军官,曾在宫廷里做过事。他名叫堂蒂亚戈·桑特斯,是那位德亚底安修士的近亲。这位导师既机敏又文雅,他用了各种迂回的方法让我的头脑重回正轨,不过喜爱幻想的习惯已经深深植根在了其中。

我们到达罗马后,第一项任务就是去拜访黎卡迪蒙席①,他是一位

---

① 译注:蒙席,是天主教会神职人员因着对教会的杰出贡献,从罗马教皇手中所领受的荣誉称号。

在当地富有影响力的人物，在罗马得势的耶稣会修士们眼中拥有很高的地位。他是一个严肃高傲、姿态庄重的人，胸前闪耀的十字架上镶着巨大的钻石，令他更添威严。

黎卡迪告诉我们，他已经了解了我们的事情，这件事需要保密，所以我们尽量不要出现在上流社会的社交生活中。"在此期间，"他说，"你们可以常来我家。人们将会看到我对你们的重视，而你们表现出谦虚谨慎的态度，也对你们自己有好处。我准备帮你们去教廷枢密院①探听一下风声。"

我们听从了黎卡迪的建议。我白天去参观罗马古迹，晚上则到这位审理官的别墅见他，他的别墅就在巴贝里尼别墅②附近。掌管别墅事务的是帕杜利侯爵夫人。她是一名寡妇，除了黎卡迪之外，没有关系更近的亲戚了。至少大家都是这样说的，因为谁也不了解真实情况。黎卡迪来自热那亚，据说那个叫帕杜利的侯爵在国外执行公务时去世了。

这位年轻的寡妇拥有诸多良好的品质，让这个家显得格外温馨：她十分亲切友善、知书达理，同时又很矜持庄重。尽管如此，我还是能察觉到她对我的青睐，甚至是喜爱。她不断流露出这种情感，当然其他在场的人无法察觉她的暗示。这些暗示让我联想到了小说中常说的芳心暗许，我为帕杜利女士感到遗憾，因为她的情真意切都错付给了一个无法回应她的人。

---

① 译注：天主教的最高宗教机构。
② 译注：巴贝里尼是一个17世纪在罗马极为显赫的意大利贵族家族，家族出过教皇和多位红衣主教。家族位于罗马的官殿巴贝里尼官（1633年完工），现今是国立古代艺术美术馆的一部分。

在此期间，我常常与这位侯爵夫人聊天，总是把聊天内容引到我最喜欢的话题上，那就是爱情，不同形式的爱情、爱慕与激情之间的区别，还有忠贞与专一之间的区别。不过，我在和这位美丽的意大利女子聊起这些时，只是将其当作严肃的话题来探讨，从来没有想过要背叛艾尔维拉，寄回布尔戈斯的那些信，也依然充满着炽烈的爱意。

有一天，我的导师没有陪我一起去别墅，黎卡迪也不在家。我在花园中闲逛，走到了一个拱洞中，发现帕杜利女士正在里面，完全沉浸在自己的遐想之中，我走近的声音让她突然回过神来。我出现时她大吃一惊的样子，差点让我以为她刚才遐想的对象正是我本人。她甚至露出了惊恐的表情，似乎想要马上逃离险境。

不过，她还是强迫自己镇定下来，请我坐下，并用意大利人惯常的客套话问我："您今早出去散步了吗？"

我回答说："我去了科尔索大道，见到了许多女士，其中最美丽的要数莱普里侯爵夫人。"

"您还见过比她更美丽的女子吗？"帕杜利说。

"请恕我直言，"我回答，"我在西班牙认识一位年轻的女士，比她美丽得多。"这个回答似乎让帕杜利女士感到不快。她又重新陷入了沉思，美丽的双目低垂，怔怔地看着地面，脸上浮现出忧伤的神情。

为了让她宽心，我又和她聊起了爱情这个话题。

她无力地抬起双眼，看着我说道："您这么津津乐道的这些情感，您自己都体验过吗？"

"当然体验过，"我回答，"对那位美貌超群的年轻女士，我的情感比这还要浓烈一千倍、温柔一千倍。"我这句话还没说完，帕杜

第四十一天

利的脸上就泛起一阵惨白。她直挺挺地倒在地上，不省人事。我还从没见过一个女子呈现这样的状态，一时间手足无措。幸好我看到她的两个女仆正走在花园里，我跑过去找到她们，请她们快来救救自己的女主人。

随后我便离开了花园，回想起刚才发生的一切，我惊叹于爱情的力量，一片落进心中的小小火花，竟然有这么大的破坏力。我为帕杜利感到难过，也责怪自己成了她不幸的源头，但我绝不可能为了帕杜利或世界上的任何女子而背叛小艾尔维拉。

第二天，我又去了黎卡迪的别墅，但听说帕杜利女士病了，因此无法接待宾客。接下来的一天里，整个罗马城都在谈论她的病情，传言都说她病得很重。我为此而感到深深的自责，就好像自己是罪魁祸首一样。

她生病的第五天，有一位用一条面纱遮住自己的脸的年轻女子来到我的住地。她说："异国来的先生，一位将死的女子乞求与您相见。请随我来。"

我猜到她指的就是帕杜利女士，但我实在无法拒绝一个将死之人的请求。街尾有一辆马车在等我，我跟着这位蒙面女子上了马车。我们从花园后门进入别墅，穿过一条幽暗的小径、一条走廊、数间幽暗的卧室之后，来到了帕杜利女士的卧室。她正躺在床上，向我伸出了一只手。她的手热得发烫，我以为是发烧的缘故。我抬起眼，发现面前的病人半裸着身子。此前，我还只见过女人的脸和手。我的视线模糊起来，只觉双膝发软。我还没有搞清楚是怎么回事，就已经背叛了我的艾尔维拉。

"爱神啊！"意大利美人喊道，"您又创造了一个奇迹！我爱的人让我重获了新生！"

转瞬之间，我从天真无邪的状态直接跨越到了热烈追逐感官欢愉的状态。四个小时就这么过去了。最后，那名女仆过来提醒我们应该分开了。在走回马车的一路上，我感到体力不支，不得不倚靠在年轻女仆的手臂上，我能感到她正在窃笑。在与我告别时，她把我紧紧搂进怀中说："下次就轮到我了！"

我刚上马车，欢愉的感觉立刻就让位给了最沉痛的自责。"艾尔维拉！"我喊道，"艾尔维拉，我背叛了你！艾尔维拉，我再也配不上你了！艾尔维拉，艾尔维拉，艾尔维拉……"简言之，我把在此情形下该说的话全都说了一遍，发誓再也不去侯爵夫人家了。

托雷斯·洛韦拉斯侯爵的故事说到这里时，几个吉普赛人前来找他们的首领。首领对老朋友的故事很感兴趣，于是请求他把接下去的故事留到明天再说。

第四十二天

我们又聚到一个洞室中,其华美程度与昨天那个不相上下,托雷斯·洛韦拉斯侯爵看到大家都迫不及待地等着他继续讲他的冒险故事,便接着前一天的内容继续讲述起来。

托雷斯·洛韦拉斯侯爵的故事(续)

上回我说到,我为自己所犯下的不忠罪行感到无比懊悔。我知道帕杜利女士的女仆第二天还会出现,把我带到她主人的床上,我暗自下定决心,这回绝不会给她好脸色看。不过第二天西尔维亚并没有来,接下去的几天也都没来,这倒出乎我的意料。

一个星期后,西尔维亚出现了。她精心打扮了一番,其实并无必要,因为她本人比她的主人长得更美。

"西尔维亚,"我说,"西尔维亚,你走吧。你害我背叛了全世界最可爱的女人。你欺骗了我。你说带我去见一个生命垂危的女人,其实那个女人还散发着无限的生命力。我的内心没有愧疚,但我的身体已经不纯洁了。"

"你很纯洁,可以说是相当纯洁,"西尔维亚回答,"关于这一点,你不要再纠结了。不过,我不是来带你去见侯爵夫人的,她现在正在黎卡迪的怀抱里呢。"

"她的舅舅!"

"不,黎卡迪不是她的舅舅。请随我来,我会向你解释一切的。"

我跟着西尔维亚出了门,这纯粹是出于好奇。我们上了马车,来到别墅后门,穿过花园走了进去。接着,这位美丽的信使把我带进了她的房间——一个典型的女仆的小房间,里面摆放着润发香脂、梳子和梳妆用品。房里还有一张雪白的小床,床边放着一双精致的拖鞋。西尔维亚脱下了她的手套、面纱,接着又取下了系在胸前的方巾。

"停下!"我喊道,"别再脱了。你的女主人就是这样让我失去了清白。"

"我的女主人,"西尔维亚回答,"用的是她那一套粗浅的伎俩,我至今都不屑于学她那一套。"

她一边说着,一边打开碗橱,取出了一些水果、饼干和一瓶酒。她把这些东西摆到桌上,又把桌子拖到床边,然后说:"迷人的西班牙人啊,女仆们的家具都很简陋。这间屋子里原先还有一把椅子,但今天早上被人拿走了。请挨着我坐到床边吧,我很高兴能用这些小点心来招待你,请不要嫌弃。"

我无法拒绝如此亲切的招待。我坐到西尔维亚身边,吃了水果,也喝了酒,然后就请她讲一讲女主人的故事,她便讲述起来。

第四十二天

黎卡迪蒙席与劳拉·切雷拉（帕杜利侯爵夫人）的故事

　　黎卡迪是热那亚一个大户人家的幼子，很早就加入了教团，很快便成了一名神父。在当时的罗马，英俊的脸庞加上教士的紫色长袜，就是俘获女子芳心的不二法宝。黎卡迪和那些年轻的高级教士同行们一样，利用甚至滥用这些优势。到了三十岁时，他厌倦了寻欢作乐的生活，想要转战政坛。

　　但他并不想放弃男欢女爱，他希望能建立起一种只有享受没有责任的情爱关系，但并不知道应该怎么做。他曾当过罗马最美丽的公主们的"骑士仆从"，但这些公主们已经开始青睐更年轻的高级教士了。此外，不断讨好对方的过程也让他心生厌倦，因为这种不自在的关系令人难以忍受。包养情妇也有其缺陷，她们不了解上流社会的动态，与她们交谈常常让人感到言语无味。

　　就在左右为难之际，黎卡迪萌生了一个想法，这个想法在他之前和之后都有不少人想到过——那就是自己培养一个小姑娘，完全按照自己的品位培养，让她成长为一个完美的情人。的确，看着一个举止优雅得体的人，聪慧与美貌与日俱增，是多么美妙的一件事情；把这个人带进上流社会，带她认识这个世界，看她展露出惊讶的神情，见证她最初的情感萌动，向她灌输全套的世界观，将她塑造成一个完全契合个人品位的尤物，又是多么令人心驰神往。不过，如此富有魅力的姑娘，将来要怎样安排呢？许多人选择与其结婚，这样就解决了问题。但黎卡迪不能结婚。在筹备他的情爱计划的同时，这位高级教士还在为自己的晋升而不断努力。他有一个叔叔，在罗马圣轮法院[1]担任审理官，很有希望升任红衣主教，他得到红衣主教的许诺，到时可以将自己的审理官职位传给自己的侄子。不过这一切都要等到四五年后才会发生。黎卡迪觉得在此期间他可以返回故乡，甚至还可以周游各地。

有一天，黎卡迪正走在热那亚街上，一个十三岁的小姑娘挎着一篮橘子向他兜售，小姑娘用优雅迷人的姿态举起一只橘子递给他。黎卡迪毫无忌惮地用手拨开了小姑娘随意散落在额前的卷发，发现她是一个难得的美人胚子。他问这个卖橘子的小姑娘父母是谁。小姑娘回答说，家里只剩下母亲一人——一个可怜的寡妇，名叫巴斯提安娜·切雷拉。黎卡迪让小姑娘带他去见她的母亲，并向她母亲介绍了自己。接着他对巴斯提安娜说，他有一个女性亲戚，一直热衷于慈善，她始终致力于为贫穷的女孩提供教育，还会送给她们一份嫁妆，而他可以将小劳拉带去找她。

女孩母亲笑着说道："我不认识您的那位亲戚，她一定是一位可敬的女士。不过您本人对小姑娘们的慈善之心，倒是广为人知，您可以把这个孩子也带走。我不知道您教育她们的方式是否符合道德规范，但您至少能让她脱离最不道德的罪恶——贫困。"

黎卡迪提出可以为这位母亲奉上一些好处。"不，"她回答，"我又不是卖女儿，不过我可以接受您送来的任何礼物。活下去是所有人的首要追求，而饥饿常常使我无力工作。"

小劳拉当天就住到了黎卡迪的一个委托人家里。她的双手涂满了杏仁霜，头发上绑满了卷发纸，脖子上挂着珍珠项链，胸前装点着蕾

第四十二天

丝饰品。她通过多面镜子看着自己，都快认不出自己了，不过，她从一开始就明白发生了什么事，坦然接受了这一命运的安排。

不过，这个姑娘的童年玩伴们还不知道发生了什么，都感到十分担心。其中最着急想找到她的是一个十四岁的男孩，名叫切科·博斯科尼。他是一个搬运工的儿子，当时体格已经颇为健壮的他已经爱上了那个卖橘子的小姑娘，他们经常在街上或在我们家里见面，因为他是我们的一个远亲。我之所以说"我们家"，是因为我也姓切雷拉，很有幸，我和我的女主人是表姐妹关系。

我们越来越担心，因为不仅没有人告诉我们她的下落，大人们甚至不许我们提起她的名字。我的日常工作是帮人洗衣服，我的表哥在码头上替人打杂，等他再长大一点，就可以扛大包了。我每天做完活后，就去教堂的门廊下找他，然后为劳拉的命运一起担心落泪。

一天晚上，切科对我说："我有个主意。最近几天一直在下大雨，切雷拉女士一直没机会出门。不过，等到放晴的头一天，她一定会忍不住出门的，如果她女儿还在热那亚的话，她一定会去看她的。到时候我们只要跟着她，就能找到劳拉藏在哪儿了。"

我觉得这个办法靠谱。第二天天就放晴了。我跑到切雷拉女士家，看到她正从一个旧衣橱里找出一条更旧的头纱，我和她随意聊了几句，就跑去找切科了。我们躲在街边，很快就看到切雷拉女士出了门。我们远远地跟着她来到了城市的另一边，当她走进一栋房子时，我们又躲了起来。她从房子里出来后就离开了。我们便潜进房里，爬上了楼梯，或者说是三步并作两步跑上了楼，开门进入了一间漂亮的房间。我认出了劳拉，紧紧搂住她的脖子。切科把我拉开，把她搂进了自己的怀里，还把自己的嘴唇贴在了她的唇上。可就在这时，另一扇门打开了,黎卡迪走了进来,他扇了我二十个耳光,踢了切科二十脚。他的仆人们冲进屋内,转眼之间,我们就被丢到了街上。遭到拳打脚踢之后,我们彻底明白了,想要再继续追踪劳拉的命运,已经是不可能的事了。

切科到一条马耳他私掠船上当了小水手,从此以后,我就再也没有他的消息了。

至于我,想要见到劳拉的心愿一直没有释怀,甚至可以说,随着年纪渐长,这个心愿也变得更强烈了。我先后在几家人家里做工,最后来到了黎卡迪侯爵家,他是那位高级教士的哥哥。他家里人常常提起帕杜利侯爵夫人,但是没有人说得清那位高级教士是从哪里找来的这个远房亲戚。尽管主人家已经不再纠结她的来历了,但仆人们仍旧对这件事充满好奇。我们暗中展开调查,很快就发现,这个所谓的帕杜利侯爵夫人其实就是劳拉·切雷拉。侯爵让我们保守秘密,把我派到他弟弟家中,让他加倍小心,以免对自己的名誉造成损害。

不过我要讲的不是自己的故事,有点跑题了,说回帕杜利侯爵夫人的故事吧。小劳拉在高级教士的委托人家里并没有待多久,她很快就被转移到了热那亚海滨的一个小镇上。高级教士大人时常去看她,每次回来时都能看出他对自己亲手塑造出来的作品越来越满意了。

两年后,黎卡迪前往伦敦。他在旅途中使用假名,并自称是一名意大利商人。劳拉陪他同行,人们都以为她是他的妻子。他带她去了巴黎那些更便于过隐姓埋名的生活的城市。她的魅力日渐增长,也对自己的恩人充满仰慕,这使他成了全世界最幸福的男人。三年时间一晃而过,黎卡迪的叔叔即将成为红衣主教,他催促黎卡迪尽快回到罗马。

第四十二天

黎卡迪把他的情人带到了他戈里齐亚①附近的一处房产内。到达后的第二天，他对她说："女士，我有一个好消息要告诉你：你现在是帕杜利侯爵的遗孀了，你的丈夫在不久前为国王执行公务时去世了，这些文件就是证明。帕杜利是我家的一门亲戚，我希望你能到罗马来找我，并屈尊住到我家。"

几天后，黎卡迪就离开了。

只剩自己一人之后，这位新晋侯爵夫人认真掂量了一下黎卡迪的性格、他们之间的关系，以及她能从中得到什么好处。三个月之后，她所谓的舅舅请她前往罗马，她发现他现在的职位给他带来了无限风光，她也从中沾了不少光，各界人士都纷纷向她表达敬意。黎卡迪对自己的家人宣称他将黎卡迪家族的一个表亲——帕杜利的遗孀接到了自己家里。黎卡迪侯爵从未听说帕杜利结过婚，为此做了一番调查，就像我之前所提到的那样，还把我派到了新晋侯爵夫人身边，提醒她务必要加倍小心。

我经过海路到达奇维塔韦基亚②，然后从那里出发前往罗马。我向帕杜利侯爵夫人做了自我介绍。她命令仆人们退下，然后就扑进了我的怀里。我们聊起了童年，聊起了彼此的母亲，聊起了一起吃栗子的快乐时光，当然还聊到了小切科。我告诉她，切科上了一条私掠船之后，就再无音信了。劳拉原本已经相当激动，听到这个消息后，她泪流满面，不能自持。她让我对高级教士隐瞒身份，假装成她的女仆。她还补充说我的热那亚口音可能会暴露我的身份，我需要解释说，我

---

① 译注：Gorizia，意大利东北部城市，戈里齐亚省的省会。
② 译注：意大利中部城镇，首都罗马的主要港口，东南距罗马约70公里。

出生在热那亚而不是首都地区。

劳拉自有她的打算。前两个星期里，她保持着开朗愉快的情绪，但是之后，她就换上了一副心事重重、乖张烦乱的样子。黎卡迪尽力讨好她，却总是无功而返，他没有办法让她恢复从前那种积极的心态。

"我亲爱的劳拉，"有一天他对她说，"你还有什么不满足的？看看你现在的地位，再想想我救你时你的处境吧。"

"你到底为什么要救我？"劳拉激动地回答，"我怀念从前贫穷的生活。我在这群公主们中间能做些什么？她们含沙射影的评论，虽然都包装在文雅的语言里，但仍旧都是恶毒的侮辱。噢，我多想念你们啊，我的破衣裳，我的黑面包，我的炒栗子！每当想到这些，我的心都要碎了。还有你，我亲爱的切科，原本等你当上搬运工的时候，我们就能结婚了！要是和你在一起，也许日子过得穷点，但却不会如此空虚，连那些公主们也会羡慕我的生活。"

"劳拉，劳拉！"黎卡迪大喊道，"你这番新说辞从何而来啊？"

"这是自然的声音，"劳拉回答，"上天创造女性，就是为了让她们在特定的年纪成为妻子、成为母亲，而不是一个放荡教士的外甥女！"

接着，劳拉就退回了她的书房，关上了门。

黎卡迪陷入了窘境之中。他已经公开宣称，帕杜利女士是他的外甥女，如果她一时冲动说出真相，他的事业就到头了。而且，他对这个任性的女子还是充满爱意和呵护的。所有这一切都让他感到心烦意乱。

可是，到了第二天，当黎卡迪小心翼翼地出现在劳拉的门前时，却惊喜地收到了最温柔的欢迎。

"请原谅我！"她说，"亲爱的舅舅，亲爱的恩人。我实在是太忘恩负义了，我简直没脸见到今天的太阳。我是您一手培养起来的，您给了我良好的教育，我的一切都是您给的。请原谅我的无心之失。"

他们很快就和好了。

几天之后，劳拉对黎卡迪说："我和您在一起很不开心。您太像是一个主人了。这里的每样东西都属于您，而我完全处于一种依附的状态。刚才来做客的那位先生，把乌尔比诺公爵领地中[①]最漂亮的地产送给了他的情人，这才是一个好情郎的样子。如果我问您要那块男爵领地，就是我曾住过三个月的那个地方，您一定会拒绝的，尽管那是您叔叔坎毕奥希的遗产，您明明是有权处置的。"

"你想要获得独立，"黎卡迪说，"这样你就能离开我了。"

"我是为了能更爱您。"劳拉回答。

这件礼物究竟送还是不送，黎卡迪感到万分纠结。他确实是爱她的，也很想呵护她；但他又担心自己的威严折损，担心自己会被情人牵着鼻子走。

劳拉看穿了他的心思，本打算逼他做出决定，但黎卡迪在罗马毕竟有权有势，只要他一句话，就会立刻出现四个警察，把他的外甥女抓起来，关到修道院里去做长期的苦修。这个想法让劳拉耐下心来。

[①] 译注：乌尔比诺公国是一个曾经存在于意大利北部的主权国家，领土包含现今马尔凯的北部区域，东与亚得里亚海接壤，西与佛罗伦斯共和国交界，南与教宗国比邻。其公爵宫现今被列为世界遗产。

她最终决定，要用装病的办法使黎卡迪就范。那天你走进花园拱洞的时候，她正在苦思冥想这件事。

"什么？她当时不是在想我吗？"我吃惊地问。

"不，傻孩子，"西尔维亚说，"她当时在想的是一块利润丰厚的男爵领地，每年有四千斯库多的收益，不过她突然间想到了装病甚至装死的主意。她曾经照着伦敦那些女演员们的表演，模仿过这类动作，她当时是想试试看能不能骗得过你。所以你看，我的西班牙小伙，一直以来你都被骗了。不过后来发生的事情，你无权抱怨，我的女主人也没有抱怨你的表现。至于我，那天你体力不支、需要我搀扶的时候，我就发现你特别可爱。所以我发誓，下一次就该轮到我了。"这个轻浮女子就是这么说的。

那我还能说什么呢？刚才听到的一切让我震惊。我自以为是的幻想遭到了暴击，我已经分不清虚实了。趁着我陷入迷茫的机会，西尔维亚让我的感官产生了混乱。她毫不费力地得逞了，她甚至还借此机会做了很多过分的事情。最后，当她把我送上马车时，我已经不知道是应该再一次感到愧疚，还是应该放过自己别再纠结了。

托雷斯·洛韦拉斯侯爵的故事讲到这里时，吉普赛人首领有事要离开，他请求侯爵把接下去的故事留到第二天再讲。

原注：
1 罗马教廷审理教会与世俗事务的最高法院。

第四十三天

我们像前一天一样聚到一起,照例请求托雷斯·洛韦拉斯侯爵继续讲他的故事,他便讲述起来。

托雷斯·洛韦拉斯侯爵的故事(续)

上回说到,我已经连续两次背叛了美丽的艾尔维拉:第一次结束后,我感到无比悔恨;而第二次结束后,我不知道是应该感到悔恨,还是应该放过自己。但我可以保证,除了这两件事以外,我对表妹的爱并没有变,我写给她的信依然充满浓情蜜意。我的导师想尽各种办法,想要矫正我过于浪漫的思想,他的一些行动甚至超出了他的职权范围。他会让我暴露在各种诱惑面前,自己却装作置身事外的样子,每一次我都敌不过诱惑而放弃了抵抗,不过我对艾尔维拉的情意从没有变过,我一直在焦急地盼望着教廷尽快出具赦免令。

终于有一天,黎卡迪把我和桑特斯叫到他面前。由于即将要宣布极为重要的消息,他的神情十分庄严。不过,为了缓和过于严肃的气氛,他还是带着亲切的微笑对我们说:"尽管历经曲折,但你们的案子总算是了结了。我们在颁布赦免令时,对某些天主教国家特别宽松,但对西班牙特别严格,因为他们的信仰更纯洁、律令也更严苛。不过,教皇陛下考虑到洛韦拉斯家族在美洲建立起的信仰基础,也考虑到这两个孩子犯的小错是该家族不幸命运的结果,所以他解除了你们在此世的血缘关系,也解除了你们在天国的血缘关系。不过,为了避免其他年轻人效仿,以此为借口而犯下类似的罪行,陛下命令你们戴上由一百个念珠串成的项链,作为忏悔,你们要连续三年每天默念一遍玫瑰经[①],并在维拉克鲁斯修建一座德亚底安教堂。由此,我谨向你和你未来的妻子致以衷心的祝贺。"

各位可以想象,我当时有多么高兴。我马上接受了教皇陛下的赦免,两天后我们就离开了罗马。

我日夜兼程,很快就回到了布尔戈斯,与艾尔维拉重逢。她出落得更加迷人了。我们还需要做的,就是请求宫廷批准我们的婚事。不过,艾尔维拉继承了遗产之后,我们就不缺朋友了。宫中的朋友帮我们求得了宫廷的恩准,此外,我还得到了托雷斯·洛韦拉斯侯爵的头衔。

接下来要准备的就是服装、首饰、珠宝盒、一个女孩在成为新娘前所要做的所有愉快的准备工作。不过温柔的艾尔维拉对此并不在意,她唯一在意的就是恋人的陪伴和关注。

最后,我们喜结连理的那一天终于到来了。我一整天心情都十分

[①] 译注:于15世纪由圣座正式颁布,是天主教使用于敬礼圣母玛利亚的祷文。

第四十三天

紧张,因为婚礼要等到傍晚才开始,我们将在布尔戈斯附近的一栋乡间别墅的小教堂中举办婚礼。

我在花园中漫步,想要舒缓一下自己焦急等待的心情。接着,我坐到了长椅上,开始反思自己的行为,我实在是配不上那个即将与我结合的天使般的人儿。因为我数了一下对不起她的次数,总共有十二次。想到这里,我心中再一次泛起悔恨,我充满自责地对自己说:"负心汉!无耻之徒!你为什么不想想那个注定要属于你的珍宝?那个纯洁的人只为你而爱,甚至只为你而活,从没有向其他人吐露过一句情话?"

正当我深刻反省之时,我发现艾尔维拉的两个伴娘坐到了一条长椅上,和我的长椅背面只隔着一个树丛,她们的对话马上吸引了我的注意。

"曼纽拉,"其中一人说,"我们的女主人今天一定特别开心,因为她终于拥有了真实的爱情,可以递出真实的爱情信物,而不是那些隔着铁栏杆给出去的小礼物。"

"噢,"另一个伴娘说,"你指的是她那个吉他老师吧,他在教她按弦的时候,曾经偷偷地吻过她的手。"

"不是的,"之前那个伴娘说,"我是说她那十几场浪漫的恋情——当然全都是纯洁无瑕的——她只是把恋爱当作一种游戏,她会用自己的方式来鼓励追求者。头一个是那个教她地理的文科小学士。他为她爱得死去活来,于是她就剪下一缕头发送给了他,第二天我帮她梳头时发现了。接下来是那个嘴特别甜的男子,他过来通报她的财产状况,并告知她的收益情况。他很明白自己想要什么,他用甜言蜜语征服了她,甚至把她迷得神魂颠倒。她送给他一幅自己的剪影肖像，还把手伸出栏杆，让他亲吻了一百遍，他们两人还曾经互赠鲜花作为礼物。"

她们后来又说了些什么，我已经不记得了，但那十几场浪漫的恋情一定是全说到了。我感到万念俱灰。诚然，艾尔维拉给出的只是纯洁的好意，或者说只是些孩子气的举动。但是我理想中的艾尔维拉一定不会做出这种有不忠嫌疑的事情。我这样想确实有些苛刻了。因为早在童年时期，艾尔维拉还在牙牙学语之时，就已经开始学着说情话了。我早就应该料到：她这么喜欢爱情游戏，当我不在身边时，她一定会找其他人来玩，只是就算有人告诉我，我自己也不愿意相信罢了。如今我终于相信了，我的幻想也破灭了，只留下无尽的哀伤。

这时，有人来通报，婚礼开始了。我满脸颓丧地走进小教堂，把我母亲吓了一跳，也让我的新娘充满了忧虑与悲伤。连神父都不知所措，不知道我们还要不要结婚，不过最后他还是主持完了婚礼。可以说，在经历了漫长焦心的等待之后，这一天给我带来的失望情绪是无以复加的。

不过，当晚的情况却大有改观。婚姻之神熄灭了他的火炬，用暗夜的面纱掩护着我们纯真的欢乐。随后，铁栏杆内外的朦胧情话从艾尔维拉脑海中尽数消失了，一种未知的欢欣使她心中充满了爱意与感激，她把自己毫无保留地交给了她的丈夫。

第二天，我们俩都感到十分幸福。我心中哪里还有一丝悲伤呢？即将过完一生的男人们都知道，在人生的各种喜悦中，排第一的当数洞房花烛夜。年轻的新娘在婚床上准备了那么多亟待解开的秘密、那么多即将实现的美梦、那么多充满爱意的情思。如此美好的日子在一生中绝无仅有，我们一边沉浸在刚酝酿好的甜蜜情意中，一边憧憬着美好到不真实的未来,仿佛是用五彩斑斓的画笔描绘出来的情景。

亲朋好友任由我们在幸福中自由遨游了几个月。接着,当他们觉得时机成熟时,便决定唤醒我们的事业心和功利心。

洛韦拉斯伯爵当年特别想成为最高贵族,亲友们认为我们应当继承他的遗志,这不但对我们有好处,也能造福后代。简而言之,亲友们指出:无论这个头衔有什么实际作用,如果我们不去争取的话,总有一天会后悔的,为了将来不后悔,现在能多努力一下总是好事。

我们当时年纪尚轻,并不能掌控自己的意志,总是容易受到周围人的影响;我们听从了亲友的意见,出发前往马德里。当总督听说了我们的意向后,为我们写了一封言辞恳切的推荐信。很快,事态就向着有利于我们的方向发展了,可惜只是看起来如此。尽管宫中传出了各式各样的好消息,但没有一条最终成为现实。

这些虚妄的希望全都落空了,我的亲友们懊恼不已。我的母亲尤为失望,她一心盼着自己的小隆泽托能成为西班牙最高贵族,并愿意为此付出一切。不久之后,这位可怜的女士身体状况急转直下,她意识到自己已经不久于人世了。她开始寻求心灵上的救赎,首先就是要向比利亚卡村可敬的居民们表达她的感激之情,因为他们在我们最需要的时候给过我们温暖的帮助,她特别想要感谢村长和神父。我母亲没有个人财产,不过艾尔维拉很乐意为她的高尚心愿提供支持,她为村民们准备的谢礼十分贵重,甚至超出了我母亲的预期。

这些老朋友们听说了这一慷慨行为后,纷纷来到马德里,围绕在他们恩人的床边。我母亲离开人世前,看到我和妻子依然彼此相爱,十分富有而幸福。我母亲在睡梦中安详地步入永生之境,她在此世就已经享受到了一部分福报,这都要归功于她的美德,尤其是她那毫不吝啬的善心。

不久之后,厄运就降临到我们头上。艾尔维拉为我生的两个儿子,都在急病中夭折了。再后来,最高贵族的头衔也没了盼头。我们决定不再申请这一头衔,并动身前往墨西哥亲自打理这里的部分财产。侯爵夫人的健康遭遇了重创,她的医生们向我们保证,出海旅行有利于她的康复。

于是我们踏上了旅程,在经过六周的海上航行后,我们到达了维拉克鲁斯,正如医生们所言,艾尔维拉的健康真的完全恢复了。到达新世界的时候,她不但身体康复了,容貌也比以往更迷人了。

我们在维拉克鲁斯遇到了总督麾下的一位高级军官,总督派他来迎接我们,送我们前往墨西哥城。这位军官一路上不停地说着佩纳·贝雷斯伯爵的阔气排场,以及他在家中所推崇的浪漫风尚。我们对此早有耳闻,因为我们在美洲也一直都有消息来源。我们听说,总督在功业上志得意满之后,对女性的情感又被重新点燃了,由于他不能在婚姻中寻求幸福,便转而追求那种隐秘而又雅致的恋爱形式,这也曾经是西班牙上流社会独有的风尚。

我们在维拉克鲁斯稍做停留,然后就一路顺风顺水来到了墨西哥城。各位应该知道,这是建在湖中央的一座都城。我们来到城郊时,天色渐暗,很快我们就看到,上百艘点着灯的贡多拉船出现在湖面上。其中装饰最华美的一艘贡多拉稳稳地行驶在船队前方,最先来到我们面前。总督从船上下来,向我妻子表达了问候。

"无与伦比的女士啊!我心中依然爱着你的母亲。"他说,"我本以为上天把你从俗世间带走了,使我高尚的追求落了空。不过现在看来,上天还是不忍心把他最美丽的珍宝带离人世间,为此我要感谢上苍。欢迎你来到这里,成为我们半球的一颗明珠。拥有了你,旧世界就再没有什么值得我们嫉妒的了。"

随后,总督又赏光拥抱了我一下,并把我们请上了他的贡多拉船。我很快就注意到伯爵一直在盯着侯爵夫人看,还露出惊讶的神情。

最后,他对她说:"女士,我以为你的容颜一直珍藏在我的记忆里,但我必须承认,我没能认出你来。不过,就算你的容貌改变了,也只是变得更美了。"

我们这才想起来,其实总督从来没有见过我妻子,他珍藏在记忆中的是首领你的容颜。

我对他说,她的容貌确实发生了很大的改变,当年见过艾尔维拉的那些人,如今大多都认不出她来了。

在水上漂荡了半个小时之后,我们靠近了一座浮岛。这座岛堪称巧夺天工,岛上密布着橘林和其他树林,还有茂密的灌木丛,完全能够以假乱真,不过整座岛还能够轻松地浮在水面上。它可以漂到湖面上的任何位置,移步换景,从不同角度尽享整片湖上的各色景致。这类工程在墨西哥并不罕见,称作"浮园耕作法"①。

岛中央有一栋灯火通明的圆形建筑。从很远的地方就能听到那里传出的热闹的音乐声。很快,我们就通过灯光看到了"艾尔维拉"几个字。登岛时,我们看到了两队身着华服的男女舞者,他们的服装上都有奇异的装饰,五彩斑斓的各色羽毛与奢华珠宝的光泽交相辉映。

---

① 译注:由拉丁美洲的阿兹特克人发展的一种独特的农业耕作法,是指在用芦苇编成的芦筏上堆积泥土,浮在水面,然后在新造的土地上种植作物和果树,利用树根来巩固这些人造浮动园圃。

"先生，"总督说，"其中一队是由墨西哥人组成。你看，队首的那位美丽女士是门特祖玛女侯爵，她是曾经统治这个国度的家族中的最后一人。马德里议会颁布了一项政策，禁止她把自身的贵族权益继续传承下去，尽管许多墨西哥人认为这些权益仍是正当的。为了弥补她受到的屈辱，我们将她称颂为所有庆典活动的女王。另一队中的人们都来自秘鲁印加部落，他们听说太阳神的一个女儿来到了墨西哥，都想来一睹芳容。"

在总督夸奖我妻子时，我留意观察着她的反应。她眼中燃起了一团火，虚荣自负的火种早就埋藏在她的心中，只不过在过去七年的婚姻生活中，它一直没有机会生根发芽。的确，尽管我们十分富有，但在马德里的社交圈中却远远算不上核心人物。艾尔维拉为我母亲、为孩子们、为她自己的健康而操心，很少有抛头露面的机会。但这次旅行不但让她恢复了健康，还使她容光焕发了，她现在被捧到了这个全新舞台的最前沿，似乎有些洋洋得意起来，想要吸引全世界的目光。

总督请艾尔维拉担任秘鲁队的女王，接着对我说："你无疑是太阳神之女的头号臣民。不过既然我们是在化装舞会上，我想请你臣服于另一位君主的统治，直到舞会结束。"

他一边说着，一边把我带到了门特祖玛女侯爵面前，把她的手交到我手里。

接着，舞会便进入了高潮。两支舞队时而各自舞蹈，时而共同起舞。大家互相比拼舞技，整场活动变得热闹非凡。最后，大家决定要把化装舞会一直办到这个季末。

于是我继续扮演着墨西哥假女王的忠实臣民，而我妻子也继续用亲昵的互动对待她的臣民们，这一切我都看在眼里。说到这里，我必

第四十三天

须为各位描绘一下这位印第安酋长之女的肖像，或者说描述一下她的相貌，因为她身上的野性之美、不时流露在脸上的如火的内心情感，都无法用语言来形容。

特拉斯卡拉·德·门特祖玛出生在墨西哥的山区，因此肤色不像平原居民那么深。她的皮肤不算白，但肤质非常细腻，一双乌黑发亮的明眸衬得肌肤都散发出光泽。她的五官不像欧洲人那么立体，但也不像某些美洲原住民那么扁平。特拉斯卡拉唯一与原住民相像的地方，就是略显丰满的嘴唇，当一丝笑意偶然间划过时，这样的唇显得特别迷人。至于她的身材，我就不再赘述了，各位可以尽情想象，与艺术家们描绘的阿塔兰忒或黛安娜女神的身材不相上下。

她的姿态也非同一般。在举手投足之间，她会流露出原始的激情，尽管她自觉加以抑制，但旁人仍然不难察觉。当她停下来时，看上去也不像是在休息，而像是在隐藏内心的躁动。

门特祖玛家族血统时常提醒特拉斯卡拉，她生来就应该统治这个世界上的大片疆土。人们在与她攀谈时，首先会被她女王般威严倨傲的气势所镇住；不过，在她优雅地开口回应之前，温情脉脉的眼神就已经迷住了他们的心。当她走进总督的舞厅时，总会显得愤愤不平，仿佛被埋没在了凡夫俗子之中，不过很快就能脱颖而出。那些为爱而生的心灵立刻就会察觉到他们的君主出现了，并将她团团围住。此时的特拉斯卡拉不再是女王，而是一个沉浸在浓浓爱慕之情当中的女人。

我在第一场舞会中就见识过她倨傲的姿态。当时我觉得有必要对她赞美一番，因为她扮演的是女王的角色，而总督让我扮演她的臣民，不过特拉斯卡拉并没有给我多少面子。"先生，"她说，"一张面具所赋予的君主地位,只会让那些远离王权的人感到欣喜若狂。"

她一边说着,一边看了我妻子一眼。当时,艾尔维拉正被一群秘鲁人团团围住,他们都跪在地上,向她表达他们的忠心。她的虚荣与自满简直达到了心醉神迷的程度,我为她感到一阵羞愧。当天晚上,我就和她谈起了这件事。她心不在焉地听着我的劝告,神情冷淡地接受了我的建议。虚荣占据了她的心灵,已经没有爱的位置了。

奉承与吹捧的迷烟所熏出来的醉意,需要很长时间才能消散,艾尔维拉已经醉得醒不过来了。全墨西哥的人分成了两派,一派痴迷于她的绝美容颜,另一派则臣服于特拉斯卡拉无与伦比的魅力。艾尔维拉整日里不是在回味昨天的虚荣,就是在幻想明天的风光。她已经跌落陡峭的悬崖,陷入了无止境的轻浮消遣之中。我想要拉住她,但却无能为力。我自己也陷落了,但与她的情况完全不同。我妻子走上了一条布满鲜花的道路,一路上到处都有寻欢作乐的机会。

而我当时还未满三十岁,其实连二十九岁也没到。那个年纪的人,心灵中依然充满青春的朝气,而情感上已经有了成年人的稳重。我对艾尔维拉的爱是在她的摇篮边诞生的,这份爱一直保持着幼时的模样;她的心智也从来没有成熟过,因为滋养它成长的只是些幼稚的浪漫故事。我自己的心智也算不上成熟,但我拥有足够的理性,已经能够看清,艾尔维拉心里盘算的只是一些微不足道的输赢,还有一些背地里造谣中伤的小伎俩。女人的心胸总是这样狭窄,倒不是因为她们的性格低劣,而是因为她们的心智有限。这一点上很少有例外,我甚至一度以为所有女人全是这样的。不过,当我遇到特拉斯卡拉之后,我就纠正了自己这种错误想法,她的心灵从不会因为嫉妒而计较输赢。她对女性充满包容与关爱,那些在容貌、仪态或是性格方面特别出众的女性,尤其能得到她的关注。她很愿意让优秀的女性围绕在自己身边,以赢得她们的信任和友谊。对于男性,她很少提及,就算提起时姿态也很矜持,除非某位男士做出了慷慨高尚的举动,只有在这些时候,她才会公开甚至热情地表达自己的欣赏之情。否则的话,她只会聊一些普通话题,只有当谈到新世界的繁荣和此地人民的福祉时,她才会表现出强烈的兴趣;这是她最爱的话题,只要她觉得时机合适,就会对此津津乐道。

许多男人都受到命运与自身性格的影响,无法征服女性,于是只能一生都臣服在女性的脚下,毫无疑问我就是这么一个人。我曾经是艾尔维拉的卑微崇拜者,后来又成了她温驯的丈夫。但她却松开了爱的锁链,我的心是否还受她的管束,她似乎已经无所谓了。

化装舞会仍在一场接一场地举办,社交礼仪要求我跟着女侯爵到处走;不过与其说是应付,倒不如说是我心甘情愿。我发现自己内心正在发生改变,我的思想更崇高了,心灵也更充实了。我的性格变得更加果断,意志也更加坚定。我想让这些内心变化落到实处,对身边的人产生影响。我申请了一份公职,并成功获得了任命。

我的职责是管理几个省份的事务。我发现原住民饱受征服者的压迫,于是就站到了人民一边。我的做法招惹到了一些有权有势的人,甚至还招致了内阁大臣的怒火。宫廷似乎也想逼我就范,但我坚定地维护着自己的理想。我赢得了墨西哥人民的爱和西班牙人的敬意,而对我来说最重要的是,我赢得了心上人对我的关注。事实上,特拉斯卡拉的态度仍旧非常矜持,甚至比以往更矜持了;但她会在人群中寻找我,用欣赏的眼神注视我,然后又不自然地看向别处。她不常与我交谈,也很少提及我为美洲人做的贡献。但每次她和我交谈时,呼吸都会变得急促。她颤抖的气息和羞涩甜美的声音，使得每一次随意的交谈都带上了亲昵的意味。

特拉斯卡拉以为自己找到了一颗相似的心灵，但她错了。我只是把她的心灵装到了自己心里，是她启发了我的思想，主导了我的行为。

至于我，则高估了自己的精神力量。我的理想变成了空想，我为美洲人谋福利的志愿变成了冒险的计划，我的消遣活动也带上了英雄主义的色彩。我会在丛林里捕猎美洲豹和美洲狮，甚至与这些危险的猛兽展开搏斗。不过我最常做的还是跑进荒凉的山谷中大声呐喊，我只能向寂寥的山谷回声倾诉我的爱，因为我不敢向自己爱的那个人表白心绪。

不过特拉斯卡拉已经看穿了我的心思，我也开始感受到她的情感，人们如果着意观察的话，很容易发现我们之间的情意，幸好事实上没人发现。总督有一些重要事务需要处理，于是就叫停了这一系列欢庆活动。对于此类活动，总督曾经乐此不疲，整个墨西哥社会也曾乐在其中。之后，人们的生活平静了下来。特拉斯卡拉隐居到了湖北岸的一栋房子里。一开始我常去拜访她，后来变成了每天必去。我们在一起的相处模式，很难用语言来阐述。对我来说，这是一种近乎狂热的崇拜；对她来说，这是心中的一团圣火，要用虔诚而深刻的思想来守护。我们想要表白彼此的心意，但总是话到口边又咽了下去。这是一种非常微妙的状态，我们享受着暧昧的甜蜜，不愿意打破这种状态。

托雷斯·洛韦拉斯侯爵的故事讲到这里时，吉普赛人首领需要去营地里处理事务，便请求侯爵把接下去的故事留到第二天再讲。

第四十四天

我们像前几天一样聚到一起,请托雷斯·洛韦拉斯侯爵继续讲他的故事,他便接着讲述起来。

托雷斯·洛韦拉斯侯爵的故事(续)

昨天说到,我爱上了迷人的特拉斯卡拉,我也向各位形容过了她的内在和外在美。接下来的故事,会让各位对她有更深入的了解。

特拉斯卡拉已经接纳了我们的神圣信仰,与此同时,她对自己的祖先仍然满怀敬意,在她折中的信仰里,她为祖先安排了另一个天国,那并不是我们所说的天堂,而是介于人间和天堂之间的一个地方。对于同胞的迷信思想,她也抱着不可不信的态度。她相信那些杰出的先王们的鬼魂会在暗夜里回到人世间,在山中的一块古老墓地中显灵。因此,她无论如何也不愿意在夜里前往那块墓地。不过,有时候我们白天会去那里待上几个小时。她会把祖先墓碑上镌刻的象形文字翻译给我听,还用传统释义阐述了这些文字的含义,她十分精通这些。

我们很快就熟悉了大部分铭文,在继续探索的过程中,我们在青苔底下和荆棘丛中又发现了几块墓碑。

有一天,特拉斯卡拉指着一株多刺的灌木,告诉我,这株植物不是偶然生长在那里的。有人故意种下这株灌木,为了召唤天国的神灵,向敌人的灵魂复仇。她说,如果我能毁掉这株不祥的植物,就算是做了一桩好事。我拿起一把墨西哥人常带在身边的斧子,砍掉了这株充满恶意的灌木。灌木后面露出了一块石碑,上面刻着的象形文字比我们之前看过的都要多。

"这是美洲被征服之后写下的碑文,"特拉斯卡拉说,"当时的墨西哥人将西班牙人带来的西文字母与他们的象形文字结合起来。这一时期的铭文最容易读懂。"

接着,特拉斯卡拉就读起了铭文,但是越往下读,她脸上的表情就越痛苦;后来,她昏倒在了墓碑上。这块已经存在了两个世纪的石头里,埋藏着令她恐惧惊诧的秘密。

人们把特拉斯卡拉抬回家后,她稍微恢复了一点意识,但是说起话来断断续续的,除了表达内心的痛苦,她说不出其他话来。我十分伤心地回到自己家,第二天,我收到了这样一封来信:

> 阿隆索,我用尽全力打起精神,给你写下这封短信。我的古文老师柯索阿斯老先生会把这封信交给你。请带他去看我们发现的那块石碑,他会告诉你那些铭文是什么意思。
>
> 我的视线已经模糊,一片黑雾笼罩住了我的双眼。

第四十四天

阿隆索,可怕的幽灵已经来到你我之间。

阿隆索,我再也无法见到你了。

柯索阿斯是一名祭司,或者说是一个古老祭司家族的后裔。我把他带到了那片墓地,把那块事关重大的石碑指给他看。他将上面的象形文字拓印下来,把拓本带回了家中。我前往特拉斯卡拉家中看望她,她依旧神志不清,没能认出我来。当天晚上,她的高烧退了一些,但医生还是建议我不要进去看她。

第二天,柯索阿斯来到我家,把墨西哥铭文的翻译本交给了我,其中的内容如下:

我是门特祖玛之子柯亚垂,我将恶名昭著的玛丽娜的尸体带到这里,她让自己的心和自己的国家都屈服在了可恨的海盗头子科尔特斯①脚下。

祖先的神灵啊!请在暗夜里降临人间,在这些残肢里注入生命,让它们体会到求死不能的巨大痛苦。

祖先的神灵啊!请听一听我的呼唤,听一听我的诅咒,那些活人祭品的血还在我手上散发着血腥味,我以他们的名义发起诅咒。

我,门特祖玛之子柯亚垂,是一个父亲。我的女儿们在冰封的山顶流浪,但她们依旧美丽,美貌是我们高贵血统的体现。祖先的神灵啊!假如柯亚垂的一个女儿或者他子女的

---

① 译注:大航海时代西班牙航海家、军事家、探险家,阿兹特克帝国的征服者。

女儿,即继承我血脉的任何一个女子将她的心和她的魅力交付给了无耻海盗的后人,假如继承我血脉的女子中出现了第二个玛丽娜,祖先的神灵啊!请在暗夜里降临人间,用最可怕的酷刑惩罚她。

请在暗夜里降临人间,变作火焰毒蛇,将她的身体撕碎,把她的残肢撒在大地上,让它们体会到死前的痛苦。请在暗夜里降临人间,变作无情的秃鹫,用烙铁般的喙撕碎她的身体,把她的残肢撒在空中,让它们体会到求生不得、求死不能的无尽痛苦。

祖先的神灵啊!如果你们拒绝这么做,我将召唤复仇之神,用活人祭品的鲜血供奉他,让他对你们施加惩罚,让你们感受到同样的痛苦。

我,门特祖玛之子柯亚垂,刻下这些诅咒,并在墓前栽下这株名叫"梅斯库斯萨尔特拉"的灌木。

这篇铭文带给我的冲击不亚于特拉斯卡拉所受到的惊吓。我试图说服柯索阿斯,称这一切只是荒谬的墨西哥迷信,但我很快就发现,这些话对他不起作用。而他的一番话则启发了我,怎样才能慰藉特拉斯卡拉的心灵。

"先生,"柯索阿斯说,"我毫不怀疑先王们的神灵会降临到山中那片墓地,他们有折磨死者和生者的能力,尤其是当他们受到诅咒的召唤时。那块石碑上的诅咒您也看到了,不过,现实中的许多情况能够削弱这些诅咒的力量。首先,那块墓碑前特意种下的满含恶意的灌木已经被您砍掉了;其次,您与科尔特斯那些野蛮的同党们哪有共同之处呢？请您继续担当起保护墨西哥人民的重任，也请相信，我们对于古老法术并非一无所知，我们有办法平息先王之灵的怒火，甚至能够安抚那些可怕的神明，他们曾是墨西哥人崇拜的对象，也就是你们的神父口中所称的魔鬼。"

我请柯索阿斯谨慎地保留他的宗教观点，并决心要抓住一切机会为墨西哥原住民谋福利。机会很快就出现了。总督征服的几个省份里爆发了一场起义。说实话，这些只不过是反抗暴政压迫的正当起义，而且西班牙宫廷也并不提倡这种暴政。但威严的佩纳·贝雷斯伯爵却不是这么看问题的，他轻信了错误的报告，亲率一支大军进驻新墨西哥，驱散了那里的起义群众，并抓回了两个印第安部落酋长，准备在新世界的首都搭起断头台，处死这两个酋长。就在死刑宣判前的那一刻，我走进审判庭，将双手搭在两名被告的肩上说道："我以国王的名义触碰他们。"这是西班牙法律中一条古老的准则，直到今天还有效力，没有任何法庭敢于违抗这句话，任何判决的执行都要暂停，但与此同时，说出这句话的人也自动成了被告的担保人。总督大发雷霆，用最严苛的手段把我投进了关押罪犯的地牢，我在那里度过了一生中最幸福的一段时光。

一天晚上——当然地牢里永远都是夜晚——我看到长长的走廊尽头出现了一道黯淡的光。那道光渐渐靠近我，我认出了特拉斯卡拉的脸。她的到来使我的囚室变成了一片乐土。不过，除了用美貌照亮黑暗之外，她还为我准备了最甜蜜的惊喜：她向我表白了她的爱。

"阿隆索，"她说，"高尚的阿隆索，你赢了。我祖先的灵魂已经得到了安抚。我这颗本不属于凡人的心，现在属于你了，这是对你的牺牲的奖赏，因为你一直在不遗余力地为我不幸的同胞们谋福利。"

特拉斯卡拉刚说完这些话，就晕倒在我的怀里，不省人事。我以为这只是心情过于激动造成的，但其实导致她晕倒的原因比这更深刻、也更危险。她在墓地里所受到的惊吓，以及之后发的高烧，都使她的健康遭到了重创。

过了一会儿，特拉斯卡拉重新睁开了眼，天庭般的光辉把我的黑暗牢笼变成了一座灿烂的宫殿。噢，爱神啊！古时的人们崇拜您，因为他们都是大自然的孩子。圣洁的爱神啊！您的神力在我们这个新世界的囚室里尽显无遗，比在尼多斯神殿①或是帕福斯圣地②里更加光辉灿烂！我的囚室变成了您的神殿，行刑用的断头台变成了您的祭坛，我身上的铁链变成了您的花环。这梦幻般的光芒至今还没有消散，它一直活在我的心里，只是随着年纪渐长，我的心绪没有当初那么热烈了。每当我想回首往事，重新打开记忆的闸门时，我首先想到的不是艾尔维拉的婚床，也不是劳拉香艳的卧榻，而是一座地牢里的高墙。

我前面提到过，总督对我大发雷霆，冲动的性格使他忘记了自己的公正原则，也忘记了我们之间的友谊。他派出一艘轻艇前往欧洲，送去了他写的案情报告，将我描述成一个麻烦制造者。

不过报信的船刚启航，总督的善良和公正之心又占了上风。他重新审视了整起案件。他本来想推翻第一份报告，但又怕损害到自己的威信。不过，他还是派出了第二艘船，想以这次送去的报告缓和此前的案情。

---

① 译注：尼多斯是古希腊城市，神殿中供奉着著名雕塑《尼多斯的阿芙洛蒂忒》。
② 译注：帕福斯是塞浦路斯西南部城市，一直被奉祀为爱神圣地。传说爱和美的女神阿芙洛蒂忒诞生在附近海浪拍打岸边巨岩激起的泡沫之中。

第四十四天

马德里议会的决议进程一向十分缓慢,所以第二份报告送达时,时间还十分宽裕。议会过了很久才做出答复,而且各位也可以预料,这份答复经过了深思熟虑和反复斟酌。议会给出的判决看似极端严厉,要求对暴乱的煽动者处以死刑,但仔细研读这份判决就会发现,对煽动者并没有准确的定义,而且总督还收到了一份密令,禁止他继续调查煽动者。

但最先公之于众的是那份表面文章,特拉斯卡拉听说消息之后,本就脆弱的健康状况遭到了致命的打击。她先是开始吐血,接着又发烧了,起初虚弱的低热变成了持续的高烧……

这位心地善良的老人再也说不下去了,声音变得哽咽起来,他独自走开,痛哭了一场。我们这些留在原地的人也陷入了深深的沉默之中,每个人都为美丽的墨西哥女子的命运而感到哀伤。

第四十五天

我们像之前一样重新聚到一起,请侯爵继续讲他的故事,他便讲述起来。

托雷斯·洛韦拉斯侯爵的故事(续)

之前,在说到我的牢狱之灾时,我还没有提到艾尔维拉,以及她表达悲伤之情的方式。她先请人做了几身深色的服装,然后又隐居到了一家修道院中,把那里的会客室变作了她的沙龙。但她每次出现时,手中都攥着一块手帕,发型也是无心打理的模样。她曾到狱中来看过我两次,我对她的关心还是非常感激。尽管我已经被宣告无罪了,但冗长的法律程序和西班牙人拖沓的天性还是让我在监狱里多待了四个月。我一获得释放,就立刻前往侯爵夫人的修道院,把她接回了家中,人们用一场庆典来欢迎她回家。

但是上天啊,这是怎样的一场庆典!特拉斯卡拉已经不在人世了，就连那些与她最疏远的人也在心中默默地怀念她。从他们的悲伤程度，各位就可以推断出我是多么地悲痛欲绝。我完全沉浸在自己的哀痛中，对身边发生的一切都视若无睹。

　　后来，一种全新的积极情绪将我拉出了泥沼。拥有优秀性格的年轻人总是希望能有一番作为。在三十岁时，他渴望得到别人的赞誉；再往后，他就会期待别人的敬重。我当时还处在渴望赞美的年纪，假如别人知道我的行为大多是受到爱情的驱使，他们也许就不会赞美我了。但大家都以为我拥有坚定的意志和难能可贵的美德，在广受关注的公众人物身上，人们总是乐于发现一种热忱的品质。墨西哥民众对我的崇敬显而易见，他们的赞美将我拉出了悲伤的泥沼。我认为自己还配不上这份赞美，但我希望自己能努力满足民众的期待。所以说，当我们被厄运击倒，觉得前途黯淡无光之时，上天一直都在关注我们的命运，他会以意想不到的方式燃起一束火焰，帮助我们重新回到光明的大道上来。

　　于是我决定要让自己配得上他人的赞美。我重新获得了公职，并凭借正直和勤勉做好这份工作。不过我毕竟是一个为爱而生的人，特拉斯卡拉的音容笑貌填满了我的心灵，又留下了这么大的一个空洞，我不得不想各种办法来填补。

　　一个人过了三十岁以后，依然能感知浓烈的爱意，也有深爱别人的能力，但如果他还想追逐青春的激情，可能就要大失所望了。他的嘴角上不再有轻松的笑意，眼神里不再有温柔的爱慕，唇齿间也不再有天真的情话。他想要寻找取悦对方的方法，却不再像年轻时那样能够敏锐地捕捉到对方的心意。那些精明而又轻浮的女子一眼就能看穿这一点，她们很快就会转身去寻找更年轻的伴侣。

用通俗的话来说，我找到过很多可以回应我的爱的情人，但她们在爱情里总是会计较现实利弊，也因此总是会最终选择抛下我，投身于年轻情郎的怀抱。我有时会为此感到烦恼，但从不会生气。我从一场轻浮的恋爱切换到另一场更轻浮的恋爱之中，而总的来说，这些恋情给予我的快乐多过痛苦。

我的妻子也已经四十岁了，她风韵犹存，常常被赞美声所包围，不过这些赞美纯粹是出于尊敬：人们争相与她交谈，但私下里已经不再谈论她。上流社会还没有抛弃她，但对她而言，这个圈子已经没有当初的吸引力了。

总督去世了，侯爵夫人也建立起了固定的社交圈子，她偏爱在家中接待朋友。我仍然享受着女士们的陪伴。遇到侯爵夫人时，我也会感到欣喜，哪怕只是在楼梯上擦肩而过。我们仿佛重新认识了一回。她看上去充满魅力，而我也没有让这份魅力白白流逝。

我的女儿，就是这次与我同行的年轻女士，便是这场心灵重逢的爱情结晶。高龄生育使侯爵夫人的健康受到了重创，各种病痛接踵而至。后来，她的健康状况不断恶化，最终离开了人世。我为她流下了真诚的泪水。她是我最初的恋人，也是我最后的朋友。我们有血缘之亲。我的财富和头衔都来自她。我的悲痛有无数种理由！当我失去特拉斯卡拉的时候，人生的热闹幻象还围绕在身边。但侯爵夫人离开我的时候，我已经孑然一身，无所依傍，似乎再也走不出沮丧的心情了。

不过，我毕竟还是走出来了。我去了自己的封地，和一个家仆住在一起。他的女儿当时年纪还太小，分辨不出不同年纪的男子有何区别，因而对我产生了一种类似于爱情的感情，也让我在人生的暮秋时

第四十五天

节收获了最后几朵玫瑰。

岁月终于使我的浪漫之心冷却下来。不过，我仍然能体会到温情，我对女儿的爱比任何一种感情都要浓烈。见证她的幸福生活，最终在她的怀抱里离开世界，是我最简单的心愿。我没有抱怨的资格。我亲爱的孩子用真心的爱回报了我。我不必为她的前途而担忧，她的人生将一帆风顺。我相信自己已经为她准备了最好的未来，这是人世间最值得确信的事了。我将在平静中离开这个世界，却并非了无遗憾——和所有人一样，我见识过这个世界的无穷苦难，但也享受过无尽的喜悦。

各位想要了解我的故事，故事就是这样的。不过，恐怕我已经让这位几何学家朋友感到无聊了。他刚拿出自己的笔记本，在上面写满了数字。

"请原谅我，"几何学家说，"您的人生故事让我很感兴趣。我在您的命运浮沉中看到情感的力量伴随您成长，促进您事业的发展，在晚年成了您的精神支柱。从中我仿佛看到了一条闭合曲线，在沿着横轴方向延伸时，其纵坐标值先是按照一定的规律逐步提升，到中段时保持不变，然后又以一定的比率逐步下降。"

"说实话，"侯爵说，"我曾想过，人们可以从我的故事中总结出一些人生哲理，但没想到总结出来的是一个方程式。"

"这不仅与您的人生故事有关，"贝拉斯克说，"这适用于每个人的人生。随着时间推移，人的体力与精神力量都会经历一个增长、停滞与下降的过程。事实上，这与其他各种力的变化规律是一样的。也就是说，年龄值与积极能量的值会呈现一定的比例关系。我再解释得明白一点，我用椭圆的长轴代表您的人生，将长轴等分为九十份，然后将半根椭圆短轴作为纵轴,于是,四十五岁时的纵坐标值比四十岁和五十岁时的纵坐标值高出2/10个单位。这些纵坐标值代表的是能量值,横坐标值与此不同,代表的是年龄值,不过纵坐标值和横坐标值具有函数关系。于是,根据椭圆的性质,我们将得到一条曲线,它先是快速攀升,然后近似于水平发展,最后按照攀升时的相应比率回落。"

"您出生的时刻就是坐标的原点,也就是说,y值和x值都等于零。先生,在您出生一年后,纵坐标值达到了31/10。但纵坐标不会按照每年31/10的速度匀速增长,因为从出生到牙牙学语的这一年,是脑力增长最快的一年。人在两岁、三岁、四岁、五岁、六岁和七岁时的纵坐标值分别是47/10、57/10、65/10、73/10、79/10和85/10,两两之间的差额分别是16/10、10/10、8/10、8/10、6/10和6/10。

"十四岁时,纵坐标值是115/10,七岁与十四岁之间的差额只有30/10。十四岁时,一个人进入了青春期,一直到二十一岁为止。但这七年间的差额只有19/10。二十八岁与二十一岁之间的差额是14/10。在此,我必须要提醒各位,我这条曲线代表的是情感烈度一般的男性,他们的积极能量值在四十岁到四十五岁之间达到峰值。由于您一生以爱情为动力,情感烈度较高,因此您的峰值会提前十年出现。我将您的椭圆长轴等分为七十份,因此您的峰值会出现在三十五岁时。由此还可以推断:一般人在十四岁时的值是115/10,您的值是127/10。一般人在二十一岁时的值是134/10,您的值是144/10[1]。到了四十二岁时,一般人的能量值还在增长,但先生,您的能量值已经开始下降了。

"十四岁时,您爱上了一个女孩。二十岁后,您成了模范丈夫。过了二十八岁之后,您对妻子的不忠行为开始显著增加。不过您爱的

第四十五天

那位女士拥有高贵的心灵，也使您的心灵变得高尚起来。到了三十五岁时，您在社会上拥有无限荣光。不过，很快您就又退回到了二十八岁时寻欢作乐的心态，四十二岁与二十八岁的纵坐标值一致。之后，您又变回了二十一岁时那个模范丈夫的形象，四十九岁与二十一岁的纵坐标值一致。最后，您搬去与一个家仆同住，爱上了一个年轻女孩，像十四岁时那样，五十六岁与十四岁的纵坐标值一致。侯爵先生，我希望您的长轴能够延伸超过七十，一直到达一百。不过那样的话，您的椭圆曲线就会变成另一种类似悬链线①的曲线。"

贝拉斯克说完这些之后，突然站起身来，面露可怕的表情在空中挥舞着手臂，接着又拔出了佩剑，在沙地上划出巨大的图形。要不是侯爵提出要离开这里休息一下，他很可能会把整套悬链线理论都推演一遍。我们其他人也像侯爵一样，对这位几何学家朋友的论述实在不感兴趣，只有丽贝卡愿意留下来陪着他。贝拉斯克完全不在意大家的逃离，只要美丽的犹太姑娘还在，对他来说就足够了。于是他开始向她阐述起了自己的理论。我起初也跟着听了一会儿，但是大量的科学术语和数字让我感到精神疲惫，我也一直不明白此类话题到底有什么意思，后来我实在抵挡不住睡意，就回去休息了。我走的时候，贝拉斯克还在滔滔不绝地说着。

原注：

1 与之前第三十九天中的运算问题一样，此处的部分数值也不准确。

---

① 译注：一种曲线，指两端固定的一条均匀柔软的链条在重力的作用下所具有的曲线形状。

萨拉戈萨手稿

第四十六天

墨西哥旅行队在我们这里逗留的时间超出了原定计划,他们准备启程离开了。侯爵想要说服吉普赛人首领跟他一起去马德里,过上与他的出身相符的高雅生活。但首领拒绝了他的好意,他甚至还请求侯爵,不要在人前提起他的名字,也不要提及与他相关的种种秘闻。旅人们向未来的贝拉斯克公爵表达了深深的敬意,也纷纷赏光与我结交为友。

我们将旅行队送到峡谷出口处,目送他们远行。在回营地的路上,我隐约觉得旅行队里好像缺了一个人。随后我才想起来,是那个在兄弟谷该死的绞刑架下被发现的少女。我问首领这个少女遭遇了什么,是否又是一个奇异的冒险故事,或者是可恶的幽灵们耍弄我们的又一次恶作剧。

吉普赛人首领带着嘲讽的笑容对我说:"这次你没有猜对,阿方索先生,不过这也是人之常情,当人们见识过神秘现象之后,难免会把日常生活中最普通的事件都与超自然力量联系起来。"

贝拉斯克插话进来说:"您说的对。我们可以从几何级数理论的角度来看待这些观念,最开头的数代表原始迷信的信徒,最末尾的数代表炼金术士或占星师。在这一头一尾之间,是无数种压抑人性的成见。"

第四十六天

"我无法反驳你的论点，"我说，"但你的理论没有告诉我那个少女到底是谁。"

"我派了一个手下去调查这个少女的背景，"吉普赛人首领回答，"他向我汇报说，她是一个可怜的孤儿，因为恋人的去世发疯了。她没有地方可去，只能靠着过路旅人的施舍和牧羊人的同情过活。她一直独自一人在山中流浪，晚上走到哪里就睡在哪里。前天她确实在兄弟谷的绞刑架下，应该是没有注意到那是一个可怕的场所，就在那里安然入睡了。侯爵出于怜悯派人照顾她，不过，这个精神失常的姑娘恢复体力之后，马上就逃跑了，消失在了群山之中。我很吃惊，你竟然还不曾遇到过她。这个可怜的姑娘总有一天会掉下山崖，悲惨地死去。不过坦白说，我觉得为了这么一个可悲的生命而流泪，完全没有必要。牧羊人晚上生起篝火时，有时会看到她走过来。接着，多洛丽塔——这个不幸少女的名字——就会安静地坐下来，死死地盯着某个牧羊人，然后搂住他的脖子，呼唤着她死去的恋人的名字。牧羊人起初会四散而逃，不过现在他们已经习惯了，他们会任由她在篝火边游荡，甚至还会给她东西吃。"

吉普赛人首领刚说完，贝拉斯克就详尽地阐述起了相反力量相互消耗的理论：在经过长时间的对抗之后，激情将会战胜理智，夺得主导权，以蛮横的形式统治大脑。而我则对首领的叙事方式感到很惊讶，我原以为这个故事他又会讲很久。也许他三言两语就讲完了多洛丽塔的故事，是因为他看到流浪的犹太人出现了。犹太人大步流星地

走下山坡，秘法师开始念起了可怕的咒语，但并没有什么用——因为

萨拉戈萨手稿

流浪的犹太人对此完全置若罔闻。最终，他来到我们面前，似乎纯粹是出于礼貌，并没有受到胁迫。他对乌泽达说："你的统治结束了。由于你的胡作非为，现在你已经失去了神力。你将会面临一个可怕的未来。"

秘法师发出一阵狂笑，但他的笑声似乎缺乏底气，因为他转而带着恳求甚至乞求的语调，用一种陌生的语言和犹太人说了些什么。

"没问题，"亚哈随鲁回答，"今天可以继续，但今天是最后一次了。今后你再也见不到我了。"

"好吧，"乌泽达说，"将来如何，自会见分晓，不过今天，趁着我们赶路的机会，还是继续讲你的故事吧，你这个老浑蛋。达鲁丹酋长是否比我神力更高，我们可以拭目以待。此外，我很清楚你为什么要躲着我们，你大可以放心，其中的缘由我一定会公之于众的。"

那个不幸的流浪者杀气腾腾地看了秘法师一眼，但眼看自己也别无退路，只得像往常一样走到我和贝拉斯克中间，沉思了一阵之后，继续讲起了他的故事。

流浪的犹太人的故事（续）

上回我说到，就在我以为自己最渴望的东西已经唾手可得之时，神庙里突然响起一阵喧嚣。一个法利赛人走到我面前，指控我正在实

第四十六天

施诈骗。我按照通常的话术回答说他这是在造谣中伤，如果他不马上离开的话，我就会叫我的仆人们把他扔出去。

"够了。"那个法利赛人吼道。随后，他又对着围观群众大声说："够了。这个卑鄙的撒都该人正在欺骗你们。他四处散播谣言，妄图夺走你们的财富。他利用了你们的轻信。现如今，该把他的假面具撕下来了。为了证明我所言不虚，我将用双倍于他的金子来兑换你们的银子。"

即便如此，那个法利赛人仍然有百分之二十五的利润可图，但利欲熏心的群众纷纷围拢到他身边，称他为城中的大善人，用激愤的言辞咒骂我。事态很快就升级了，动口变成了动手，神庙里突然间骚动起来，人们连自己的说话声都听不清了。眼看大事不妙，我命人把所剩的金子和换得的银子都运回家里去，但仆人们还没有全部运完时，人群就失去了控制，一拥而上，开始抢夺钱币。我竭尽全力地保护自己的财产，但却徒劳无果；我的对手们太强大了。转瞬之间，神庙就变成了战场。我不知道这样下去会有什么结果。我甚至可能无法活着逃出来，因为我已经被打得血流满面了。不过，就在这时，那位来自拿撒勒的先知带着信徒走进了神庙。

我永远不会忘记那庄重威严的声音，一瞬间就让喧嚣平静下来。我们等着看他会支持哪边。法利赛人已经觉得自己赢定了，但那位先知却对双方都表达了愤慨，他谴责我们玷污了神庙，亵渎了上帝的居所，用魔鬼的营生藐视造物主的尊严。他的话对围观群众产生了深刻的影响。神庙中渐渐聚集起许多人，其中很多人都是这个全新宗派的信徒。我们双方都意识到：这位先知的干预将给我们带来灭顶之灾。我们判断得没错，因为很快就响起了统一的怒吼声："滚出神庙。"

这一次，人群没有顾及自己的私利，而是在一种狂热情绪的鼓舞下，开始将兑钱的桌子和我们一起往外扔。被赶到街上之后，我们发现人群更加密集，不过人们都关注着先知，没怎么注意到我，我这才得以从小巷中溜走，心乱如麻地回到家。在大门口，我遇到了带着钱逃出来的仆人们。

我扫了一眼钱袋，心里就有数了，我预期的利润没能实现，不过也没有造成任何损失。想到这里，我松了一口气。西底加此时已经听说了一切。莎拉也在焦急地等我回家，她看到我头破血流的样子，一下扑到了我的怀里。老人家则默默地盯着我看了很久，最后说："我答应过你，如果我委托你打理的这些财产能够翻倍，你就能迎娶莎拉。但你做了些什么？"

"这不是我的错，"我回答，"只是出现了意料之外的事，毁了我的计划。我拼命保护住了您的财产。您可以清点一下，您的财产没有任何损失，甚至还赚了一点。不过，这些盈余和我们预期的收益相比，确实不值一提。"

突然间，我又想到了一个好主意。我准备放手一搏，于是说道："不过，如果您一定要我实现计划中的盈利的话，我可以用另一个办法来弥补这次的失利。"

"什么办法？"西底加喊道，"我想我知道了，又是一个和上回一样聪明的办法。"

"完全不同，"我回答，"您会发现，这是一个价值连城的好办法。"

说完，我快步走了出去，不久之后就带着我的青铜盒子回来了。西底加不明白我准备做什么，莎拉的唇边浮现出一丝饱含希望的笑

第四十六天

意。我打开盒子,取出里面装的文件,并将其一撕为二,交给了老人家。西底加认出了这些文件,他颤抖着将文件揉作一团,可怕的怒火使他的面目都扭曲了。他挣扎着想站起身来说些什么,却堵在心口说不出来。我的命运马上就要见分晓了,我跪到老人的脚边,泪流满面。

看到这一幕,莎拉也跪到了我身边,虽然她并不明白发生了什么,但还是和我一起哭了起来,亲吻着她祖父的双手。老人把头低垂到胸前,心中五味杂陈,翻江倒海,他一言不发地将文件撕得粉碎。接着,他猛地站起身来,冲出了房间。我们仍旧跪在原地,内心惴惴不安。我必须承认,当时我完全失去了希望。我意识到,发生了这一切之后,我不可能再留在西底加家了。我转过头,想最后再看一眼莎拉那抽泣着的身影然后出门,却突然听到走廊上传来一阵喧哗。我问外面出了什么事,人们微笑着告诉我,我是最不该问这个问题的人。

"西底加决定,要将他的孙女许配给你。他已经下令要尽快筹办一场豪华的婚礼。"

各位可以想象,从最深的绝望到最欢畅的喜悦,我的内心经历了怎样的过程。两周之后,我与莎拉成婚了。唯一的遗憾就是我的朋友没能出席,他本应该见证我这次华丽的转身。但吉马努斯完全沉迷于来自拿撒勒的先知的传教,在把我赶出神庙的人群中也有他。因此,尽管我们友情深厚,我也不得不和他断绝一切联系,自此以后,我就没有再见过他。

在经历了人生的种种风雨之后,我以为自己终于等来了岁月静好的生活——因为我放弃了钱币兑换生意,也因此远离了那种危险的生活。我决定靠自己的财产生活,不过,为了找点事做,我做起了借贷生意。有借贷需求的人总是不在少数，我也着实大赚了一笔。莎拉一天天地让我的生活变得更幸福，可是一场突如其来的变故改变了这一切。

不过，我看太阳已经落山了，各位很快就要到达休息点了。至于我，一道强有力的咒语正在召唤我离开此地。我的心中充满了奇异的预感。难道我的苦难就要到头了吗？告辞！

说罢这番话，流浪者消失在了邻近的一道峡谷中。他最后的几句话引起了我的兴趣。我问秘法师，这些话是什么意思。

"我觉得，我们永远都听不到流浪的犹太人的故事结局了。每次他讲到由于侮辱了先知而被判永世流浪的时候，这个可恶的家伙就会消失无踪，世间也没有任何力量能把他唤回。他最后几句话并没有让我感到吃惊。最近我发现他衰老了不少，不过这并不意味着他就要死了，不然的话，你的冒险故事该去哪里找说法呢？"

我意识到秘法师想提起一些虔诚的基督徒不该听的话题，于是就结束了这番对话，离开众人，回到了自己的帐篷里。很快，其他人也回来了，不过显然他们还不想上床休息，因为我听到贝拉斯克在向丽贝卡解释某个几何学公式，他们聊了很长时间。

第四十七天

这一天,吉普赛人首领告诉我们,他正在等待下一批包裹,为了安全起见,他准备让队伍原地停留一天。听到这个消息,我们都感到很高兴,因为整个莫雷纳山区里再也找不到风光如此壮丽的地带了。我白天和几个吉普赛人一起出去打猎,晚上则和大家聚到一块儿,听吉普赛人首领继续讲他的冒险故事。他便接着讲述起来。

吉普赛人首领的故事(续)

我跟着托雷多回到了马德里,他发誓要将在卡玛尔迪斯修道院里浪费的时间弥补回来。一路上,我把洛佩·苏亚雷斯的冒险经历告诉了他,他对此很感兴趣。他认真地听完之后,对我说:"假如说一个人在苦修之后,真的能以某种形式重获新生,那我希望能用一项善举来开启我的新生活。我很同情那个可怜人。他被困在病床上,既没有朋友,也没有亲戚,身体疼痛,心灵孤寂,还饱受相思之苦,此外,他在一个陌生的城市里也无力保护自己。阿瓦里托,请带我去看看苏亚雷斯,或许我能帮上忙。"

托雷多的提议并没有令我感到吃惊。我很早就发现他拥有高贵的心灵和乐于助人的热情。

我们一到马德里,骑士就去看望了苏亚雷斯,我也跟着一起去了。苏亚雷斯正在发高烧,他瞪大了双眼,却什么也看不到。不过他的嘴角时不时浮现出一种无力的微笑,毫无疑问,他正在梦中与深爱的伊妮丝相会。布斯柯罗斯正躺在他床边的一把扶手椅上,我们进屋的时候他也没有被吵醒。正是他让可怜的苏亚雷斯遭受了这么多不幸。托雷多走到这个人面前,摇了摇他的肩膀。布斯柯罗斯醒了过来,他揉了揉眼睛,然后惊呼道:"这是谁啊?是堂何塞!昨天我有幸在普拉多大道上见到了莱尔马公爵大人,他一直盯着我看,也许他想与我结识。请转告令兄,如果公爵大人需要我效力,我随时听候差遣。"

托雷多打断了布斯柯罗斯喋喋不休的话语,对他说:"我现在没兴趣和你说那些事。我关心的是病人现在怎么样了,他有哪些需求。"

"病人情况很不好,"布斯柯罗斯回答,"他需要照顾、安慰和美丽的伊妮丝的手。"

托雷多打断了他的话。"关于第一点,我会马上去找我哥哥的医生,他是马德里医术最精湛的外科大夫。"

"关于第二点,"布斯柯罗斯补充,"您很难帮到他,因为您无法让他的父亲起死回生;至于第三点,我可以向您保证,我会不遗余力地帮助他收获爱情。"

"真的吗？"我惊呼，"堂洛佩的父亲死了？"

"是的，"布斯柯罗斯说，"他的祖父是伊尼戈·苏亚雷斯，此人曾在七大洋上搏击风浪，后来又在加的斯开办了贸易公司。我们这位病人其实已经快要痊愈了，但他父亲的死讯再次击倒了他。既然您对我这位朋友的命运如此感兴趣，先生，"布斯柯罗斯继续说，"请允许我陪您一起去请医生，也好在路上为您效劳。"

说完这些，他们二人就离开了，我独自留下来守着病人。我呆呆地看着他毫无血色的脸，在这么短的时间内，痛苦就在他的脸上刻出了深深的印痕，我诅咒着那个给他带来不幸的多管闲事的人。病人睡着之后，我连呼吸都很小心，生怕打搅了他的休息。这时，传来一阵敲门声。

我有些气恼地站起来，踮着脚走到门边，打开门。我看到眼前站着一位女士，尽管已不再年轻，但面容仍然秀美。我把手指按在嘴唇上，示意她保持安静，于是她便将我带到了门外的走廊里。

"年轻的朋友，"她说，"请告诉我，苏亚雷斯先生今天怎么样了？"

"我觉得不太好，"我回答，"不过他刚刚入睡，希望睡眠能帮助他恢复体力。"

"我听说他病得很重，"这位陌生的女士说，"有一个十分牵挂他的人派我来打听他的病情。等他醒来后，请帮忙把这封信转交给他。我明天再来看他是否有所好转。"

她说完这些就离开了。我把信放进口袋，回到了病人床边。

萨拉戈萨手稿

不久之后,托雷多就带着医生回来了。这位医神艾斯库累普[①]的优秀后生,一举一动都让我想起了桑格·莫雷诺医生。他察看了病人的情况后,摇了摇头说,目前还无法做出判断,不过他会在病人床边守一夜,明天就能给出明确的诊断。托雷多像拥抱朋友一样拥抱了医生,并请他务必要全力以赴。随后我们就离开了,答应在天亮时再来。在回去的路上,我把陌生女子来访的事告诉了骑士。他接过信后说:"我敢肯定,这是美丽的伊妮丝所写。如果明天苏亚雷斯情况有好转,你就可以把这封信给他。如果可以的话,我真愿意用自己的半条命来换取这个人的幸福,我对他造成的伤害太大了。不过时候也不早了,我们今天旅途劳顿,也需要休息。来吧,你可以在我家里过夜。"

我高兴地接受了他的邀请,我对骑士的敬意也在不断增长。吃过饭之后,我就睡着了。

第二天一早,我们去看望苏亚雷斯。从医生脸上的表情可以看出,他高明的医术已经战胜了病魔。病人看上去仍然有些虚弱,但他认出了我,还热情地和我打了招呼。

托雷多将他从高处跌落的原委告诉了他,并且保证自己会用尽一切力量来弥补他所受到的伤害,请苏亚雷斯把他当作朋友看待。苏亚雷斯大方地接受了骑士的道歉,向他伸出了仍旧虚弱的手。随后,托雷多和医生去了隔壁房间,我趁此机会把信交给了病人。信中的内容无疑是一剂猛药,因为洛佩·苏亚雷斯看过之后就坐了起来,泪水顺着脸庞不停地滑落。他把信紧紧贴在胸前,哽咽着哭喊道:"万能的

---

① 译注:希腊神话中的医神。

上帝啊，看来您还没有抛弃我，我在这世上不是孤苦伶仃一个人。伊妮丝，我亲爱的伊妮丝，她没有忘记我，她还爱着我。那位亲爱的阿瓦洛斯女士还亲自来关心了我的病情。"

"没错，洛佩先生，"我回答，"不过看在上帝的分上，请不要激动，激烈的情绪会使您受伤的。"

托雷多听到了最后这句话。他和医生一起走进来，医生建议病人多休息，多喝凉水。医生离开时，答应会再回来复诊。

不久之后，门打开了，布斯柯罗斯走了进来。"太棒了！"他呼喊道，"看来我们的病人恢复得很好。这真是太好了，因为我们很快又要实施天才的计划了。城里有传言，说银行家的女儿很快就要嫁给桑塔·茂拉公爵。让他们去传吧！咱们走着瞧！我刚在金鹿旅馆里遇到了公爵的一个随从，我告诉他说，他们此行的目的一定会落空的。"

这时，托雷多打断了他的话说："不管是真是假，我觉得堂洛佩先生都不必灰心。尽管如此，我亲爱的朋友，我希望你别再掺和这件事了。"

骑士的话说得斩钉截铁，使得布斯柯罗斯不敢反驳。不过，骑士离开病房的时候，我注意到堂洛克面露得意之色。

"光说些好听的有什么用，"骑士离开之后，布斯柯罗斯说，"我们必须行动起来，越快越好。"

这个多管闲事的人正说着，我听到有人敲门。我猜可能是阿瓦洛斯女士来了，便小声地对苏亚雷斯耳语说必须让布斯柯罗斯从后门离开。但那人生气地说："我再说一遍，我们必须马上行动。如果你们要见的客人和这件事有关，我就必须在场，或者至少要在隔壁房间里旁听所有对话。"

苏亚雷斯用哀求的眼神看着他。布斯柯罗斯意识到自己确实不适合露面,只好退到了隔壁房间,躲在门背后偷听。阿瓦洛斯女士没有待很久。看到病人正在康复,她感到很高兴,她还向他保证说伊妮丝一直爱着他、想念他。她这次来看望他,也是应了伊妮丝的请求。伊妮丝已经听说了他最近遭遇的不幸,十分担心,决定当晚跟着她的姑妈一起来探视,用安慰和鼓励的话语帮他宽宽心。

阿瓦洛斯女士前脚刚走,布斯柯罗斯就冲进房间喊道:"什么?美丽的伊妮丝今晚就要来这里探视?这就是我所说的真爱的明证。这个可怜的姑娘甚至都没有考虑过这样轻率的行为可能会毁了她的名誉,不过我们会为她的名誉着想的,堂洛佩先生。我马上去找一帮朋友来,让他们守在这栋房子的大门口,不能放任何陌生人进来。不用担心,我会全权负责的。"

苏亚雷斯刚想发表意见,布斯柯罗斯已经一溜烟地跑出去了,好像地板烫脚似的。意识到一场新的灾难正在酝酿之中,布斯柯罗斯恐怕又要办出蠢事来了,我没和病人打招呼,就匆忙去找托雷多,告诉他最新的情况。骑士眉头紧锁,沉思了一阵之后,让我回到苏亚雷斯的病床边,告诉他骑士会尽力阻止那个多管闲事的人再生事端。将近傍晚时分,我们听到街上有马车经过的声音。不一会儿,伊妮丝就跟着她的姑妈一起走了进来。为了不打搅她们,我悄悄溜了出去。突然间,我听到街上传来一阵吵闹声。我跑下去,看到托雷多正在和一个陌生人激烈地争吵。

"先生,"陌生人说,"我向您保证,我无论如何都要进去。我的未婚妻正在里面和一个加的斯商人幽会,我很确定。这个没用的家伙派了个朋友去金鹿旅馆，当着我的管家的面招募了几个小流氓，吩咐他们守好这里的门，不要让人打搅这对小情侣幽会。"

"对不起，先生，"托雷多回答，"无论您有什么理由，我都不能让您走进这栋房子。我并不否认，刚才确实有一位年轻女士进去了，不过那是我的一个亲戚，我不允许任何人侮辱她。"

"您说谎！"陌生人大喊，"那位女士名叫伊妮丝·莫罗，她是我的未婚妻。"

"先生，您刚才说我是一个骗子，"托雷多说，"我并不在乎您说的是对是错，无论如何您都已经侮辱了我，在您离开这里之前，我们得先做一个了断。我是托雷多骑士，是莱尔马公爵的弟弟。"

陌生人向他脱帽致意，然后说："先生，在下桑塔·茂拉公爵，为您效劳。"

他一边说着，一边脱下了斗篷，拔出了佩剑。门头上的灯盏洒下一片昏暗的灯光，笼罩着这两个对手。我紧贴着墙壁，不知道这场该死的冒险行动将如何收场。突然间，公爵的剑掉到地上，他捂着胸口倒了下去。莱尔马公爵的医生正巧来这里看望苏亚雷斯，托雷多请他赶紧察看一下桑塔·茂拉的伤情是否危及生命。

"一点都不要紧，"医生说，"派人把他抬回家去，尽快包扎好伤口。他大约两周后就能痊愈，剑尖连肺部都没有碰到。"

他一边说，一边取出一些嗅盐给伤者闻，桑塔·茂拉睁开了双眼。骑士走到近前对他说："阁下，您说得没错，美丽的伊妮丝确实在这里和一个年轻人相会，她爱他胜过自己的生命。经过刚才的决斗之后，我看出来您的心灵非常高贵，一定不会勉强一个年轻姑娘违心地走入一段婚姻。"

"骑士先生，"桑塔·茂拉用虚弱的声音回答，"我不怀疑您说的都是真的，但令我惊讶的是我并没有从美丽的伊妮丝那里听说她已经心有所属了。如果她能够亲口说几句，或者亲笔写几行……"

公爵还没说完，就又晕了过去，人们把他抬回了住处。与此同时，托雷多赶忙找到伊妮丝，告诉其未婚夫提了哪些要求，以便放弃婚约，还她自由。

后来的事情就不用我多说了吧？相信各位也能猜得出来。苏亚雷斯感受到了恋人的真心，很快就康复了。他虽然失去了父亲，却收获了一个妻子和一个朋友。伊妮丝的父亲从来都不像已故的加斯帕·苏亚雷斯那样，觉得两家有什么世仇，于是就爽快地给了小两口祝福。这对年轻人成婚后，立刻出发前往加的斯。布斯柯罗斯把他们送到马德里城外几里处，还硬是从小两口那里要到了一袋金币，声称是他忠诚服务的酬金。至于我，我以为自己再也不会遇到这个令人厌恶的卑鄙小人了，但事实却并非如此。

我留意到布斯柯罗斯时常会提起我父亲的名字。预感告诉我，如果他要掺和我们家的事，对我们不会有任何好处，于是我开始跟踪布斯柯罗斯。不久之后我就发现他有一个女性亲戚，名叫姬塔·齐米恩托，他一心想撮合她与我父亲成婚。因为他知道阿瓦多罗先生很有钱，甚至可能比大家以为的更有钱。这位女亲戚已经搬到了我父亲家隔壁，就在那条小巷和他的阳台对面。

我的姨妈回到了马德里来定居，我忍不住前去看望她。善良的达拉诺萨女士见到我之后，感动得流下了眼泪，不过她还是提醒我，在苦修期满之前不要公开露面。我把布斯柯罗斯的阴谋告诉了她，她认为必须马上阻止这桩婚事，于是就去找了她的舅父——可敬的德亚底

第四十七天

安修士赫罗尼莫·桑特斯。但修士明确表示自己不能参与这件事,因为这无疑是一桩俗世间的阴谋。他说自己介入家庭事务,最多只是为了调解矛盾或预防丑闻发生,其他家务事无权干预。我们只得继续自己想办法,我很想求得友好的托雷多骑士的帮助,但又不敢暴露自己的真实身份。于是,我开始留心观察布斯柯罗斯的一举一动。自从苏亚雷斯离开之后,他一直在纠缠托雷多骑士,尽管行为上没有之前那么黏人,但还是坚持每天早上都出现在骑士面前,询问他有什么事情可以效劳。

吉普赛人首领说到这里时,他的手下来找他商量事情,当天也没有再出现。

第四十八天

我们又聚到一起,请吉普赛人首领接着讲他的故事,他便讲述起来。

吉普赛人首领的故事(续)

洛佩·苏亚雷斯与美丽的伊妮丝的婚礼已经过去了两周时间,布斯柯罗斯一直认为自己对于这桩美满的婚事功不可没,现在他又转而为托雷多效力了。我提醒骑士,要对这个追随者爱管闲事的天性多加提防,不过布斯柯罗斯也确实有他的一套,骑士还是允许他常到府上来献殷勤。布斯柯罗斯认为自己好不容易获得了这个机会,一定要善加利用。

一天,骑士问布斯柯罗斯,阿尔科斯公爵的恋情到底是怎么一回事,为什么延续了那么多年,那位女士是否真的那么有魅力,可以让他如此长久地迷恋。

布斯柯罗斯神情庄重地对托雷多说:"阁下一定是认可了我对您的忠心,才会向我询问起我的保护人的秘密。另一方面,我有幸深入地了解过阁下,深知您善变的个性从未造成过任何不幸的后果,除了那些女士们,而且她们应该也都原谅了您。此外,我也深知阁下绝不会损害您忠实的仆人的利益。"

"布斯柯罗斯先生,"骑士说,"我没有让你对我唱颂歌。"

"我明白,"布斯柯罗斯说,"但那些有幸与阁下结识的人,都会情不自禁地表达出赞叹之情。阁下问起的这桩情事,我之前和娶了美丽的伊妮丝的那位年轻商人也提起过,当然故事中用的都是假名……"

"前半部分故事我已经听说过了,"骑士说,"洛佩·苏亚雷斯给小阿瓦里托讲过,他又转述给了我。你当时讲到,芙拉斯科塔在花园里向你讲述了她的故事,而在她身边假扮成女性友人的,正是阿尔科斯公爵,公爵告诉你,必须尽快迫使科纳德斯离开此地。公爵甚至还希望科纳德斯不要只做一次朝圣,最好能去某个宗教圣地进行长时间的苦修。"

"阁下,"布斯柯罗斯插话,"您的记忆力真是超群,阿尔科斯公爵大人确实对我说了这些话。既然阁下已经了解了妻子这边的故事,为了让我的叙述符合时间顺序,我有必要再和您讲一讲丈夫这边的故事,以及他是怎样结识那个可怕的朝圣者埃尔瓦斯的。"

托雷多骑士坐了下来,告诉我们说他很羡慕阿尔科斯公爵能拥有芙拉斯科塔这样的情人。他本人一直爱慕浪漫不羁的女子,而芙拉斯科塔是她们之中最浪漫不羁的一位。布斯柯罗斯一脸暧昧地笑着,开始讲起了他的故事。

> 萨拉戈萨手稿

布斯柯罗斯讲述的科纳德斯的故事

  那位丈夫,其名字[1]就像图形字谜一样充满隐喻,出生于萨拉曼卡的一个市民家庭,在地方机关里干着一份差事,同时又经营着一家批发商铺,为一些小型零售商供货。继承了一大笔遗产之后,他像典型的西班牙人那样,决定放下一切工作,只是经常去教堂和其他公共场所,或者去找个地方抽雪茄,除此以外什么都不干。

  您也许要说,既然科纳德斯只喜欢宁静的生活,那么他就不应该迎娶那个隔着窗户向他抛媚眼的顽皮女孩。但这就是人性的奇异之处,没有人活成了自己"应该的"样子。有的人认为只有在婚姻中才能找到幸福,但他却孤独终老;有的人曾经发誓永不娶妻,结果却结了好几次婚。科纳德斯的婚姻也是这样。他一开始倍感幸运,接着就后悔了。当他发现佩纳·弗洛伯爵不但插足了他的婚姻,甚至连死后都阴魂不散地折磨着他时,他变得忧心忡忡,沉默内向。不久之后,他就把床搬到了自己的书房里,房间里还有一张祈祷用的凳子和一盆圣水。白天他很少见到自己的妻子,教堂则去得更勤了。

  有一天,他去教堂时发现身边有一个朝圣者一直在盯着他看,看得他非常尴尬,不得不离开了教堂。当天晚上,出门散步时他又遇到了那个人,然后发现无论他走到哪里,那个人都会跟着他;那个朝圣者一直用穿透性的目光怔怔地凝视着他,让他感到说不出的难受。

  最后,科纳德斯克服了天生内向的性格,对那个人说:"先生,如果你继续这么阴魂不散地跟着我,我就要去官员那里告状了。"

"阴魂不散,阴魂不散!"朝圣者用阴森的口气说,"没错,你是被阴魂缠上了,坐立难安。一百个达布隆金币;一个人头;一个没有领受圣餐就被杀害了的男人。我猜得对吗?"

"你到底是谁?"科纳德斯被吓得动也不敢动。

"我是一个被上帝摒弃的人,但我仍然相信上天是仁慈的。你听说过学者埃尔瓦斯吗?"

"他的事情我听说过一些,他不幸成了一个没有信仰的人,下场凄惨。"

"差不多是这样的。我是他的儿子,一出生时就带上了堕落者的标记。不过我有一项天赋,能够识别罪人前额上的标记,把他们带回救赎的正道上来。魔鬼的可怜玩物,随我来吧,我会告诉你我的故事。"

朝圣者将科纳德斯带到了塞莱斯廷修道院花园中一条僻静的小路上,他请科纳德斯坐到长椅上,接着便讲起了以下这个故事。

堕落的朝圣者讲述的其父蒂亚戈·埃尔瓦斯的故事

我名叫布拉斯·埃尔瓦斯,我的父亲蒂亚戈·埃尔瓦斯在年纪很小的时候就被送进了萨拉曼卡大学。他非常刻苦,很快就脱颖而出。不久之后,他的同学们就都不是他的对手了,又过了几年,他比老师们懂得更多了。之后,他一直静静地待在自己的书房里,研读各领域的名家大师们的著作。他萌生出一个强烈的愿望,希望自己也能得到大师般的荣耀,有朝一日能与这些大师们齐名。此外,他还有另一个雄心勃勃的计划。他准备以匿名的形式出版一套书,等这套书在学界引起反响之后,他再现身认领,这样就能一夜成名了。在筹备这个项目时,他觉得萨拉曼卡这个舞台太小了,容不下他命中注定要闪耀出来的灿烂星辉,于是便把目光投向了首都。在那里,天赋出众的人们也许能得到应有的尊重、民众的敬仰、大臣们的信赖,甚至国王的青睐。

因此,蒂亚戈认为,他的才华只有在首都才能大放光彩。这位年轻的学者仔细研究了笛卡尔的几何学、哈里奥特的分析学,以及费马和罗伯威尔的著作[2]。他发现这些伟大的人物在照耀科学前进的道路时,本身的步子还不是走得很稳。于是他将不同的学说汇总起来,添加前人尚未尝试过的解法,就当时最常见的算法提出修改建议。埃尔瓦斯花了一年多的时间来写他的书。当时的几何学书籍都是用拉丁文撰写的,埃尔瓦斯则用西班牙语来写,以便让更多的人能够读懂。他还为自己的书起了一个引人注目的名字,称为《分析学揭秘与无限维度的科学》。

手稿完成之后,我父亲收到了监护人的通知,他即将成为一个法定成年人。监护人们还告诉他,他的财产本应有八千皮斯托尔,但出于种种原因,目前只剩下了八百皮斯托尔,只要他签署了解除监护关系的法律文书,就可以马上拿到这笔钱。埃尔瓦斯考虑到这八百皮斯托尔正好是他的书印刷并运往马德里所需要的费用,于是他匆忙地签署了文件,解除了监护关系,并拿到了八百皮斯托尔。他随后将手稿呈交给了审查官。

宗教审查官们提出了一些异议，对于无穷小的分析似乎牵涉到了古希腊哲学家伊壁鸠鲁的原子论，教会对此人的学说持批判态度。埃尔瓦斯向他们指出，书中提及的无穷小指的是抽象数量，而非实体微粒，于是审查官们就撤销了异议。

书稿从审查环节进入了印刷环节。这是一本厚重的四开本书籍，其中一些代数符号还需要重新铸造字模，结果印刷一千本的成本达到了七百皮斯托尔。埃尔瓦斯心甘情愿地交了钱，因为他准备以每本三皮斯托尔的价格出售自己的书。埃尔瓦斯并不是一个贪财的人，但想到自己即将拥有的一小笔财富，他还是感到非常高兴。

印刷过程花了六个多月的时间。埃尔瓦斯亲自核对校样，这项一丝不苟的工作所耗费的时间，比他写作阶段所用的时间还要长。最终，他找来了萨拉曼卡城里最大的马车，将这些沉重的包裹运回了家中，这些书承载着他现世的荣誉和后世的不朽地位。

第二天，欣喜若狂的埃尔瓦斯雇了八头骡子来驮他的书，自己则满怀期待地骑上了第九头骡子，出发前往马德里。他一到达首都就去了莫雷诺书店，对老板说："先生，这八头骡子驮着九百九十九本书，这是第一千本。卖出的前一百本，收益总共三百皮斯托尔都归您，其余的收益请您记在我的账上。我有理由相信，这些书在几周之内就会销售一空，到时候我就能再出一版修订版，添加一些理论注释。"

莫雷诺不太相信这本书能卖得这么快，不过他发现书上有萨拉曼卡审查官的许可证，于是就答应将这批书收进自己库房，并在店面里摆放几本，用于展示。埃尔瓦斯入住了一家旅馆后立即开始整理笔记和附录,以便尽快启动第二版的印刷。

三个星期之后,我们的数学家去找莫雷诺结算销售收入,他觉得少说也应该有一千皮斯托尔了。他走进书店才得知,至今一本也没卖出去,顿时感到一阵屈辱。

不久之后,发生了一件更加屈辱的事情。回到旅馆时,他发现一个法庭警察正在等着他。警察强迫他上了一辆密闭的马车,把他投进了塞哥维亚塔楼。一个数学家竟然被当作了政治犯,令人感到十分吃惊,但这确实发生了。莫雷诺放在店里展示的两三本样书很快就引起了书店常客们的注意。其中一人念了一下书名第一部分,"分析学揭秘"(*The Secreys of Analysis Revealed*),声称这可能是一本反政府宣传册。另一个人在仔细研究了封面之后,带着狡黠的笑容说,这书名讽刺的正是财政大臣堂佩德罗·阿拉尼耶斯,因为"分析(analyse)"一词和"阿拉尼耶斯(Alanyes)"互为相同字母异序词[3];书名的第二部分,"无限维度的科学"(*Infinities of All Dimensions*),也意在讽刺那位大臣,因为他的体型无限矮且无限胖,他的精神无限低落又无限高亢。由此不难看出,莫雷诺的书店常客们有随意发表评论的自由,政府对此类无伤大雅的讽刺言论也颇为包容。

熟悉马德里的人都知道,本地的平民百姓在某些方面与上流阶层是平等的,他们关注同一类事件,也会发表相似的评论,上流社会的精妙评语很快就会在大街小巷里流传开来。莫雷诺书店里顾客们的俏皮话,也马上就在各家理发店里传播起来,最后成为街头巷尾人尽皆知的笑话。

不久之后,阿拉尼耶斯大臣就被称为"每个维度都无限的分析学先生"。这位金融家早就习惯了来自民间的嘲讽,因此一开始并不在意。不过,当这个昵称不止一次传进他的耳朵之后,他向自己的秘书问起了原因。秘书回答说,这个笑话起源于莫雷诺书店里一本号称是几何学著作的书籍。大臣没有做进一步的调查,直接命人把该书作者抓了起来,查封了整批书籍。

被关在塞哥维亚塔楼里的埃尔瓦斯并不了解这些前因后果,他的笔和墨水都被没收了,也不知道自己会被拘留多久。为了打发时间,他决定在脑海里重温一遍所有知识,也就是说,把他所知的各学科知识全都重新回忆一遍。随后,他惊喜地意识到自己已经掌握了人类所知的全部知识,他也可以像意大利哲学家皮科·德拉·米兰多拉（Pico della Mirandola）那样写一本《论一切可认知的事物》（*De omni scibili*）。

埃尔瓦斯决意要在科学界扬名立万,他计划编纂一套一百卷的大型丛书,涵盖当时人类所知的一切知识。他打算匿名出版这套丛书,大众一定会误以为这是一个学术团队集体编纂的丛书；埃尔瓦斯随后再揭秘,自己才是这套书的作者,这样就一定能一夜成名了,人们会称他为"百科全书先生"。埃尔瓦斯的精神力量足以支撑他完成这项宏伟的工程。他充满自信,也能够全情投入,因为这个项目满足了他心中的两大渴望：对名誉的追逐和对知识的热爱。

对埃尔瓦斯而言,六周时间很快就过去了。最后,塔楼监狱长传唤了他,他在会客室里见到了财政大臣的首席秘书。此人带着敬意问候了他,并对他说："堂蒂亚戈·埃尔瓦斯,您在没有保护人的情况下只身闯荡社会,这实在是一个轻率的决定。因为当您遭到指控的时候,没有人能挺身而出为您辩护。有人指控您在《分析学揭秘与无限维度的科学》一书中讽刺了财政大臣,堂佩德罗·阿拉尼耶斯先生当然很生气,他命人将你的整批书籍都付之一炬了。不过他现在已经挽回了名誉,决定宽恕您,并在他的部门给您安排了一份账目审计员的工作。我们在处理复杂的运算时常常会遇到困难,这类运算都会交给您来解决。您可以离开这座监狱了,请保证永远都不要再回到这里来。"

埃尔瓦斯一开始觉得十分苦恼,因为饱含自己心血的九百九十九本书就这样被烧掉了。不过,他既然已经把自己的名誉押在了其他项目上,也便很快平静下来,走上了财政部的岗位。他负责年金账目的登记,处理现金支付减扣等账目计算。他驾轻就熟的运算能力得到了主管们的认可,他们预支了四分之一的年薪给他,还在财政大臣名下的一栋房子里给他安排了一个住处。

吉普赛人首领说到这里时,队伍里有事需要他出面解决,所以我们的好奇心得等到第二天才能得到满足了。

原注:

1 科纳德斯(Cornádez)在法语中令人联想到cornu(有不贞妻子的男人)一词。原始版本中这个角色名叫Cabrónez,令人联想到西班牙语词汇cabrón(愚蠢的人)。
2 这里提到的三位数学家分别是托马斯·哈里奥特(Thomas Harriot, 1560—1628)、皮埃尔·德·费马(Pierre de Fermat, 1601—1665)和吉尔·佩尔索内·德·罗伯威尔(Gilles Personne de Roberval, 1602—1675)。
3 "阿拉尼耶斯(Alanyes)"和"分析(analyse)"只能在法语中构成相同字母异序词。

第四十九天

我们清晨时分就聚到了山洞里。丽贝卡评价说,布斯柯罗斯讲故事的方法十分巧妙。

"一般人能想到的诡计,"她解释道,"无非是吓唬科纳德斯,披着裹尸布假扮成鬼魂到他家里去吓唬他,这种办法当然也有一定的效果。但只要对方稍加思索,就能发现破绽。布斯柯罗斯采用的是另一种方法,他试图纯粹用言语来影响科纳德斯。大家都听说过无神论者埃尔瓦斯的故事,耶稣会会士格拉纳达[1]曾在其著作的注释中记述过他。那个堕落的朝圣者自称是埃尔瓦斯的儿子,就是为了给科纳德斯留下更深刻的印象。"

"你的判断还不够成熟,"老首领说,"那个朝圣者很可能就是无神论者埃尔瓦斯的儿子,而且他所讲述的事实在你提到的那本著作中并没有记载,那本书只是大致描述了他死亡时的一些细节。所以,请耐心地听完整个故事吧!"

萨拉戈萨手稿

蒂亚戈·埃尔瓦斯的故事（续）

埃尔瓦斯重拾了信心，工作也有了保障，只需要上午花几个小时就能做完他每天要完成的工作。他还有自己的宏伟工程，这项工程能够调动起他所有的天赋才智，也能给予他探索求知的一切乐趣。我们这位雄心勃勃的博学家准备为每一门学科都编纂一卷八开本的书籍。他认为语言是人类独有的能力，因此将第一卷的主题定为通用语法。他在这一卷里揭示了语法的无穷奥妙，不同的语法部分在各种语言里都有体现，而一些基本思想在不同的语言里有着大相径庭的表述方式。

接着，从人类的内心思想引申到给予人类概念的周遭万物，埃尔瓦斯将第二卷的主题定为自然史概览；第三卷是动物学，也就是研究动物的学科；第四卷是研究鸟类的学科——鸟类学；第五卷是研究鱼类的学科——鱼类学；第六卷是究昆虫的学科——昆虫学；第七卷是研究蠕虫的学科——蠕虫学；第八卷是研究贝壳的学科——贝类学；第九卷是植物学；第十卷是研究地球构造的学科——地质学；第十一卷是研究岩石的学科——岩石学；第十二卷是研究化石的学科——化石学；第十三卷是研究金属的提炼和加工方法的学科——冶金学；第十四卷是研究矿石检验方法的学科——矿物分析学；从第十五卷开始，主题又重回人体自身，是研究人体的学科——生理学；第十六卷是解剖学；第十七卷是是研究肌肉的学科——肌肉学；第十八卷是骨骼学；第十九卷是神经学；第二十卷是研究静脉系统的学科——静脉学。

第二十一卷是医学概览。接下来医学又被细分为不同分支：第二十二卷是疾病分类学，研究疾病种类；第二十三卷是病原学，研究病因；第二十四卷是病理学，研究疾病在人体内的发展规律；第二十五卷是征候学，研究疾病症状；第二十六卷是临床医学，研究临床诊疗流程；第二十七卷是治疗学，研究治愈方法的学科——也是最难的一门学科；第二十八卷是营养学，研究饮食营养；第二十九卷是保健学，研究保健方法；第三十卷是外科医学；第三十一卷是药物学；第三十二卷是兽医学。

接下来，第三十三卷是物理学概览；第三十四卷是物理学分类；第三十五卷是实验物理学；第三十六卷是气象学；第三十七卷是化学，其后是由化学引申出来的伪科学，包括第三十八卷的炼金术和第三十九卷的神智学。这些自然科学之后，是从战争中总结出来的学问，战争状态也是人类的一种自然状态，因而第四十卷的主题定为战略学，或称战争的艺术；第四十一卷是设营术，研究设置军营的方法；第四十二卷是防御工事技术；第四十三卷是地下战术，研究坑道工程技术；第四十四卷是烟火制造技术，研究制造信号弹的技术；第四十五卷是弹道学，研究投掷重物的技术。这门学问在炮兵部队中已经失传了，但据说埃尔瓦斯通过对古代军械的专门研究，让这门学问重见了天日。

接下来，埃尔瓦斯又回到了和平的学问上来。第四十六卷的主题定为民用建筑；第四十七卷是船舶结构学；第四十八卷是造船技术；第四十九卷是航海技术。

再往后，埃尔瓦斯开始关注社会学科。第五十卷的主题定为法学；第五十一卷是民法；第五十二卷是刑法；第五十三卷是国际法；

第五十四卷是史学；第五十五卷是神话学；第五十六卷是年代学；第五十七卷是传记学；第五十八卷是考古学，研究古迹；第五十九卷是钱币学；第六十卷是纹章学；第六十一卷是古代文献学，研究文献；第六十二卷是外交学，研究使领馆设置与谈判技巧；第六十三卷是习语学，属于对语言的一般性研究；第六十四卷是目录学，研究书籍与出版。

接着，埃尔瓦斯又回到了思想领域。第六十五卷的主题定为逻辑学；第六十六卷是修辞学；第六十七卷是伦理学，也就是道德哲学；第六十八卷是美学——对感官印象进行分析的学问。

再往后，第六十九卷是哲学，与信仰有关。第七十卷是神学概览，后续又分为以下几个分支：第七十一卷是教义学；第七十二卷是争辩术，在讨论中形成有力观点的技巧；第七十三卷是苦修术，虔诚修行的技巧；第七十四卷是注解术，对于《圣经》的注释；第七十五卷是阐释学，解读的方法；第七十六卷是经院哲学，脱离具体实物进行论证的学问；第七十七卷是神秘主义神学，唯灵论中的多神论。

神学之后，埃尔瓦斯来了一个大胆的急转弯，直接跳到了解梦术，解读梦境的技巧。这一卷相当有趣，埃尔瓦斯在其中详尽阐述了数百年来人们如何利用这种具有误导性的、错漏百出的解梦之术来统治世界，因为从历史中我们可以看到，一个肥牛与瘦牛的梦就能让埃及法老改变国策[①]，使那段时期的民间土地都被收归国有。五百年后，

[①] 译注：古埃及某法老梦到从尼罗河里上来七只肥牛，接着又上来七只瘦牛，七只瘦牛吃掉了七只肥牛后，却仍然骨瘦如柴。犹太人约瑟为法老解梦——埃及将有七个丰年和七个荒年。法老接受了约瑟的提议，改变国策应对荒年，并任命约瑟为宰相。

我们又看到阿伽门农向希腊民众讲述自己的梦境。后来,特洛伊战争结束六百年后,巴比伦的迦勒底人和特尔斐的预言家也因其解梦之术而闻名于世。

第七十九卷是鸟相学,讲述用鸟类占卜——多为伊特鲁里亚的占卜师所用,古罗马哲学家塞涅卡曾记述过他们的占卜仪式。

第八十卷是学术性最高的一卷,它回溯了占卜术的起源,一直追溯到琐罗亚斯德和欧塔涅斯[2]的时代。其中记载了这种可悲法术的发展历程,我们这个时代启幕之时,也不幸受到了这种法术的玷污,到如今也没有完全摆脱它的影响。

第八十一卷介绍卡巴拉秘法和其他占卜方法,例如棍卜术——用魔杖来占卜的法术,水卜术和地相术等。

介绍完这些荒谬的法术之后,埃尔瓦斯突然又转向无可辩驳的事实。第八十二卷是几何学;第八十三卷是算术;第八十四卷是代数学;第八十五卷是三角学;第八十六卷是立体几何学,可应用于宝石切割中,计算切割体的体积;第八十七卷是地理学;第八十八卷是天文学及其在占星术中的错误应用;第八十九卷是机械学;第九十卷是研究动力的学科——动力学;第九十一卷是研究平衡状态力的学科——静力学;第九十二卷是水力学;第九十三卷是流体静力学;第九十四卷是流体动力学;第九十五卷是光学和透视;第九十六卷是折射光学;第九十七卷是反射光学;第九十八卷是解析几何;第九十九卷是微积分基本原理;第一百卷是分析学,埃尔瓦斯认为,分析学是科学中的科学,是人类智慧的极限。

有些人可能会觉得,对一百门不同的学科都拥有深刻的见解,这远远超出了一个凡人的智力极限。但埃尔瓦斯确实为每门学科都编纂了一卷书，他总会在开篇处介绍这门学科的历史，并在结语处通过充满智慧的思考来展望这门学科的发展方向与突破点。

埃尔瓦斯在每一卷中投入的精力都是平均的，因为他擅长时间管理，严守时间分配规律。他在日出时起床，为办公室的工作做好准备，先在脑海中把运算任务过一遍。他会比其他人早半小时到达部里的办公室，手中握着笔，把脑袋清空，完全不想自己的宏伟工程，只是静静地等待上班时间到来。时间一到，他立刻投入到任务之中，以惊人的速度完成运算；接着，他会去莫雷诺的书店——他已经赢得了莫雷诺的信任——借阅书籍，并把需要的书带回家。随后，他会出门吃一顿简单的午餐，在一点之前回到家中，然后一直工作到晚上八点。之后，他会和邻居家的孩子们玩一会儿佩罗塔球[3]，随后回家喝一杯热巧克力，然后上床睡觉。每逢星期天他都会整天待在外面，筹划下一周的工作内容。就这样，埃尔瓦斯每年可以在他的百科全书上投入三千小时的工作时间，十五年后就累积到了四万五千小时。此时他的惊世之作已经完成了，只不过整个马德里还无人知晓。因为埃尔瓦斯并不健谈，从没有和别人说起过这项工程，他准备把自己的海量知识一下子呈现在世人面前，让全世界都为之赞叹。

巨著完成之时，埃尔瓦斯刚过完三十九岁的生日。他向自己道喜，在进入人生的第四十个年头之际，荣耀的道路已经近在眼前。但与此同时，他又有些伤感，因为在热望支撑下所形成的工作习惯，已经成为他生活中一个不可或缺的好朋友。

如今他失去了这个朋友的陪伴，开始觉得无聊了，这是他从未体验过的一种情绪。在这种新的生活状态下，埃尔瓦斯变得与以往判若两人。他不再离群索居，而是频繁出入公共场所。在那种场合里，他

第四十九天

似乎想要和每个人打招呼,但由于他并不认识那些人,也没有随意搭讪的习惯,所以最后只能默默地走过。不过,他心中暗暗期盼,不久之后马德里全城的人都会知晓他的大名,希望与他结交为友,他会成为街谈巷议的焦点话题。

对消遣的需求使他备受折磨,于是埃尔瓦斯决定回自己的出生地——阿斯图里亚斯一个不知名的小村庄——去散散心,他希望自己能为这个村庄带来荣耀。过去十五年里,除了与邻家男孩玩玩佩罗塔球之外,他不允许自己有任何娱乐活动。他决定,等回到那个充满童年回忆的地方之后,一定要尽情玩一次佩罗塔球。

出发之前,埃尔瓦斯想要欣赏一下一百卷书齐刷刷排成一行的壮观景象。他存有一份带有最终付印时的排版格式的原稿。他将这份手稿交给印刷商,要求他在每一卷的书脊上都纵向印上学科名称和序列号,从第一卷《通用语法》一直到第一百卷《分析学》。

三个星期之后,装订厂将成品送了过来,书架也已经打造好了。埃尔瓦斯将这套惊人的丛书摆上书架,然后充满仪式感地烧掉了所有草稿和内容不全的副本。随后,他仔细地锁好房门,贴上封条,便出发前往阿斯图里亚斯了。

这次故地重游确实让埃尔瓦斯感到心满意足。无数纯真甜美的回忆让他喜极而泣,在过去二十年枯燥的脑力工作中,他早已忘记了眼泪的味道。我们这位博学家愿意在故乡这个小村庄里度过余生,但马德里的那一百卷丛书正在召唤他。他起程回到首都,到家时,他看到门上的封条还是完好的,打开门……然后发现他的一百卷书被扯成了碎片,连书脊都剥落了,书页散落一地,乱成一团。

这可怕的景象让他深受震惊。他倒在了自己作品的废墟里,失去了所有知觉。

唉！这场灾难的起因是这样的：埃尔瓦斯从不在自己的房间里用餐。马德里家家户户都鼠患成灾，不过老鼠们从来不会光顾他家，因为它们在他家最多只能啃到几支羽毛笔。但这回的情况就不同了，一百卷新书散发着新鲜胶水的气味，而且就在书送到的同一天，书的主人也离开了房间。老鼠们被胶水气味吸引过来，房中无人的情况更助长了它们的胆量，成群结队的老鼠来到这里大肆狂欢、大快朵颐。

恢复意识之后，埃尔瓦斯看到那群魔鬼中的一只正把《分析学》的最后几页拖进洞中。埃尔瓦斯或许从不知道愤怒为何物，但此刻他感到怒从心头起。他看到另一只老鼠正在撕咬他的《解析几何》，于是便向这个凶手冲了过去，结果头撞到了墙上，他再一次失去知觉，倒在了地上。

等他再次醒来时，埃尔瓦斯把一地的碎纸片捡起来，丢到一个箱子里。接着，他坐到箱子上，沉浸在无限的哀思之中。不久之后，他打起了寒战，第二天就恶化为恶心呕吐、高烧不退、昏迷不醒。人们帮他请来了医生。

吉普赛人首领说到这里时，队伍里的人有事找他，于是他便把剩下的故事留到第二天再说。

原注：
1 此处作者所指不明。
2 一位传说中的术士。
3 一种户外球类游戏。

第五十天

大家重新聚到一起,吉普赛人首领接着讲起了他的故事。

蒂亚戈·埃尔瓦斯的故事(续)

老鼠摧毁了他的荣耀,医生也放弃了救治他,只有一位护士还没有抛弃埃尔瓦斯。她坚持继续照顾他,在与病魔搏斗了一番之后,他终于得救了。这位护士名叫玛莉卡,当时年纪三十岁。她出于内心的善意前来照顾埃尔瓦斯,因为他有时会在晚间来找她的父亲——当地的一名鞋匠交谈。埃尔瓦斯身体好转之后,意识到这位善良的姑娘是他的救命恩人。

"玛莉卡,"他对她说,"你救了我的命,又帮助我顺利康复,我应该如何感谢你呢?"

"先生,"姑娘回答,"有一件事会让我开心,但我不敢说出口。"

"说吧,说吧,请放心好了,只要在我的能力范围之内,我一定答应你。"

"可是,如果我说希望和你结婚呢?"

"那真是求之不得的事。我健康时,你能为我准备餐点;我生病时,你能悉心照顾我;我不在家时,你还能保护我的作品免遭老鼠啃食。是的,玛莉卡,只要你愿意,我随时都能和你结婚,越快越好。"

身体还没有完全痊愈,埃尔瓦斯就打开了那个存放着他的百科残梦的箱子,试图把散碎的书页重新拼合起来,但这令他的病情复发,体质变得更加虚弱了。恢复了一阵子之后,他去见了财政大臣,并向他指出,他已经工作了十五年,也培训了一批徒弟,他们有能力接替他的岗位,而且他的健康状况不佳,因此萌生了退休之意,想申请原先薪水的一半金额作为退休金。在西班牙,这样的福利待遇并不难获取;埃尔瓦斯的申请得到了批准,随后便迎娶了玛莉卡。

之后,我们这位大学者改变了生活方式。他在城中一个僻静之处住了下来,并且发誓,在百卷手稿修复之前,绝不会离开那个地方。老鼠把粘在书脊一侧的纸张都啃掉了,每张书页都只剩下半页纸,而且剩下的半页也被扯成了碎片。不过,借助这些残存的内容,埃尔瓦斯能够回忆起全文。他就用这种方式开始重写全书。与此同时,他还完成了另一件作品,玛莉卡把我带到了世间:我是一个罪人,一个被上帝摒弃的人。噢,我降生的那天,地狱里一定一片欢腾!炼狱里的永恒火焰闪耀出更为炽烈的光芒;魔鬼们加倍折磨下了地狱的人,在他们的哀号声中放肆狂笑。

说到这里,朝圣者似乎陷入了绝望之中。他痛哭了许久,然后对

第五十天

科纳德斯说:"我今天无法再继续讲故事了。你明天同一时间再到这里来吧,明天你一定要来,因为这关系到你的救赎。"

科纳德斯回到家,心中充满了新的恐惧。当天晚上,他又被佩纳·弗洛伯爵的冤魂惊醒了,伯爵在他耳边数了一百个达布隆金币,一个都不少。

第二天,他又来到塞莱斯廷修道院的花园里,与朝圣者见面,朝圣者接着讲起了他的故事。

我出生几个小时之后,我母亲就因难产而死。埃尔瓦斯以前从不了解爱情或友情,尽管他在第六十七卷里为这两种感情下了定义。丧妻之痛让他领悟了友情与爱情的真谛。他的百卷丛书被老鼠吃掉时,都没有如此悲伤。埃尔瓦斯的住处很小,我的每一声啼哭都能穿透整栋房子。很明显,他在那里也无法照顾我。于是我的外祖父马拉农把我接了过去,能在自己家里抚养外孙——一个账目审计员和绅士的儿子——让他觉得很有面子。他虽然地位不高,但日子过得还算宽裕。我刚达到入学年龄,他就把我送进了学校。当我长到十六岁时,他为我置办了几套高级服装,还给了我足够的零花钱,让我能在闲暇时去马德里城中散步。他觉得自己的付出很值得,因为他可以逢人便说:"我的外孙,账目审计员之子。"不过,我还是继续讲述我父亲的故事吧,他悲惨的结局人尽皆知。但愿这能为那些不敬神的人们敲响警钟!

蒂亚戈·埃尔瓦斯花了八年时间修复被老鼠破坏的书稿。就在他的巨作即将问世之时,他偶然间读到了几本外国杂志,发现其他人已经在这些学科上有了新的建树。埃尔瓦斯叹了口气,因为他的工作量又要增加了,不过他也不希望自己的作品留有遗憾,因此他在每一卷中都补充了最新的研究成果。这项工作花了四年时间，也就是说，他整整十二年没有离开过自己的房子，几乎是废寝忘食地扑在工作上。这种长期久坐的状态最终损害了他的健康，他患上了慢性坐骨神经痛、肾脏疼痛、膀胱结石和早期痛风。不过，一百卷的百科全书最终还是完成了。埃尔瓦斯把书商小莫雷诺——那个曾帮他销售那本倒霉的《分析学揭秘与无限维度的科学》的莫雷诺之子——请到了自己家里。

"先生，"他说，"这一百卷丛书囊括了迄今为止人类的全部知识。这套百科全书能为你们出版社带来荣耀，甚至可以为西班牙带来荣耀。我不要任何收益，只希望您能发发善心，帮我出版这套书，好让我不至于白白浪费这些年的重要工作。"

小莫雷诺把每一卷书都仔细翻看了一遍，然后说："先生，我可以出版这套书，不过需要您把它精简为二十五卷。"

"你走吧，走吧！"埃尔瓦斯无比愤慨地回答，"回你的书店去，继续出版那些言情小说和酸腐文章吧，这真是西班牙的耻辱！走吧，先生，让我一个人守着自己的肾结石和才华过活吧。假如有人能慧眼识珠，我的才华应得到世人的敬重。但如今我对世人已经彻底失望了，对书商们尤其失望。你走吧！"

小莫雷诺离开之后，埃尔瓦斯陷入了暗无天日的抑郁之中。他眼前常常浮现出那一百卷丛书，那是他智慧的结晶，在热望中孕育，在交织着喜悦的痛苦中诞生，如今又被冷漠地弃绝。他看到自己一辈子的努力全都付诸东流，眼下的生活和未来的荣耀全都毁于一旦。在此之前，他的头脑已久经训练，能够理解自然界中的所有奥秘，不幸的是，如今他却把眼光投向了人类痛苦的深渊。在凝视无底深渊的过程中，他发现除了随处可见的邪恶之外，其中空无一物，于是他在心中默念:"邪恶的创造者,你到底是谁?"

这个念头让他自己都吓出了一身冷汗,他决定要研究邪恶是本身就存在的,还是被谁创造出来的。接着,他又在更广的范畴里检视了这个问题。他研究了各种自然力量,并发现了对物质产生影响的一种能量作用,这套理论可以在无视创世说的基础上解释一切自然现象。

他认为,动物和人类的存在仰赖于一种具有繁衍能力的酸,能够引发物质发酵,使物质呈现出固定的形态,或多或少像酸能使碱性土壤成分结晶一样,这些多面结晶体的形态也都是固定不变的。他还认为,生长在潮湿树干上的真菌类物质,是化石结晶与动植物繁殖中的一环,并由此点明了二者的一致性,或至少是相似性。

由于埃尔瓦斯十分博学,他可以毫不费力地运用诡辩技巧,支持自己这套谬论体系,提出令人信服的论据。比如,他发现,由两个物种杂交而成的骡子,可以与盐的化合物相提并论,这种晶体也具有糅杂化合的性质。当土壤与酸液混合时,会有起泡沫的现象,他认为这可以与植物黏液组织的发酵现象相提并论;在他看来,这就是生命最初的形态,只不过因为缺乏适宜的条件,没能继续生长而已。

埃尔瓦斯注意到,在结晶过程中,晶体总是聚集在试管内最明亮的部分,而在黑暗环境中,结晶现象却很难发生。光照对于果蔬生长也至关重要,由此他认为:发光流体是通用酸的组成元素之一,这种酸是自然界所有生命的起源。此外他还发现,蓝色纸张在经过一段时间的光照之后,会变为红色,这也印证了他的推测,即光线是一种酸。

埃尔瓦斯了解到,在靠近极地的高纬度地区,由于缺乏足够的热量,人们容易患上碱血症,仅通过内服酸性物质,便可以减缓这种疾病的发展。他由此总结:既然在某些情况下,酸可以替代热量的作用,那么热量应该也是一种酸,或者至少是通用酸的组成元素之一。

埃尔瓦斯了解到,有人曾发现,葡萄酒在雷电作用下发酵变为了醋。他在桑楚尼亚松的著作中也读到过,在混沌之初,那些注定要拥有生命的物质,都在剧烈的雷电霹雳下开始了生长。于是,我们这位不幸的科学家便大胆借用了这一异教徒的宇宙起源学说,宣称雷电这种物质能够激活具有繁衍能力的酸,这种酸种类多样,但总是能复制出相同的形态。

在探索宇宙起源的奥秘时,埃尔瓦斯本该把这些丰功伟绩归功于造物主。如果他能这么想,那该有多好啊!可惜他的善天使已经抛弃了他,他的思想被似是而非的知识带上了歧途,让他不可挽回地走上了妄自尊大的道路,而当他的自尊崩塌时,他的整个世界也就随之崩塌了。

唉!当埃尔瓦斯那狂妄的推论超越了凡人的智力范畴之后,他的生命似乎也面临着土崩瓦解的危险。一连串的急性疾病打倒了他,原有的慢性病也愈演愈烈。坐骨神经痛加重之后,他的右腿不能动了。他的肾结石也变大了,在膀胱里造成了剧痛。关节炎导致他的左手变形,右手关节也岌岌可危。最终,严重的疑病症摧毁了他的精神,也同时摧毁了他的身体。他不愿意别人看到自己这种悲惨的境地,因此拒绝了我的照顾,甚至不允许我去看他。他只留下了一个年迈体弱的仆人,那个老人尽力服侍着他,但自己也很快病倒了,于是我父亲不得不靠我来照顾。

不久之后,我的外祖父马拉农也被高烧击倒了,从得病到去世只用了五天时间。当他感到大限将至时,把我叫了过去,对我说:"布拉斯,我亲爱的布拉斯,请听一听我的临终祝福吧!你是一个博学家的儿子,我倒情愿他没那么有学问!你是幸运的,你的外祖父是个普

第五十天

通人，信仰和成就都很普通，把你也培养成了一个简单的人，千万不要被你父亲给带偏了。他很多年都没有履行过自己的宗教责任了，他的观点如此惊世骇俗，连异教徒听了都会为他感到羞耻。布拉斯，你要对人类的智慧存有戒心。再过一会儿，我就会比所有的哲学家们都更博学了。布拉斯，布拉斯，祝福你，我要走了。"

他就这样去世了，我料理好他的后事之后，就回到了我父亲的房子里，我已经四天没去看他了。在此期间，那个年迈体弱的仆人也去世了，一家慈善公会出面安葬了他。我想到父亲如今孤身一人，便准备尽心尽力地照顾他。但当我走近他的房间时，却看到了令人震惊的一幕，我惊恐不已地站在前厅，不敢再往前走。

我父亲脱掉了衣服，用一块床单裹住身体，好像披着块裹尸布似的。他坐在那里，看着太阳西沉。就这么看了一会儿之后，他突然抬高嗓门说："噢，光芒渐衰的恒星啊！这是我最后一次看你了，我出生的那天，你为什么要把光芒照耀在我身上？我要求他们生我了吗？为什么我要降临人世呢？人们告诉我，我拥有灵魂，于是我用自己的身体来滋养它。我的思想日渐丰富，最终却被老鼠啃食，被书商们弃若敝屣。我死后万般皆空，一切都将灰飞烟灭，就好像我从没来过这个世界一样。就这样吧，虚无之境，我来了。"

埃尔瓦斯又静静地沉思了一会儿，接着，他拿起一个高脚杯，里面好像斟满了陈酿，仰面朝天说："哦，上帝啊！假如真的有上帝，请宽恕我的灵魂吧！假如我真的有灵魂。"

他将杯中之物一饮而尽，把杯子放到桌上，然后用手捂住胸口，似乎是感觉到了心口疼。埃尔瓦斯还准备了另外一张桌子，上面铺满了垫子。他躺到了那张桌子上，双手交叉放在胸前，再也没有说出任何话。

听到这里,你一定很吃惊,在他自我了断的整个过程中,我竟然没有上前抢夺酒杯,或是大声求救。我自己也很吃惊,当时我明显感觉到有一股超自然的力量把我按在原地,动弹不得。我感到自己的头发全都竖了起来。

帮忙埋葬老仆人的那家慈善公会的人们过来时,我就是这个样子的。他们发现我父亲平躺在桌子上,身上盖着一块裹尸布,就问我他是不是去世了。我回答说,我也不知道。他们问我是谁为他盖上了裹尸布,我回答说是他自己披上的。他们检查了一下,没有发现生命迹象。他们发现高脚杯里有一些残渣,便把它拿到一边去检验。后来,这些人离开时,脸上明显带着不满的表情,留下我一个人颓丧到了极点。再后来,教区里的人们也来了,问了我相同的问题,离开时他们说:"他的死法和活法一样荒谬,我们没有义务为他落葬。"

我独自一人守着父亲的遗体,心情极度低落,丧失了一切行动和思考的能力。我跌坐在父亲之前坐过的那张椅子上,重新陷入了一动不动的状态,就像教区里的人们赶来时一样。

夜幕降临,云层遮住了天空。一阵风吹开了窗户,一道蓝光闪过之后,房间比先前更昏暗了。就在这一片黑暗之中,我好像看到了几个诡异的人形。接着,我又好像听到我父亲的遗体发出了长长的一声呻吟,在夜色弥漫的空间里久久回荡。我想要站起身来,却被定在了原地,一动也不能动。我感到一阵彻骨的寒意钻入四肢,随即打起了寒战,就像发高烧了一样。我的视线逐渐模糊成梦境,沉沉的睡意让我失去了知觉。

后来,我在一阵惊颤中醒来,发现我父亲的遗体周围点起了六支巨大的黄色蜡烛,一个男人坐在我对面,似乎一直在等待我醒来。他的面容十分威严，身材很高大，略微卷曲的黑发遮挡在他的额前。他的目光尖锐而又专注，但同时又温柔而富有魅力。此外，他身穿一件灰色斗篷，系着翎领，是典型的乡绅打扮。

陌生人见我醒来，便露出亲切的笑容说："我的孩子——我这样叫你，是因为我早就把你当作了我自己的孩子——上帝和世人都已经抛弃了你，大地也拒绝接收这位学者的遗体，他是给了你生命的人。不过，我们绝不会抛弃你的。"

"先生，"我回答，"您说上帝和世人都已经抛弃了我。我承认世人确实抛弃了我，但我不相信上帝会遗弃他的任何一个子民。"

"你的说法不无道理，"陌生人说，"我改天再向你解释这件事。现在，为了向你表达我们的诚意，请收下这个钱包，里面有一千个皮斯托尔。一个年轻人应该心怀梦想，拥有实现梦想的途径。你可以随意使用这些金币，也可以永远信赖我们。"

接着，陌生人拍了拍手，六个蒙面男子出现，抬走了埃尔瓦斯的遗体。蜡烛随即熄灭，房间里一片漆黑。我没有在原地停留多久，之后，我就摸索到门边，来到街上，在看到星光灿烂的夜空时，我觉得呼吸也轻松了不少。口袋里那沉甸甸的一千个皮斯托尔也提振了我的精神。我穿过马德里城区，来到普拉多大道的尽头，也就是后来西布莉女神①雕像所在的位置，我在附近的一张长椅上躺了下来，很快就睡着了。

吉普赛人首领说到此处时，请求我们允许他今天就讲到这里，明天再接着往下讲。我们当天也没有再见到他。

---

① 译注：古代地中海地区崇拜的女神。

> 萨拉戈萨手稿

第五十一天

我们像往常一样聚到了一起。丽贝卡对老首领说，蒂亚戈·埃尔瓦斯的故事给她留下了深刻的印象，尽管她之前已经听说过此人的一些事情。

"但是在我看来，"她补充道，"用这种方式来愚弄那个可怜的丈夫，也实在是太费周折了，人们完全可以用更简单的方式来误导他。毫无疑问，无神论者的故事是讲给那个胆小的科纳德斯听的，就是为了加深他的恐惧。"

"请允许我这样说，关于我有幸向你讲述的这个奇异故事，你的判断还是下得太草率了。阿尔科斯公爵是一位高等贵族，当然有人愿意为他效劳，哪怕需要假造身份、扮演角色，也在所不辞，但还没有任何证据表明埃尔瓦斯之子本人的故事，也就是你还没有听过的这个故事，是为了愚弄科纳德斯而编造出来的。"

丽贝卡向吉普赛人首领保证，她对那个故事也很感兴趣，老首领便接着讲起了故事。

第五十一天

堕落的朝圣者布拉斯·埃尔瓦斯的故事

上回我说到,我躺在普拉多大道尽头的一张长椅上睡着了。我醒来时,太阳早已高挂空中。我之所以会醒来,是因为我感觉到有一条手绢在我脸上轻轻拂过。我睁开眼,看到一个小女孩正把她的手帕当作蝇掸,帮我赶走苍蝇,好让我睡得安稳。但最奇怪的是,我发现自己的脑袋正枕在另一个小姑娘的腿上,我甚至能感受到她甜美的气息拂过我的发梢。我醒来时并没有挪动身体,因此我可以继续假装睡着,好延长这甜蜜的时刻,于是我闭上了眼睛。不久之后,我听到一个略带责备、但依然温柔的声音传来,她对那两个正照顾我睡觉的姑娘说道:"西莉亚、佐瑞拉,你们在这里做什么呢?我还以为你们进了教堂,没想到你们在这儿做善事呢。"

"可是,妈妈,"那个让我枕着腿的姑娘说,"您不是说过,行善和祈祷一样,都是值得赞赏的行为吗?这个可怜的年轻人昨晚一定睡得很不舒服,我们帮助他再多休息一会儿,不也是做好事吗?"

"当然,"那个声音里的爱意多过责备,"当然,这是值得赞赏的,而且这种想法体现了你的纯真,甚至是虔诚。不过现在,我善良的佐瑞拉,把这个年轻人的脑袋轻轻地放到长椅上,然后跟我回家。"

"噢,亲爱的妈妈!"小姑娘回答,"您看他睡得多香啊!妈妈,您不应该吵醒他,您应该帮忙解开他的翎领,那个翎领勒到他了。"

"还要我帮忙?"她们的母亲说,"你真是给我安排了一个好差事啊!不过,仔细一看,这小伙子长得还挺可爱的。"这位母亲一边说着，一边用手滑过我的下巴，帮我解开了翎领。

"他现在睡得更香了，"之前一直没有开口的西莉亚说，"他的呼吸也更顺畅了。我发现，做善事时心里有一种甜蜜的感觉。"

"你这话说得很有水平，"她们的母亲说，"不过做好事也得有个分寸。快点，佐瑞拉，把这个年轻人的脑袋放到长椅上，我们回家了。"

佐瑞拉轻轻地用手托住我的脑袋，然后挪开了自己的腿。这时我意识到，再继续装睡就没什么意义了。我坐了起来，睁开了双眼。那位母亲惊叫起来，两个小姑娘吓得想要逃走，我把她们喊住了。

"西莉亚、佐瑞拉，"我说，"你们既美丽又纯真。至于您，要说您是她们的母亲，那只是因为您更有成熟的魅力。在你们离开之前，请给我一点时间，让我表达一下对各位的仰慕之情。"

我对她们的赞美都是发自内心的。西莉亚和佐瑞拉年纪还小，将来一定能长成绝色丽人；她们的母亲还未满三十岁，但看起来还不到二十五岁的样子。

"骑士先生，"那位母亲说，"如果您之前只是在装睡，那您一定听到了，我的女儿们是多么纯真，对于她们的母亲，您也一定产生了不错的印象。这样的话，我就不用担心您会误解我了，我可以鼓起勇气请您陪我回家。开局如此特别的一段妙缘，将来一定会变得更加亲密无间。"

我跟着她们回了家，她们的房子朝向普拉多大道。两个小姑娘忙着去准备热巧克力，她们的母亲请我坐到身边，然后对我说："您看到的这栋房子，它的规格超过了我们目前的负担能力。我住进这栋房子的时候，处境比现在要好一些。如今，我有心想把二楼出租出去，

第五十一天

但又不敢这么做，因为出于一些原因，我必须过与世隔绝的生活。"

"女士，"我回答，"出于一些原因，我也需要离群索居。如果您觉得合适的话，我很乐意租下这里最好的房间。"

我一边说，一边拿出了钱包。看到金币之后，那位女士对我的所有疑虑都烟消云散了。我预付了三个月的房租和伙食费。我们约定，午饭会送到我的房间，还有一个可靠的男仆为我服务，也能帮我跑跑腿。西莉亚和佐瑞拉端来了巧克力，也听说了租房协议的内容，她们似乎都想用眼神占有我，但她们的母亲却用眼神提出了异议。这场小小的争宠较量没能逃过我的眼睛，但我把胜负交给命运来决定，一心只想着舒舒服服地住进我的新房间。

没用多久，我的房间就被布置得称心又舒适。一会儿佐瑞拉帮我搬来一张写字台；一会儿西莉亚来帮我布置书桌，在桌上摆好台灯和一些书籍。一切都安排得十分周到。两个漂亮的小姑娘是轮流过来的，但当她们在我房间里碰面时，总会笑个不停。她们的母亲也贡献了一份力量。她负责布置我的床，拿来了几条荷兰亚麻面料的床单、一个细丝床罩和一堆软垫。这些布置工作用了一上午的时间。中午时分，她们在房间里为我布置好了餐桌。我感到很高兴。看到三个充满魅力的美人为了取悦我而争风吃醋，真是让我受宠若惊。不过这些都不急，我还是想先定定心，不受打扰地享用一顿美餐。

我就这样吃过了午饭，随后，我拿起斗篷和佩剑出了门，到城里去逛一逛。我感到前所未有的开心。我现在成了一个自由自在的人，口袋里装满了金币，身体健康，精力充沛，而且，那三位女士对我的关注也让我洋洋自得，因为对年轻男子来说，来自女性的青睐往往能提升他们的自我评价。

我到一家珠宝商行里转了转，接着又去了剧院，看完戏之后才回到租住的地方。我看到那三位女士坐在房子大门前，佐瑞拉正弹着吉他唱着歌，另两位正在编织蕾丝织物。

"骑士先生，"那位母亲对我说，"您决定与我们同住，在不了解我们背景的情况下，就给予了我们充分的信任。不过我还是应该介绍一下自己的情况。骑士先生，我的名字叫作伊内丝·桑塔雷斯，是哈瓦那前任行政长官堂胡安·桑塔雷斯的遗孀。他娶我时身无分文，走时也一贫如洗，只留给我两个女儿，您也看到了。当我正在贫困生活和丧夫之痛中一蹶不振之时，意外收到了我父亲的一封来信。请允许我不提及他的名字。唉！他这辈子也是个苦命人，不过，他在信中告诉我，他终于谋到了一个军需官的好差事。他在信中附上了一张两千皮斯托尔的汇票，还有一封让我前往马德里的通知信。于是我就过来了，但却发现我父亲已被控挪用公款和严重的叛国罪，被关押在塞哥维亚塔楼监狱里。不过此前，他已经为我们租下了这栋房子。所以我只能在这里过着与世隔绝的生活，对任何人都避而不见。除了一位在战争部门里任职的年轻人，他会帮忙打听我父亲案子的进展，过来向我通报，再没有人知道我们与那位不幸的犯人之间的关系。"

说完这些，桑塔雷斯女士流下了眼泪。

"妈妈别哭，"西莉亚说，"什么事都会过去的，我们的苦日子也会过去的。如今我们已经迎来了一位面善的年轻绅士。我觉得，能够与他相遇是一个好兆头。"

"确实如此，"佐瑞拉说，"他来了之后，我们的独居生活似乎也开始有了乐趣。"

桑塔雷斯女士看了我一眼，从她的眼神中，我读出了忧伤和爱意。小姑娘们也注视着我，然后又收回了目光，脸色变得绯红，似乎沉浸在羞涩的幻梦之中。这三位美人看来都对我情有独钟，这一切让我感到十分愉快。

就在这时，一个身材高大魁梧的男子走了进来，拉起桑塔雷斯女士的手，把她带到一旁，交谈了很长时间。接着，她把这个男子带到我面前，对我说："骑士先生，这位就是堂克里斯托弗洛·斯巴拉多斯，我向您提起过他，他是我们在马德里唯一有来往的人。我很乐意介绍你们认识，但我们虽然住在同一屋檐下，我却还不知道您尊姓大名。"

"女士，"我说，"我是来自阿斯图里亚斯的一名贵族，名叫勒加内斯。"我想还是不要提起埃尔瓦斯这个名字为好，也许他们听说过我父亲的事。

年轻的斯巴拉多斯把我从头到脚打量了一番，他态度十分傲慢，似乎根本没有把我放在眼里。我们进了屋，桑塔雷斯女士为我们准备了水果和糕点。我仍旧是三位女士关注的焦点，但我也注意到，刚来的那个男子也收获了她们不少的笑声和目光。我感到有些受伤，于是竭尽所能地展现出自己的风趣和魅力，试图把所有的关注都拉回自己身上。

就在我旗开得胜之时，堂克里斯托弗洛把他的右脚搁在左膝上，盯着自己的靴底说："说真的，那个鞋匠马拉农死了以后，马德里再也买不到做工精良的靴子了。"说完这话，他看了我一眼，眼神中充满讥讽和轻蔑。

鞋匠马拉农是我的外祖父，他把我抚养长大，是我的大恩人。但也是我的系谱树上的一个污点，至少我是这么想的。我以为，假如那三位女士发现我有一个当鞋匠的外公，她们对我的爱慕一定会急剧减少。我愉快的心情顿时消失不见。我狠狠地看着堂克里斯托弗洛，目光时而愤怒，时而傲慢，时而轻蔑。我下定决心不能再让他踏进这栋房子半步。

他离开之后，我跟了出去，想要警告他一下。我在街尾追上了他，把酝酿好的一番伤人的话一吐为快。我以为他会发火，没想到恰恰相反，他摆出一副友善的样子，把手放在我的下巴上，仿佛要抚弄我。但突然间，他猛地把我拉起来，又踢了我一下，或者说是绊了我一下，让我脸朝下摔进了阴沟里。我被摔愣了，爬起来时满身污泥。我怒气冲冲地回到了那所房子里。

女士们都已经休息了。我躺到床上，却一直睡不着，爱与恨这两种情感让我难以入眠。我的恨意当然是针对堂克里斯托弗洛，但我心中满溢的爱却与他无关。我的爱不针对特定的某个人，西莉亚、佐瑞拉和她们的母亲轮流出现在我的脑海中，她们的倩影逐渐融合在一起，占据了我一整晚的梦境。

第二天我起得很晚。我睁开眼时，看到桑塔雷斯女士正坐在我的床尾，好像刚刚哭过的样子。

"善良的年轻人啊，"她说，"我在您的房间里躲一躲，楼上有几个人正在问我讨债，但我没钱给他们。唉！我欠着债，又要供两个可怜的孩子吃穿，这可怎么办？她们的日子已经很苦了。"

说到这里，桑塔雷斯女士哭了起来，她满含泪水的双眼不自觉地望向床头柜，上面放着我的钱包。我听懂了这无声的语言，于是就把金币全部倒在桌上，大致平分为两堆，把其中一堆交给了桑塔雷斯女士。她没有料到我会如此慷慨，起初惊讶得说不出话来，接着又牵起我的双手，激动地吻了上去，还把我的手按在她的胸前。最后，她收起金币说："噢，我的孩子啊！我亲爱的孩子啊！"

第五十一天

两个小姑娘走了进来,也亲吻了我的双手。所有这些感激之情让我感到热血沸腾,在之前的梦中,我的热血已经沸腾过几次了。

我赶快穿好衣服,准备去阳台上透透气。经过两个小姑娘的卧室时,我听到她们哭泣和相互拥抱的声音。我在门口听了一会儿,接着便走了进去。

西莉亚对我说:"亲爱的好心客人,请听我说,我们现在的心情十分苦恼。自从我们出生以来,我们两个之间的感情从没有过嫌隙。把我们联结在一起的,与其说是血缘,不如说是我们彼此之间的感情。但是,自从您住进来之后,情况就发生了变化,嫉妒悄悄爬进了我们的灵魂,我们差点就要走到彼此憎恨的地步了。幸好佐瑞拉善良的天性阻止了这场可怕的灾祸,她投入了我的怀抱,我们的泪水交织在一起,心也靠得更近了。而现在,亲爱的客人,我们的和解还需要您的成全。请答应我们,不要偏爱我们之中任何一个,如果您有爱意想要表达,请分给我们一人一半。"

如此真诚而又迫切的请求,我该怎么回应呢?我将她们一一拥在怀中,擦干了她们的泪水,使她们由悲转喜。

我们一起来到阳台上,桑塔雷斯女士也来了。偿清债务之后,她感到无比喜悦。她邀请我共进午餐,把这天剩下的时间都留给她。我们在亲密无间的氛围里用餐,她让仆人们都退下,两个小姑娘轮流在桌边服侍。桑塔雷斯女士先前心情十分焦急,现在感到口干舌燥,她一口气喝了两杯酒劲很足的罗塔①葡萄酒。她眼神变得迷离,散发出了更迷人的光彩。她情绪高涨,以至于两个女儿的嫉妒心又要被唤

---

① 译注:西班牙加的斯省的一个城市。

醒了。不过,她们很敬重自己的母亲,绝不会允许自己产生这样的念头。尽管在酒精的作用下,她的血液已经沸腾,但她绝不会做出任何轻浮的举动。

至于我,我根本不会刻意去觊觎情爱之事,我们只是因为相近的年纪和不同的性别而互相吸引。这种自然而然萌生出来的甜蜜感觉,让我们的交往充满了难以言表的愉悦,我们舍不得离开彼此。要不是我在隔壁的汽水店里订了冷饮,到了太阳西沉之时,我们本该各自回房休息的。冷饮送来时,大家都很高兴,因为又有了一个可以继续待在一起的理由。一切都很完美。可我们刚坐到桌边,克里斯托弗洛·斯巴拉多斯就出现了。就算是一位法国绅士出现在苏丹的女眷闺阁里,也不如堂克里斯托弗洛的出现那么令人厌恶。桑塔雷斯女士和她的女儿们并不是我的女眷,这里也不是她们的闺阁,但我心中已经默认她们非我莫属,但看到我的权利陷入危险,我感到非常不快。

堂克里斯托弗洛既没有注意到我的情绪,也没有注意到我的存在。他向女士们打了招呼,随后把桑塔雷斯女士带到阳台的尽头处,跟她聊了很久;接着,他直接坐到桌边,只顾着吃吃喝喝,一句话也不说。不过,当大家聊起斗牛的话题时,他突然推开了餐盘,伸出拳头重重地砸在桌面上,然后说:"噢,我的主保圣人圣克里斯托弗[1]啊!为什么我只是部长办公室里一个小小的职员?哪怕给我一个升任卡斯蒂利亚议会主席的机会,我也更情愿在马德里当一个最低等的斗牛士。"

他一边说,一边伸长了手臂,仿佛正在刺穿一头公牛的身体,他的肌肉线条令我们赞叹不已。接着,为了展示自己的力量,他让三位

---

[1] 译注:天主教旅行者和游子的主保圣人。

第五十一天

女士坐到同一张扶手椅上,然后用单手托住椅子底部,举着椅子在房间里走了几圈。堂克里斯托弗洛对这种游戏乐此不疲,他就一直这么举着,直到体力不支。随后,他便拿起斗篷和佩剑,准备离开。在此之前,他一直没有正眼瞧过我,不过此时,他转身对我说道:"我尊贵的朋友,鞋匠马拉农死了之后,谁能做出最好的靴子呢?"

在女士们听来,这只是堂克里斯托弗洛口中常念叨的愚蠢笑话之一。但我却被激怒了,我拿上自己的佩剑追了出去。

我在一条小巷里追上他,并拦住了他的去路。我拔出剑,说:"你这个傲慢的家伙!今天,我要你为那些愚蠢的侮辱付出代价!"

堂克里斯托弗洛把手放到剑柄上,准备拔剑,不过随后,他看见地上有一根木棍,便捡了起来,打落了我手中的剑。接着,他朝我走了过来,抓住我的头发,把我揪到阴沟边,然后像上次那样把我推了下去,只不过这次他更加用力,我也愣了更长的时间。

后来,有个人把我扶了起来。我认出他就是抬走我父亲遗体,又给了我一千个皮斯托尔的绅士。我跪倒在他脚下,他亲切地把我扶了起来,让我跟他走。我们默默地走到曼萨纳雷斯河的大桥边,两匹黑马正等着我们,我们骑着马沿河岸疾驰了半个小时,最终来到了一栋孤零零的房子前,房门都是自动打开的。我们走进一间屋子,里面挂满了棕色哔叽布料的挂毯,还装饰着银质的火炬柄和银质的火盆。我们坐到了旁边的两张扶手椅上,陌生人对我说:

"埃尔瓦斯先生,这个世界就是这样的,拥有令人敬畏的运行规律,在公平正义方面却差强人意。大自然给了某些人力拔千斤的体格,另一些人却只能扛起六十斤,因此这世上才会出现阴谋诡计,以便稍微中和如此悬殊的差异。"

陌生人一边说，一边拉开了一个抽屉，从里面取出一把短剑，说："看看这件工具，它的尾端形似纽扣，但头部比发丝还要尖细。把它别在腰带上吧。再见了，骑士，永远都别忘了你的好朋友，欣嫩谷的堂贝里尔①。如果你需要我，可以在午夜过后到曼萨纳雷斯河的大桥边来，拍三次手，黑马就会出现。对了，我差点儿忘记一件最重要的事情，这是第二个钱袋，该花的钱千万不要节省。"

我向慷慨的堂贝里尔表达了谢意，然后就骑上了我的黑马。一个黑人骑着另一匹黑马，陪我回到了大桥边，我必须在此下马。随后我回到了租住的地方。

到家之后，我躺到床上，很快就睡着了，但梦境并不安宁。我把短剑放在枕头下面，在梦中，它好像自己从枕头下面钻了出来，刺穿了我的心脏。我还梦到堂克里斯托弗洛从我身边抢走了那三位女士，把她们带离了这栋房子。

第二天早上，我心情十分忧郁。两个小姑娘的出现也没有使我的心情好转，不过，她们哄我开心的方式倒是发挥了作用。我的爱抚变得不再单纯。她们离开之后，我想象堂克里斯托弗洛就站在我面前，然后手握短剑，练习起了威胁他的动作。

这个令人生畏的男子当天晚上又出现了，他完全没有把我放在眼里，只是一心围着女士们转。他挨个逗弄三位女士，让她们有些恼怒，接着又逗得她们大笑。最后，他那些拙劣的伎俩竟然变得比我的温柔体贴更受欢迎。

我从外面的餐厅订了晚餐，请人送到家里。这份晚餐不但丰盛，

---

① 译注：意指地狱里的恶魔。

而且非常精致。堂克里斯托弗洛几乎一个人吃完了所有的饭菜,随后,他拿起自己的斗篷,准备告辞。离开前,他突然转身对我说:"尊贵的先生,你腰间别着的是一把短剑吗?要是能把它换成鞋匠的锥子,就更合适了。"

说完,他放肆地大笑而去。我跟了出去,在街尾截住了他。我走到他左侧,用尽全力把短剑刺了过去,但短剑却以同样的力量反弹了回来。堂克里斯托弗洛镇定地转过身来说:"你这个可怜虫,难道你没发现我穿着护甲吗?"

接着,他又揪住我的头发,把我推进了阴沟里。但这一次,我却十分高兴,因为我没有犯下谋杀的罪行。我爬起来时,心情十分轻松。这种感觉伴随着我,一直到上床休息时。与前一夜相比,这一夜我睡得很安稳。

第二天早上,女士们发现我没有前一天那么焦躁了,纷纷向我表示祝贺。但我并不敢和她们一起吃晚饭,因为我害怕那个男子再次出现,我曾试图杀害他,我觉得自己再也不敢面对他了。我整晚都在街上闲逛,一想到那头恶狼正在我的羊圈里横行,我就感到怒火中烧。

午夜时分,我来到大桥边,拍了拍手,两匹黑马就出现了。我骑上其中一匹,跟着向导来到了堂贝里尔的家。房门全都自动打开,我的保护人出来迎接我,把我带到了前一天见过的火盆旁边。

"好吧,"他用略带嘲弄的语气说,"骑士,谋杀行动并没有成功!不过不要紧,你的决心我们已经看到了。此外,我们已经想办法帮你摆脱了那个烦人的死对头。他的不检点行为已经被人告发了,如今他也被关进了关押桑塔雷斯女士的父亲的那所监狱。所以,现在你可以从你的好运气中受益了,之前你都没能尝到甜头。这盒糖果是送给你的，里面的含片是按照一个绝妙的配方制作出来的。请你的女士们品尝一下吧！你自己也要吃几颗。"

我接过糖果盒，闻到了一阵怡人的芳香，对堂贝里尔说："我不太明白，您刚才说'从你的好运气中受益'是什么意思。要是我利用了一个母亲和她纯真的女儿们的信任，那我岂不是禽兽不如。我没有您想的那么邪恶。"

"你的邪恶程度和其他的亚当后裔们并没有什么区别，"堂贝里尔说，"他们在犯罪前顾虑重重，犯罪后又充满悔恨。通过这种方式，他们自以为仍在某种程度上守住了美德。但是，如果他们愿意问一下自己美德是什么，就完全不必再搞这些繁文缛节了，美德只是一个抽象概念，他们想都没想，就认定了美德是必然存在的，仅凭这一点，美德就可以被视为一种成见，也就是一种未经预先判断就直接接受的观点。"

"堂贝里尔先生，"我对自己的保护人说，"我父亲曾让我阅读他的第六十七卷文稿，也就是伦理学卷。根据他的定义，成见并不是未经预先判断就直接接受的观点，而是在我们出生前，前人早已经判断过的观点，像遗产一样代代相传。童年时期养成的习惯在我们心灵中播下了美德的种子，他人的榜样让这颗种子生根发芽，法律的规范让它茁壮成长。只要遵守法律，我们就是体面的人；如果能比法律要求的做得更好，我们就是具有美德的人。"

"这个定义不无道理，你父亲可以为此而自豪。他精于写作，更长于思考，"堂贝里尔说，"或许你将来也能达到他的水平。不过，我们还是先来探讨一下这个定义吧。我同意你所说的，成见是前人早已经判断过的观点，但后人的判断力成熟之后，应当用自己的头脑再判断一次,而不应以成见为借口就照单全收。如果一个人对事物的深层含义充满好奇,他就一定会对成见提出质疑,也会用质疑的眼光去看待对所有人都一刀切的法律条文。确实,你不难发现,法律似乎只有利于那些按部就班、甘于平庸的人,他们用一纸婚约来框定幸福,用节俭消费和埋头苦干来换取宽裕的生活。可是,对于那些天赋异禀、不甘平凡的天才,对于那些热血澎湃、渴望在有生之年尽享财富与愉悦的人,社会秩序又是怎样来规范的呢?他们将在监狱里度过一生,在行刑室里终结一生。幸好,人类社会的游戏规则并不像看上去那么死板。法律只是一道栅栏,可以劝阻过路人不要越界,但那些真正有心要突破法律界限的人,完全可以从上面跳过去,或者从下面钻过去。这个话题我有点扯远了,时候也不早了,再见,骑士。试试我的这盒糖果,你可以永远信赖我。"

我向堂贝里尔先生告辞,然后就回去了。房子的大门还为我开着,我上了床,准备休息。那盒糖果放在床头柜上,散发出美妙的香气。我抵挡不住诱惑,就吃了两颗,然后便入睡了,那一晚我睡得很不安稳。

第二天,两个小姑娘又准时出现在我的房中。我看她们的样子,让她们感到很奇怪。确实,在我眼中,她们变得不一样了。她们的一举一动似乎都是在故意挑逗取悦我,她们漫不经心的话语似乎也有此意图。我痴迷于她们的一颦一笑,也想到了一些之前从不敢想的事情。

佐瑞拉看到了那盒糖果,于是就吃了两颗,还拿了几颗给她的妹妹。不久之后,我臆想中的画面就成真了。在懵懵懂懂的情况下,这两姐妹的内心升腾起了一种激情,难以自控。她们意识到这一点之后就离开了我的房间,离开时脸上还带着一抹娇羞,娇羞里又有些心旌荡漾的意味。

她们的母亲进来了。自从我帮助她摆脱了债主的纠缠之后,她就对我充满了好感。她的爱抚让我稍稍平静了一些,但不久之后,我就用刚才看她女儿的那种眼神看起了她。她一下子就明白了我的心意,感到有些窘迫。她回避着我的目光,将视线转到了那个糖果盒上。她尝了几颗糖,然后就离开了我的房间。不久之后,她又回来了,她再次爱抚了我一番,把我称为她的儿子,还用双臂紧紧地搂着我。经过一阵内心挣扎之后,她强迫自己走出了房间。我的感官迷乱发展到了癫狂的程度,血管里好像有一团火在乱窜。我渐渐看不清周遭的事物了,一团迷雾蒙住了我的双眼。

我朝阳台方向走去,发现女孩儿们的房门半掩着,我情不自禁地走了进去。她们的感官比我还要迷乱,残存的理智告诉我大事不妙,我想从她们的臂弯里挣脱出来,但却使不上力气。她们的母亲这时也进来了,她虽然嘴上说着责备的话语,但不久之后,她就失去了谴责我们的权利。

"请原谅我,科纳德斯先生,"朝圣者补充道,"请原谅我所说的这些,就算只是嘴上说说,也已经是滔天大罪了。但为了你的救赎,这个故事不得不讲。我已经承诺过要让你远离地狱,就一定会说到做到。明天同一时间请务必再到这里来。"

科纳德斯回到家后,当晚又被佩纳·弗洛的鬼魂给惊扰了。

吉普赛人首领说到这里时,有事需要离开,他便把剩下的故事留到第二天再讲。

第五十二天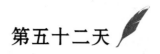

我们又照常聚到一起。吉普赛人首领抵挡不住听众们的热情,便继续讲起了他的故事,更准确地说,是转述布斯柯罗斯告诉托雷多骑士的那个故事。

吉普赛人首领的故事(续)

第二天,当科纳德斯再次来到约定地点与朝圣者见面时,埃尔瓦斯接着讲起了他的故事。

> 萨拉戈萨手稿

堕落的朝圣者的故事（续）

　　我的糖果盒已经空了，里面的糖果一颗不剩，但大家含情脉脉的眼神和喘息声似乎表示我们都希望渐渐冷却的火焰能够重燃起来。我们的脑海中全都是愧疚的记忆，柔情中满含罪恶的欢愉。

　　犯罪行为能使人忘却现实中的喜怒哀愁。桑塔雷斯女士释放出令人窒息的激情之后，已经忘了她的父亲还在地牢里受苦受难，甚至或许已经收到了死刑判罚；假如说她刚刚开始忘却这件事，那我早就忘得一干二净了。

　　不过，一天晚上，一个男子出现在我的房间里，他用斗篷把自己遮得严严实实，更令我感到不安的是，他还蒙着面，以便更好地隐藏身份。这个神秘人示意我坐下，然后自己也坐了下来，对我说："埃尔瓦斯先生，看来你对桑塔雷斯女士用情很深。我要对你坦诚相告的这件事，正与她有关。由于事关重大，与一个女人商量起来可能会颇费口舌。桑塔雷斯女士之前曾信任一个鲁莽的家伙，名叫堂克里斯托弗洛·斯巴拉多斯。如今这个家伙也被关进了监狱，正好是关押那位女士的父亲格拉内斯先生那所监狱。那个愚蠢的斯巴拉多斯自以为获得了某些上层人士的信任，但其实我才是那个手眼通天的人。简单来说，我得知的消息是这样的：一个星期后的今天，日落半小时之后，我会从这扇门里进来，念三遍犯人的名字：格拉内斯、格拉内斯、格拉内斯。我念到第三遍时，你要给我一个装有三千皮斯托尔的钱袋。格拉内斯先生已经不在塞哥维亚了，他已被转到马德里的监狱里关押。那天的午夜之前,他的命运就会见分晓。这些就是我所要说的,我的任务完成了。"说到这里,蒙面人便起身离去了。

我知道,或者说据我所知,桑塔雷斯女士没办法筹到钱,于是我决定去找堂贝里尔求助。对美丽的女房东,我只解释说,堂克里斯托弗洛不会再上门来拜访,因为他的主管已经开始怀疑他了,但我自己在部里也有眼线,可以确保万无一失。桑塔雷斯女士大喜过望,重新燃起了营救父亲的希望。她的感激与对我的其他感觉交织在一起,使得以身相许也显得不那么随便了,以此来报答我的大恩大德,似乎也能够减轻她的负罪感。我们终日沉浸在全新的欢愉之中。一天晚上,我勉强从温柔乡中抽身,去见了堂贝里尔。

"我正在等你呢,"他说,"我早就料到了,你的谨慎坚持不了多久,你的负疚感更是稍纵即逝。亚当的后裔们全都是一个德性。我只是没有想到,你这么快就厌倦了飘飘欲仙的快感。你简直就像这个小小星球上的那些国王一样,他们没见识过我的糖果盒,也从来没有真正享受过欢愉的滋味。"

"唉,贝里尔先生,"我回答,"您说的大部分都对,但我并不是感到厌倦了。恰恰相反,我是担心这样的好日子一旦到了头,往后余生就会失去了滋味。"

"那你为什么还来问我要那三千个皮斯托尔,去救格拉内斯先生呢?他一旦无罪释放,就会把他的女儿和外孙女们带回家。他先前已经把两个外孙女许配给了他手下的两个职员。你会看到那两个美人依偎在幸运的丈夫怀中,她们曾将纯真献给了你,而她们索取的回报,只不过是在以你为中心的情爱关系里获得一席之地罢了。竞争心已经代替了嫉妒心,她们会为自己带给你的幸福感到欣慰,也能心平气和地欣赏别人带给你的幸福。她们的母亲比她们更有见识、也更有激情，而她却能毫无反感地看着自己的女儿享受幸福，都要归功于我的糖果盒。体验过这样的时刻之后，你对往后余生还想有什么打算？你会在婚姻里寻求合法的欢愉吗？还是会在情妇的陪伴下感慨良辰已逝？这种凡人从未见识过的肉体欢愉，又岂是在情妇那里可以觅得的。"

接着，堂贝里尔换了种口气说："不，我错了！桑塔雷斯女士的父亲是无辜的，而且你又有能力救他。做善事的快感，能够超越其他任何快感。"

"先生，您在谈到美德时如此冷漠，但在谈到快感时却充满热情，无论哪种形式的快感，终究都是罪恶啊！您似乎想把我引入万劫不复之地，我不得不猜想，您其实是……"

堂贝里尔没有让我说完，就接着我的话说："我是一个强大组织的核心成员，我们组织致力于帮助人们戒掉虚妄的成见，从而获得幸福。早在婴儿时期，那些成见就像奶妈的乳汁一样吸入了他们的身体，然后又在他们实现欲望的道路上处处作梗。我们已经出版过不少好书，以令人信服的方式说明了利己主义才是所有人类行为的主要动机，而诸如同情心、孝心、深切温柔的爱、帝王的仁慈等美德，都只是利己主义的无数美化版形式。如果说利己主义是我们一切行为的主要动机，那么实现自身欲望就是这一切的目的。立法者们清醒地认识到了这一点，他们制定的法律中都留有规避执行的空子，而那些利己主义者们都深谙此道。"

"什么，贝里尔先生！"我说，"难道您不认为公正和不公正都是客观存在的品质吗？"

"这些品质都是相对的,我会用一个道德寓言来帮助你理解。"

"某些小昆虫常在高耸的草尖上爬行,其中一只对另一只说:'看,那边有只老虎,老虎是世界上最温柔的动物,从不会伤害我们。与之相反,绵羊是世界上最凶恶的野兽。如果一头羊走过来,它就会把我们赖以栖身的草丛连同我们一口吃掉。而老虎则非常公正,它会为我们复仇。'埃尔瓦斯先生,由此你可以推导,所有公正与不公、善与恶的概念,全都是相对的,而不是绝对的或普适的。我认同你所说的,在做所谓的善事时,确实能获得一种虚妄的满足感。善良的格拉内斯先生遭到了不公的指控,如果你能把他救出来,确实能收获满足感。如果你已经厌倦了和他的家人住在一起,就不要再犹豫了,赶紧把他救出来吧!你好好考虑一下。周六日落之后半小时就要交钱了,你可以周五晚间到这里来,三千个皮斯托尔会在午夜时分准备妥当。再见了,请再拿一个糖果盒吧!"

我在回家的路上就吃了几颗糖。桑塔雷斯女士和她的女儿们为了等我,都还没有上床休息。我本想和她们谈一谈营救计划,但她们却没有给我时间……可我为什么要跟你们讲这么多罪恶的细节呢?你们只需要知道,我们放任自己的欲望掌控一切,而且失去了感知时间流逝的能力。不知道就这样过了几天,囚犯的事情早就被抛在脑后了。

周六白天就快过去了,躲在云层后面的太阳将整片天空染成了血红色。从天而降的一阵闪电让我打了个寒战,我费尽力气才终于回想起了和堂贝里尔的最后一次对话。突然间,我听到一个阴沉空洞的声音说了三遍:"格拉内斯、格拉内斯、格拉内斯。"

"仁慈的上天啊!"桑塔雷斯女士呼喊,"刚才的精灵是来自天堂还是地狱?它告诉我,我的父亲已经不在人世了。"

萨拉戈萨手稿

我昏了过去。等我醒来后,就朝曼萨纳雷斯河的大桥方向走去,准备最后再见一次堂贝里尔。几个警察过来逮捕了我,把我带到一个陌生的城区里,又带进一栋陌生的楼内。不过,我很快就发现,这是一所监狱。我被铁链锁住,丢进了一个昏暗的地牢里。

我听到身边有锁链晃动的声音,"你是小埃尔瓦斯吗?"我的狱友问。

"是的,"我说,"我是埃尔瓦斯,从你的声音里我也听出来了,你是堂克里斯托弗洛·斯巴拉多斯。你有格拉内斯的消息吗?他是无辜的吗?"

"他是无辜的,"堂克里斯托弗洛说,"但指控他的人酝酿了一个阴谋,将格拉内斯的定罪与否掌握在了自己手中。他向格拉内斯勒索三千个皮斯托尔,格拉内斯筹不到那么多钱,就在刚才,他在牢里上吊自杀了。我也面临着类似的选择,要么吊死自己,要么去非洲海岸的拉腊什①要塞里度过余生。我选择了第二条路,准备一有机会就逃跑,改当一个穆斯林。至于你,我的朋友,你会遭受酷刑,他们会逼你承认你毫不知情的罪行;但你与桑塔雷斯女士的情事让人不得不怀疑,你也许了解整桩罪行,而且还是她父亲的同谋。"

想象一下,当一个人的身体和灵魂已经长时间沉溺在欢愉之中,变得软弱不堪,而今这个人又面临着长期酷刑的恐怖威胁。我仿佛感受到行刑时的痛苦了,我感到头发都立了起来。一阵不受控制的战栗穿透了我的肢体,就像是突然袭来的惊厥一样。

一个狱卒走进我们的囚室,带走了斯巴拉多斯。他离开时,丢了

---

① 译注:现摩洛哥港口城市。

一把匕首给我。我没有勇气拾起匕首,更没有勇气把它刺进自己的身体。我感到绝望透顶,连死亡本身都无法给我带来宽慰。

"噢,贝里尔,"我呼喊道,"贝里尔,我知道您是谁了,尽管如此,我还是想见您一面。"

"我来了,"那个邪恶的幽灵大声说,"拿起匕首,割出点血把我给你的这份文件签了吧。"

"噢,我的守护天使啊,"我呼喊,"您真的抛弃我了吗?"

"现在才召唤你的天使,已经来不及了。"撒旦喊道,他磨着自己的利齿,口中喷出火焰。

与此同时,他用锋利的爪子抓扯着我的前额。我感到一阵灼烧般的剧痛,然后就昏了过去,或者更准确地说,是痛得精神恍惚了。

一道倏然而至的光照亮了囚室,一个双翅闪亮的小天使来到我面前,举起一面镜子,对我说:"看,你的前额上有一个倒写的'Taw'字圣符,这是堕落者的标记,其他罪人的额头上也都有这个标记。如果你能把十二个罪人带回到救赎的正道上来,你自己也能得到救赎。穿上这件朝圣者的长袍,随我来吧!"

我醒了过来,或者说我觉得自己醒了过来,发现自己已经不在囚室里了,而是站在通往加利西亚的大道上,身上穿着朝圣者的服装。

不久之后,一队朝圣者路过我身边,他们要前往圣地亚哥-德-孔波斯特拉。我跟着他们的队伍,访遍了西班牙的各处圣地。我还准备去意大利探访洛雷塔教堂。当时我在阿斯图里亚斯,走上了通往马德里的大路。我一到首都,就去普拉多大道找桑塔雷斯女士的房子。尽管隔壁邻居的房子都在,可偏偏就是找不到她的房子。这些幻象使我确信,我仍然在撒旦的掌控之下。这样一想,我就不敢再深究下去了。

我去了几座教堂,之后又去了丽池花园。园内景致一片荒芜,我只看到一个男人坐在长椅上。他的斗篷上绣着一个大大的"马耳他"十字,说明他是那个骑士团里的核心成员之一。他似乎沉浸在自己的思绪之中,正神游天外,以至于身体一动不动。我走近一些之后,发现他的脚下仿佛有一道深渊,深渊里倒映着他的脸,就好像是池水的映像一样,只不过深渊里充满的不是水,而是火。

我又往前靠近了一些,幻象消失了,但我分明看到这个男人的额头上也有一个倒写的"Taw"字圣符,也就是堕落者的标记,在小天使举起的镜中,我曾看见自己的额头上也有这么一个标记。

吉普赛人首领说到这里时,有人来找他商议当天的事务,他便离开了。

第五十三天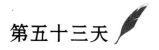

这天,老首领接着讲起了从布斯柯罗斯那里听来的故事。

堕落的朝圣者的故事(续)

我很快就意识到,眼前的这个人是那十二个罪人之一,我需要把他带回到救赎的正道上来。我试着赢得他的信任,但一开始并没有成功。直到我使他相信,我的动机并不是无聊的好奇心,而是必须要了解他的经历。在我的请求下,他终于开始讲起了自己的故事。

萨拉戈萨手稿

封地骑士托拉瓦的故事

　　我在童年将近尾声的时候加入了马耳他骑士团,按照他们的说法,我是作为受训生被接纳进去的。二十五岁时,宫廷里的保护人为我谋得了出资装备战船的机会。第二年,大团长在分封骑士时,便给了我阿拉贡语言区[1]最好的骑士团管理地。因此,当时我就有了争取骑士团高级职位的意向,当然现在也还有机会。不过,当时我还太年轻,没有达到申请高级职位的年龄。这期间我无所事事,于是就把我们的大区领主当作榜样,可惜他给我树立的榜样也不怎么样。总而言之,我整日寻欢作乐,在当时,我认为这是最微不足道的一种罪行。要是我能止步于此,不再犯下更为严重的罪行,那该多好啊!令我感到如此自责的,是我当年的狂妄无度,我甚至胆敢藐视我们宗教中最神圣的部分。如今回想起来,总是让我惊惶不已。不过,一切还是从头说起吧。

　　您也许知道,马耳他岛上的贵族家庭成员不会加入骑士团,也不会与任何级别的骑士交往,他们只认可大团长作为他们的统治者,而教士会则是他们的议会。

　　在贵族阶层以下,有一个中间阶层,其成员会担任公职,寻求骑士们的保护。这一阶层里的女士们都很独立,人们在称呼她们时,都要冠以"尊贵的某某"这样的尊称。她们也担当得起这样的尊称,因为她们的举止十分稳重矜持,如果非要说实话,是因为她们对自己的风流韵事全都讳莫如深。

第五十三天

　　长期的经验告诉这些"尊贵的"女士们，保密这件事与法国骑士的天性是格格不入的，或者至少可以说，要找到一个既具备法国人的典型优点，又能够守口如瓶的骑士，几乎是不太可能的。其导致的结果就是，向来桃花运爆棚的法国青年骑士们，来到马耳他之后却只能找妓女为伴。

　　人数较少的德国骑士深得"尊贵的女士们"的欢心，我想这是因为他们的肤色白里透红。西班牙骑士位列其后，我想这都要归功于我们的性格，我们以诚实可靠著称于世，这一点是当之无愧的。

　　法国骑士，尤其是低阶骑士们，为了报复"尊贵的女士们"，总喜欢拿她们开各种各样的玩笑，最常见的就是揭露她们的秘密情事。不过，由于法国人总是聚在自己的小圈子里，不愿意学意大利语，也就是当地的官方语言，所以他们的传言也形不成多大的声势。

　　在此情况下，大家尚能和平共处，包括"尊贵的女士们"。直到有一天，一艘法国船将封地骑士弗勒克尔带到岛上——他来自古老的普瓦图宫廷总管家族，这个家族是昂古莱姆伯爵的后人。弗勒克尔此前也来过马耳他，当时他常常卷入荣誉决斗之中。如今，他则是来谋求战船统领的职位。他已经三十五岁了，因此人们都觉得他的性格应该变得更沉稳了。事实也的确如此，这位封地骑士不再像从前那样到处寻衅滋事，但他依旧桀骜不驯，甚至喜欢拉帮结派，想要寻求比大团长本人更高的威望。

　　封地骑士的家门总是对外敞开，法国骑士们蜂拥而至。我们则很少登门拜访，到最后就根本不去了，因为我们发现那里人们谈话总会转向一些不堪的话题，有的还涉及那些我们敬爱的"尊贵的女士们"。

萨拉戈萨手稿

每当封地骑士出门时,总会有一帮低阶骑士在他身旁前呼后拥。他常常会带他们到窄巷里,瞻仰他以前战斗过的地方,还绘声绘色地给大家讲述他决斗时的细节。

我必须说明一下,根据马耳他的风俗,除了"窄巷",其他地方都不允许决斗。窄巷是一条从四周无法俯瞰到的小巷子,宽度仅可容纳两个人拔剑较量或防守,没有后退的余地,决斗双方面对面横亘在巷子中间,他们的朋友会拦住过路人,以防决斗者受到干扰。最初人们设定这个规矩是为了预防谋杀,假如一个人认为自己有仇家,就会避开窄巷。如果杀人事件发生在其他地点,就无法伪装成决斗。此外,携带匕首来到窄巷的人,都有可能面临死刑判罚。所以,马耳他不仅容许决斗发生,而且还能得到宽容,只不过这种允许是一种默许。人们不但不会滥用决斗的权利,相反,大家在谈起决斗时,都带着鄙夷的语气,似乎决斗这件事有违基督徒的仁爱之心,与一个教会骑士团总部不太相称。

封地骑士的窄巷之行也很不妥当,其带来的负面示范效应,使本就倾向于好斗的法国低阶骑士们更加好勇斗狠。

这种不良风气愈演愈烈,西班牙骑士们的反感也越积越深,最后,他们一起来到我家中,请教我怎么样才能刹住这股歪风邪气,因为他们已经忍无可忍了。我感谢了同胞们对我的信任和看重,也承诺会和那位封地骑士谈一谈,并向他指出,法国年轻骑士们的行为已经出格了,想要刹住这股歪风,唯有凭借他在三个法国语言区里享有的威望和话语权。我告诉自己,在表达这个意见时一定要字斟句酌,小心谨慎,但是我也明白,既想要解决问题又避免决斗,应该不太可能。不过,由于这场决斗的争议点是正大光明的,因此,我还是能够坦然面对。

简而言之，我相信我是出于对封地骑士行为的反感，才挺身而出的。

那时正值圣周期间，于是大家决定，两周之后再去和封地骑士交涉。我认为对方已经得知了我家发生的事情，一定会抢先一步向我挑衅。

到了耶稣受难日那天，你们也知道，根据西班牙风俗，如果一个人爱慕某位女士，就会在这天跟着她去不同的教堂，为她递上圣水。人们这么做，可以说是出于独占心理，担心其他教堂里其他人向她献殷勤，借机与她搭讪。这一西班牙风俗也传到了马耳他。那天，我正跟随着一位年轻的"尊贵女士"，我已经爱慕她好几年了。但当她刚走进第一座教堂时，那个封地骑士就当着我的面上前与她搭讪，还硬挤到我们两个中间，背对着我，不时地往后退一步，踩在我的脚趾上，这一切都是故意为之。

走出教堂时，我装作随意与他攀谈，然后我问他，接下来准备去哪座教堂。他回答我之后，我提出可以带他抄近路前往，趁他不注意的时候，我把他带进了窄巷。一走进巷子，我就拔出了剑，心里很笃定：在这么一个人人都上教堂的日子里，肯定不会有人来干扰我们的决斗。

封地骑士也拔出了剑，但剑尖朝下。"什么？"他说，"在耶稣受难日决斗？"

我决意不理会他。

"您看，"他说，"我上一次履行自己的宗教义务已经是六年多前了，我对自己的道德状态感到十分担忧，三天之后……"

我是一个性情温和的人，你们也知道，一旦这样的人失去了耐心，就听不进任何辩解。我逼着封地骑士举起剑，但恐惧已经明明白白地写在了他的脸上。他退到墙边，似乎已经预见到自己会被刺中，所以要先找好一个倚靠的地方。事实的确如此，我第一剑就刺穿了他的身体。

他放下了剑，身体靠到墙上，奄奄一息地对我说："我原谅您。愿上天也宽恕您！请带着我的剑去白骨顶，在城堡小教堂里为我做一百场弥撒吧！"

他就这样死了。我当时并没有留意他临终时说了些什么。至于我为什么会记住这句话，是因为从那以后我又多次听到过它。我用常规的方式宣告了决斗的结果。可以说，在众人眼中，这场决斗并没有折损我的威望，弗勒克尔一直遭人嫌恶，大家都觉得他死有余辜，但我总觉得，在上帝的眼中，我的行为应受天谴，因为我错过了去教堂领受圣餐的环节。我的良心为此而备受折磨，这种情况持续了一个星期。

到了下一个周五晚上，我从睡梦中惊醒，环顾四周，发现自己竟不在卧室里，而是躺在窄巷中的石子路上。当我还在为自己的处境感到惊讶时，突然看到封地骑士正靠在墙上。这个幽灵似乎想要开口说话，他对我说："请带着我的剑去白骨顶，在城堡小教堂里为我做一百场弥撒吧！"

我刚听到这句话，就昏睡过去了。第二天，我在自己卧室的床上醒来，但却清晰地记得昨晚所看到的一切。

第二天晚上，我让一个侍卫睡在我的房间，这天晚上没有出现任何幻象，其后的几夜也都平安无事。但是到了周五晚上，我又出现了

第五十三天

幻觉,唯一的区别是:这次我看到我的侍卫也躺在石子路上,就离我几码远。封地骑士的幽灵出现在我眼前,又说了同样的一句话。同样的幻象每周五都会出现。每到这时,我的侍卫也会梦到自己躺在窄巷里,但除此以外,他既没有看到也没有听到封地骑士的幽灵出现。

起初我并不明白封地骑士所说的白骨顶是什么。几个来自普瓦图的骑士告诉我,那是普瓦捷城外九英里处的一座城堡,位于森林之中。关于这座城堡的奇异传说,在那一带地方广为流传。据说那里面藏着许多奇怪的物品,比如弗尔克—塔伊费尔的盔甲,以及被他杀死的骑士们的武器。弗勒克尔家族有一个传统,家族成员使用过的武器,无论是在战争中还是决斗中使用的,都要存放到那座城堡里去。这一切令我很感兴趣,但我首先要卸除自己良心上的重担。

我去了一趟罗马,向悔罪所的主教进行了忏悔。我把自己看到的幻象都告诉了他,当时那个幻象仍纠缠着我。主教没有拒绝给我宽恕,但这宽恕是有条件的,我需要进行苦修,去白骨顶做一百场弥撒也是苦修的一部分。不过上天接受了我的悔罪,从我忏悔的那一刻起,封地骑士的幽灵就没有再出现过。我一路从马耳他把他的佩剑带了过来,准备一切办妥之后就立刻动身前往法国。

来到普瓦捷之后,我发现当地人已经得知了封地骑士的死讯,对此,那里的人们也不比马耳他的人们更悲伤多少。我把马车和马匹都留在城中,然后穿上朝圣者的服装,请了一个向导。步行前往白骨顶是最合适的,再说那条路也不适合马车通行。

我们发现城堡的主楼是锁上的,我们只得去钟楼上摇钟。过了好一会儿,城堡的主人才出现。他和一个隐修士是白骨顶城堡里仅有的居民,隐修士负责打理小教堂中的事务,我们到达时,他正在做祷告。等他祷告完之后，我告诉他，我想请他做一百场弥撒。与此同时，我把祭品放到了祭坛上，还想把封地骑士的佩剑也放上去，不过，城堡主人告诉我，这把剑应该放到武器库，和其他剑放在一起，那些剑的主人，要么是死于决斗的弗勒克尔家族成员，要么是被弗勒克尔家的人杀死的对手。这是一项神圣的传统。

我跟着城堡主人进入了武器库，那里确实存放着各式各样的剑，还有不少家族肖像，最早的一幅是弗尔克—塔伊费尔的肖像，也就是昂古莱姆伯爵，他为自己的一个私生子建造了白骨顶城堡，这个私生子后来当上了普瓦图的宫廷总管，并成了白骨顶的弗勒克尔家族的奠基者。

在武器库一角的大型壁炉两侧，分别挂着宫廷总管和他妻子的肖像。这两幅肖像栩栩如生，其他肖像也都十分精美，只不过由于时代不同，画风也各异，但没有一幅肖像比得上弗尔克—塔伊费尔那幅。画中，他身穿一件米色外套，手中握着佩剑，正从侍卫手里拿过一块圆形盾牌。库中的大部分佩剑都放在这幅肖像下方，已经堆了一大堆。

我请城堡主人在壁炉里生上火，然后把我的晚饭送到这里来。

"说到晚饭，"他回答，"我很愿意为您准备，但是，亲爱的朝圣者，我恳求您晚上到我的房间里来过夜。"

我问他："这么谨慎是为什么？"

"自有我的道理，"城堡主人说，"无论如何，我会在自己的床边为您再铺一张床。"

我十分高兴地接受了他的建议，因为那天正好是周五，我害怕幻象再一次出现。

第五十三天

城堡主人去帮我准备晚饭后,我开始端详起了那些武器和肖像。正如我之前所说,这些肖像真是栩栩如生。天色暗下来之后,深色的帷幔与画幅中深色的背景融为一体,而壁炉的火光则把肖像的面部映照得十分生动,看上去有些吓人;又或许,我感到这么恐惧,是因为我的良心一直惴惴不安。

城堡主人为我端来了晚餐,是从附近河里抓来的鳟鱼做成的一盘菜,我还喝了一瓶味道相当不错的葡萄酒。我问隐修士要不要和我一起用餐,但他只吃水煮的蔬菜。

我有认真念祈祷书的习惯,这是职业骑士们的一项义务,至少在西班牙是这样。于是我从口袋里拿出了祈祷书和念珠,并对城堡主人说,我现在还没有睡意,准备先在这里祈祷,等夜深了再睡,他只需要告诉我卧室在哪里就行了。

"好的,"他说,"午夜时分,隐修士会到相邻的小教堂里去祈祷。那时您可以顺着这道小阶梯往下走,就能看到我的卧室了,我会把门开着的。午夜之后,请不要在这里逗留。"

城堡主人离开之后,我开始了祈祷,并时不时地往壁炉里添一些木柴,但我并不敢仔细观察房间的内景,因为那些肖像似乎就快要活过来了。要是我盯着它们看上几秒钟,肖像里的人似乎就会眨一下眼、动一动嘴唇,尤其是壁炉两侧的宫廷总管和他的妻子。我似乎看到他们都向我投来愤怒的目光,然后又互相对视了一眼。突然间吹起的一阵风也增添了我的恐惧,不但吹得窗户咔咔作响,还吹动了那一堆剑,发出叮叮当当的响声,吓得我瑟瑟发抖。我只能更热诚地祈祷。

终于,我听到隐修士开始吟诵赞美诗。他念完之后,我就走下阶梯去找城堡主人的卧室。我手里举着一小截蜡烛,半路上被风吹灭了,我只得回到楼上把它重新点亮。当我看到宫廷总管和他的妻子已经从画中走了下来,正坐在炉火边时,那种震惊的感觉你们一定不难想象。他们正在随意地聊天,谈话的内容清晰可闻。

"我的夫人,"宫廷总管说,"对于那个卡斯蒂利亚人,您是怎么看的?他杀害了封地骑士,没有给他留下诚心悔过的机会。"

"以我之见,"女性幽灵说,"以我之见,我的爱人,他因此犯下了重罪,罪不可赦。由此我认为,塔伊费尔大人不会放任这个卡斯蒂利亚人逃离城堡,定会向他发出决斗的挑战。"

我被吓得不轻,赶紧莽莽撞撞地往楼下逃去。我在黑暗中摸索着,却无论如何也找不到城堡主人的房门。我手中还紧攥着熄灭的蜡烛,我想着得把它点亮才行,于是就鼓起了一些勇气。我试图说服自己炉火边的那两个幽灵只是我臆想出来的。我回到楼上,在武器库门外观望了一下,发现炉火边确实没有什么幽灵,那两个身影是我假想出来的。于是我便勇敢地走了进去,但还没走出几步,就看到塔伊费尔大人正站在房间中央,面对着我,他举起剑,用剑尖指着我。

我本想逃向楼梯间,但门口被一个侍卫堵住了,他朝地上扔下一只长手套。万般无奈之下,我只得从那堆武器中取出一把剑,向臆想中的敌人发起了进攻。我以为自己把他劈成了两半,但与此同时,我感到心窝下方被一剑刺穿,就像被烧红的烙铁灼烧一般。我的鲜血流满一地,很快就昏死过去。

第二天早上醒来时,我发现自己正在城堡主人的房间里。昨晚他见我迟迟没有出现,便用圣水护体,然后去楼上找我。他发现我倒在地上昏迷不醒,但身上没有任何伤口。我以为自己所受的伤其实只是巫术的作用而已。城堡主人没有问我什么问题，只是建议我尽快离开城堡。

我离开之后，便起程前往西班牙。一周之后，我到达了巴永纳①，这天恰逢周五，我在一家旅馆里住了下来。午夜时分，我在一阵惊颤中醒来，看到塔伊费尔大人站在我的床尾处，正用剑威胁我。我在胸前划了一道十字，幻象似乎化为了一阵青烟，但我仍旧感到身上中了一剑，就像在白骨顶城堡里假想的受伤一样。我觉得自己正躺在血泊之中，挣扎着想要呼救，想要下床，却都无能为力。这种难以名状的痛苦状态，直到黎明时分才消失，接着我就沉入了梦乡。但是第二天我就生病了，病况凄惨。每到周五，我都会看到同样的幻象。无论我怎样虔诚地忏悔，都无法摆脱那些幻象。极度的愁闷正把我推向坟墓，只有在那里，我才能最终逃离撒旦的魔掌。我对上天的仁慈仍然抱有一线希望，它支撑着我忍耐痛苦，继续苟活在这世上。

封地骑士托拉瓦的故事到此就结束了，或者说，这是堕落的朝圣者向科纳德斯转述的一个故事。接着，朝圣者继续讲起了自己的故事。

封地骑士托拉瓦是个虔诚的人。尽管他执意要进行决斗，没有放他的对手去履行宗教义务，因而违背了自己的宗教教义，我还是轻易地说服了他，如果想要摆脱幽灵恶意的纠缠，就必须访遍各处圣地，罪人们去过那些地方之后，全都得到了上天恩典的宽慰。托拉瓦马上

---

① 译注：法国西南部城市。

就接受了我的建议。我们一起走遍了西班牙的圣地，后来又去意大利瞻仰了洛雷塔教堂和罗马教廷。悔罪所的主教给了他有条件的全面宽恕，还给了他教皇的赦免令。此后，托拉瓦的幻觉便完全消失了，他回到了马耳他，而我则来到了萨拉曼卡。

我第一次见到你时，就发现你的前额上有罪人的标记，也了解了你的所有事情。佩纳·弗洛伯爵确实有意勾引和占有所有的女士们，但他实际上没有勾引或占有过任何人，他只是动了邪念，并没有付诸实践，因此他的灵魂算不上罪孽深重；只不过他在被害之前，已经有两年时间没有履行自己的宗教义务了，当时他正准备去教堂做弥补，结果却被你雇凶杀害了，或者说，你至少是这场谋杀的一个从犯。这就是你家闹鬼的真正原因。想要摆脱幽灵的纠缠，只有一个办法，那就是仿效封地骑士的做法。我愿意做你的向导。如你所知，这也与我本人的救赎相关。

科纳德斯被劝服了。他走遍了西班牙的各处圣地，接着又去了意大利。他的朝圣之旅长达两年时间，在此期间，科纳德斯夫人来到马德里，和她的母亲与姐姐住在一起。

科纳德斯回到萨拉曼卡时，发现家里井井有条，自己的夫人也变得和蔼可亲、脾气温顺、更漂亮了。两个月之后，他又去马德里见了母亲和姐姐，然后又回到了萨拉曼卡，在阿尔科斯公爵被派往伦敦大使馆之后，他就一直住在萨拉曼卡。

这时，托雷多骑士开口说："我亲爱的布斯柯罗斯，你的故事还没有说完整，我想知道科纳德斯夫人最后怎么样了。"

"后来她成了一个寡妇,"布斯柯罗斯说,"接着又再嫁了一回,她的举止堪称模范。不过,快看,那就是她,我觉得她正朝您家走来。"

"什么!"托雷多大喊,"你说的那个人就是乌斯卡里斯夫人。这个女人!她竟然哄骗我说我是她的初恋,我要她为此付出代价!"骑士想要和他的情人单独相处,便匆忙把我们打发走了。

"我需要去队伍里处理一些事情,不得不向各位告辞了。"吉普赛人首领补充道。

原注:
1 马耳他骑士团辖地分为不同的语言区。

第五十四天

这天,我们像往常一样聚到一起,请求吉普赛人首领继续讲他的故事,他便讲述起来。

吉普赛人首领的故事(续)

托雷多在得知了乌斯卡里斯夫人的真实故事之后,经常恶作剧式地和她谈起芙拉斯科塔·科纳德斯。他说她是一个充满魅力的女人,很想与她结识,只有她能给他幸福,牢牢锁住他的心。不过到了最后,他对寻欢作乐之事一概失去了兴趣,对乌斯卡里斯夫人也感到厌倦了。

由于托雷多的家族在宫廷里颇受信赖,骑士团的卡斯蒂利亚负责人一职他志在必得。这个职位一空缺出来,他就立刻赶往了马耳他。在此期间,我失去了他的保护,布斯柯罗斯对我父亲那个大墨水罐的觊觎,本来是要指望他来制止的。在整个阴谋的推进过程中,我只能暗暗旁观，却无法加以干预。整件事情就是这样的。

刚开始讲述自己故事的时候，我曾告诉过各位，我父亲每天早上都会走到朝向托莱多大街的那个阳台上去呼吸新鲜空气。接着，他又会走到另一个朝向小巷的阳台上，如果他看到邻居正站在对面窗户边，就会向他们问候一声"你们好"。在没有说出这句问候之前，他不愿意回到自己的房间里去。他的邻居们会急忙来到窗前接受他的问候，以免让他等待太长时间。除此以外，他与邻居们没有任何交集。

这些好心的邻居们搬走之后，两位姓齐米恩托的女子搬了进来，她们是堂洛克·布斯柯罗斯的远房亲戚。其中齐米恩托女士是姑妈，而齐米恩托小姐是侄女。那位姑妈年纪四十岁上下，气色不错，举止文雅；她的侄女长得很高，身形健美，拥有漂亮的眼睛和柔美的手臂。

对面的房间一搬空，这两位女子马上就搬了进来。第二天，当我父亲走到面向小巷的阳台上时，看到了对面窗前迷人的新邻居。她们接受了他的问候，还彬彬有礼地问候了他。这对他来说的确是一份惊喜。尽管如此，他还是退回到了自己的房间里，对面的女士们也离开了窗前。

这样礼节性的问候持续了一个星期之后，我父亲看到齐米恩托小姐的房间里有一样东西，引发了他的好奇心——一个配有玻璃门的小橱柜，里面放着一些罐子和玻璃瓶。有些容器里似乎装着色彩艳丽的染料，有些容器里装着金粉、银粉或研磨成粉的青金石，另一些则装着金色的釉料。这个橱柜就立在窗边，齐米恩托小姐时常穿着朴素的衣服，上前拿取一两个玻璃瓶。但她要用这些原料做什么呢？我父亲百思不得其解，他也没有窥探他人隐私的习惯。对于别人的事，他认为知道得越少越好。

有一天，齐米恩托小姐正在窗边写东西。她的墨水干了，于是她掺了一点水进去，结果墨水又太淡了，无法使用。出于礼数，我父亲灌了一瓶墨水，请人送到了对面。他的女仆回来时，转达了对方向他表达的谢意，还带来了一个纸盒，里面装着十二支封蜡，色彩各异，上面还印着装饰图案和题铭纹章，制作十分精良。就这样，我父亲明白了齐米恩托小姐每天都在忙些什么；而她的作品与他自己的作品有异曲同工之妙，可以说是墨水的最佳伴侣。这些封蜡的制作水平甚至超越了他的墨水。我父亲对此大加赞许，他折了一个信封，用自己的高级墨水写下一个地址，再用新收到的封蜡封起来，封蜡上的压印非常清晰。他将信封放在桌上，津津有味地欣赏起来。

那天傍晚，他去了莫雷诺书店。一个素不相识的人带来了一个相似的纸盒，里面也有十二支封蜡。众人试用了一下，全都赞不绝口。我父亲整晚都在琢磨这件事，连做梦都梦到了封蜡。

第二天早上，他像往常一样问候了对面的邻居，甚至张嘴还想再说些什么，但终究没有说出来，只能退回自己屋里，找好一个角度，以便观察齐米恩托小姐在房间里的一举一动。那位年轻女士正举着一个放大镜，仔细检查女佣刚打扫过的所有家具，一旦发现任何一丝灰尘，就会要求女佣重新打扫一遍。我父亲对居室整洁看得很重，他美丽的邻居也如此一丝不苟，让他不由得心生敬意。

我之前介绍过，我父亲打发时间的主要方式就是一边抽雪茄，一边数着来往行人的数量，或是阿尔巴公爵府屋顶上的瓦片。不过现在，他不会再在这些事上花费几个小时的时间，连几分钟都不行，有一种强大的吸引力正不断地把他的目光牵引到小巷这一侧的阳台上来。

布斯柯罗斯第一个发现了这一变化,好几次他都当着我的面自信地宣称,堂菲利佩·阿瓦多罗很快就会恢复自己的大名,不再被人称作"大墨水罐"。虽然我对法律一窍不通,但我还是意识到我父亲的再婚对我没有任何好处,于是我急忙跑到达拉诺萨姨妈家,请她帮忙阻止这场灾祸的发生。我的姨妈听到这个消息后,深感忧伤,她马上就去找了舅父桑特斯。但这位德亚底安修士回答说,婚姻是神圣的事情,他本人无权干预,但他也保证会多留心,以防我的利益因此而遭到损害。

由于托雷多骑士要在马耳他住上一段时日,我被迫成了这桩阴谋的主要目击者,有时甚至还是促进者,因为布斯柯罗斯会派我去给他的女亲戚们送信,他本人则深居幕后,从不露面。

齐米恩托小姐从不出门做客,也从不请人到家里。至于我父亲,他出门的次数就更少了。他本不打算改变自己的生活方式和去剧院看戏的习惯,但只要天气稍稍降温,他就会以此为借口闭门不出。在那些日子里,他总会待在房间靠近小巷的一侧,看着齐米恩托小姐排列瓶瓶罐罐和封蜡产品。她柔美的手臂常常出现在他的视野中,让他浮想联翩,完全占据了他的脑海。

有一天,对面房间里出现了一个新的物件,激发了他的好奇心——一个陶罐,和他制墨所用的那个罐子很像,只是尺寸要小得多。罐子被架在一个铁制的三脚架上,下面燃着几盏烛灯,以便对罐子进行保温。不久之后,第一个陶罐旁又新添了两个类似的陶罐。第二天,当我父亲走到阳台上,说了"你们好"之后,他还想开口询问对方那些陶罐是用来做什么的。但他实在不习惯攀谈,终究什么也没有说出口,就回到了房里。

在好奇心的驱使下,他决定再给齐米恩托小姐送一瓶墨水。作为回礼,他收到了三个玻璃瓶,里面装的分别是红色、绿色和蓝色的墨水。

第二天,我父亲去了莫雷诺书店。他看到一个财政部的职员走了进来,胳膊下面夹着一份表格形式的收支声明;表格中有些纵列是用红墨水写的,标题是用蓝墨水写的,横线上的内容是用绿墨水写的。这个财政部职员声称只有他一个人了解这些墨水的成分,并向其他人发起挑战,问大家是否拥有类似的墨水。

有一个我父亲不认识的人对他说:"阿瓦多罗先生,您制作的黑墨水品质如此上乘,您能制作出这样的彩色墨水吗?"

我父亲不喜欢被人质疑,很快就感到窘迫不堪。他张开嘴,想要反驳几句,却什么话也说不出来。他索性回了一趟家,把那三瓶彩色墨水带到了店里。墨水的品质得到众人的交口称赞,那个财政部职员还征得他的允许,取走了一些样品。盛赞之下,我父亲暗自将这一切荣誉都归功于美丽的齐米恩托小姐,尽管他还不知道她的芳名。一回到家,他就取出自己那本配方集,从中找到了三个配制绿墨水的配方、七个配制红墨水的配方和两个配制蓝墨水的配方。这些配方在他的脑海里混作一团,而齐米恩托小姐那柔美的手臂则清晰地印刻在他的心上。他那些沉睡已久的感官渐渐苏醒了,向他展现出强大的威力。

第二天,当我父亲向女士们问候时,他终于下定决心要知道她们的芳名。他张开嘴准备询问,但终究还是什么都没问,就回了房间。接着,他又来到面向托莱多大街的那个阳台上,看到一个衣着颇为体面的男子,正手持一个黑瓶站在下面。他意识到这个人是来购买墨水的,便在墨罐中搅拌起来,以确保墨汁的品质优异。墨罐上的龙头安装在靠下方三分之一处,以免残渣随着墨水一起流出。那个陌生人走进屋内,我父亲便在他的瓶中灌满了墨汁,但那个人并没有随即离开,他把瓶子放到桌上,然后坐了下来,请求抽一支雪茄。我父亲想要说些什么,但什么也没有说。陌生人从自己的烟盒里取出一支雪茄,用桌上的烛灯点着了它。

这个陌生人不是别人,正是阴魂不散的布斯柯罗斯。"阿瓦多罗先生,"他对我父亲说,"您制作的这种液体为世间带来了万般邪恶。那么多充满阴谋、背叛、欺诈、邪恶的书——全都用墨水书写成,更不用说那些传递私情的情书了,这些可鄙的阴谋让丈夫们的幸福和脸面全都荡然无存。对此您有什么要说的吗?阿瓦多罗先生?您不愿开口,不过这确实是您一贯的特色。没关系,我说,您听着就行了,这也可以说是我一贯的特色。现在,阿瓦多罗先生,坐到那张椅子上去,听我讲一讲我的观点。我认为,从这个瓶子里流出来的墨水将会……"

说到这里时,布斯柯罗斯突然推倒了瓶子,里面的墨水全都喷溅到我父亲的膝盖上。我父亲赶紧退了出去,把墨水擦干,又换了一身衣服。等他回来时,发现布斯柯罗斯手里拿着帽子,正准备告辞。看到他终于要走了,我父亲感到很高兴,于是就为他打开了房门。布斯柯罗斯确实走了出去,但一眨眼的工夫他又回来了。

"阿瓦多罗先生,"他说,"我们都忘了我的瓶子还是空的。不过不用您动手,我自己来。"

布斯柯罗斯拿来一个漏斗,把瓶口套了上去,然后打开了龙头。

瓶子灌满之后，我父亲再次为他开门，而布斯柯罗斯也很快离开了。但是突然间，我父亲注意到龙头还没有关，墨水已经流了一地。他赶紧上前关掉了龙头。这时，布斯柯罗斯又走了进来，他对自己一手制造的混乱视而不见，径自把墨水瓶放到桌上，然后坐到先前坐的那张椅子上，从烟盒里取出一支雪茄点了起来。

"阿瓦多罗先生，"他对我父亲说，"我听说您曾有一个儿子，淹死在了这个大罐子里。上帝保佑，如果他会游泳的话，也许还有生还的机会。但您是从哪儿弄来这个大罐子的？我看这像是托博索的陶罐，当地的土质优良，人们用陶罐来制作硝酸盐。据说那些陶罐都像岩石一样坚硬。请允许我用这根棒槌来做个实验。"

我父亲试图阻止这项实验，但布斯柯罗斯手起槌落，打碎了墨罐。墨水奔涌而出，我父亲和房间里的一切都变成了墨色，布斯柯罗斯也没能幸免，从头到脚都溅满了墨水。

我父亲一向沉默寡言，此刻却爆发出了高昂的怒吼。他的两个女邻居出现在了她们的阳台上。

"噢，女士们，"布斯柯罗斯大喊，"这里发生了可怕的事故，这个巨大的罐子裂开了。房间里已经被墨水给淹了，墨水先生也束手无策。出于基督徒的善心，请两位允许我们到你们的房间里待一会儿吧！"

女士们似乎欣然接受了这个提议，尽管我父亲苦恼不已，但一想到可以与那位美丽的女子共处一室，心里还是美滋滋的，那位丽人仿佛正亲切地微笑着，向他伸出了柔美的手臂。

布斯柯罗斯把一件斗篷罩在我父亲肩头，然后带着他前往齐米恩托小姐的住处。他刚踏进对方的家门，就收到了一个令人不快的消

第五十四天

息。楼下那个做布料生意的商人跑来告诉他，墨水浸透了他的店铺，他已经请了一个律师来鉴定损失情况。与此同时，房东也派人来告诉他，再也不愿意把房子租给他了。

我父亲被赶出了房子，全身上下又沾满了墨汁，看上去颓丧到了极点。

"别着急，阿瓦多罗先生，"布斯柯罗斯说，"这两位女士的房子里还有一间面向后院的大房间空置着，我会请人把您的财物都搬过来。您在这里会住得很舒服的，而且这里还有红色、绿色和蓝色的墨水，品质与您的黑墨水不相上下。不过我建议，您最近尽量不要出门，如果您到莫雷诺书店去的话，每个人都会要您讲一遍裂开的墨罐的故事，但您又是个不喜言谈的人。看，这一带所有游手好闲的家伙们都跑到您家里去围观墨水洪流的胜景了。明天马德里全城都会把这件事当作头条新闻。"

我父亲感到手足无措，但齐米恩托小姐向他投来温柔的一瞥，让他重拾信心，他住到了大房间里，但并没有住多久。齐米恩托女士进屋对他说，她和自己的侄女商量了一下，愿意把临街的那间房间让给他住。我父亲一向喜欢数阿尔巴公爵府屋顶上的瓦片，于是欣然同意了。她们又问他是否可以把彩色墨水留在那间房间里，他也痛快地点了点头。几个陶罐都放在房间的正中间，齐米恩托小姐在来回取放染料时，都轻手轻脚。整栋房子里一直十分宁静，我父亲感受到了前所未有的幸福。

八天时间就这样过去了。到了第九天，堂布斯柯罗斯来拜访我父亲时说："先生，您真是交好运了，我知道您一直在盼望着这件事，却又不敢表白自己的心意。您已经打动了齐米恩托小姐的心，她答应嫁给您了。我为您带来了一份文件,签了它,您就可以在本周日发布结婚公告。"

我父亲感到有点措手不及,他想开口回答,但布斯柯罗斯并没有给他讲话的机会。

"阿瓦多罗先生,"他说,"您的这桩婚事已经不是秘密了,全马德里都已经知道了。所以,如果您想拖延这门亲事,齐米恩托小姐的亲戚们就会聚到我家里,您也得出面向他们说明推迟的原因。这是您无法回避的礼数。"

我父亲一想到要在七大姑八大姨面前发言,就觉得惊恐不已。他开口想要说些什么,但布斯柯罗斯抢先说:"我知道您想说什么,我十分理解。您想听齐米恩托小姐亲口告诉您这个喜讯。看,她正朝这边走来。我让你们俩单独聊吧。"

齐米恩托小姐走了进来,看上去有些腼腆,不敢抬眼看我父亲。她取了一些染料,默默地搅拌起来。她的羞涩给了我父亲一些勇气,他久久地注视着她,不愿移开视线。他开始用不同的眼光来看待她。

布斯柯罗斯把结婚公告的文件留在了桌上。齐米恩托小姐颤抖着走上前去,把文件拿在手里看了一遍,接着,她就用手捂住脸,流下了眼泪。自从我母亲去世之后,我父亲就再没哭过,更没有惹别人哭过。面对眼前人为自己洒下热泪,他十分感动,但却不是很明白她究竟为何落泪。

齐米恩托小姐的眼泪是因为文件本身,还是因为文件上少了签名?她到底愿不愿意嫁给我父亲?反正她一直在流泪。眼看着她一直这么哭下去实在是有些冷酷,但如果问她为什么要哭,又会开启一段对话。我父亲只得拿起笔,在文件上签下了名字。齐米恩托小姐亲吻

第五十四天

了他的手,然后拿着文件走了出去。

到了平时的工作时间,她又回到客厅里,亲吻了我父亲的手,然后就安静地制作封蜡。我父亲抽着雪茄,数着阿尔巴公爵府的瓦片。将近中午时,我的舅公赫罗尼莫·桑特斯修士带着结婚协议来找他,这份协议里兼顾了我的权益。我父亲签署了协议,齐米恩托小姐也签下了名字,她亲吻了我父亲的手,然后就回去继续制作封蜡了。

自从我父亲的大墨水罐被打烂之后,他就不敢去剧院露面了,更不用说莫雷诺的书店。与世隔绝的生活让他心生厌倦。签署协议后的第三天,堂布斯柯罗斯邀请我父亲乘坐两轮马车出去兜兜风,我父亲答应了。马车驶过曼萨纳雷斯河上的大桥,停在了方济会的小教堂前,布斯柯罗斯请我父亲下车。他走进教堂,发现齐米恩托小姐也在那里,正在门廊里等待他们。我父亲本想开口说,他出门只是为了兜兜风,但他一句话也没说,就牵起齐米恩托小姐的手,走向了圣坛。

走出教堂之后,这对新婚夫妇乘上一辆华丽的马车,回到了马德里,然后走进一栋正在举办舞会的漂亮房子里。阿瓦多罗夫人领了第一支舞,她的舞伴是一个非常英俊的年轻人。他们共舞了一曲凡丹戈舞,场内掌声雷动。我父亲在他的新婚妻子身上寻找着那个安静柔和、会温驯地亲吻他的手的女子,却怎么也找不到了。相反,他现在看到的是一个活泼聒噪的轻浮女子。至于舞会上的其他人,他既不与他们攀谈,也没有人主动来和他说话。这种情形对他来说倒也不难接受。

吃过了冷肉和茶点之后,我父亲觉得有些疲倦了,便询问什么时候可以回家。人们告诉他,这里就是他的家,他所在的这栋房子是属于他的。我父亲以为这房子是他妻子的嫁妆,便请人带他回到卧室,上床休息了。

第二天早上，阿瓦多罗夫妇被布斯柯罗斯叫醒了。

"先生，亲爱的表亲，"他对我父亲说，"我之所以这么称呼您，是因为您的好妻子是我在这世上最近的亲戚，她的母亲是莱昂地区布斯柯罗斯家族支脉的后人。之前我无意谈及您的私事，不过从现在开始，我准备全心全意地帮您打理这些事，比自己家的事更上心，这对我来说并不困难，因为我自己家里并没有什么事务需要打理。关于您，阿瓦多罗先生，我花费了不少心血来调查您过去十六年的具体收入情况。所有相关的文件都在这里了。在您的第一段婚姻期间，您的年收入是四千皮斯托尔，顺便说一句，这些钱您并没有全部花掉，而是自己留六百皮斯托尔开销，给儿子留两百皮斯托尔作为教育经费，剩下的三千两百皮斯托尔，都存在了同业公会银行。您将存款利息都交给了那个德亚底安修士赫罗尼莫，请他拿去做善事。对此我并没有责怪您的意思，但是，我的天哪！（在此我也为穷人们感到惋惜）他们再也别想指望这笔善款了。首先，我们要想办法花掉您每年四千皮斯托尔的收入；其次，您在同业公会银行里还存有五万一千两百皮斯托尔，我们可以这样处理。花一万八千皮斯托尔买下这所房子，我承认确实有点贵，但卖家是我的一个亲戚，我的亲戚就是您的亲戚，阿瓦多罗先生。您看，阿瓦多罗夫人现在戴着的项链和耳环价值八千皮斯托尔。鉴于我们已经是表兄弟的关系了，就算它是一万皮斯托尔吧，具体原因我以后再告诉您。那么我们还剩下两万三千两百皮斯托尔。您家那位可恶的德亚底安修士为您那淘气的儿子预留了一万五千皮斯托尔，假如你们还能找到他的话。我们再花五千皮斯托尔装修您的新房，我私下里告诉您，您妻子的嫁妆包括六件女式汗衫和六条长筒袜。您也许会说，还剩下五千皮斯托尔，不知道该怎么花。好吧，为了帮您解决这个难题，我自愿从您这里借出这笔钱，利息多少都好商量。这是律师拟定的一份委托书，请您在上面签字，阿瓦多罗先生。"

布斯柯罗斯的这番话让我父亲深受震惊，回不过神来。他张开嘴，想要回答些什么，但却不知道应该从何说起，只能倒在床上，把睡帽拉低，遮住了眼睛。

"真妙啊！"布斯柯罗斯说，"为了摆脱我，就戴上睡帽假装要睡觉的人，您可算不上是第一个。这一套我见得多了，所以总是随身携带一个睡帽。我会躺到沙发上去，等我们两个都睡够了，再来签这份委托书。或者，如果您愿意的话，我们也可以把双方的亲戚都叫过来，再一起商量商量这事该怎么办。"

我父亲把脸埋在枕头里，严肃地思考了一番，在当前局面下，怎样才能保障自己生活的安宁。他想到，如果给予妻子绝对的自由，那妻子可能也会允许他延续以往的生活方式：去剧院看看戏，去莫雷诺书店逛一逛，甚至还有可能再制作点墨水。他平复了一下心情，睁开眼，示意自己愿意签署这份委托书。

于是他就真的签上了名，然后准备起床。

"稍等一下，阿瓦多罗先生，"布斯柯罗斯说，"在您起床之前，请允许我向您汇报一下您今天的行程。今天和往后的每一天，您都将拥有丰富多彩的活动安排，相信您一定会喜欢的。请看，我为您带来了一副绣工精致的绑腿，还有一身骑马服，一匹骏马正在您家门前恭候。我们将一起到普拉多大道上去巡游一番，阿瓦多罗夫人会乘坐马车随我们同行。您会发现，她在社交场上有许多尊贵的朋友，到时他们也将成为您的朋友,阿瓦多罗先生。说老实话,这些人先前对她已经变得颇为冷淡,但听说她嫁给了您这么一位好人之后,他们全都改变了态度。我告诉您,宫廷里最高级别的绅士们都在关注您,他们会迎候在您的身边,热烈地拥抱您,不仅如此,他们接连不断的拥抱会让您透不过气来。"

听到这里,我父亲晕了过去,或者至少是陷入了一种不省人事的状态,和昏迷也差不多了。

布斯柯罗斯视若无睹地接着说:"在这些绅士们之中,有几位还会赏光出现在您家中,坐到您的餐桌边与您同喝一碗汤。是的,阿瓦多罗先生,他们会赏光这么做的,希望您能够欣然接受。您会看到您的妻子是一个完美的女主人。啊,天哪!您可能会认不出这个曾经安心制作封蜡的女人。您什么也不说,阿瓦多罗先生!您让我一个人说,这样也挺不错。那么就请听我说,您一向喜欢西班牙戏剧,但从没有看过意大利歌剧,这正是宫廷里最时髦的娱乐方式。您今晚就将看到一场歌剧,猜猜看,您会坐在谁的包厢里?是伊汉公爵的包厢,他是宫廷的掌马官,位高权重。看完歌剧之后,我们再去他家里参加晚会[1],您将与宫廷里的许多官员结识。每个人都会与您攀谈,请务必准备好应答的措辞哦!"

我父亲恢复了意识,但浑身冒着冷汗,手臂僵直,脖子紧绷,头朝后仰着,双目圆睁,胸口往下塌缩,发出一阵沉闷的呻吟声,接着就全身抽搐起来。布斯柯罗斯终于注意到了这个情况,便喊人来帮忙,他自己则匆匆赶到普拉多大道上,与我的继母会合。

我父亲陷入了昏昏沉沉的状态之中。他苏醒过来时,已经认不出别人了,只能认出他的妻子和布斯柯罗斯。当他看到这两个人时,

第五十四天

脸上总是写满了愤怒。其他时候,他一直都很安静,一言不发,也拒绝下床。不得不下床时,他就像是被寒意穿透了一般,会连续颤抖半个小时以上。不久之后,他的症状就急剧恶化,只能小口进食了。他喉部的痉挛阻塞了呼吸,舌头变得僵硬浮肿,双眼黯淡无光,形容枯槁,皮肤变成了深黄色,上面布满了白色的小瘤。

我扮作仆人溜进他家,伤心地见证了他整个发病过程。在我的协助下,我的姨妈达拉诺萨也偷偷地在他床边陪伴了许多个夜晚,病人似乎并没有认出她来。至于我的继母,显然她的出现不利于病人的康复。赫罗尼莫修士建议她去外省住一阵,布斯柯罗斯也跟随她一起去了。

为了帮助这个不幸的病人解除心病,我想到了最后一个办法。这个办法在短期内确实发挥了作用。有一天,通过一扇半开着的门,我父亲看到了一个陶罐,与他曾经用来制作墨水的大罐子十分相似。罐子边上有一张桌子,上面摆满了各式各样的原料和称重仪器。我父亲脸上掠过一丝欣喜。他下了床,走到桌边,请人搬来一把椅子。由于他非常虚弱,整个操作过程都需要别人代劳,他则静静地观察着每一个步骤。第二天,他就能够亲自上手了;到了第三天,积极好转的迹象更加明显了。

可是,几天之后,他发了一场高烧,这场高烧原本与他既有的疾病毫无关联,症状也不是很严重,但病人的身体过于虚弱,连一点小小的病痛也扛不过去。他临终的时候也没有认出我,尽管大家都在说我是他的儿子。这就是他的结局,我父亲从出生时起就缺乏足够的体能和精神能量,这使得他的生命活力比常人要微弱。也许是出于本能,他选择了一种与他的体质相适应的生活方式。那些鼓励他活跃起来的人,恰恰成了杀害他的凶手。

　　现在说回我自己的事情吧。两年的苦修期即将过去,在赫罗尼莫修士的建议下,宗教裁判所同意恢复我的身份,但条件是要我去马耳他的战船上当一段时间的低阶骑士,我欣然接受了这个条件,盼望着能再次见到托雷多骑士,不再以一个仆人的身份,而是以与他基本平等的身份。而且说实话,我已经厌倦了破衣烂衫。我跑到达拉诺萨姨妈家里,把所有的衣服都试穿了一边,把自己打扮得贵气十足,我姨妈看到这一幕,不由得喜极而泣。启程的那天,我一大清早就出发了,以免那些好事者看到我改头换面的样子。我在巴塞罗那上了船,不久之后就到达了马耳他。我与骑士的重逢比预想的更加愉快。

　　骑士向我保证说,他从一开始就看穿了我的伪装,也一直在等着我恢复身份,好与我结交为友。他是一艘战船的船长。他把我带到自己的船上,我们在海上航行了四个月,对巴巴利海岸的海盗们并没有造成多大的威胁,因为他们的轻型船只能够轻易地超越我们的战船。

　　我的童年故事,到这里就全部说完了。我的讲述事无巨细,这是因为所有细节都深深地印刻在我的记忆里。布尔戈斯德亚底安会的教师宿舍似乎还近在眼前,我似乎仍然能看到萨努多神父那严峻的侧脸。我似乎仍然能感受到在圣洛克教堂门前吃栗子是什么滋味,还记得我把手伸向尊贵的托雷多骑士的场景。在讲述我的青年时期时,就不会有那么多的细节了。那是我一生中最灿烂的时期,每当我回首青春往事,能记起的只是各种激情翻腾交融在一起的场景。当时我心中汹涌的情感让我尝到了隐秘的甜蜜滋味,如今这些情感早已沉寂下来,消失无踪。爱的光芒仍能穿透岁月的迷雾,出现在我眼前,但我爱过的那些人却交织成了一个模糊难辨的景象,我只能看到温柔美丽的女士们和活泼可爱的姑娘们伸出雪白的手臂,环抱住我的脖子。我看到严肃的陪媪们也被爱感动,不再拆散年轻的爱侣,转而帮助他们暗中相会。我看到苦苦盼望的信号在窗前亮起,看到一条条隐秘的阶梯把我带到一道道暗门前面。那简直是如坠仙境一般的极乐时刻!清晨四点的钟声响起,天色微亮,情人们必须要分别。唉!就连分别的时刻也是如此甜蜜。我想,无论在何处,年轻人的爱恋都是一样的。我的风流往事可能引不起各位的兴趣,但我相信,关于我第一份真爱的故事,各位一定愿意聆听。这个故事令人惊奇,甚至可以说是不可思议。不过,天色不早了,我还有一些队伍里的事情需要处理,请允许我明天再接着讲。

原注:

1 社交晚会。

第五十五天

我们像往常一样又聚到一起,吉普赛人首领有了空闲,便继续讲起了他的故事。

吉普赛人首领的故事(续)

第二年,托雷多骑士被任命为船队最高指挥官,他的兄长给他送来了六百皮阿斯特的经费。当时骑士团拥有六艘战船,托雷多又出资装备了另外两条船。六百位骑士代表欧洲的青年精英集结到了一起。当时并没有给士兵发放制服的惯例,这一风尚刚刚在法国兴起。于是,托雷多为我们定制了半西班牙、半法国式的制服。我们身穿红色外套,配以黑色的胸铠,胸铠正中刻着马耳他十字标记,还戴着翎领和西班牙式的军帽。这身制服让我们气宇轩昂。凡是我们经过的地方,女士们全都围在窗前,而陪媪们则挥舞着情书追赶我们的队伍,常常会把情书送错了人。这些失误常会引发最有趣的插曲。我们访遍

第五十五天

了地中海沿岸的所有港口，所到之处无不受到盛情的款待。

在这激情洋溢的岁月中，我长到了二十岁。托雷多比我年长十岁。

托雷多骑士晋升为卡斯蒂利亚大区的副领主。新的荣誉加身，他决定离开马耳他，并邀请我一起环游意大利。我欣然同意了。我们登船前往那不勒斯，平安地到达了目的地。我们本来会在那里多待一段时间，可当地的丽人们却无法长久挽留住托雷多的心，尽管这位迷人的男子总是轻易跌入她们的桃色陷阱。托雷多有一套好本领，能够在斩断情缘的同时，还让那些女士们不忍心对他生气。于是他抛下了那不勒斯的情人们，继续前往佛罗伦萨、米兰、威尼斯和热那亚，不断跳入新的爱情陷阱。我们回到马德里时，已经是第二年了。

我们一回到首都，托雷多便进宫面圣。随后，他在自己兄长莱尔马公爵的马厩里挑选了最漂亮的一匹骏马，也给了我另一匹毫不逊色的坐骑，我们就这样加入了普拉多大道上环绕在马车门边的骑士队伍。

一辆华丽的马车和拉车的骏马吸引了我们的注意。这是一辆敞篷马车，坐在上面的两位女士都穿着半丧服[①]。托雷多认出了其中一位是高傲的阿维拉女公爵，立刻向她表达了敬意。另一位女士转过身来看了他一眼，他并不认识那位女士，但似乎被她的美貌给迷住了。

这位陌生女士不是别人，正是美丽的西多尼亚公爵夫人，她刚刚结束了隐居生活，重回社交圈。她认出了从前地窖里的小囚犯，于是把手指放在嘴唇上，示意我不要相认。接着，她美丽的双眼望向托雷多，而托雷多的眼神里也透露出庄重与羞涩，我从没见过他用这种眼

[①] 译注：指重孝之后或远亲去世时穿的孝服，一般为黑白色或淡紫色。

神与女士们对视。西多尼亚公爵夫人已经宣称过这辈子不会再嫁,而阿维拉女公爵则宣称永不嫁人。对她们来说,马耳他骑士就是最好的选择。她们开始对托雷多眉目传情,而他也风度翩翩地照单全收。西多尼亚公爵夫人装作不认识我的样子,把我介绍给了她的朋友。我们组成了两两结对的四人组,常出现在最热闹的庆典现场。托雷多这是第一百次被人爱上,却是第一次爱上别人。我起初对阿维拉女公爵保持着恭敬的态度,不过,在向各位讲述我与这位女士的关系之前,我想先介绍一下她当时的情况。

在我们逗留马耳他期间,她的父亲阿维拉公爵去世了。一个大人物的离世总不会静悄悄,他的离世引起了轰动,人们都深感震惊。马德里的人们回想起了公爵与贝阿特丽斯公主的隐秘往事。据传他们有一个私生子,阿维拉家族的未来就寄托在这个私生子身上。人们盼着在已故公爵的遗嘱里找到答案,但他们的希望落空了,遗嘱的内容也没能解答他们的疑问。宫廷对这桩前尘往事讳莫如深,而高傲的阿维拉女公爵在重回公众视野之后,变得更加目中无人,对婚姻也更加敬而远之了。

我本人的出身也不低,但在西班牙的人们眼里,我根本没资格和女公爵平起平坐,即使她屈尊允许我陪伴在她左右,也只不过是想充当我的保护人,对我加以提携而已。托雷多是甜美的西多尼亚公爵夫人的骑士,而我只是她的朋友的小跟班。

这种仆从般的地位并没有令我感到不快。我很快就对曼努艾拉的心思了如指掌,她的任何需求我都会第一时间满足,同时又不泄露出我对她的爱意——简而言之,我对她有求必应。在尽心服侍我的这位女王的时候,我一直掩饰着自己的内心情感,小心地控制着我的言语、眼神和气息。我害怕冒犯到她,更害怕因此而失去陪伴她的机会,这些想法给了我控制激情的力量。在这种甜蜜的奴役关系期间,西多尼亚公爵夫人抓住一切机会在她朋友面前说我的好话。但她为我争取来的最多只是女公爵的一个亲切的微笑,而且只是保护人给予被保护人的那种微笑。

这种关系持续了一年多。我会在教堂里或是普拉多大道上与女公爵见面,我会帮她跑腿办事,但我从没有去过她的府邸。

有一天,她把我叫到她的府上。她正在一群侍女的簇拥下做针线活,她让我坐下,然后用一种傲慢的口吻对我说:"阿瓦多罗先生,你每天都尽心为我服务,如果我不愿意运用自己的家族影响力给予你回报,那我的品行就配不上自己的高贵血统。这是我的舅父索里恩特亲口对我说的,他还在以他的名字命名的军团里为你谋得了名誉上校一职。你愿意赏光接纳他的好意吗?你可以考虑一下。"

"女士,"我回答,"我的荣辱是和我的朋友托雷多捆绑在一起的,我只接受他为我提供的工作。至于我每天为您尽心服务,都是我心甘情愿的,要说我期待怎样的回报,那就请您允许我继续为您效劳。"

女公爵没有回答,只是矜持地欠了欠身,示意我可以走了。

一周之后,高傲的女公爵又把我叫到府上。她像上一次那样接待了我,对我说:"阿瓦多罗先生,我的血管中流着阿维拉家族、索里恩特家族等最高贵族的血液,让你这么慷慨无私地为我奉献,这无论如何也说不过去。我有一个新的提议要告诉你,这对你的前程十分有益。与我们家族有来往的一位绅士,最近在墨西哥发家致富了。他有一个独生女,她的嫁妆价值一百万……"

没有等女公爵说完,我就有些恼怒地站起身来,对她说:"女士,尽管我血管中流淌的不是阿维拉家族和索里恩特家族的血液，但我的血统也让我拥有了一颗高贵的心灵，一百万财产是无法打动它的。"

说完之后，我就准备离开，但女公爵喊住了我，让我坐下。她先是命令侍女们退到隔壁房间里，并把门开着，接着对我说："阿瓦多罗先生，那我只剩下最后一个办法来回报你了，你对我如此忠心耿耿，我相信你不会拒绝我的这个提议。我想请你帮一个大忙。"

"这就对了，"我回答，"我为您效劳，唯一所求的，就是为您效劳时所感受到的愉快心情。"

"请靠近一点，"女公爵说，"以免隔壁房间的人听到我们的对话。阿瓦多罗，相信你也已经听说过，我父亲与贝阿特丽斯公主曾有过一段秘密情史，人们都信誓旦旦地宣称，他们两人有一个儿子。其实这是我父亲故意散播的假消息，目的是迷惑朝中那些好事者们的视线。他们秘密生下的其实是一个女儿，如今仍然在世。她在马德里附近的一个修道院里长大。我父亲在临终前把她的身世之谜告诉了我，但她本人还不知情。我父亲还为她的人生做了一系列规划，但他不幸去世之后，这些规划全都搁置了。

"他为这个女儿精心罗织起的保护网，如今已经难以复制了。我这个妹妹想要完全恢复身份，恐怕是没希望了，我们要是轻举妄动，可能会让这个可怜的姑娘永远失去重见天日的机会。我曾去看过她，莱昂诺尔是一个淳朴乐观的美丽姑娘，我很喜欢她，但修道院的女院长总是说我长得像她，我已经不敢再去了。不过，我声称自己是她的保护人，故意让别人去猜测，她是我父亲早年罗曼史中的爱情结晶之一。最近，宫廷派人去修道院里开展调查，让我有些担心，我决定把她接回马德里。

第五十五天

"我在雷他达大街上有一栋小房子,又在街对面另租了一所房子。我需要你帮的忙,就是住到我租的那栋房子里去,好生照看我拜托给你的珍宝。这是你新住处的地址,还有一封信,请你提交给乌尔苏拉会佩宁修道院的女院长。你去修道院的时候,带上四个骑马随从和一辆由两头骡子拉着的马车。我会派一名陪媪去陪伴我的妹妹,和她住在一起。你只能和这名陪媪打交道,绝不能进入她们的房子。我妹妹毕竟是我父亲和一位公主的女儿,她的名誉必须纯白无瑕。"

说完这番话之后,女公爵轻轻地点了点头,示意我可以离开了,于是我便向她告辞,前往我的新居所去查看一番。这栋房子条件舒适,装潢精美。我派了两个可靠的仆人住进去,我请托雷多替我保留他家的那几间房间。至于我从父亲那里继承来的房子,我以每年四百皮阿斯特的租金租了出去。

我还观察了莱昂诺尔的房子。两个女仆已经住了进去,为主人的到来做好准备,还有一个阿维拉家族的老管家,但他并没有穿制服。整栋房子布置得华贵高雅,城中生活所需的一切一应俱全。

第二天,我带着四个骑马随从去了佩宁修道院。我被带到了女院长的会客室里。

她看了我带来的信,微笑着发出一声叹息。"仁慈的耶稣啊!"她说,"这世上真是罪孽横行,幸好我已经远离了尘世。比如,骑士先生,您来接的这位年轻女士,长得和阿维拉女公爵真是一模一样,简直就是她的翻版!我们可敬的救世主的两幅画像,都不可能如此相像。这位年轻女士的父母是谁?我们不得而知。已故的阿维拉公爵,愿他的在天之灵能够安息……"

要是我没有向她指出我急于完成任务,女院长可能会继续啰啰唆唆地说个不停。她摇了摇头，不停地叹着气，还说了一句"仁慈的耶稣啊"，接着，她让我去找看门的修女。我依令行事。修道院的层层大门打开了，两个把脸蒙得严严实实的女子走了出来，默默地登上马车。我也默默地翻身上马，跟在马车后面。即将进入马德里时，我赶到队伍前方，把她们带到了住所前。但我并没有跟随她们进屋，而是回到了街对面我自己的住所，然后观察着她们入住新家的场景。

在我看来，莱昂诺尔确实与女公爵十分相像，但她的肤色更白，头发是浅金色的，身材更丰满一些。从我的窗前看过去，只能看到这些，因为莱昂诺尔太活泼了，我无法仔细地看清她的容貌。能从修道院里逃离出来，她感到欣喜不已，将这种欢乐尽情地释放了出来。她在房子里跑来跑去，从阁楼一直到地下室，在看到普通的家用物品时，都会发出惊喜的赞叹，不论那是一根火钳还是一只锅子。她问了陪媪一千个为什么，让陪媪感到应接不暇。不久之后，陪媪请人安装了百叶窗，她把百叶窗拉上之后，我就什么都看不到了。

午饭之后，我去见了女公爵，向她汇报任务情况。她像往常一样冷若冰霜地接待了我。

"阿瓦多罗先生，"她说，"我准备给莱昂诺尔安排婚事，根据我们的惯例，就算你即将成为她的丈夫，也无权进入她的房子。不过，我会和陪媪打个招呼，让她把朝向你这一侧的百叶窗打开，但你自己的百叶窗必须关上。你必须向我汇报莱昂诺尔的一举一动。得知你的存在，对她来说是一件危险的事情，尤其是因为你是个如此反感婚姻的人，就像你那天表现出来的那样。"

"女士，"我回答，"那天我只是说我不会为了个人前途而走入婚姻。不过，您说得也没错，我确实没有结婚的打算。"

第五十五天

从女公爵府上出来之后,我去见了托雷多,但并没有向他透露这次秘密行动,随后,我就回到了雷他达大街上的住处。对面房子的百叶窗和窗户都是开着的。老管家安德罗多正在弹吉他,莱昂诺尔跳起了一曲波列罗舞,她的舞姿如此优雅活泼,很难相信她是一个在加尔默罗会里静静长大的女子,一直到老公爵去世后,她才转到了乌尔苏拉会的修道院。莱昂诺尔十分热情奔放,她甚至还劝她的陪媪和安德罗多共舞一曲。看到严肃的阿维拉女公爵竟然有一个如此活泼的妹妹,我感到实在是不可思议。抛开性格不谈的话,姐妹二人的容貌确实很像。我深爱着女公爵,她的翻版自然也让我深深着迷。我正聚精会神地看着对面时,陪媪拉上了百叶窗。

第二天,我去见了女公爵,把我的所见所闻全都告诉了她。我向她坦承,她妹妹无拘无束的娱乐方式让我感到赏心悦目。我甚至大胆地指出,正是因为她们长得十分相像,我才会看得如此津津有味。

这无异于是一种变相的表白,女公爵有些愠怒,神情看上去更严峻了。

"阿瓦多罗先生,"她说,"无论我们姐妹俩长得有多像,我都要警告你,不要在表达赞美的时候张冠李戴,混为一谈。不过,明天你可以再来一下,我需要出趟远门,临走前有些事情要交代给你。"

"女士,"我说,"就算您的愤怒将要摧毁我,您女神般的容颜仍将深深地印刻在我的灵魂里。您的地位对我来说高不可攀,使我不敢对您有一丝一毫的心动。但是如今,我在另一位年轻女士脸上看到了您绝美的容颜,不过,那位女子性格开朗直率,天性纯真,我不会把她和您混为一谈的。"

听到我的这番言论之后,女公爵的神情变得更加阴沉了。我以为她要把我赶走,永远不要再出现在她面前,但她只是简单地吩咐我,让我第二天再去一次。

我找托雷多一起吃了午饭,傍晚时分回到了我的瞭望哨所。对面房子的窗户全都敞开着,我可以看到房间里发生的一切。莱昂诺尔正在亲手制作炖菜,每一个步骤她都要咨询陪媪的意见。她将肉切好,摆放在餐盘里,在一阵爽朗的笑声中,她又亲自在桌上铺上了白色的桌布,并摆好了两套简单的餐具。她只穿着一件朴素的胸衣,宽大的衬衫袖子卷到了肩头上。

接着,窗户和百叶窗都被关上了,但我看到的情景让我久久不能忘怀。有哪个年轻人在窥视姑娘们的生活场景时还能够无动于衷的?正是这些情景让人们动了结婚的念头。

第二天,连我自己都搞不清楚我结结巴巴地对女公爵说了些什么。她可能怕我说出什么表白的话来,于是赶紧打断了我的话,说:"阿瓦多罗先生,我昨天跟你说过,我必须得出一趟远门,我要到阿维拉公爵领地上住一阵子。我答应了我妹妹,她可以在日落之后到住处附近去散散步。如果你想与她攀谈,我已经和陪媪打过招呼了,她会允许你和我妹妹尽情地畅谈。你可以尝试了解这个姑娘的思想和性格,等我回来之后,要尽数向我汇报。"

她说完之后,轻轻地点了点头,示意我退下。我离开女公爵时,心里头恋恋不舍。我确实是爱她的。她高傲的姿态并没有使我灰心,恰恰相反,我认为当她决定挑选恋人的时候,一定会在比她地位低的男士中选择,这在西班牙也是一种常见的现象。简而言之,我能隐约感到女公爵总有一天会爱上我。但我自己也不知道这种预感从何而来,反正一定不是来自她对待我的态度。我一整天都在想着女公爵,

第五十五天

到了傍晚时分，才又想起了她的妹妹。我来到雷他达大街上，在明亮的月光下看到了莱昂诺尔和她的陪媪，她们正坐在门前不远处的长椅上。陪媪也认出了我，她走上前来，邀请我坐到她监护的那个姑娘身边。随后，陪媪就退到了一旁。

沉默了一阵之后，莱昂诺尔开口说："那么，您就是陪媪允许我见的那位年轻人吧！您会喜欢我吗？"

我回答说，我早就对她充满了好感。

"好的，那么，请您告诉我，我的名字是什么。"

"您名叫莱昂诺尔。"

"我问的不是这个。我一定还有姓氏。我已经不再是加尔默罗会里那个幼稚的女孩了。当时我以为，这个世界上除了修女和告解神父之外，就再没有其他人了。不过如今，我知道世上还有丈夫们和妻子们，他们日日夜夜都不分离，他们的孩子会继承父亲的姓氏。我想问的正是这个。"

由于加尔默罗会戒律很严，部分修道院的规矩尤其严格，所以当我发现莱昂诺尔到了二十岁还如此天真时，一点儿也没觉得奇怪。我回答说，我只知道她名叫莱昂诺尔。接着我又提到，我曾看见她在屋子里跳舞，这不可能是在加尔默罗会里学到的。

"不是的，"她回答，"阿维拉公爵把我送进了加尔默罗会的修道院。他过世之后，我就被转到了乌尔苏拉会的修道院，住在那里的一个女孩教会了我跳舞，另一个女孩则教我唱歌。至于丈夫们和妻子们的生活方式，乌尔苏拉会里所有的姑娘们都和我谈论过，对于她们来说，这根本就不是秘密。对我而言，我想拥有一个姓氏，为此我必须要结婚。"

接着，莱昂诺尔又和我谈起了剧院、观光大道和斗牛表演，看来她很想去亲眼见识一下。后来我又和她聊过几次天，都是在夜幕降临之后。一个星期后，我收到了女公爵的来信，内容如下：

> 我让你与莱昂诺尔结识，以求她能对你产生好感。陪媪向我保证说，我的这个心愿已经达成了。如果你对我的心意是真实的，就和莱昂诺尔成婚吧。如果你不答应的话，我会生气。

我的回信是：

女士：

> 我对阁下的心意占据了我的心，我心中已经没有多余的空间容下对一个妻子的爱了。莱昂诺尔理应拥有一个全心全意爱她的丈夫。

我收到了这样的回复：

> 我不想再对你隐瞒了。你让我产生了一种危险的感情。你拒绝与莱昂诺尔成婚，这件事让我感受到前所未有的欣喜，但我一定不会被这种情绪所左右。因此，我给你两个选择，要么迎娶莱昂诺尔，要么我就把你驱逐出我的社交圈，甚至驱逐出西班牙的海岸。我在宫中有权有势，要做到这一点并不难。不要给我回信。陪媪会向你传达我的指令。

第五十五天

尽管我深爱着女公爵，但如此蛮不讲理的做法还是让我怒不可遏。有那么一阵，我简直想去找托雷多一吐为快，请他为我主持公道，但托雷多还深陷在西多尼亚公爵夫人的情网之中，而公爵夫人又对自己的朋友十分忠诚，绝不会站到我这一边，于是我决定不要声张。那天晚上，我来到窗前，想看看我未来的妻子正在做些什么。

窗户都打开着，整间屋子我都可以看得清清楚楚。莱昂诺尔身边围着四个女子，她们正在为她梳妆打扮。她身穿一件绣有银线的白色缎面长裙，还戴上了花冠和钻石项链等饰物。在此之上，一袭白纱将她从头到脚遮盖起来。

这个场景让我有些吃惊。不久之后，发生了更令我震惊的一幕。我看到人们将一张桌子从后面抬进屋内，桌子被装饰成圣坛的样子，上面还放置着蜡烛。一个神父走进屋内，后面还跟着两位绅士，但他们看上去只是见证婚礼的来宾，新郎则迟迟没有出现。

我听到自己的房间里传来一阵敲门声：陪媪正站在我的门前。"大家都在等您，"她说，"您难道以为自己可以违抗女公爵的指令吗？"

我跟着陪媪走了过去。新娘并没有掀起面纱，神父将她的手放到我的手上，也就是说，我们成婚了。

见证人们对我和我的妻子表达了祝贺，不过他们并没有看到她的脸，接着来宾们就散去了。陪媪把我们领到一间月色昏暗的卧室里，出去时还关上了门。

吉普赛人首领讲到这里时，他的一个手下前来找他议事。他便离开了，当天也没有再出现。

第五十六天

我们像往常一样又聚到一起,吉普赛人首领正好有空,便继续讲起了他的故事。

吉普赛人首领的故事(续)

上回我告诉了各位我的婚礼是怎样举办的,我和妻子的婚后生活就和婚礼一样神秘。每天日落之后,对面的百叶窗就会打开,我能够看到她的整个房间。夜间她不再出门散步,我也就失去了和她聊天的机会。将近午夜时分,陪媪会把我接到对面,在日出之前再陪我回到我自己的住所。

一个星期之后,女公爵回到了马德里。我去见她时,不免有些尴尬。我对她的崇拜已经不再纯粹,我为此而责备了自己,但她却对我十分友善。我们单独相处时,她的傲慢已经消失无踪了。我成了她的兄弟和朋友。

第五十六天

一天晚上，当我回到家中，正准备关门时，感到我的外套下摆被拽了一下。我一回头，看见了布斯柯罗斯。

"啊，总算抓到你了！"他说，"托雷多大人告诉我，他很久都没见到你了，也不知道你在忙些什么。我请求他给我二十四个小时来调查清楚，果然被我找到了。好吧，我的孩子，你得对我尊重点，因为我娶了你的后妈。"

这短短的几句话让我又想到，布斯柯罗斯对我父亲的死负有不可推卸的责任。我无法控制自己的情绪，愤怒地把他轰了出去。

第二天，我去见女公爵时，把这次恼人的遭遇告诉了她。她似乎为此感到十分忧虑。

"布斯柯罗斯的嗅觉像雪貂一样灵敏，没什么事能瞒得过他。"她说，"莱昂诺尔必须得躲开他的纠缠，我会安排她今天就启程前往阿维拉公爵领地。请不要怪我，阿瓦多罗，这也是为了你的幸福着想。"

"女士，"我说，"所谓幸福，指的是一个人的心愿得到满足。成为莱昂诺尔的丈夫，从来就不是我的心愿。当然，我现在已经忠诚于她，对她的爱每天都在增长——这样说可能不太合适，因为我白天时并不能见到她。"

当天晚上，来到雷他达大街时，我发现对面的房子里已经空无一人，房门和百叶窗都紧闭着。

几天后，托雷多把我叫到了他的书房对我说："阿瓦多罗，我向国王举荐了你，国王陛下将派你去那不勒斯执行公务。那个友好的英国人坦普已经收到了我的初步提议，他希望能在那不勒斯与我会面，如果我不能成行的话，他希望你能代为前往。国王认为由我出面不太合适,于是准备派你去跑一趟。不过,"托雷多补充道,"你的反应似乎不太积极啊?"

"国王陛下的好意令我受宠若惊。不过,我有一位贵族保护人,在未经她许可的情况下,我不能自作主张答应任何事。"

托雷多笑着对我说:"我已经和女公爵打过招呼了,你今天上午可以去拜见她。"

在公爵府上,女公爵对我说:"我亲爱的阿瓦多罗,你也了解西班牙王朝目前的处境,国王命不久矣,他过世之后,奥地利王室在西班牙的血脉也就断绝了。在此危急存亡之秋,每一个正直的西班牙人都应该抛却个人得失,只要他有相应的能力,就应当抓住一切机会为国效力。你的妻子一切安好,她不会给你来信,因为加尔默罗会没有教过她写字。我会充当她的秘书。如果她的陪媪消息可靠的话,我很快就会告诉你一些事情,这些事会让你和莱昂诺尔的关系更进一步。"

说完这番话之后,女公爵双目低垂,脸色绯红,接着她就示意让我退下了。我去内阁大臣那里接受了任务指导,这项任务涉及外交事务,其中也包括那不勒斯王国的前景,以目前的局势来看,西班牙前所未有地希望能保住对其的控制权。第二天我就启程了,并以最快的速度赶到了目的地。

我像对待人生第一份工作那样,充满热忱地履行着我此行所肩负的使命,但在工作间隙,关于马德里的回忆马上又占据了我的脑海。女公爵不顾一切地爱上了我,这一点她也对我坦白了。她故意成为我的大姨子,以此方法来平息自己心中升腾起的情感。不过她仍然对我保留着好感,这一点常常会流露出来。而莱昂诺尔,我神秘的夜之女

第五十六天

神,则通过婚姻为我献上了感官欢愉的佳酿。对她的思念笼罩着我的身心,她不在身边时,我空虚得近乎绝望。不过,除了这两位女子之外,我对其他女性却完全无动于衷。

女公爵给我的来信混在公务邮件之中,不但没有落款,连笔迹也经过了矫饰。从这些陆陆续续的来信中,我先是得知莱昂诺尔怀孕了,但她的身体很虚弱,一直十分倦怠。后来,我又得知自己当上了父亲,但莱昂诺尔在生产时历经了磨难。在提到她的健康状况时,信中的措辞欲言又止,让我隐约感觉到,还有一个更坏的消息在等着我。

最终,在一个出人意料的时刻,托雷多出现在了我的面前。他把我紧紧拥抱在怀里。"我是来办公事的,"他说,"不过,其实是女公爵和公爵夫人派我来的。"

他一边说着,一边递给我一封信。我颤抖着打开了信封,信里的内容其实我早就料到了。女公爵告诉我,莱昂诺尔已经去世了,她以最亲密的朋友的名义,向我表达了最诚挚的慰问。

托雷多一直以来都对我有着巨大的影响力,在他的劝说下,我才平复了心情。从某种角度来说,我其实根本不认识莱昂诺尔,但她曾是我的妻子,回首我们的短暂姻缘,每一幕都有她的身影。在哀伤的打击下,我变得郁郁寡欢,意志消沉。

托雷多替我完成了剩余的公务,一切安排妥当之后,我们就启程回到了马德里。在进入马德里城门之前,托雷多把我叫到队伍外边,带着我绕了一大圈,来到了加尔默罗会的墓地里。他指给我看一块黑色的墓碑,下方刻着"莱昂诺尔·阿瓦多罗"。我忍不住在墓碑上洒下了热泪。拜见女公爵之前,我又回到这片墓地来看了几次。对此,女公爵一点也没有生气。相反地，在我登门拜访时，她表露出来的情感与爱情有几分相似。之后不久，她便把我带进内室，我看到屋内的摇篮里有一个婴儿，顿时百感交集，情不自禁地跪了下来。女公爵伸出手扶我起身，我亲吻了她的手，接着她便示意我可以走了。

第二天，我去拜见了内阁大臣，接着又跟着他去觐见了国王。在推荐我去那不勒斯这件事上，托雷多是为了找一个由头，好让我加官晋爵。国王赐予我卡拉特拉瓦骑士[①]的荣誉。这一头衔虽然还算不上是贵族，但我和上流社会的达官贵人们距离更近了。与托雷多、公爵夫人和女公爵在一起的时候，我不再有低人一等的感觉。此外，我还算是他们尽心提携的成果，因此他们对我的晋升也感到十分欣慰。

不久之后，阿维拉女公爵派我去卡斯蒂利亚议会帮她跟进一件事务。各位不难想象，我为此投入了多少的热情和心血。我的女保护人对我的评价更高了。我每天都能见到她，她对我的情谊也与日俱增。也就是在此期间，我的故事中最神奇的部分发生了。

我从意大利回来之后，再次住到了托雷多家里。雷他达大街上的那栋房子仍然归我管理，于是我就派了一个名叫安布罗西奥的仆人住进去。街对面的房子，也就是我成婚的地方，是女公爵的房产，那栋房子一直空着。有一天早上，安布罗西奥跑来找我，请求我另派一个人去看管房子，而且那个人必须要有足够的胆量，因为午夜之后，一般人在那栋房子里是待不下去的，街对面的房子也是一样。

我想从他那里打听出来，房子里闹的究竟是什么鬼，但安布罗西奥向我承认说，他太害怕了，所以什么也没看清。此外，他还强调

[①] 译注：西班牙最早的宗教性军事组织。

第五十六天

说，自己再也不会去雷他达大街的房子里过夜了，就算有人陪也不行。他这番话激发了我的好奇心，我决定当晚就亲自去探一探虚实。那栋房子里还保留着部分家具，我吃过晚饭后就过去了。我让一个男仆睡在楼梯间里，自己则住在临街的那间屋子里，窗户对面就是从前莱昂诺尔所住的那栋房子。我喝了几杯咖啡，以防自己睡着，就这样一直撑到了午夜钟声响起。安布罗西奥告诉过我，幽灵正是在此时现身。为了避免打草惊蛇，我熄灭了蜡烛。不久之后，我就看到对面房子里出现了一道亮光。亮光从一间屋子移动到另一间屋子，从一层楼移动到另一层楼。由于百叶窗的遮挡，我看不清是什么东西发出的亮光。第二天，我向女公爵的仆人要来钥匙，到对面房子里查看了一下。房子里空空荡荡，确实没有人居住的痕迹。我把所有楼层的百叶窗全部打开，然后就去打理我的日常工作了。

这天晚上，我回到了自己的瞭望哨，午夜钟声敲响时，那道光又出现了，这回我终于看到了光源。一个穿着白衣的女子手持一支蜡烛，慢慢地穿过了二楼的所有房间，接着又走上三楼，随后便消失了。烛灯发出的光芒太微弱，我没能看清女子的面容，但那一头金发使我确信，她就是莱昂诺尔。

天一亮，我就去找女公爵，但她并不在家。我又去看了我的孩子，发现照顾她的女仆们都是一副焦虑不安的样子。起先她们不愿意告诉我原因，最终，保姆告诉我，前一晚有个一身白衣的女子来过，手中还拿着一支蜡烛。她久久地看着婴儿，最后还祝福了她，接着就消失无踪了。

这时女公爵回来了，她把我叫了过去，对我说："你的孩子不能再住在我这里了，对此我有充分的理由。我已经命人把雷他达大街的房子布置好了，孩子可以住到那里去。她的保姆和一个假扮的母亲会陪她住在一起。如果你也能住回雷他达大街，就太好了，不过对你而言可能有些不便。"

我回答说，我会保留街对面的房子，并经常去那里过夜。

一切都按照女公爵的心意布置妥当了，我请人把婴儿的卧室安排在临街的房间里，而且百叶窗也要全部打开。

午夜钟声敲响时，我来到窗边，看到对面房间里小婴儿和她的保姆都睡着了。这时，一身白衣的女子又出现了，她手里拿着一盏烛灯，来到摇篮前，盯着孩子看了很长时间，接着又祝福了她。随后，她又走到窗前，朝着我所在的方向凝视了许久。随后，她离开了卧室，亮光移动到了上一层楼。最后，她出现在屋顶上，轻松地沿着屋脊奔跑，跳到了相邻房子的屋顶上，然后就消失不见了。

我承认，这些事件确实让我非常困惑，我几乎没怎么睡。第二天，我一直在焦急地等待午夜到来。当钟声响起时，我马上来到窗边。很快我就看到了幽灵，但并不是那个一身白衣的女子，而是一个脸色发青的侏儒，其中一条腿是木质的假腿，手上还提着一盏灯。他来到摇篮前，聚精会神地看着婴儿，接着，他又盘腿坐到窗台上，盯着我看了一会儿。随后他从窗口跳到街上，或者更准确地说，是滑到了街上，然后走到我的房子前，敲起了门。

我从窗口探出头去，问他究竟是谁。

他并没有回答这个问题，而是对我说："胡安·阿瓦多罗，拿上你的外套和佩剑，跟我来。"

我听从了他的指令，下楼来到街上，看到那个侏儒正在我前方大约二十步的地方，他一路上瘸着木腿，用灯盏为我指路。在走过了

第五十六天

大约一百步之后，他带着我左转走进了一个僻静的街区，整个街区从雷他达大街一直延伸到曼萨纳雷斯河畔。我们穿过一道拱门，走进一个栽有几棵树的天井里。在西班牙，所谓的天井指的是马车无法进入的内院。在天井最里边，有一面哥特式的墙体，看上去像是一座小教堂的正门。一身白衣的女子从里面走了出来，侏儒用灯光照亮了她的脸。

"是他！"女子大喊，"真的是他——我的丈夫，我亲爱的丈夫！"

"夫人，"我说，"我还以为你已经死了！"

"我还活着！"这个人确实是莱昂诺尔。从她的声音和温暖的拥抱中，我认出了自己的妻子。她是如此热情，对于我们奇迹般的重逢，我都没有时间提出疑问。过了一会儿，莱昂诺尔挣脱了我的怀抱，遁入黑夜之中。瘸腿的侏儒用他的小灯盏为我指路，我跟着他走过几片废墟，又穿过了一片荒无人烟的城区。突然之间，灯盏熄灭了。我呼喊着那个侏儒，他却没有任何回应。那一夜伸手不见五指，我决定原地躺下，等到天亮后再说，然后很快就睡着了。

等我醒来时，天色已经大亮。我发现自己正躺在一块黑色的大理石墓碑上，墓碑上刻着金色的名字"莱昂诺尔·阿瓦多罗"。也就是说，我昨晚一直睡在自己妻子的墓旁。我回想起了昨晚发生的一切，久久不能释怀。我已经很久都没去过忏悔所了。我来到德亚底安修道院，请求见我的舅公赫罗尼莫神父。可是他生病了，另一位告解神父出来接待了我。我问他，魔鬼是否有可能化为人形。

"当然有可能，"他回答，"圣托马斯在他的《神学大全》（*Summa*）里提到过淫妖。这是一种特殊的情况，当一个人很久都没有领受圣餐之时，魔鬼就会对他产生一定的控制力。它们以女子的形象示人，引诱他误入歧途。我的孩子，如果你觉得自己遇到了淫妖，一定要去求见悔罪所的主教。马上就动身，一刻也不要耽误。"

我回答说自己遭遇了一场奇异的冒险，被幻象误导了，我请求他允许我中断这一次忏悔。

我来到托雷多家，他告诉我说他准备带我去阿维拉女公爵府上共进午餐，西多尼亚公爵夫人也会去。他看到我心事重重的样子，便问我怎么回事。我的心绪过于纷乱，实在没办法组织语言把来龙去脉说清楚。到了餐桌前，我仍然郁郁寡欢，但公爵夫人和女公爵显得十分开心，托雷多也兴致盎然地与她们相谈甚欢，最后，他们的欢乐终于感染了我。

午餐期间，我注意到他们几个之间的手势暗语和莫名的笑声似乎都与我有关。我们离席之后，没有去客厅，而是去了一间内室。进入内室之后，托雷多锁上了门，然后说："杰出的卡拉特拉瓦骑士，请跪到女公爵面前。一年多来，她一直都是你的妻子！别说你怀疑过。将来，那些听你讲述这段故事的人也许能猜到真相，但这件事的巧妙之处在于：要把任何怀疑都扼杀在萌芽状态，而这正是我们所做的。事实上，雄心勃勃的阿维拉公爵的秘密也助了我们一臂之力。他确实曾有过一个儿子，也想过要与他相认。但这个儿子已经过世了，所以他要求自己的女儿终身不嫁，这样他的财产就能回到索里恩特家族的名下，该家族是阿维拉家族的一个支脉。我们的女公爵性情十分高傲，不愿意委身于一个丈夫，但自从我们从马耳他回来之后，这份高傲在隐约间发生了变化，并准备好了要孤注一掷。幸而阿维拉女公爵有一个好朋友，她也是你的朋友，我亲爱的阿瓦多罗。她愿意完全为她保密,于是我们共同谋划,目的是让我们最亲爱的朋友们能拥有幸福。"

"于是我们编造了莱昂诺尔这么一个人,称她是老公爵与公主的私生女,其实她正是女公爵本人假扮的,她戴上了金色的假发,稍微化了一点妆;但在那个由加尔默罗会抚养长大的天真女子身上,你完全没有辨认出高傲的女公爵的身影。在她排练这个角色期间,我有时也在场,我可以向你保证,如果不知情的话,我也会和你一样被骗。"

"看到你为了留在她身边,竟然拒绝了条件如此优越的一门婚事,她便决心要嫁给你。你们在上帝和教会的见证下结为了夫妇,但并没有在世人面前成婚,至少可以说,人们找不到你们已经成婚的任何证据。这样一来,女公爵就没有违背任何誓言。"

"你们结婚之后,女公爵必须去乡村领地度过几个月,以求避人耳目。布斯柯罗斯当时刚回到马德里,我故意让他发现了你的踪迹,并以躲开这个跟踪狂为借口,让莱昂诺尔到乡间去避避风头。接着,我们又特意安排你去了趟那不勒斯,因为我们不知道该怎样继续隐瞒莱昂诺尔的事情,而且,在你们的爱情结晶出世之前,女公爵不想贸然暴露自己的真实身份。"

"现在,我亲爱的阿瓦多罗,我必须祈求你的原谅。我在你的心上捅了一刀,因为我把一个并不存在的人的死讯告诉了你。但你的反应如此悲伤,完全打动了女公爵的心,在两种完全不同的面貌下,她都能得到你完美的爱,这一点让她深深感动了。最初的一个星期里,她一直急于向你公开身份,但此时我又使了个坏心眼,坚持要把莱昂诺尔从另一个世界召唤回来。女公爵答应扮演白衣女子的角色,但那个在邻居屋顶上飞檐走壁的人并不是她,而是一个矮小的烟囱清扫工。"

"第二晚,那个年轻人又扮演了跛脚怪人[1]的角色。他坐在窗台上,然后顺着早就系好的绳索滑了下来。我并不知道在那座已经废弃的加尔默罗修道院的天井里发生了什么,但今天早上,我派人跟踪了你,得知你进行了一番长时间的忏悔。我不喜欢和教会打交道,也担心这个玩笑开得过了火,会乐极生悲,于是我同意了女公爵的提议,她决定今天就对你表明身份。"

我的朋友托雷多终于说完了,但他说了些什么,我根本就没有在意。我跪倒在曼努艾拉的脚下,她脸上泛起一阵欢喜而又羞涩的红晕,从中我可以清楚地看到,她的心已经完全被我征服了。从那时到现在,我的爱情胜利从来都只有两个见证者,但那一时刻对我而言依然非常珍贵。

当时的我,心中充满着爱情、友情和自信,对于一个年轻人来说,这是多么难得的时光啊!

吉普赛人首领说到这里时,有人来通报,队伍里有些事情需要他亲自出面处理,于是他便离开了。我转身对丽贝卡说:"我们刚才听到的这个冒险故事,尽管情节离奇,但终究都可以用自然法则来解释。"

"你说得对,"她说,"或许你的故事也是如此。"

原注:

1 西班牙作家格瓦拉(Guevara)1641年的小说《跛脚怪人》(*El diablo cojuelo*)中的同名主角,更加广为人知的是法国作家勒萨日(Lesage)1707年的改编版本《*Le diable boiteux*》。

第五十七天

我们正在等待某些重要的事情发生。吉普赛人首领朝各个方向派出了好几拨信使,正在焦急地等着他们回来。当别人问他准备什么时候拔营时,他摇了摇头回答说,他目前也给不出一个准确的时间。对我而言,深山里的日子开始变得无聊了。如果能尽快加入我的军团队伍,我会很高兴,但事与愿违,我还得在原地待一阵子。白天总是过得单调乏味,但与之相反,夜晚却总是充满乐趣,这都要归功于吉普赛人首领的陪伴,在他身上,我发现了许多新的特质。我很想知道他后来还经历了哪些冒险,于是就请求他满足我的好奇心,他便继续讲述起来。

吉普赛人首领的故事(续)

上回说到,在与阿维拉女公爵、西多尼亚公爵夫人和我的好友托雷多共进午餐时,我才得知高傲的曼努艾拉正是我的妻子。我们命人备好了车马,出发前往索里恩特城堡,那儿有一个新的惊喜正等待着我。

萨拉戈萨手稿

在雷他达大街上陪伴过假扮的莱昂诺尔的那位陪媪,将我的小玛诺丽塔抱给了我。这位陪媪名叫堂娜罗莎尔巴,她一直假扮成孩子的母亲。

索里恩特城堡位于太加斯河畔,其所处的地带因秀丽的风光而著称于世,但我只关注了一小会儿自然美景。父爱、亲情、友情、温柔的信赖和大家彼此之间的尊重,让我每一天都能收获新的快乐。我们在此世所享的幸福,每时每刻都围绕在我身边。如果我记得没错的话,这段快乐时光持续了六周,之后我们就回到了马德里。我们到达首都时,夜已经深了,我把女公爵送到了公爵府的阶梯前,她对我依依不舍。

"堂胡安,"她说,"在索里恩特,你是曼努艾拉的丈夫;在这里,你是莱昂诺尔的鳏夫。"

她刚说完这句话,我就看到楼梯扶手后面有个黑影闪过。我一把抓住了那个人的衣领,把他揪到灯光下来,原来是布斯柯罗斯。我正准备惩戒他的间谍行径时,女公爵用一个眼神阻止了我,这个眼神被布斯柯罗斯注意到了。他用惯常的轻慢戏谑的口气说:"女士,我实在忍不住要欣赏一下您的魅力,要不是您光彩照人的美貌像太阳一样照亮了楼梯间,我想没有人能发现我正躲在那里。"

说完这番精妙的溢美之词之后,布斯柯罗斯深深鞠了一躬,然后就离开了。

"我担心那个可恶的家伙听到了我说的话,"女公爵说,"快跟上他,别让他产生对我们不利的推测。"

这个突发事件似乎让女公爵深深地担忧。我离开公爵府,在街上截住了布斯柯罗斯。

"亲爱的继子,"他说,"刚才你差点用手杖打了我,这么做对你可没有任何好处。首先,我是你前任继母的丈夫,而你没有表现出应有的尊重；其次，你很快就会发现我不再是先前那个游手好闲的人了。我得到了晋升，无论是在部里还是宫廷，我的才华都得到了认可。阿尔科斯公爵结束了他的大使任期，回国后深得宫中的赏识。他之前的情人乌斯卡里斯夫人再一次成了寡妇，并和我的妻子成了密友。我们如今可以抬头挺胸地做人，不用再忌惮任何人了。"

"不过，亲爱的继子，告诉我，女公爵对你说的话是什么意思。你们显然很怕我偷听到了那句话。我警告你，我们对阿维拉家族、西多尼亚家族，或是你那个任性的孩子似的朋友托雷多，全都没什么好感。乌斯卡里斯夫人无法原谅他的抛弃行为。我不明白你们这帮人为什么一起去了索里恩特。大家对你们的突然离去都很在意，可你们自己却什么都不知道。你们几个就像新生的婴儿一样幼稚。西多尼亚家族的后人梅迪纳侯爵，正在为他的儿子争取公爵的头衔并争取让他与年轻的西多尼亚女公爵联姻。诚然，年轻的女公爵目前还不到十一岁，但这又有何妨呢。侯爵与阿尔科斯公爵是多年的好友，也深得红衣主教波托卡雷罗[1]的赏识。由于红衣主教在宫中能够呼风唤雨，这桩亲事应该是没什么问题了。这件事你可以转告公爵夫人。等等，亲爱的继子，别以为我没有认出你来，你就是圣洛克教堂门前的那个小乞丐。当年你和神圣的宗教裁判所有些什么纠葛吧，不过我并不想招惹那个裁判所。你自己多保重！后会有期！"

布斯柯罗斯走了，我意识到，尽管他仍旧是那个爱打听的多管闲事的人，但他的才华已经被用到了更高级的层面上。

第二天，我与阿维拉女公爵、西多尼亚公爵夫人和托雷多共用了午餐，我把与布斯柯罗斯的对话告诉了他们。这番话对他们的影响出乎我的预料。托雷多如今已不复往日的英俊，在赢取女士们的欢心方面也不如从前那么殷勤了,他很想求取一个名誉职位。他原本是想拜托这位前首相奥罗佩萨伯爵[2]来办这件事,但可惜他已经离开了内阁,因此他陷入了左右为难的境地。阿尔科斯公爵的回归和他在红衣主教那里得到的赏识,对托雷多来说都不是什么可喜可贺的事情。

西多尼亚公爵夫人似乎很担心将来她只能依靠微薄的长租收益来生活。另一方面,每当谈到宫廷和圣恩的话题时,阿维拉女公爵总会端起架子,姿态变得更加高傲。我惊讶地发现,即使是在亲密的朋友之间,爵位的差异也依然是一件敏感的事。

几天后,我们正与西多尼亚公爵夫人共进午餐时,贝拉斯克公爵手下的一名随员前来通报,公爵即将登门拜访。贝拉斯克当时风华正茂,长相英俊,总是一身法国时尚打扮,在人群中有很高的辨识度,因此他一直拒绝西班牙式的服装,不肯放弃法式风尚。他雄辩的口才也在西班牙人中脱颖而出,西班牙人大多寡言少语,显然,为了能少说话,他们才选择了抽雪茄和弹吉他。贝拉斯克则与众不同,他可以在不同的话题之间无缝切换,而且随时随地都能找到对女士们大献殷勤的机会。

托雷多无疑比他更睿智,但睿智并不会每时每刻都能呈现出来,而妙语连珠却随时张口就来。贝拉斯克的口才确实很吸引人,他发现自己的听众们都听得入了迷。他转身看着西多尼亚公爵夫人,发出一阵爽朗的笑声说:"说实话,我真觉得没有什么比这更有趣、也更迷人的了。"

"您指的是什么?"公爵夫人问。

"女士,虽然您的青春和美貌在其他许多女士们身上也能见得到,"贝拉斯克回答,"但您一定是最年轻貌美的丈母娘!"

公爵夫人从没想过这一点。她当时二十八岁,尽管这个年纪已经谈不上清纯可人，但经过精心打扮之后，还是能比实际年龄看起来更年轻一些。

"请相信我，女士，"贝拉斯克补充道，"我所说的句句属实。国王派我来替梅迪纳侯爵家求亲，让您的女儿嫁给侯爵之子。国王陛下非常牵挂这件事，不希望看到您尊贵的家族血脉就此断绝。所有的最高贵族们也都对此十分关心。至于您，女士，当您领着女儿走向圣坛的时候，那一幕将会是多么迷人！人们将为你们母女二人送上同样的赞叹。如果我是您的话，我会穿上一身与女儿相似的服装——绣着银线的白色缎面礼服。如果您允许我提出建议的话，我可以派人去巴黎采买衣料，我会把最好的服饰品牌推荐给您。我已经答应了年轻的新郎，为他置办一套法式礼服，包括一顶白色假发。再见了，女士们！波托卡雷罗有意任命我为大使，但愿我的使馆员工也能像诸位一样魅力超群！"

贝拉斯克说完之后，分别看了两位女士一眼，让她们每个人都觉得自己受到了更大的关注。他一连鞠了几个躬，又做了一个足尖旋转动作，然后就离开了。这就是当时法国人所崇尚的"高雅礼仪"。

贝拉斯克公爵离开之后，众人陷入了沉默之中。女士们遐想着绣有银线的礼服，而托雷多则担忧着国家当前的局势，他大喊："真的是这样吗？国王真的只愿意器重阿尔科斯和贝拉斯克那种人吗？他们可是全西班牙最愚蠢肤浅的人啊。要是亲法派都这样行事，那我们必须转而支持奥地利。"

托雷多说到做到，他马上去拜会了奥地利皇帝派驻马德里的大使——哈拉齐伯爵[3]。女士们去了普拉多大道，我则骑着马护送她们。

我们很快就遇上了一辆装饰华美的马车，乌斯卡里斯夫人和布斯柯罗斯夫人正坐在上面炫耀自己的装扮。阿尔科斯公爵骑着马，在马车边上护卫。布斯柯罗斯一脸谦卑地跟在公爵后面,当天他刚刚获颁卡拉特拉瓦骑士团的十字勋章,就把这个勋章戴在了胸前。这一幕让我震惊不已,因为我也获得过同样的荣誉。我一直以为那是对我的美德和正直的奖赏,通过这项荣誉,我获得了尊贵而有权势的朋友们的认可。我可以向各位坦诚,看到同样的勋章戴在一个我如此鄙视的人胸前,我顿时感到心灰意冷。我在遇到对方马车的地点久久停留,动弹不得。

布斯柯罗斯在普拉多大道上转了一整圈之后,发现我还停留在原地,便走上前来,用一种亲近的口气对我说:"你看,我的朋友,这就叫作殊途同归。如今我和你一样,也是卡拉特拉瓦骑士团的一名骑士了。"

我彻底被激怒了。"我看到了,"我回答,"不管你是不是骑士,我亲爱的布斯柯罗斯,我都要警告你,如果你胆敢在我出入的府邸里到处窥探,我会像对付一个普通罪犯那样对付你的!"

布斯柯罗斯装出一副和蔼的姿态说:"我亲爱的继子,你刚才那番话如果是对别的绅士说的,恐怕要引发争议。不过我心存一万分的善意,绝不会和你计较。我现在是、将来也会一直是你的朋友。为了证明这一点,我会向你透露一些与你们有关的事,尤其是与你和阿维拉女公爵有关的事。如果你有兴趣的话,请把你的马交给马夫,跟我去附近的甜品店坐坐吧。"

我对此确实很好奇,也担心我最牵挂的那个人会心神不宁,于是就接受了这个提议。布斯柯罗斯点了一些点心和饮料,然后就开始东拉西扯地聊起了各种无关紧要的事情。起初店里只有我们两个人,但不久之后,几个瓦龙卫队的军官走进店里,坐了下来,点了几份巧克力。

布斯柯罗斯靠近我小声地说:"亲爱的朋友,你有点生气,是因为你以为我偷偷溜进了阿维拉女公爵的府邸。我确实在那儿听到了一些话,让我久久不能释怀。"

说到这里，布斯柯罗斯爆发出一阵笑声，然后朝着瓦龙卫队的军官们瞥了一眼。然后又继续说："亲爱的继子，女公爵当时对你说'在那里是曼努艾拉的丈夫，在这里是莱昂诺尔的鳏夫。'"说完这句话，布斯柯罗斯再一次大笑起来，同时看着瓦龙卫队的军官们。这个把戏他玩了好几遍。突然间，布斯柯罗斯从座位上跳起来，一句话也没说就离开了店铺。瓦龙卫队的军官们来到我的桌前，其中一人非常礼貌地对我说："我的战友们和我本人都很想知道，您的同伴刚才为什么要取笑我们。"

"骑士先生，"我回答，"您有理由提出这个疑问。我的同伴刚才确实笑得太大声了，但我也不知道他为什么要笑。不过，我可以向您保证，我们的谈话完全与你们无关，我们只是在谈家事，而且这件事非常严肃，一点都不好笑。"

"骑士先生，"瓦龙卫队的军官回答，"我必须承认，尽管您十分礼貌地回答了我，但您的回答不能让我完全满意。我会把您的话转告给我的战友们。"

瓦龙卫队的军官们似乎内部意见并不统一，其他军官似乎都不同意与我对话的那位军官的意见。

不久之后，那位军官又走了过来，对我说："骑士先生，您刚才好意给出的解释，我们究竟应不应该接受，我的战友们和我本人在这一点上没能达成一致意见。我的战友们都认为应该接受您的解释，不幸的是，我与他们持相反的观点。这件事让我颇为烦恼，为了避免一场争论，我已经宣布要与他们一一决斗。至于您，骑士先生，我承认布斯柯罗斯先生才是有过错的一方。但我不得不说，他的名声太糟糕，与他决斗我会感到很没面子。至于您，先生，您刚才和布斯柯罗斯坐在一桌，而且他大笑的时候，您还朝我们这边偷瞄了几眼。由此

萨拉戈萨手稿

我认为,我们完全可以通过比剑来解决这件事,以避免事态扩大。"

这位上尉的战友们再一次劝说他,没有必要同他们或同我决斗。但他们都了解这个人的脾气,所以也没有多做努力,其中一人还自愿充当我的决斗助手。

我们来到决斗场地上。我把上尉刺成了轻伤,但与此同时,我的右肺部位也中了一剑。起初我只感到像针扎一样,但不久之后,我全身剧烈地颤抖起来,很快就倒在地上不省人事。

吉普赛人首领说到这里时,有人过来打断了他的讲述,请他去队伍里处理一些事情,他便离开了。

秘法师转身对我说:"如果我没有弄错的话,那位刺伤了阿瓦多罗的军官就是你父亲吧!"

"你猜得没错,"我回答,"我父亲的决斗笔记本里提到过这件事,他不愿与意见相左的战友们进行徒劳的争辩,于是当天晚上就和三位军官进行了决斗,并刺伤了他们。"

"上尉先生,"丽贝卡说,"通过这件事,你的父亲展现出了非凡的远见。为了避免一场无谓的口舌之争,他在一天里进行了四场决斗!"

丽贝卡拿我父亲的事当作笑料,让我感到非常不快,我还没来得及反驳,众人就已经四散而去,当天也没有再聚到一起。

原注:

1 曼努埃尔·费尔南德斯·德·波托卡雷罗(Manuel Fernandez de Portocarrero,1629—1709),是一名政治家。

2 奥罗佩萨伯爵(Count Oropesa),在1685—1691年、1698—1699年任首相。

3 费迪南·博纳文图拉·冯·哈拉齐(Ferdinand Bonaventura von Harrach,1637—1706)。

第五十八天

这天晚上，吉普赛人首领继续讲起了他的故事。

吉普赛人首领的故事（续）

当我恢复意识的时候，发现自己的两条胳膊上都在放血。我仿佛透过一层薄雾，看到了阿维拉女公爵、西多尼亚公爵夫人和托雷多正站在我面前，他们三个全都眼含泪水。我再一次昏了过去。整整六周时间里，我一直保持着长眠不醒的状态，或者说和死了差不多。在此期间，人们担心我的视力受损，所以一直关着百叶窗，在给我处理伤口的时候，人们会用蒙眼布遮住我的双眼。最后，我终于能睁眼和说话了。我的医生转交给我两封信：一封来自托雷多，他告诉我，他刚到达维也纳，此行的使命我完全猜不到；另一封信来自阿维拉女公爵，但这封信并不是她亲手写的。她在信中告诉我，有人在雷他达大街上监视我的住所，甚至还有人搜查了我的房子。她不敢再耽搁，已经回到了她的公爵领地，或者按照西班牙人的说法，"回到了自己的地盘上"。

我读完这两封信之后，医生命令我再次关上百叶窗，于是我只能在黑暗中静静沉思。这一次我是真的开始了严肃的思考。在此之前，我的人生道路似乎铺满了玫瑰，直到这时，我才看见了玫瑰上伸出的尖刺。

又过了两周之后，医生允许我乘坐马车去普拉多大道上逛一逛。我准备下了马车自己走两步，但却感到体力不支，只能坐到一条长椅上。

不久之后，那位曾担任过我的决斗助手的瓦龙卫队军官走到我面前。他告诉我，在我伤情危重的这段时间里，我的决斗对手一直非常不安，他恳求我给他一次拥抱的机会。我同意了。他跪倒在我脚下，然后又拥抱了我，哽咽着对我说："阿瓦多罗先生，请给我一个机会，让我代替您决斗一回，那将是我一生中最幸福的一天。"

不久之后，我看到了布斯柯罗斯，他带着惯常的轻慢姿态朝我走过来。

"我亲爱的继子，"他说，"你受到的教训有点过于严重了。毫无疑问，我本应该亲自教训你的，但我要是亲自出手的话，恐怕效果没有现在这么好。"

"亲爱的继父，"我回答，"对于那位勇敢的军官带给我的剑伤，我毫无怨言。我随身带着佩剑，就是因为这样的危险随时会降临在我身上。但是，说到你在这件事中所扮演的角色，我认为完全有理由揍你一顿。"

"够了，亲爱的继子，"布斯柯罗斯说，"别再提什么揍不揍的了。在当前形势下,你这么说话实在是有失体统。自从我们上一次见面以来,我已经变成了一个位高权重的人物:类似于第二级别的代理部长。关于这件事的来龙去脉,我准备细细地给你讲一讲。

"在阿尔科斯公爵家里,红衣主教波托卡雷罗阁下曾多次见到过我,还给了我一个特别亲切的微笑。受此鼓舞,我会在他的接见日前去拜见他。

"有一天,红衣主教阁下走到我面前,轻声对我说:'亲爱的布斯柯罗斯,我知道,在这座城市里,你是那个消息最灵通的人。'

"我也没想到,自己竟然能如此镇静地回答:'阁下,十分擅长国家治理的威尼斯人认为,一个人如果想要参与国家事务,就必须拥有消息灵通的优势。'

"'正是如此!'红衣主教补充道,接着他又和其他几个人谈了一会儿,然后就离开了。一刻钟之后,宫殿总管来到我面前,对我说道:'布斯柯罗斯先生,红衣主教阁下派我来邀请您与他共进午餐,午餐之后,他可能还会与您交谈一番。到时候,请您不要把谈话时间拖得过长,因为红衣主教阁下食量很大,用餐之后总是需要打个瞌睡。'

"我感谢了宫殿总管的友情提示,然后与另外十几人一起同红衣主教共用了午餐。主教本人差不多吃完了一整条狗鱼。

"饭后,他邀请我去了他的书房。'那么,布斯柯罗斯先生!你最近几天做了什么有趣的事没有?'

"红衣主教的问题让我感到十分窘迫,因为那几天里我什么有趣的事情都没有听说。我想了一会儿,然后回答:'阁下,最近几天,我发现了一个拥有奥地利皇室血统的孩子。'

"红衣主教听了之后,感到十分震惊。

"'是的',我补充道,'阁下一定还记得,阿维拉公爵曾与贝阿特丽斯公主有过一段秘密情史。他们有一个私生女,名叫莱昂诺尔。这个女儿后来结了婚,生下了一个孩子。莱昂诺尔去世之后,被安葬在加尔默罗会的修道院里。我曾见过她的墓碑,但是后来那块墓碑消失不见了。'

"'这件事对阿维拉和索里恩特家族都十分不利啊!'红衣主教说。"

"红衣主教阁下本来可能还要继续讲下去,但那条狗鱼让他止不住地犯困。我觉得还是先退下为妙。这些事情都是三周之前发生的,说真的,我亲爱的继子,那块墓碑真的消失了,如今我还清楚地记得,上面刻着'莱昂诺尔·阿瓦多罗'几个字。我没有向红衣主教阁下提起你的名字,不是为了帮你保守秘密,而是为了留点料下次再说。"

陪我出来的医生先前站在远处等候,他看到我突然畏缩了一下,还差点昏倒,便上前告诉布斯柯罗斯,出于职责所在,他必须打断我们的谈话,把我送回家中。到家之后,医生让我服用了一些冷饮,然后关上了百叶窗。之后,我就一直沉浸在自己的思绪中。布斯柯罗斯的一些话无疑深深刺痛了我的自尊。

"就是这样的,"我对自己说,"当你和更高阶层的人共处时,就会发生这种事。女公爵与我成了夫妻,但又不能真的结婚。为了一个莫须有的莱昂诺尔,我招致了当权者的怀疑,不但如此,我还必须乖乖地任由一个卑鄙小人在我面前搬弄是非。但是,如果我要为女公爵保守秘密,就无法为自己进行辩解,而她太过高傲,绝不会承认与我有过任何瓜葛。"

接着,我又想到了小玛诺丽塔,她当时只有两岁,我曾在索里恩特城堡里将她紧紧搂在怀中,但却不敢公开宣称她是我的女儿。"我亲爱的孩子啊!"我呼喊,"你未来的命运将会如何?也许在修道院里度过一生?不能这样,我是你的父亲,为了你的前途命运,我随时可以不顾一切地带你逃离。我会成为你的保护人,即使付出生命的代价。"

一想到我的孩子,我就心如刀绞。我沉浸在自己的泪水和血水中,因为我的伤口又崩开了。我叫来了外科医生,帮我再次包扎伤口。然后,我给女公爵写了一封信,她在我身边留了几个仆人,我请其中一个帮我把信转交给她。

两天之后,我又来到普拉多大道上,发现所有人的情绪都很激动。人们告诉我,国王已经生命垂危了。我据此推断,我的事情应该也不会再有人提起了,我果然没有猜错。第二天早上,国王去世了[①]。我马上又写了第二封信,把这个消息告诉了女公爵。

两天之后,国王的遗嘱公布了,王位继承者是安茹公爵腓力五世[②]。这个秘密一直被小心地保守着,所以当消息传开时,引发了举国震惊。我又给女公爵发去了第三封信。她回复了我的三封来信,让我到索里恩特城堡与她会合。我身体好转一点之后,就马上赶到了那里。两天后女公爵也到了。

"我能侥幸脱身,真是太幸运了,"她说,"那个鼠辈布斯柯罗

[①] 译注:卡洛斯二世于1700年11月1日去世,终年38岁。西班牙哈布斯堡王朝终结。

[②] 译注:西班牙波旁王朝的第一位君主。

斯的调查已经有了眉目，要是任其发展，他可能真的会揭露我们婚姻的事实。那样的话，我就会受尽屈辱。我知道这样说并不公平，也知道在嘲笑婚姻的同时，我已经把自己凌驾于女性，甚至是男性之上。可怕的骄傲已经占据了我的灵魂，但我可以向你保证，就算我有心想要战胜骄傲，也根本不可能办到。"

"那我们的女儿怎么办？"我问，"她的命运将会如何？难道我再也不能见到她了？"

"你会见到她的，"女公爵说，"但现在还不是时候。相信我，让她过这样避世隐居的生活，你一定想象不到我有多心痛。"

女公爵确实很心痛，但我的心痛里还多了一份屈辱。我对女公爵的爱里有虚荣的成分，如今我终于尝到了虚荣的代价。

亲奥地利派准备在索里恩特开一次代表大会，我看到了一众显贵的名字：奥罗佩萨伯爵、因凡塔多亲王、梅尔萨伯爵等，比他们稍低一等的人物更是不计其数，其中的一些人在我看来有些可疑。在这些人中，我留意到一个名叫乌泽达的人，他假扮成一个占星家，想方设法要与我结交为友。

最后，一个名叫贝莱普斯的奥地利人也来到了会上。他是国王遗孀[1]的宠臣，也是哈拉齐伯爵离任之后的使馆代表。

众人探讨了几天之后，大会的重头戏到了，在一张铺着绿色桌布的大桌子周围，人们开始了严肃的决议。女公爵也有资格参加决议环节，我渐渐意识到她的高傲，或者说参与国家政事的欲望已经完全占据了她的心灵。

奥罗佩萨伯爵对贝莱普斯说："先生，您看，曾与前任奥地利大使商议过西班牙事务的人士，今天都在这里聚齐了。我们既不是法国人，也不是奥地利人，我们是西班牙人。只要法国国王认可了遗嘱，他的孙子就能畅通无阻地登上我们的王座。诚然，我们无法准确地预知未来，但我可以向您保证，在座的所有人都无意发动一场内战。"

贝莱普斯宣称，全欧洲都会拿起武器，绝不会坐视波旁王朝控制这么大的一片地域。接着他又提议，亲奥地利派的贵族应该派一个代表前往维也纳。

奥罗佩萨伯爵看了我一眼，我以为他要让我担任这个代表。但他又沉思了一番，然后说，现在就走出这关键性的一步，似乎还为时过早。

贝莱普斯宣布，他将在西班牙安插一个秘密代理人。无论如何，他都可以明显地看出：参加这场决议的贵族们都在等待时机成熟，以便公开向宫廷提出抗议。

会议结束后，我来到花园里找到了女公爵，告诉她，在提到派代表去奥地利这件事时，奥罗佩萨伯爵朝我看了一眼。

"堂胡安，"她说，"我必须承认，关于这项任务的人选，我们之前就提到过你，而且是我推荐了你。你似乎对我的所作所为有些不满，我当然要承担一定的责任，但在你对我下定论之前，我希望至少能有机会向你解释一下我的处境。我生来与爱情无缘，但你的爱成功地打动了我的心。我想在彻底斩断情丝之前，能体验一下情为何物。你有何看法？我曾尝试了解你，而你并没有改变我的想法。我曾允许你在一定程度上占据我的身心，不过，无论这份权益有多么渺小，我现在都要收回了。我已经清除了这段关系存在过的一切证据。接下来的几年，我准备在世界政治中发挥一点作用，如果可能的话，我想对西班牙的前途命运施加一些影响力。之后，我会创立一个由贵族女性组成的社团,而我将成为这个社团的第一任团长。"

"至于你,堂胡安,你应该去找托雷多封地领主,他已经离开了维也纳,去了马耳他。但你现在所属的这个政治派系可能会使你身处危险之中,我将买下你所有的财产,然后把收购所得全都转到我在葡萄牙阿尔加维王国①的领地上去。除此之外,堂胡安,你还要安排好其他的退路。在西班牙还有一些世人未知的地域,你可以在那里安度一生。我会引荐一个熟知当地情况的人给你,他会带你去。我所说的这番话似乎让你感到十分惊讶,堂胡安,我曾对你展示过更多的爱意,但布斯柯罗斯的监视对我敲响了警钟,我已经下定了决心,不可能再更改了。"

说完这些,女公爵就离我而去了,留我一个人愣在原地,当时我的内心独白,对这些上流人士来说可算不上十分厚道。

"但愿地狱之火能吞噬他们!"我呼喊,"这些自以为是半神的家伙们,完全不把普通人放在眼里!我沦为了一个女人的玩物,而她只是想用我来做个实验,看看自己的心里是否容得下爱情,如今又把我推上流亡之路,她甚至觉得,面对这个牺牲自己来保全她和她的同伴们的机会,我应该欣然接受。我绝不会接受。幸好我身份卑微,可以默默无闻地安度余生。"

我响亮地喊出了这番话,突然间,我听到一个声音回应:"不,阿瓦多罗先生,你没有办法安度余生。"

我转过身,看到乌泽达正站在树下,就是我之前提到过的那个占

---

① 译注:葡萄牙最南的一个大区,在历史上曾与葡萄牙其他土地和巴西一起组成葡萄牙-巴西-阿尔加维联合王国。

星家。

"堂胡安,"他说,"我听到了你的一部分自言自语,我可以向你保证,在这个乱世里,没有人能够安度一生。你既然已经拥有了权贵的保护,就不应该拒绝这份好意。去马德里吧!把女公爵所提议的财产转移办好,然后就到我的城堡里来。"

"别跟我提女公爵,"我愤怒地喊道。

"好吧,"占星家说,"那我们就来谈一谈你的女儿,她目前住在我的城堡里。"

想到可以把自己的孩子拥在怀中,我的怒气顿时就消散了。此外,与自己的保护人恩断义绝,确实也不太妥当。于是我去了马德里,假称自己要前往美洲。我把自己名下的房子和所有财产都交给了女公爵的律师,然后和乌泽达派来的一个仆人一起上了路。在经过了千回百转的长途跋涉之后,我们终于来到了乌泽达的城堡。各位也知道,他如今仍然和儿子一起住在那里,他的儿子就是我们这位尊贵的秘法师。

占星家在城堡门口迎接我,他说:"堂胡安先生,在这里,我不叫乌泽达,我的名字是马蒙·本·格尔森,无论在信仰上还是血统上,我都是一个纯正的犹太人。"

随后,他带我参观了他的天文台、工作坊以及这个神秘居所中所有隐秘的角落。

"请告诉我,"我问他,"你的法术是不是真有那么厉害,因为我听说你不但是一个占星家,还是一个魔术师。"

"你想验证一下吗?"马蒙说,"看一下这面威尼斯镜子。我去把百叶窗关上。"

萨拉戈萨手稿

起初镜子里什么也看不到,但过了一会儿之后,镜面逐渐亮了起来,我看到曼努艾拉女公爵出现在镜中,她怀里正抱着我们的孩子。

吉普赛人首领说到这里时,我们正听得入迷,很想知道接下去又发生了些什么,但这时,他队伍里的一个人来找他商议当天的事务,于是他就离开了,当天也没有再出现。

原注:

1 诺伊堡的玛利亚-安娜(Marie-Anne de Neubourg,1667—1740),神圣罗马帝国皇帝利奥波德一世之妹、卡洛斯二世之妻。

第五十九天

我们焦急地等待着夜幕降临,吉普赛人首领出现时,我们已经聚在一起等他很久了。看到我们对他的故事这么感兴趣,他觉得很高兴,所以十分爽快地接着讲述了起来。

吉普赛人首领的故事(续)

上回说到,在一面威尼斯镜子里,我看到女公爵正抱着我们的孩子。一转眼,镜中的画面就消失了。马蒙打开了百叶窗,我说:"魔术师先生,我认为你的法术既不需要咒语,也不需要精灵来蒙蔽我的双眼。我很了解女公爵其人,她曾经用更惊人的手法蒙骗过我。简言之,在镜中看到了她的形象之后,我十分确信她本人就在城堡里。"

"你猜得没错,"马蒙说,"我们现在就去和她共进早餐。"

他打开了一扇小暗门,我立刻扑倒在我妻子的脚边,她也难掩激动之情。

情绪平复下来之后,她对我说:"堂胡安,我在索里恩特对你所说的话,是不会更改的,因为那就是事实,定好了的事情,我一定会坚持到底。但你离开之后,我为自己的生硬态度而感到自责。铁石心肠的做派压抑了我身为女性的本能,在这种本能的指引下,我来这里等你,最后一次与你告别。"

"夫人,"我回答女公爵,"你曾经是、如今也依然是我一生中唯一的美梦,对我而言,你永远比现实得失更重要。尽管去追寻你的理想吧,把堂胡安这个人永远忘掉。不过请记得,你和我之间还有一个孩子。"

"你很快就能见到她了,"女公爵说,"我们两个要共同把她托付给负责教育她的人们。"

我还能说些什么呢?当时我觉得女公爵并没有做错什么,现在我仍然是这么想的。作为一个没有名分的丈夫,我有什么资格和她住在一起呢?就算我们的秘密婚姻逃过了大众好奇的窥探,也绝逃不出家中仆人们的视线,这个秘密很快就会被捅破,也许女公爵的命运会发生天翻地覆的变化。因此我觉得她的选择是合情合理的,我也就默默地接受了。我即将见到自己的女儿小昂迪娜[1],之所以叫这个名字,是因为她只接受过水的洗礼,没有涂过圣油。

我们午餐时又聚到了一起。马蒙对女公爵说:"女士,我认为有些事情应该让堂胡安知道,如果您同意的话,就由我来告诉他吧。"

女公爵对此没有异议。于是马蒙转身对我说:"堂胡安先生,你现在所处的这片地域幽深辽远,世俗的眼光根本无法参透;在这里,每个人都保守着自己的秘密。在整条山脉中,存在着巨大的洞穴和四通八达的地下空间,自从西班牙驱逐摩尔人以来,一些摩尔人就一直

第五十九天

隐居在那里，从未离开过。在你面前的这道长长的山谷里，你会遇到假冒的吉普赛人，他们之中有穆斯林、有基督徒，还有一些没有任何信仰的人。在那座山岩的顶上，你会看到一座带有十字架的塔楼，那是一所多米尼克修道院。宗教裁判所对这里所发生的任何事情都不闻不问，他们这么做自有其理由，而多米尼克修士们也对这一切视若无睹。你现在所在的这个城堡里，只有犹太人居住。每隔七年，葡萄牙和西班牙的犹太人就会聚集于此，共同庆祝安息年[2]。自从约书亚开启这个传统以来，今年已经是第四百三十八个安息年了。我刚才提到过，阿瓦多罗先生，那些吉普赛人中有穆斯林、有基督徒，还有一些没有任何信仰的人，这些无信仰者都是迦太基人的后裔。在腓力二世[3]执政期间，有几百个这样的家庭被烧死在了火刑柱上，只余下一小部分人，躲藏在一个小火山湖旁边。多米尼克修士们在那里建了一座小教堂。"

"接下来，阿瓦多罗先生，请听一下我们对于小昂迪娜的安排，她永远都不会了解自己的身世，那位对女公爵十分忠诚的陪嫫将自称为她的母亲。我们在火山湖边为你的女儿修建了一栋漂亮的小房子，修道院里的多米尼克修士们将会教她基础的宗教教义。至于她后续的发展，就要听天由命了。通往弗里达湖的路径很隐蔽，再狡猾的探子也难以找到。"

他说完之后，女公爵流下了泪水，我也忍不住哭了起来。第二天，我们一起去了湖边，也就是如今我们所看到的这片湖，并把小昂迪娜送了过去。

其后一天，女公爵又恢复了平日里尊贵傲慢的姿态。我必须承认，我们在诀别时并没有依依不舍。

萨拉戈萨手稿

我也没有在城堡里多做逗留。不久之后我就乘船前往西西里,在斯帕罗那拉上尉的安排下来到了马耳他。

我去见了托雷多封地领主。我这位高贵的朋友热情地拥抱了我,接着,把我带进一个远离其他房间的屋子里,关好了门。半小时后,领主的管家为我端来了一份丰盛的佳肴。将近傍晚时分,托雷多带来一大沓信件,用政治圈里的话来说,这些都是急件。第二天我就启程了,我需要将这些信件交给堂卡洛斯大公①。

我去维也纳拜见皇帝陛下。我刚交出急件,就被关到了一个远离其他房间的屋子里,就像在马耳他时一样。一个小时之后,大公亲自前来见我;把我带到了皇帝面前,说:"神圣罗马帝国皇帝陛下,请允许我向您介绍卡斯特里侯爵,他是一名来自撒丁岛的绅士,请您恩准他担任王室侍官一职。"

利奥波德皇帝用下嘴唇勉强挤出一个笑容,并用意大利语问我是何时离开撒丁岛的。

我不习惯在君主面前讲话,更不习惯在他们面前撒谎,于是我就用一个深深的鞠躬代替了回答。

"很好!"皇帝说,"我谨任命你为皇子的侍官。"

于是我在不情愿的情况下变成了卡斯特里侯爵,一名来自撒丁岛的绅士。

当天晚上,我感到头疼欲裂,第二天又发起了高烧,两天后就被确诊为天花。我一定是在卡林西亚②的某个旅馆里染上了病。我的病

---

① 译注:即后来的神圣罗马帝国皇帝查理六世(1685—1740)。
② 译注:隶属奥地利南部。大部为平原,周围是山地。

第五十九天

情来势汹汹,颇为严重,不过最后我还是康复了,甚至还从中受益匪浅。卡斯特里与曾经的堂胡安看起来一点都不像了。在改名换姓的同时,我也改头换面了。绝对没有人会相信,我曾经假扮过艾尔维拉,还差点成了墨西哥总督的夫人。我身体好转一点之后,马上就肩负起了与西班牙联络的职责。在此期间,安茹公爵腓力五世统治着西班牙和印度群岛,也深得民心。但就在此时,天知道王室里发生了些什么难以捉摸的事情,腓力五世和他的王后竟然对于尔桑亲王夫人俯首称臣了。此外,法国大使德斯特雷红衣主教被接纳进了国会,这件事让西班牙人群情激愤。最后,路易十四国王觉得自己可以为所欲为了,就把曼托瓦①变成了法国的一个卫戍区。堂卡洛斯大公又重燃起了夺回西班牙王位的希望。

1703年年初的一天晚上,大公召见了我,他朝我走了几步,甚至还屈尊给了我一个亲切的拥抱。这样的接见方式让我意识到一定发生了什么大事。

"卡斯特里,"大公说,"你还没有听说托雷多封地领主的事情吧。"

我回答说并没有。

"他曾是一个了不起的人,"大公沉默了一下,然后说。

"您说了'曾'是什么意思?"我大喊道。

"是的,"大公说,"他曾是这样一个人。托雷多封地领主患上了伤寒,在马耳他岛上去世了,不过你可以把我当作第二个托雷多。为你的朋友哀悼吧,你可以继续为我忠诚效力。"

---

① 译注:意大利北部城市,西北距米兰113公里,当时属西班牙的米兰公国。

我为好友的离世流下了悲伤的泪水，同时也意识到，我再也摆脱不了卡斯特里这个身份了。在命运的驱使下，我变成了大公的奴隶，成了一个听话的工具。

第二年，我跟随大公去了伦敦，他离开伦敦后去了里斯本，而我则加入了彼得伯勒伯爵⁶的军队，我曾有幸在那不勒斯与他结识。他在巩固巴塞罗那围城战的战果时，我就在他的身边，在此期间，一次高贵的行动让他的品格天下闻名。在协商投降条件时，一些联军部队闯入城中，开始抢劫。腓力五世军队的指挥官波波利公爵向这位英国伯爵抱怨了这件事。

"请允许我带着我的英国军队暂时进入城中，"彼得伯勒说，"我向您保证，城中秩序很快就能恢复。"

他果然说到做到。随后，他率部离开了城市，并提出了合情合理的投降条件。

不久之后，大公来到了巴塞罗那，当时他差不多已经征服了整个西班牙。我再次成了他的侍官，仍然使用卡斯特里侯爵这个名字。一天晚上，正当我和大公的几个侍卫走在中心广场上的时候，我留意到一个人，这个人走起路来时急时缓，让我想起了布斯柯罗斯。我派了人监视他，得知他戴着一个假鼻子，自称为罗布思迪医生，我马上就认定此人一定是布斯柯罗斯。这个卑鄙小人混入城中，就是为了刺探我们的动向。

我将这件事通报给了大公，他允许我全权处置这个无赖。首先，我命人把他关进我们的中央禁闭室。接着，在解除禁闭的时候，我命令掷弹兵们排成两排，每人手里拿一根桦木枝条，队列从禁闭室一直排到港口。士兵们站得比较开，以便抡起右臂。当布斯柯罗斯走出禁闭室时，马上就意识到这支队伍是为他准备的，按照我们的话来说，他成了庆典之王。他拼命狂奔，躲开了一半的袭击，但至少也挨了两百下抽打。跑到港口里之后，他纵身跳进一艘长艇，然后又登上了一艘护卫舰，这时，他终于能松一口气，检查自己背上的伤势了。

这时，吉普赛人首领又有一些队伍上的事需要处理，便向我们告辞，把剩下的故事留到第二天再讲。

原注：

1 在上文中，这个孩子被称为玛诺丽塔（Manolita，也就是小曼努艾拉的意思），即曼努艾拉女公爵之女。
2 据《利未记》25:2-7。"第七年是安息年，土地要休息，以尊崇耶和华。"
3 1556—1598年在位，1556年继任西班牙国王。
4 即利奥波德一世（Leopold I，1658—1705年在位）。
5 即安娜-玛丽·德·拉·特雷穆瓦耶（Anne-Marie de la Trémoille，1643—1715），弗拉维奥·德格利·奥尔西尼的遗孀。
6 即查理·莫当特（Charles Mordaunt，1658—1735），彼得伯勒伯爵。

第六十天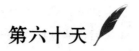

这天晚上,吉普赛人首领接着讲起了他的故事。

吉普赛人首领的故事(续)

我在大公身边服务了十年。我人生中最好的年华就这样在悲伤中度过了,不过,对于其他西班牙人来说,这几年也都不好过。动荡的局势似乎随时都会终结,但又随时都会死灰复燃。腓力五世在于尔桑亲王夫人面前一直十分软弱,这一点令他的支持者们深感绝望。支持堂卡洛斯的这一派也没什么值得高兴的。双方都犯了不少错误,所有人都感到理想幻灭,意志消沉。

阿维拉女公爵一向被认为是亲奥地利一派的灵魂人物,她原本有希望赢得腓力五世支持者的拥戴,但却在于尔桑亲王夫人那难以逾越的高傲面前败下阵来。后来,于尔桑亲王夫人被迫离开了这个战绩辉煌的舞台,退隐到罗马去了,不过她很快又重出江湖,风头比以往更盛。事已至此,阿维拉女公爵只得退到阿尔加维王国的领地上,着手创办修道院。西多尼亚公爵夫人相继失去了自己的女儿和女婿,西多尼亚家族的血脉就此断绝了,家族财产全都归了梅迪纳·塞利家族。公爵夫人则退隐到了安达卢西亚。

1711年,大公作为其兄长约瑟夫[1]的继任者登上了皇位,称为查理六世皇帝。欧洲人的嫉恨不再针对法国,而转向了这位刚登基的皇帝。人们不愿看到西班牙像匈牙利那样臣服于奥地利的权柄之下。奥地利人撤出了巴塞罗那,留下卡斯特里侯爵管理这座城市,当地人也十分尊重信赖我。我不遗余力地劝大家认清形势,但我的努力全都白费了。加泰罗尼亚人变得狂热起来,他们自以为可以与整个欧洲为敌。

在纷乱的时局中,我收到了阿维拉女公爵的一封来信,她的落款已经变成了瓦尔桑托修道院女院长。信的内容只有简单的几句话:

尽快到乌泽达城堡,想办法和昂迪娜见一面。务必先和多米尼克修道院的院长谈一下。

当时,腓力五世军队的总指挥官波波利公爵正率部围攻巴塞罗那,他所做的第一件事就是为卡斯特里侯爵竖起一台五十尺高的绞刑架。我把巴塞罗那的市民代表召集起来,对他们说:"先生们,大家对我的信赖让我感到无比荣幸,但我不是一个军人,因此没有能力指挥你们战斗。此外,万一你们被迫投降了,敌方接受投降的第一个条件一定是逼你们把我交出去,到那个时候,你们一定会左右为难。所以我眼下最好的办法,就是向各位告辞,永远离开此地。"

但是，当人们狂热到失去理性时，就会把尽可能多的人捆绑在自己一方，甚至认为撤销安全的出城通道对他们更有利。因此我没有得到出城的许可，但我早就准备好了退路。我在海滩上准备了一艘船，午夜时分，我登上了那艘船，第二天晚上就到达了一个名叫弗罗连那的安达卢西亚渔村。

我给了水手们丰厚的报酬，让他们返航，然后就独自进了山。我花了好长时间才终于找到乌泽达的城堡。尽管城堡主人拥有占星的神奇法术，但还是差点没认出我来。

"堂胡安先生，或者该称你为卡斯特里先生，"他说，"你女儿很健康，也出落得十分美丽。至于其他的事情，你需要和多米尼克修道院的院长谈一下。"

两天之后，一位上了年纪的修士找到我说："卡斯特里先生，我是宗教裁判所的成员，裁判所对这一带山区里所发生的事情通常会网开一面，我们这么做，是希望能感化那些迷途的羔羊。这一带迷途的羔羊特别多，他们对年轻的昂迪娜产生了负面的影响。这姑娘有很多奇思怪想。当我们为她讲解神圣宗教的原理时，她会聚精会神地听讲，从不表现出任何质疑的神情，但是一转眼，她又会和其他人一起念起穆斯林的祈祷词，或是参加异教徒的庆典活动。先生，请到弗里达湖畔去，想办法摸透她的心思吧，您的话还是有一些权威的。"

我向这位可敬的多米尼克修士表达了谢意，然后就出发前往湖畔。我来到位于湖北侧的一个岬角上，从此处眺望水面，我看到一艘小帆船如闪电般掠过眼前。帆船的构造令人惊叹：它像冰刀一样又细又长，装备着两根横梁，通过平衡配重来防止船身倾覆，船帆系在一根结实的桅杆上。船身一侧有一个女孩，看上去就像是在湖面上滑行,几乎就要碰到水面了。这艘造型奇特的帆船在我所站的地方靠了岸,女孩下了船,肩膀和双腿都裸露着,一身绿色的丝质裙装紧贴在身上。她的一头卷发垂在雪白的脖颈上,头发甩起来的时候,就像马儿的鬃毛一样;她的样子让我想到了美洲的原住民。

"曼努艾拉,噢,曼努艾拉!"我呼喊,"这还是我们的女儿吗?"

她确实是我们的女儿。我去了她的住处,照顾昂迪娜的那位陪媪前几年去世了。当时女公爵亲自回来过,把女儿拜托给了一个瓦龙家庭来抚养,但昂迪娜不愿接受任何人的管束。她很少说话,喜欢爬树、登山和在湖中游泳。她的头脑并不愚笨,比如,刚才我提到的那艘乘风破浪的帆船,就是她亲手设计的。想要劝她听话,全靠一个词,那就是她父亲的名字,当人们需要她做什么时,就会以她父亲的名义提出要求。我来到她的住处后,人们立刻把她叫了过来。她浑身颤抖着跪到我面前,我紧紧拥抱了她,亲吻着她的面颊,却没能让她说出一个字来。

吃过早饭后,昂迪娜回到了船上,我也跟着她一起上了船;她拿起船桨划到了湖中央。我尝试着和她谈心,她放下船桨,似乎正全神贯注地听我说话。我们漂流到了湖的东侧,离湖畔高耸的一圈陡峭岩壁非常近。

"亲爱的昂迪娜,"我感叹,"我想知道,你是否认真地遵守了修士们的虔诚戒律?你毕竟是一个理性的生灵啊,昂迪娜。你拥有灵魂,你应该用宗教来指引自己的人生道路。"

我这大家长式的说教刚进行到一半时,昂迪娜突然跳进湖水中,消失不见了。我顿时慌了神,赶快回到她的住处,找人帮忙施救。人们告诉我，完全没必要紧张，因为那一带的山岩中有很多空洞，洞穴在水下互相连通；昂迪娜对这些暗道了如指掌，她会在一处消失，又在另一处出现，常常这样玩上几个小时再回家。这一次她倒是很快就回来了，不过我决定再也不对她说教了。正如我刚才说的，昂迪娜并不愚笨，只不过一直在离群索居的环境中长大，又一直处在放任自流的状态中，她并不懂得什么是正常的举止。

几天后，一个修士代表女公爵前来找我，或者说是代表曼努艾拉女院长。他给了我一件修士长袍，和他自己穿的那件很像，然后带我去见女公爵。我们沿着海岸线来到了瓜迪亚那河口①，从河口进入阿尔加维王国，最后来到了瓦尔桑托。修道院已经基本建成。女院长用以往那种高傲的姿态接见了我，不过，当旁人都退下之后，她再也掩饰不住自己的情感。她那些高远的理想早已随风而去，如今剩下的只有无法追回的往日爱恋，让她空留遗憾。我想和她谈一谈昂迪娜的事，但女院长叹息着请我把这件事留到第二天再谈。

"我们还是来谈谈你的事吧，"她说，"你的朋友们没有忘记你。在他们的打理下，你的资产已经翻倍了。现在的问题是，你应该以什么名义来动用这笔财富。卡斯特里侯爵的名号绝不能再用了，国王是不会轻易放过参加过加泰罗尼亚起义的人的。"

我们就此探讨了很长时间，也没有一个定论。几天后，曼努艾拉偷偷递给我一封来自奥地利大使的信，信中热情洋溢地邀请我回到维也纳。我承认，这封信让我感到无与伦比的欣喜。我曾忠心耿耿地为

---

① 译注：伊比利亚半岛的河流之一，源头是西班牙的桑卡拉河，经葡萄牙注入加的斯湾。

皇帝效力,而他的感激之情就是对我最好的回报。

不过我并没有得意忘形,宫廷里的那一套,我实在是太了解了。我得到大公的赏识时,并没有遭受旁人的嫉恨,那是因为当时大公还在徒劳无果地争夺王位,但如今他已经成为基督教世界里最显赫的君主,我不认为其他人还能容得下我。最重要的是,我对一个奥地利绅士存有戒心,他一直在想办法迫害我。此人名叫阿尔特海姆伯爵,后来拥有了不可小觑的影响力。尽管顾虑重重,我还是去了维也纳,跪倒在神圣罗马帝国皇帝的面前。皇帝对我十分关心,还与我一起探讨了是否要保留卡斯特里的名号,而不用回我的本名,他还在自己的帝国里为我留了一个重要职位。他的好意让我深受感动,不过,一种莫名的不祥预感使我无法尽享这份好运。

当时,一些西班牙贵族离开了祖国,在奥地利站稳了脚跟,这些人中有拉里奥斯伯爵、奥亚斯伯爵、巴斯克斯伯爵和塔鲁加伯爵。他们和我很熟,都强烈建议我像他们一样留在奥地利。我也正有此意,但我刚才提到的那个神秘敌人正在密切监视我。我在觐见皇帝时说了些什么,他一概都能打听到,而且马上就会向西班牙大使告密。大使认为,出于外交职责,他必须要对我有所牵制。当时我还在参与一些重要的会谈,但大使处处设置障碍,并把这些阻碍归咎于我的人品问题和我在这些事件中所起的作用。他的诡计得逞了,我很快就发现自己的处境发生了天翻地覆的变化。有我在场的地方,朝臣们都显得很别扭。我在来维也纳之前就预见到了这一点,所以并没有特别苦恼。我请求面见皇帝,向他请辞。最后我得到了准许,但觐见时,我们都没有谈到任何具体的事宜。

我去伦敦待了几年,然后回到了西班牙。

再次见到女院长时，她看上去浑身无力，脸色苍白。"堂胡安，"她说，"你也看到了，岁月是多么无情。说实话，如今我已经感到生无可恋，我剩下的日子也不多了。仁慈的上天啊，无论我受到多少惩罚都不为过！听我说，我们的女儿以异教徒的身份去世了，我们的外孙女是一个穆斯林。你拿去自己看吧！"她一边说着，一边把乌泽达的一封来信递给了我，信的内容如下：

尊敬的院长女士：

拜访摩尔人的洞穴时，我听说一个妇女有话要对我说。她把我带到了她住的地方说："占星家先生，您是个无所不知的人，请帮我分析一下。我儿子经历了一场奇遇，有一次，他在我们山区的峡谷沟壑间穿行了一整天之后，发现了一眼神奇的泉水。一个容貌惊为天人的女子出现了，他马上就坠入了爱河，尽管他认为她是一个精灵仙子。我的儿子如今出了远门，他拜托我无论如何都要解开这个谜团。"那个摩尔妇女的原话便是如此，我马上就想到那个仙子可能就是我们的昂迪娜，她常常潜入某个洞穴，然后在洞穴的另一头重新出现，湖水涌出洞口时，看上去就像是喷泉一样。为了让这个妇女不要声张，我说了一些无关紧要的劝慰的话，然后马上去了湖边。我试图劝说昂迪娜讲出真相，但只是白费口舌。您也知道她很不喜欢讲话。不过，不久之后，我们就没有询问的必要了。她的身材变化已经泄露了她的秘密。我把她接到城堡里，她在城堡生下了一个女儿，但产后她坚持要回到湖畔，重拾以往那种狂野的生活方式。没过几天，一场急病就夺去了她的生命。老实说,我不记得她曾信仰过任何宗教。至于昂迪娜的女儿,她的生父是血统特别纯正的摩尔人,她毫无疑问将成为一个穆斯林。假如我们反对的话,地下王国的那些居民们一定会向我们复仇的。

"堂胡安,你应该可以想象得到,"女公爵黯然神伤地说,"我心里有多么难过。我的女儿死时还是个异教徒,我的外孙女将永远都是一个穆斯林。全能的上帝啊!你对我的惩罚真是太严厉了!"

吉普赛人首领说到这里时,发现天色已晚,于是就回到了他的队伍里。我们几个也便上床休息了。

原注:
1 约瑟夫一世(Joseph I,1705—1711年在位)。

> 萨拉戈萨手稿

第六十一天

这天,我们怀着更加焦急的心情等待夜幕降临,因为我们都预感到,吉普赛人首领的冒险故事马上就要大结局了。当他接着讲起自己的故事时,我们都听得格外认真。

吉普赛人首领的故事(续)

假如瓦尔桑托修道院可敬的女院长没有强迫自己进行苦修忏悔的话,她那虚弱的身体也许还能支撑一段时间,也不至于被深重的忧思轻易压垮。我眼看着她日渐衰弱,不敢离开她的身边。我的修士长袍给了我随时进入修道院的权利,最后,不幸的曼努艾拉在我怀里离开了人世。女公爵的继承人索里恩特公爵当时也在瓦尔桑托,他和我进行了一番相当坦诚的交谈。

"我知道您和亲奥地利派的关系,我本人也是这一派的成员,"他说,"如果需要任何帮助,您都可以随时找我,能帮上忙是我的荣幸。至于公开的友谊，想必您也理解，我不敢冒这个险，不然我们都会面临不必要的麻烦。"

索里恩特公爵说得没错，这个派系已经抛弃了我，当初让我冲在前面，就是为了便于随时牺牲我。我还有一笔不菲的财产，随时都可以转到我的名下，因为管理这笔财产的是莫罗兄弟。我打算去罗马或英国旅行，但到了切实规划余生的时候，我又犹豫不决了。一想到回归社交圈这件事，我就会惊恐地颤抖起来，对于社会关系的厌恶成了我的一种执念。

乌泽达看到我茫然失措的样子，便建议我为戈麦雷斯家族效力。

"这份工作意味着什么？"我问，"需要我做出有损于国家和平的事吗？"

"完全不会，"他回答，"隐居在这片山区里的摩尔人正在谋划一场伊斯兰革命，其背后的推动力是政治利益和宗教狂热。他们拥有取之不竭的财富，希望能依托这笔财富实现他们的目标。为谋取私利，一些闻名于世的西班牙家族已经与他们建立了联系。宗教裁判所也从他们那里得了不少好处，因此对地底深处发生的一切不闻不问，这些事如果发生在地面上，裁判所是绝不会容忍的。简单来说，请相信我，堂胡安，试着和我们一起在这些山谷中定居下来吧。"

我已经厌倦了外面的世界，决定采纳乌泽达的提议。穆斯林和没有信仰的吉普赛人们热烈地欢迎了我，他们将我视为命中注定的首领，并承诺会永远对我忠诚。不过，真正让我下定决心的，是吉普赛女郎们。其中有两个让我觉得特别有吸引力：一个名叫奎塔，另一个名叫齐塔。这两个女郎都很美丽，我不知道该选哪一个才好。

她们看出了我的犹豫，为了让我宽心，她们告诉我说，在她们的习俗里，一个男人可以娶几个妻子，而结婚也不需要办宗教仪式。

我必须满怀羞愧地承认，我任由自己走入了这种放荡不羁的生活之中。要谨守美德，只有一种方式：那就是避免一切有可能违背美德的行为。当一个人需要隐姓埋名，掩盖自己的行为和意图时，他很快就会被迫隐藏自己的整个人生。我与女公爵的婚姻中唯一的美中不足之处，就是我不得不隐瞒婚事，但从这最初的不诚实开始，我的人生中不可避免地出现了一个又一个谎言。另一个让我决定留在山谷中的原因则要单纯得多——山中的生活本身充满了吸引力。头顶的天穹、清凉的洞穴和森林、甜美的空气——一言以蔽之，我的心灵在世间滚滚红尘中已经被磨得伤痕累累，大自然的无数奇迹终于给它带来了安宁。

我的妻子们为我生下了两个女儿，从此以后，我更加着意聆听自己的良心所发出的声音。我曾亲眼看到悔恨如何将曼努艾拉带进了坟墓，我决定不能让这两个女儿成为穆斯林或是无信仰者。因此我必须要陪伴她们的成长，绝不能放任自流。这样一来我就别无选择，只能留下来为戈麦雷斯家族效力。我领到的都是些特别重要、涉及金额很高的任务。我本身颇为富有，已经无欲无求了。在族长的许可下，我全心全意地做起了善事，常常能成功地帮助他人摆脱厄运。

总而言之，我在地表上的人生在地底下得到了延续。我又成了一名外交使节，期间去过几次马德里，还有几次出国会晤的经历。这种充实的生活让我再一次精神焕发，我也越来越喜欢上了这种生活方式。

在此期间，我的女儿们也渐渐长大了。我最后一次去马德里时，她们随我同行。两位贵族青年努力赢得了她们的心。这两个人的家族都与我们这里的地底王国有联系，所以我们不用担心，无论我的女儿们提到这山谷里的任何事情，他们都不会泄露出去。等孩子们的婚事

第六十一天

办妥之后,我就会去找一个神圣的隐居之所,平静地过完我的一生。我的人生虽然不能算毫无过错,但也绝对谈不上是罪恶的一生。

各位让我讲述自己的故事,希望我的故事满足了各位的好奇心。

"我最好奇的是,"丽贝卡说,"布斯柯罗斯后来怎么样了。"

"我这就告诉你,"吉普赛人首领说,"他在巴塞罗那挨的那一顿打,治好了他盯梢偷窥的毛病。但由于当时用了罗布思迪的化名,他觉得布斯柯罗斯的名声并没有受到损害,于是又厚颜无耻地傍上了阿尔贝罗尼红衣主教[1],成了这位内阁大臣手下的一个二流阴谋家。他的主子是一个声名在外的大阴谋家,在主子身边,他就像影子一样黯然失色。"

"后来,另一个冒险家里佩达[2]成了西班牙的内阁大臣。在此人手下,布斯柯罗斯的日子好过了一些,但岁月无情,再辉煌的伟业也有落幕的一天,布斯柯罗斯的腿脚不听使唤了。他瘫痪之后,常常请人把自己抬到太阳门广场上,继续坚持着他那奇特的爱好。他会拦下来往的路人,竭尽所能地打听别人的私事。最近我在马德里见过他,发现他和天底下最滑稽的一个诗人阿古德斯在一起。诗人年事已高,眼睛已经看不见了,这个可怜的家伙只能安慰自己说荷马也是个盲人。布斯柯罗斯会把一些零碎的传言说给他听,阿古德斯继而将其编成诗歌;尽管诗人早已经江郎才尽,但人们有时还是会津津有味地听他朗诵。"

"阿瓦多罗先生,"我接着问,"昂迪娜生下的女儿后来怎么样了?"

"将来你会知道的。请做好准备,继续往前走一段。"

我们再次出发,经过长途跋涉之后,来到了一处被山岩包围的深谷之中。众人支好帐篷后,吉普赛人首领朝我走来,对我说:"阿方索先生,请拿上你的斗篷和佩剑,随我来。"

我们走出一百步的距离之后,看到岩壁上有一个洞口,里面有一条又长又暗的隧道。

"阿方索先生,"吉普赛人首领说,"我们都知道你有多么勇敢。此外,这条道你也不是第一次走了。请像上次一样,顺着隧道走进地底深处。我就在这里与你告别了,我们后会有期。"

我回想着上一次造访地底空间的情景,气定神闲地在黑暗中走了几个小时。最后,我循着微光来到墓穴前,看到上次的那个托钵僧依旧在祷告。

听到我的脚步声之后,他转身对我说:"欢迎你,年轻人!你能回到这里,我很高兴。你信守了自己的承诺,对我们告诉你的那部分秘密,你一直守口如瓶。现在,我们会告诉你更多的秘密,但是不需要你再发誓保密了。你先休息一下,恢复体力吧。"

我坐到一块石头上,托钵僧递给我一个篮子,里面装着肉、面包和水。我吃过东西之后,托钵僧推动墓穴上的一块板,顺着铰链的方向打开,指着一道旋转楼梯。

"到那里去,"他说,"你会明白自己需要做什么。"

我在黑暗中摸索着走下了一千级台阶,然后来到了一个点着灯的洞穴中。我看到一条石桌上整整齐齐地摆放着凿子和钢锤。石桌前是一道闪闪发光的黄金矿脉,差不多有一人高。矿脉是深黄色的,看上去纯度很高。我明白了自己需要做什么:我要开采这里的黄金,越多越好。我左手拿着一把凿子,右手拿着一把钢锤,很快就变成了一个熟练的矿工。不过凿子不一会儿就变钝了,需要一直更换。三个小时

第六十一天

后，我已经开采出了不少黄金，超出了一个男子所能搬动的重量。

这时，我发现洞室内正在渗水。我向上爬了几级台阶，但水位一直在不断攀升，我不得不离开了洞室。我回到托钵僧那里，他祝福了我，把我带到另一道向上的旋转楼梯前。我顺着那道旋梯向上走了一千级台阶后，来到一个圆形的大厅里。大厅里灯火通明，以云母和蛋白石薄片装饰的墙面被映照得闪闪发亮。

大厅尽头处有一尊高高架起的黄金王座，一位缠着雪白头巾的老者端坐其上。我认出了他，他正是兄弟谷里的那位隐修者；我的表妹们身着华服，站在他身边；还有一群身着白衣的托钵僧正围在王座周围。

"年轻的拿撒勒人，"那位老者对我说，"你已经发现了，我就是曾在瓜达尔基维尔河畔的山谷里收留过你的那位隐修者，你应该也已经猜到了，我正是戈麦雷斯家族的大族长。你当然也认出了你的两个妻子，她们虔诚的爱情已经得到了先知的祝福。她们马上都要成为母亲了，由此奠定的家族血脉，能让哈里发王国重新回到阿里的后人手上。你没有辜负我们的期望。上次回到营地后，你对在我们隧道里看到的一切都守口如瓶。愿安拉在你的额前降下幸福的露水！"

接着，族长走下王座，亲吻了我。我的表妹们随后也亲吻了我。族长让托钵僧们全都退下，我们几个则来到另一间大厅里，晚餐已经准备好了。用餐时，族长没有严肃地说教，也没有试图劝我改信伊斯兰教。我们相当愉快地共度了这个夜晚。

原注：

1 西班牙政治家（1664—1752）。
2 冒险家约翰·威廉·冯·里佩达（Johann Wilhelm von Ripperda，1690—1737）。

第六十二天

第二天一早，我又被派到矿井下，开采了和前一天等量的黄金。到了晚上，我又去见了族长，发现我的两个妻子也在他身边。我请求他为我解释一些令我困惑的问题，最好还能讲述一下他本人的传奇故事。

族长回答说，现在确实可以向我坦承全部的秘密了，于是他便讲起了自己的故事。

戈麦雷斯大族长的故事

我是首任戈麦雷斯族长马苏德·本·塔赫尔的第五十二代继任者，他建立了这座城堡，并且每个月的最后一个周五都会消失无踪，下一个周五又会重新现身。你的表妹们已经告诉过你一些秘密，我会将她们的故事补充完整，将我们所有的秘密毫无保留地告诉你。

摩尔人攻入西班牙几年后，决定在阿尔普哈拉斯山区的山谷里定

第六十二天

居下来。最初居住在这片山谷里的是图尔杜勒人，或称图尔德坦人。这些原住民自称为塔希思人，从前曾在加的斯地区生活。他们依旧使用其古代语言中的一些词汇，甚至还能书写这些词汇。他们字母表中的字母被西班牙人称为"未知文字"[1]。在罗马人和西哥特人统治的时期，图尔德坦人进献了大量贡品；作为回报，统治者允许他们维持自治，并保留本族的古老宗教。他们崇拜的神名叫亚赫，献祭的地点叫作戈麦雷斯·亚赫，在他们的语言里，其意为"亚赫山"。阿拉伯征服者虽然是基督徒的敌人，但他们更憎恨异教徒，或是那些被认为是异教徒的人。

有一天，马苏德在城堡的地下通道里发现了一块刻满原始文字的石板。他抬起石板，发现下面有一道旋转楼梯，直通大山深处。马苏德命人拿来一支火把，只身下去探路。他在下面发现了许多厅室、过道和走廊；不过，由于担心自己会迷路，他很快就折返回来。第二天，他又潜入地下空间，发现自己脚下的粉尘闪闪发亮。他收集了一些粉尘带回到自己房间里，确信这些都是纯金的粉末。于是他又进行了第三次考察，循着金色粉尘的踪迹，他来到了你这两天开采的那条黄金矿脉前。大量的宝藏使他目瞪口呆，他赶紧回到自己房间里，谋划了一整套完备的保密措施，以防他人发现这处宝藏。在地下空间的入口处，他建了一座小清真寺，并宣称要在那里祷告和冥想，过隐修的生活。其实他一直在矿脉上不知疲倦地工作，采掘尽可能多的黄金。这项工作推进非常缓慢，不仅是因为他不敢冒险招募帮手，也因为他需要暗中采购必需的钢制工具。

后来，马苏德意识到财富本身并不等于权力。他面前这条矿脉所蕴藏的黄金比世界上所有君主的黄金储备加在一起还要多。他花了很大的力气开采这些黄金,却不知应该如何使用或如何保存。

马苏德是先知的虔诚信徒,也是阿里的狂热崇拜者。他认为是先知本人引导他发现了这处黄金矿脉,让他拥有这笔财富,以便让哈里发王国重回他们家族的掌控,也就是说,重回阿里后人的掌控,并借助他们的力量让全世界都改信伊斯兰教。他完全沉醉于这个理想之中。后来,他对此更加执着而热忱,因为巴格达的倭马亚王朝正濒临崩溃,阿里的后人们有望再次登上王位。的确,阿拔斯家族几乎已经把倭马亚家族清除殆尽了,但对于阿里后人来说,当前局势毫无有利之处。恰恰相反,倭马亚家族的一个成员甚至来到了西班牙,成了科尔多瓦的哈里发。

马苏德发现到处都是潜在的敌人,他一直低调行事,以免引人注目而引发敌意。他放弃了尽快起事的打算,转而谋划起长久之计,在某种程度上保证其计划在未来得以实施。他挑选了六位部落首领,在得到他们的庄重誓言之后,将金矿的秘密告诉了这几个人,并对他们说:"十年来,我一直坐拥着这笔财富,却不知道应该怎样利用它。如果我还是个年轻人,我就能召集一支大军,用黄金与剑征服天下。但这处宝藏对我而言,出现得太晚了。世人皆知,我是阿里的崇拜者,在完成招兵买马之前,我恐怕就已经被人刺杀了。不过我仍然心存希望,总有一天,我们的先知会让他的后人统领哈里发王国,让整个世界都信仰他的教义。那一天虽还未到来,但我们要做好准备。我与非洲方面有联系,暗中支持阿里德人,不过我们也需要加强我们家族在西班牙的势力。最重要的是,我们必须严守宝藏的秘密。我们不能共用同一个姓氏,所以,齐格里斯表弟,请你带领你的家族到格拉纳达去定居,而我的家族则将留在山区里,继续使用戈麦雷斯这个姓氏。其他家族则前往非洲，与法蒂玛后裔的女儿们通婚。对于族中的年轻人，我们一定要严加考察，用各种测试来检验他们的勇气。假如有一天，这样一个胆识超群的年轻人出现了，他将推翻阿拔斯王朝，消灭倭马亚家族，让哈里发王国重归阿里后人的掌控。以我之见，这位未来的征服者应该享有第十二代伊玛目马赫迪的称号，并让先知口中'日出西方'的预言成为现实。"

这就是马苏德的计划。他将计划记录下来，自此以后，他凡事都会征求六位部落首领的意见。最后，他放弃了自己的职位，将大族长的名号和卡萨·戈麦雷斯城堡的荣耀全都交给了其中一位首领。

族长之位传承了八代之后，齐格里斯和戈麦雷斯部落已经拥有了西班牙最美丽的土地；其他家族则迁往非洲，占据了当地的要职，并通过联姻与最富影响力的家族结成了联盟。

在伊斯兰教历的第二个世纪末，一个齐格里斯家族成员大胆自称为马赫迪，也就是正统的首领。他定都于凯鲁万①，这个城市距离突尼斯城有一天的行程。他征服了摩尔人在非洲的全部势力，并成了法蒂玛王朝哈里发家族的奠基人[2]。卡萨·戈麦雷斯城堡的族长为他送去了大量的黄金，不过，族长保守宝藏秘密的压力也变得更大了，因为基督徒正在战场上取得胜利，他很担心城堡会落入他们手中。不久之后，族长又面临着新的困境，也就是亚本塞拉赫家族的突然崛起，这个家族对我们充满敌意，政治观念也大相径庭。齐格里斯和戈麦雷斯家族的人们都低调含蓄，只执着于信仰的传播。但亚本塞拉赫家族却恰恰相反，他们讲究风度，对女士们殷勤有加，对基督徒友好相待。

---

① 译注：现为突尼斯第四大城市，位于突尼斯中部偏东地区。

他们察觉到了我们的部分秘密,在我们身边布下了重重陷阱。

马赫迪的继任者们征服了埃及[3],在叙利亚和波斯也树立了权威。阿拔斯王朝覆灭了,突厥首领征服了巴格达[4]。尽管如此,阿里的教义仍然难以彰显,执掌乾坤的还是逊尼派。

在西班牙,亚本塞拉赫家族树立的榜样导致道德日渐沦丧。女性在公共场合不再佩戴面纱,男人们拜倒在她们脚下;戈麦雷斯族长们不再离开城堡,也不再开采黄金。这种状态持续了很长时间。为了拯救信仰和王国,齐格里斯和戈麦雷斯家族联起手来对付亚本塞拉赫家族,并在其自称为阿尔汉布拉宫的"狮宫"里将他们尽数消灭[5]。

这一灾难性的事件使得格拉纳达王国失去了相当一部分防守力量,也陡然加速了王国的覆灭。阿尔普哈拉斯山谷里的部落也步其后尘,屈服于胜利者的铁蹄之下。卡萨·戈麦雷斯城堡的族长摧毁了城堡,逃到地下空间里去避难,就是你曾遇到佐托兄弟的那个地下府邸。六个家庭与他一起躲藏在地下,其他家庭则躲藏在周围其他山谷里的洞穴中。

齐格里斯和戈麦雷斯家族中的一些成员改信了基督教,或假装改变了信仰。莫罗家族就是其中的一员,他们家以前在格拉纳达曾开过一家商行。这个家族的成员们后来成了御用银行家,他们不用为资金短缺发愁,因为他们可以任意使用金矿里的矿藏。与非洲的联络,尤其是与突尼斯的联络仍然没有断,因此,一直到神圣罗马帝国皇帝、西班牙国王卡洛斯一世统治之前,一切计划都还在按部就班地进行。对于先知的信仰在亚洲日渐衰落,与哈里发统治时期不能同日而语,但在欧洲却盛行起来,这都要归功于土耳其人的南征北战。

在此期间,在地面上摧毁了一切的冲突纷争,也逐渐蔓延到了地表以下。也就是说，蔓延到了我们的地底洞穴中。此外，狭小的生存空间也加剧了这种冲突。塞菲和比拉争夺族长的宝座，这也完全可以理解，因为一旦当上了族长，就有取之不竭的金子可以随意支配。塞菲发现自己处于弱势，便试图与基督徒结盟。比拉一刀刺死了他。接着，他就开始全面地反思保密措施。他将地下空间里的秘密写在一张羊皮纸上，然后把纸纵向切分成六份，这样一来，要破解这个秘密，就必须集齐六份羊皮纸。六位部落首领每人各保存一份，并保证绝不交给他人，否则就会尝到死亡的痛苦滋味。他们都将羊皮纸缠在自己的右肩上。对于洞穴内和这一带的所有居民，比拉都拥有生杀大权。他刺进塞菲胸膛的那把匕首，成了这种权力的象征，在他的继任者手中代代相传。在地下空间建立起高压统治之后，比拉又将他的无限精力投入到非洲。戈麦雷斯家族在非洲还占据着几个王位，统治着塔鲁丹特和特莱姆森等地。但非洲人的性情反复无常，他们极易被情感左右，比拉在那片大陆上的事业并没有取得预期的成效。

在那个时期，留在西班牙的摩尔人开始遭到迫害，比拉巧妙地利用时局，为自己创造有利条件。他凭借敏锐的眼光，在地底洞穴与国家的达官显贵们之间搭建起了一套互惠互助的体系。达官显贵们自以为在保护几个追求安定的摩尔人家族，其实他们是在帮助族长进一步推进计划；族长也慷慨解囊，回报这些人的帮助。我还在史料中发现，比拉推行了或者说重新恢复了对年轻人的严酷考验，以检验他们的意志力。在比拉掌权之前，此类考验仪式早已被人遗忘了。

不久之后，摩尔人被驱逐出境。当时地下洞穴的族长名叫卡德尔。他是一个有智慧的人，想尽一切办法确保洞穴居民的安全。莫罗家族的银行家们建立了一个显贵的社交圈，圈内人士假装对摩尔人的命运表示同情，在这层伪装下，他们为族长办成了很多事，当然也得到了不菲的报酬。

被驱逐到非洲的那些摩尔人按捺不住复仇的心态，整个大陆似乎随时都会爆发怒火，将西班牙全部吞噬。但非洲国家的当政者们站到了被驱逐的摩尔人的对立面，无数鲜血在内战中白白流逝。尽管地下洞穴的族长支援了不计其数的钱财，但却不见什么成效。冷酷的穆莱·伊斯梅尔[6]利用这长久以来无法调和的矛盾，建立起了摩洛哥王国，王国的统治延续至今。

我本人就是在这一时期出生的，从现在起，我开始讲述自己的故事。

族长说到这里时，有人前来通报，晚餐已经备好了。这天晚上，我们和前一晚一样过得十分愉快。

原注：

1 未知的。
2 这一事件发生于910年。
3 这一事件发生于973年。
4 这一事件发生于1055年（事实上，直到1258年为止，塞尔柱突厥王朝一直承认阿拔斯家族的地位。1258年，蒙古人劫掠了巴格达城，并刺杀了最后一任阿拔斯哈里发）。
5 这一事件发生于1485年。
6 Moulay Ismael，1672—1727年在位。

第六十三天

一大早,我又被派到井下,采掘更多黄金。现在我已经适应了这项工作,从早到晚已经做了好几天。傍晚时分,我去见了族长,也见到了我的两个表妹。我请族长继续讲他的故事,他便讲述起来。

戈麦雷斯大族长的故事(续)

我已经把自己所知道的关于我们地下王国的故事告诉了你,现在,我要和你讲一讲我自己的冒险经历。我出生在一个空间宽敞的洞穴,就在我们所在的这个洞室旁边。洞穴里无法直接见到阳光和天空,但我们有时会跑到外面,在岩石缝隙间呼吸新鲜空气。透过缝隙,我们能够看到窄窄的一线天,还常能晒到阳光。我们在地面上有一小块地,上面种了鲜花。我父亲是六个部落首领之一,因此他携全家住在地下,而他的远亲们则凭借基督徒的身份住在山谷里。有些亲戚定居在格拉纳达郊外的阿尔比辛。如你所知,那一带没有房屋,那些人都住在山坡上的洞穴里。在这些奇异的居所中,有一些与我们这里的地下空间相互连通。那些住得近的亲戚每周五都会过来,和我们一同做祷告;那些住得远的人则要等到重要节日才能与我们相聚。

我母亲对我讲西班牙语,我父亲讲阿拉伯语,所以我从小就通晓这两种语言,不过还是更精通阿拉伯语。我能背诵整本《古兰经》,对其评注也进行过深入的研究。从幼年时起,我就是一个虔诚的穆斯林。所有这些情感或多或少都是与生俱来的,它们随着我在昏暗的洞穴里不断生长。

我长到了十八岁,一直以来,我都觉得地下洞室的天花板压抑着我的心灵,让我透不过气来,我渴望着纯净的空气。这种感觉影响了我的健康,我开始变得浑身无力,显得特别无精打采。我母亲首先注意到了这个情况。她开始询问我的感受,我便将自己的心绪全都透露给了她。我向她描述了那种折磨着我的压抑感受,还有我心中那种不寻常的躁动不安。我还补充说,自己无论如何都要去呼吸新鲜的空气,去看天空、森林、山脉和海洋,去结识更多的人,如果这个心愿得不到满足,我可能会死的。

我母亲流着眼泪对我说:"亲爱的马苏德,你的病在我们这些人中很常见。我本人就曾得过这个病,当时人们给了我几次短途旅行的机会。我去了格拉纳达,甚至更远的地方。不过你的情况不同,我们对你有一些远大的安排。不久之后,你就能徜徉在这个世界上,去很远很远的地方。不过,你明天一早来见我吧,我会想办法让你呼吸到纯净的空气。"

第二天,我在约定的时间与母亲见了面。

"亲爱的马苏德,"她说,"你想呼吸到比洞室中更新鲜的空

第六十三天

气,不要着急,沿着这块岩石的下方往前爬行一段,你就会到达一个又深又窄的峡谷,那里的空气比这里要清新。在某些地方你还能爬上山岩,眺望脚下延伸开去的一望无垠的地平线。这条隧道起初只是山石间的一道裂缝,后来,越来越多的裂缝不断分叉延伸。如今呈现在你面前的,是一个纵横交错的暗道迷宫。你要随身带几块木炭,在每个分叉处都标记好你所选择的道路,这样你就不会迷路了。这里有一包食物。你一路上都能找到水。我希望你不要遇到任何人,不过为了保险起见,你还是在腰间别一把亚塔安刀[1]吧。为了满足你的心愿,我让自己身处险境,所以你别在外面待太久。"

我对母亲的好心表达了谢意,然后就爬进了暗道,一直爬到一条岩石间的小道上,不过小道上方仍被植物所覆盖。后来,我看到一个小湖,湖水清澈见底,旁边还有几条交错的小径。我几乎走了一整天。这时,一阵瀑布的水声吸引了我的注意。我沿着水流的方向朝下走,来到了水流入湾之处。那真是一个充满魅力的地方。我默默地赞叹着眼前的美景,过了一会儿之后,我突然觉得饿了,便从包里取出干粮,按照先知的律法清洗了双手之后,就狼吞虎咽地大吃起来。吃完东西之后,我又清洗了双手,准备沿原路返回洞穴。突然间,我听到一阵奇异的响动,一转身就看到一名女子正从泉水里现身。她全身几乎都被湿发所遮盖,不过还是可以看到她所穿的绿色丝质裙装紧紧贴在她的身上。这位仙子从水中现身之后,马上躲进了灌木丛中,再次出现的时候,已经换上了一身干衣服,长发也用梳子盘在了脑后。

她攀上一块岩石,毫无疑问是为了欣赏风景,接着又原路返回她出现的那眼泉水边。也许是出于本能,我情不自禁地拦住了她的去路。起初她被吓了一跳,不过我马上跪倒在她面前,这一谦卑举动让她放松了一些。她朝我走来，抬起我的下巴，在我额头上亲吻了一下。接着，她如同一道闪电一般跳进湖中，消失无踪了。我确信她是一个仙子，或者用我们故事里的话来说，是一位美丽的仙女。尽管如此，我还是查看了她躲藏过的那片灌木丛，发现那里晾着她的衣服。

我没有理由再逗留了，于是便回到了洞穴里。我亲吻了自己的母亲，向她表达问候，但并没有把我的奇异经历讲给她听，因为我曾在我们的格扎尔[2]诗歌中读到过，仙子们都希望能保守自己的秘密。我母亲注意到我变得神采奕奕了，她给予我的自由时光产生了这么好的疗效，令她感到十分欣慰。

第二天，我循着木炭标记的路线，轻车熟路地找到了那片泉水。一来到水边，我就用最响亮的声音呼唤仙子，并请她原谅我，因为我前一天用她的泉水净了手。话虽这样说，我还是照常洗了手，然后将携带的食物摊开在面前。出于一种莫名的直觉，我这次带了两人份的食物。我还没有开始吃，就听到泉水里传来一阵响动。仙子从水中一跃而出，她一边大笑着，一边把水甩在我身上。

她跑进灌木丛，换上一身干衣服之后，就坐到了我的身边。接着，她像普通人一样吃起了东西，不过一句话都没说。我以为这是仙子们的习惯，所以也没有在意。

听过堂胡安·阿瓦多罗的故事，想必你也已经猜到了，我遇到的仙子正是他的女儿昂迪娜，她潜入水底暗道，从她的湖游到了我的湖边。昂迪娜十分纯真，更准确地说，她完全没有纯真或是罪恶这类概念。她容颜如此迷人，举止既淳朴又充满魅力，我深深地爱上了她，把自己想象成一个仙子的丈夫。一个月时间就这样过去了。

有一天，族长让我去见他。我发现六位部落首领都在场，包括我

第六十三天

的父亲。

"我的孩子,"他说,"你即将离开我们的洞穴,到那些信仰先知的幸福国度去游历一番。"

听到这话,我觉得周身的血液都凉了下来。要我离开仙子,就等于要了我的命。"亲爱的父亲,"我大喊,"请允许我永不离开这片洞穴。"

我刚说完,就见六把匕首齐刷刷地指着我。我父亲似乎是最想刺穿我胸膛的那个人。

"我明白自己必须死,"我说,"但请允许我和母亲说几句话。"

众人准许了我的请求。我扑进母亲怀里,把我与仙子的奇遇告诉了她。我母亲也感到十分惊奇,她说:"亲爱的马苏德,我认为人世间并没有什么仙子,至少我从没有听说过,但我知道有一位犹太智者住在这附近,我会去向他请教一下。如果你爱上的确实是仙子,那么无论你去到哪里,她都能找得到你。此外,你必须记住,在我们这里,任何不顺从的举动都会付出死亡的代价。你要遵从他们的意愿,以求得他们的宽待。"

母亲的话让我深以为然。我心想,仙子确实应该是一种无所不能的存在,就算我走到天涯海角,她也一定能找到我。我去见了父亲,并发誓我会无条件地服从他。

第二天,我和一个名叫席德·艾哈迈德的突尼斯人一起踏上了行程。他先带我去了他的故乡——世界上最具魅力的城市之一。接着,

萨拉戈萨手稿

我们又从突尼斯城出发，前往宰格万镇①，这座小镇因其出产的红色毡帽而闻名。我听说镇外不远处有一片奇异的建筑，由一座神庙和一排柱廊所构成的半圆形建筑围在一片湖边。从神庙里喷涌而出的泉水流进湖中。据说，古时候这片湖里的水能够被一路输送到迦太基。我还听说，这座神庙供奉的是一位水中女神。我当时正为爱痴狂，于是就把这位女神当作了我的仙子。我来到泉水边，用尽力气呼唤着她，但除了回声之外，我没有得到任何回应。

后来，也是在宰格万，我又听说镇外几里地的沙漠中有一座幽灵城堡的遗迹。我前往查看，发现那是一座巨大的圆形建筑物，风格十分奇特，形制却颇为精致。一个男人正坐在废墟里写生。我用西班牙语问他，这座宏伟建筑是否真的是幽灵所建。他笑着说，这是一个剧院，古罗马人曾在这里举办斗兽表演。这个地方叫作杰姆，它从前的名字更为有名，叫作扎玛。旅行者的介绍没有引发我的任何兴趣，我宁愿在这里遇到一个幽灵，它也许知道我的仙子的消息。

离开宰格万后，我们来到了马赫迪的旧都凯鲁万。这座大城里生活着十万名彪悍狂热的居民，随时准备着揭竿而起。我们在那里住了一年。之后，我们又从凯鲁万来到了古达米斯②，这是一个小小的独立王国，属于"枣椰树国度"的一部分。"枣椰树国度"指的是介于阿特拉斯山和撒哈拉大沙漠之间的广袤地域。这一带的枣椰树非常高产，一棵树就能提供一个中等食量男子（当地人全都如此）一年所需的食物。而且其他食物也很丰富，当地出产一种叫作"朵拉"的谷

---

① 译注：Zaghouan，现突尼斯东北部城市。
② 译注：现利比亚西部的一座绿洲城镇。该地旧城区的一部分被列为世界遗产。

第六十三天

物，还有一种无毛的长腿羊，其肉质十分鲜美。

我们在古达米斯遇到了很多来自西班牙的摩尔人。其中并没有齐格里斯和戈麦雷斯家族的人，但许多家庭都对我们深表支持。这是一个难民之国。

不到一年之后，我收到了父亲的一封来信，信的结尾如下：

> 你母亲让我转告你，所谓仙子只是普通的女子，她们也会怀上孩子。

我这才意识到，我的仙子和我一样，是一个凡人，这个念头让我痴狂的心渐渐平静下来。

族长讲到这里时，一位托钵僧前来通报，晚餐已经备好了，我们便愉快地坐到了餐桌前。

原注：

1 一种土耳其短刀。
2 一种诗歌形式。

> 萨拉戈萨手稿

第六十四天

第二天，我又回到井下，当了几个小时的矿工。傍晚时分，我去见了族长，请他接着讲故事，他便讲述起来。

戈麦雷斯大族长的故事（续）

上回我说到，我收到了父亲的一封来信，信中说我的仙子是一个凡人。当时我正在古达米斯。后来，席德·艾哈迈德又把我带到了费赞①，那一带比古达米斯地域广阔一些，但土地没有那么肥沃，那里所有的居民都是黑人。离开那儿之后，我们来到阿蒙绿洲②，等待埃及方面的消息。两周之后，我们的信使带着八头单峰骆驼回来了。这种动物骑起来非常不舒服，但我们一骑就是八个小时，中间没有任何

---

① 译注：利比亚西南部旧地区名。
② 译注：利比亚中部一绿洲旧称。

第六十四天

休息。八小时后,我们停了下来,每头单峰骆驼都得到一个饭团作为食物,里面裹有米饭、阿拉伯树胶和咖啡豆。我们休整了四个小时之后,又继续上路了。

第三天,我们来到了"无水之海",这是一片广阔的沙谷,沙砾上布满了贝壳。放眼望去,看不到任何植物和动物的踪迹。傍晚时分,我们来到了一个富含苏打(一种盐类)的湖边。我们遣散了驼队,那一晚只有席德·艾哈迈德一个人陪我过夜。次日清晨,来了八个强壮的大汉,他们用担架抬着我们穿过这片湖。道路变窄时,他们会排成一列行进;苏打层在他们脚下裂开,为此他们的脚上都裹着兽皮,以防割伤。他们就这样抬着我们走了两个多小时。湖的尽头是一道山谷,山谷入口的两侧分别立有一块白色花岗岩。山谷一直延伸到远处,然后渐渐变成了一条通往地下的隧道,隧道看起来是天然形成的,不过经过了人类的改造。

向导们点起火把,又抬着我们朝前走了几百步,来到一个形似栈桥的地方,有一艘船正在那里等候。他们给了我们一些简单的食物,自己则通过喝酒和吸食一种大麻制剂——哈希什来恢复体力。接着,他们点起了一支照明范围很广的树脂火把,并把它固定在船舱上。我们登上了船,那些轿夫们也摇身一变成为了桨手,我们就这样在地下水道里航行了一整天。入夜时分,我们进入一个港湾,水道在这里出现了分叉。席德·艾哈迈德说,这里就是拉美西斯二世迷宫的入口,这个迷宫在古代非常有名,如今只剩下与卢克索[①]洞穴相连的部分地下空间和底比斯那一带的地下空间得以保存下来。

---

① 译注:埃及古城,位于南部尼罗河东岸。

壮汉们将船停在一个有人居住的洞穴的入口处，舵手进去取了些食物。随后我们便裹紧斗篷，在船上过了夜。

　　第二天，他们继续划着船前行。我们经过的隧道侧壁上，都镶有精心打磨过的巨大石板，有些石板上还布满了象形文字。最后我们到达了一个港口，向当地的驻军表明了身份。为首的军官带我们去见了他的上级后，又把我们带到德鲁兹族长面前。

　　族长亲切地朝我伸出手，对我说："年轻的安达卢西亚人，卡萨·戈麦雷斯的兄弟们在给我的信中夸奖了你。愿先知赐予你祝福。"

　　族长似乎与席德·艾哈迈德是旧相识。我们刚准备吃晚饭时，突然有一群装束奇特的人冲进房间，用我听不懂的语言和族长说了些什么。这些人情绪很激动，说话时还一直指着我，好像在控诉我的罪行。我打算询问我的旅伴究竟发生了什么事，但他已经消失不见了。族长突然对我大发雷霆；我被人抓了起来，双手和双脚都拴上了铁链，然后被投进一个地牢之中。

　　这是一个在岩石上开凿出来的洞穴，其中有几条走廊与其他隧道相连。一盏灯照亮了这个监牢的入口。我看到一双可怕的眼睛，眼睛下方就是一个血盆大口，里面布满了魔鬼般的利齿。一条鳄鱼正朝我的监牢里走来，准备把我一口吞掉。我被绑着，无法动弹，所以只能做起祷告，等待死亡的降临。

　　不过，那条鳄鱼其实也被铁链拴着，所以这是一场检验勇气的仪式。当时德鲁兹人在东方创立了一个大规模的教派，其起源可以追溯到一个名叫达拉西的宗教狂人，此人其实只是埃及法蒂玛王朝第三任哈里发哈基姆·阿姆尔-安拉的一个走卒。

第六十四天

这位哈里发因其对神不敬的言行而闻名于世，他用尽一切手段来恢复古代对爱希丝的崇拜。他命令其臣民将他视为那位女神的化身，沉迷于极其放纵堕落的生活中，还允许自己的追随者以此为榜样。当时，古代的秘仪还没有被完全禁止。人们在地下迷宫里举行仪式。这位哈里发也参加了秘仪，后来，他这些狂热的追求遭到了挫败，追随者们也都受到迫害，只能在地下迷宫里避难。

如今的德鲁兹人都信仰纯正的伊斯兰教，与阿里的信徒们一样，法蒂玛王朝从前也信奉这一教派。这些人自称为德鲁兹，是为了避免与天下人痛恨的哈基姆家族扯上关系。在德鲁兹人的所有古代秘仪中，唯一保留下来的就是检验勇气的仪式。

我亲眼见证过好几场此类仪式，其中运用到的一些物理手法，连欧洲最优秀的科学家们也要花一些时间才能理解。此外我还发现，德鲁兹人的一些仪式与伊斯兰教并无关联，而是起源于我完全不了解的一些领域。当年我太年轻了，也确实无法理解其中的奥妙。

我在地底迷宫的洞穴里待了一整年，期间经常去开罗，与一些和我们有秘密联系的人住在一起。

事实上，我们的这些旅行都是为了寻访逊尼派的隐秘敌人，逊尼派当时正如日中天。我们前往马斯喀特，那儿的伊玛目公然宣称与逊尼派为敌。这位杰出的领袖礼数周全地接待了我们，还给我们看了一份阿拉伯部落名单，这些部落全是他的追随者，他宣称能够将逊尼派全部赶出阿拉伯。但由于他的信仰与阿里的教义大相径庭，所以我们也不能把希望寄托在他身上。

离开马斯喀特后，我们乘帆船来到巴士拉，途径基拉什之后，到达了萨非王国①。阿里的信徒们确实在那里占据主导地位,但波斯人总是沉溺于感官享受,在内讧中变得不再团结,对于伊斯兰教在自己国家中的传播也不太上心。人们建议我们去拜访黎巴嫩山区的伊西德派。好几个教派都自称为伊西德派,黎巴嫩的那些人实际以穆塔瓦里派被人们所知。我们从巴格达出发,穿越沙漠后来到了塔姆拉,也就是你们所称的巴尔米拉。然后我们给伊西德族长写了一封信,他给我们送来了马匹、骆驼和一支武装卫队。

全体民众都聚集到了巴尔贝克附近的一处山谷中;我们在山谷中见识了真正纯粹的虔诚信仰。十万名狂热信徒一起诅咒奥马尔,并高声赞美阿里。人们还举办了一场葬礼,以纪念阿里之子侯赛因。伊西德派的信徒们用刀砍击自己的手臂,有些人甚至疯狂地割开了血管,然后死在自己的血泊之中。

我们与伊西德派逗留了很久,超出了原定计划。最后,我们收到西班牙方面的消息:我的父母都过世了,族长准备收养我。

经过这四年的旅行,我很高兴能回到西班牙。族长举行了所有常规仪式来收养我。不久之后,他就告诉了我一些连六位部落首领都不知情的秘密计划。他希望我能成为马赫迪。首先,我将会获得黎巴嫩人的认可;埃及的德鲁兹人会宣称支持我;凯鲁万人也会与我结成同盟,再加上卡萨·戈麦雷斯的宝藏,到时候我就将成为全天下最强大的君主。

这些计划可谓极其周全,但当时我还太年轻,而且也缺乏军事经验。于是族长决定让我立刻加入奥斯曼军队,他们当时正在与德国交

---

① 译注:(1501—1736)由波斯人建立统治伊朗的王朝。

第六十四天

战。我天性温和,本来不愿意接受这些使命,但却不得不从命。我穿戴上了贵族战士的全套装备,来到伊斯坦布尔,成了奥斯曼帝国首相的一名侍官。一位名叫欧根的将军击败了我们,迫使首相退回到多瑙河后方。后来我们又试图反扑,入侵了特兰西瓦尼亚。我们沿着普鲁特河前进,但匈牙利人从背后包抄,切断了我们部队与土耳其前线的联系,将我们包围歼灭。我的胸口中了两枪,倒在战场上奄奄一息。

游牧民鞑靼人救了我,他们为我包扎了伤口,只给我喝酸马奶,可以说正是这种饮品拯救了我的性命。但接下来的一年里,我一直十分虚弱,无法骑马,当游牧民迁徙时,会让我躺在大车上,并派几个老妇人照看我。

我的精神和身体一样虚弱不堪,连一句鞑靼人的话都没有学会。两年后,我遇到一位会说阿拉伯语的毛拉[①]。我告诉他,自己是一个来自安达卢西亚的摩尔人,并恳求他帮我回到自己的故土。这位毛拉代我向可汗求情,可汗便给了我一些路费。

最后,我终于回到了地下洞穴里,人们都以为我已经战死沙场,我的归来让大家都欣喜不已。只有族长一人愁眉不展,因为他发现我已经变得十分虚弱无力。比起以前,我现在更不可能成为马赫迪了,但无论如何,他还是派了一个信使前往凯鲁万,试探当地人的想法,因为众人都觉得事不宜迟。

六周之后,信使回来了。所有人都十分关切地围在他身边,但信使汇报到一半时,突然倒了下去,不省人事。人们帮助他恢复了意识,他试图继续汇报,但却变得语无伦次起来。大家唯一能听清的就

---

① 译注:学者。

是凯鲁万当地正在暴发瘟疫。人们决定把信使隔离起来，但已经太晚了。已经有人接触过了他的身体和行李。于是，一场可怕的传染病开始在洞穴居民中传播。

这件事发生在周六，到了下一个周五，当居住在山谷里的那些摩尔人前来祈祷和送食物时，他们看到遍地的尸体。我从死人堆中艰难地爬了出来，左胸上长出了一个巨大的淋巴结，不过我的命总算是保住了。

由于我不再有感染的风险，便着手安葬尸体。在为六位部落首领更衣时，我发现了那六片羊皮纸。我将它们拼在一起，由此发现了取之不竭的金矿的秘密。

族长在去世前打开了矿下的水闸。我把积水排干之后，充满惊叹地盯着我的财富看了好一会儿，却不敢伸手去摸。我的人生经历太动荡了，那时的我只想寻求安宁，成为马赫迪的荣耀对我来说一点吸引力都没有了。我并不了解与非洲的秘密联系方式。山谷里的穆斯林们决定从此以后在家祷告，只留我一个人孤苦伶仃地待在地下空间里。我重新放水淹没了金矿，然后把洞穴里所有的珠宝都搜罗出来，用醋仔细地清洗干净，然后就去了马德里，假扮成一个来自突尼斯的摩尔珠宝商人。

这是我第一次见到基督徒的城市。那里的女人们作风非常自由，让我惊叹不已，而男人们的风流多情则让我感到怒不可遏。我满怀乡愁，想去一个穆斯林城市定居。我想到伊斯坦布尔去过宁静的隐居生活，我可以时常回到地下洞穴，以便补充自己的财富。

我当时就是这么打算的。我以为没人认得我是谁，但我错了。为了装得更像个商人，我来到熙熙攘攘的大街上，摆出了我的珠宝。我定好了一口价,谢绝还价。这个方法为我赢得了不错的口碑,也带来了稳定的收益,尽管我对此完全不在意。

不过,我发现自己被人盯梢了。无论我到哪里——普拉多大道也好、丽池花园也好,不管在哪里——总有一个人用苛刻而又尖锐的眼神盯着我看,仿佛能读出我的心思一般。此人长时间的跟踪让我变得惶惶不可终日。

族长陷入回忆之中,仿佛出了神。就在此时,有人来通报,晚餐已经备好了,于是他便把剩下的故事留到第二天再讲。

第六十五天

我再次来到井下,开始工作。我采掘出大量黄金,这些金子纯度很高。那天傍晚,作为对我辛勤工作的回报,族长接着讲起了他的故事。

戈麦雷斯大族长的故事(续)

上回说到,我在马德里时,不管走到哪里,总有一个陌生人紧盯着我不放,他长时间的监视让我感到苦恼不堪。一天晚上,我终于下定决心要和他谈一谈。

"你究竟想干什么?"我问,"你想用眼神吃了我吗?你跟我有什么瓜葛吗?"

"我与您毫无瓜葛,"陌生人回答,"只不过,假如您泄露了戈麦雷斯家族的秘密,我就会杀掉您。"

这简单的回答让我看清了自己的处境。我意识到自己必须放弃追求安宁的想法,一种与财富相伴而来的压抑和焦虑感占据了我的心。

天色不早了,陌生人邀请我去他家里坐坐,他命人准备晚餐,然后小心地关上了门。接着,他跪倒在我面前,对我说:"地下王国的君主啊,请接受我的敬意!不过,要是您背叛了自己的使命,我就会毫不犹豫地杀了您,就像当年比拉·戈麦雷斯杀了塞菲。"

我让这位陌生仆人起身,然后坐到一边,告诉我他究竟是谁。陌生人听从了我的指令,接着便讲述起来。

乌泽达家族的故事

我的家族是世界上最古老的家族之一,但由于我们不屑于吹嘘自己的血统,所以我们在回顾族谱的时候,仅限于回溯到亚比书这一代,他是非尼哈之子、以利亚撒之孙、亚伦的曾孙,亚伦是以色列的大祭司,也是摩西的兄长[1]。亚比书的儿子是布基、孙子是乌西、曾孙是西拉希雅、玄孙是米拉约,米拉约的儿子是亚玛利雅、孙子是亚希突、曾孙是撒督、玄孙是亚希玛斯,亚希玛斯的儿子是亚撒利雅、孙子是约哈难、曾孙是亚撒利雅二世。

这位亚撒利雅二世在著名的所罗门圣殿中担任大祭司,他留下的年代记在其部分后人手中得以延续。所罗门王为天主之圣殿倾注了无数心血,但却晚节不保,他纵容妻子们公开崇拜偶像。亚撒利雅二世自然对此颇为愤慨,想要反对这种渎神的行为。但经过深思熟虑之后,他意识到年迈的君主们也需要体谅妻子,于是便对这些过分的行为睁一只眼闭一只眼,说到底他也无力阻止此类行为。他在大祭司的职位上一直到去世。

亚撒利雅二世的儿子是亚玛利雅二世、孙子是亚希突二世、曾孙是撒督二世、玄孙是沙龙,沙龙的儿子是希勒家、孙子是亚撒利雅三世、曾孙是西莱雅、玄孙是约萨答,约萨答被流放到了巴比伦。

约萨答有一个弟弟,名叫俄巴底亚,他正是我们的祖先。他还未满十五岁时就当上了国王的侍者,并改名为萨德克。另有一些年轻的希伯来人也改了名,其中有四个人拒绝吃御膳房提供的食物,因为菜里面包含了不洁的肉食,于是他们便以菜根和水为生,倒也长得身强体壮,而萨德克则包揽了他们四人份的食物,但却变得日渐消瘦。

尼布甲尼撒是一位伟大的君主,只是野心过于膨胀。他在埃及见识过了六十英尺高的巨像之后,便命人打造自己的雕像,也要一样的尺寸,也要镀金,所有人都要跪倒在他的巨像前顶礼膜拜。那些不愿意吃不洁肉食的以色列年轻人,也不愿意在偶像面前跪拜。而萨德克则狂热地崇拜着偶像,在他亲笔所写的回忆录中要求自己的后人,不但要臣服于君主,就算是面对他们的雕像、宠臣、情人甚至爱犬时,也都要恭敬地跪拜。

俄巴底亚——或萨德克——的儿子是撒拉铁,他生活在薛西斯统治的时代,也就是我们犹太人所称的亚哈随鲁。这位波斯王有一个宠臣,名叫哈曼,此人极其傲慢自大。哈曼命人传令下去,如果谁见到他而不跪拜,就会被绞死。撒拉铁得知消息后,第一个跑到哈曼面前表达敬意。但在哈曼本人被绞死之后,撒拉铁又是第一个跪到末底改

（Mardochee）①面前的人。

撒拉铁的儿子是马拉基、孙子是扎法德，在尼希米担任执政官的时代，扎法德生活在耶路撒冷。犹太妇女和少女们魅力不足，摩押族和阿什杜德族的女子更受青睐。扎法德娶了两个阿什杜德女子为妻，尼希米为此诅咒了他，还挥起拳头打了他，而且，据这位圣人自己在年代记里所记述的情况，尼希米还拔掉了扎法德的胡子。尽管如此，扎法德还是在回忆录中告诫后人，如果他们觉得其他民族的女子更有魅力，就不必顾忌犹太同胞的想法。

扎法德的儿子是那顺、孙子是埃法德、曾孙是佐罗巴伯，佐罗巴伯的儿子是艾鲁罕、孙子是耶乌萨比。耶乌萨比生活在犹太人起义反抗马加比家族的时代，他本身是一个厌恶战争的人，因此逃难来到了卡西亚，那是迦太基人在西班牙的一个城镇。

耶乌萨比的儿子是约拿单、孙子是卡拉米尔。在局势平静下来之后，卡拉米尔重新回到了耶路撒冷，不过他并没有处理掉自己在卡西亚的房子以及在该城周边购置的其他房产。您应该记得，我们家族在被掳到巴比伦期间分成了两个支脉。约萨答是长子一脉的家族领袖，他是一个正直虔诚的以色列人，他的后人们也全都继承了这一家风。我不清楚两个支脉之间为什么会积起深仇大恨，总之长子这一脉后来被迫迁往埃及，在大祭司阿尼亚所建的神庙里供奉以色列的上帝。这个支脉后来断了香火，更准确地说，只有一个人延续了这一血脉，叫作亚哈随鲁，也就是那个著名的流浪的犹太人。

卡拉米尔的儿子是艾利法、孙子是埃利书、曾孙是以法连。在

---

① 译注：圣经人物，扫罗王室的后裔，曾被掳去巴比伦，在原宰相哈曼被处死后，末底改被封为宰相。

萨拉戈萨手稿

以法连生活的时代，卡利古拉皇帝想在耶路撒冷圣殿里树起自己的雕像。整个犹太公会被召集起来。作为公会的一员，以法连认为，不但皇帝应该塑像，就连皇帝骑的马也应该塑像，因为这匹马已经被任命为执政官。但耶路撒冷人民群起抗争，反对总督佩特罗尼乌斯执行这一计划，皇帝最后也不得不放弃了这个念头。

以法连的儿子是内贝约。在内贝约生活的时代，耶路撒冷人民起义反抗维斯佩基安皇帝的统治。内贝约没有选择观望局势，而是直接动身前往西班牙，我前面提到，我们家族在那里留有丰厚的财产。内贝约的儿子是耶乌祖、孙子是西姆兰、曾孙是雷法雅、玄孙是耶利米，耶利米成了汪达尔君主君德里克的宫廷占星师。

耶利米的儿子是埃兹邦、孙子是乌泽各、曾孙是耶里莫，耶里莫的儿子是雅纳托、孙子是阿勒梅。在阿勒梅生活的时代，优素福·本·塔赫尔攻入西班牙，目的是征服这个国家，让其人民改信伊斯兰教。阿勒梅来到这位摩尔人首领面前，请求他允许自己改信先知的宗教。

"我的朋友，你应该知道，"首领说，"到了审判日，所有犹太人都会化身为驴子，驮着信徒们登上天堂。要是你改信我们的宗教，到时候我们恐怕会缺少坐骑。"

这个回答确实不太厚道，但阿勒梅从优素福的兄弟马苏德那里得到了一些宽慰。马苏德把他留在身边，派他去非洲和埃及执行了几次任务。阿勒梅的儿子是苏非、孙子是古米、曾孙是耶瑟、玄孙是沙龙姆，沙龙姆是马赫迪宫廷中的首位司库。

沙龙姆在凯鲁万定居下来，生了两个儿子：马基尔和马哈布。马基尔留在凯鲁万，马哈布则去了西班牙，在卡萨·戈麦雷斯城堡中效力,并维系着其与非洲和埃及的戈麦雷斯家族的联系。

马哈布的儿子是耶乌菲利、孙子是马奇尔、曾孙是贝莱兹、玄孙是德赫,德赫的儿子是萨沙莫、孙子是舒瓦、曾孙是阿济格、玄孙是贝莱格,贝莱格有一个儿子,名叫亚伯顿。

眼看着摩尔人即将被驱逐出西班牙全境,亚伯顿在格拉纳达陷落的两年之前改信了基督教。斐迪南国王成了他的教父。尽管如此,亚伯顿还是继续为戈麦雷斯家族效力,在晚年时正式放弃了对拿撒勒先知的信仰,重拾起了他祖先的宗教。

亚伯顿的儿子是梅里塔、孙子是亚撒尔。在亚撒尔生活的时代,地下洞穴的最后一位立法者比拉刺杀了塞菲。有一天,族长比拉叫来亚撒尔,对他说:"你知道,我已经杀了塞菲,他的死是先知早就定好的,先知希望能让哈里发王国重回阿里后人的手上。为此,我联合了四大家族——巴比伦的伊西德家族、埃及的卡比尔家族和非洲的贝纳萨家族。这三个家族的领袖都以本人和后代之名承诺,轮流每隔三年派一个代表来到我们的洞穴中。这名代表必须有勇有谋、经验老到、行事谨慎甚至狡狯。他的任务是检验洞穴中发生的一切是否符合律法的要求。如果发现有违律法的地方,他有权杀死族长、洞穴中的六位部落首领——简而言之,任何一个有罪的人。作为奖赏,这名代表将获得七万枚纯金金币,或根据你们的货币折算出的金额,即十万枚西昆金币。"

"伟大的族长,"亚撒尔回答,"您只提到了三大家族,第四个是哪个家族呢?"

"是你的家族,"比拉说,"为此你将得到每年三万金币的奖赏,但你必须承诺与我们保持联络和通信。你还将参与到洞穴的管理事务中来。另一方面，假如你做不到这几点，三大家族中的一支有权立刻杀死你。"

亚撒尔本打算好好掂量一番，但他的贪婪占了上风，于是就以自己和子孙后代的名义接受了这个任务。

亚撒尔的儿子是革顺。三大家族每隔三年都能收到七万枚金币。革顺的儿子是马蒙，也就是我本人。我谨遵祖父的要求，殷勤地为地下洞穴的君主效力。这场瘟疫过后，我自掏腰包支付了贝纳萨家族本期应得的七万枚金币。我刚向您表达了敬意，并发誓永远忠诚于您。

"可敬的马蒙，"我说，"请可怜可怜我吧。我胸口中了两弹，已经不适合担任族长或是马赫迪了。"

"说到马赫迪，"马蒙回答，"您尽可以放心，现在已经没有人在乎这件事了。但是，您不能拒绝履行族长的身份和职责，否则卡比尔家族的人三周后就会来杀了您——不但如此，他还会杀了您的女儿。"

"我的女儿！"我惊讶地叫了起来。

"是的，"马蒙说，"仙子为您生下的那个女儿。"

此时有人来通报，晚餐已经备好了，于是族长中断了自己的讲述。

原注：

1 以下族谱中的大部分名字来源于旧约的《历代志》I，6:1-15。

第六十六天

我又在金矿里劳作了一整天。到了晚上，在我的请求下，族长接着讲起了他的故事。

戈麦雷斯大族长的故事（续）

我别无选择。在马蒙的协助下，我重新肩负起了卡萨·戈麦雷斯城堡的使命，并与非洲和西班牙的权贵家族恢复了联络。六个摩尔人家庭来到了洞穴中居住。但非洲的戈麦雷斯家族境况不佳，他们的男性后代不是夭折了，就是智能低下。至于我本人，虽然我有十二个妻子，但只有两个儿子，而且也都夭折了。马蒙催促我在基督教世界的戈麦雷斯家族里物色人选，哪怕他的戈麦雷斯血统是从母亲那里传下来的，只要他愿意改信先知的宗教就可以。

因此，我们计划把贝拉斯克变成我的家庭成员。我打算把我的女儿丽贝卡嫁给他，你已经认识丽贝卡了，她是由马蒙抚养长大的，他

萨拉戈萨手稿

教会了她各种科学知识和卡巴拉秘法。

马蒙去世之后，他的儿子继承了乌泽达城堡，我和他一起商定了迎接你本人的周密计划。我们希望你能改信穆斯林的宗教，或者至少能成为一个父亲。关于后者，我们的心愿已经达成了。你的表妹们腹中的胎儿将被视为血统纯正的戈麦雷斯家族后人。我们必须让你来西班牙。加的斯行政长官堂恩里克·德·萨是我们的一位信徒，洛佩兹和莫斯奇托就是他特意推荐给你的，他们把你一个人丢在了"软木橡树"饮水槽。尽管如此，你还是勇敢地独自前行，一直来到奎玛达旅馆，也就是在那里，你遇到了你的表妹们。我们借助催眠药水，成功地把你运到了佐托两兄弟的绞刑架下。你第二天醒来后，就来到了我的隐居所，遇到了可怕的帕切科，他其实只是一个来自比斯开的杂技演员。这个可怜的家伙在一次危险表演中失去了一只眼睛，后来就一直靠我们的救济过活。我以为他的悲惨故事会让你受到刺激，进而泄露你向表妹们发誓会保守的秘密，但你忠实地履行了誓言。第二天，我们让你经历了更可怕的考验：那个所谓的宗教裁判所用最残酷的刑罚来威胁你，但并没能把你吓倒。

我们想加深对你的了解，于是把你带到了乌泽达城堡。在城堡露台上，你以为自己看到了两位表妹。你当时看到的确实是她们，但当你进入吉普赛人首领的帐篷后，见到的只是他的两个女儿，你可以放心，你和她们并没有发生亲密关系！

我们想多留你一段时间，又担心你在此地过得无聊，所以才为你准备了各种消遣方式。乌泽达从他的家族年代记中找出了亚哈随鲁的故事，让我手下的一个老人把这个故事熟记于心，然后假扮成那个流浪的犹太人，把故事背给你听。在这件事上，我们既有严肃的目的，也有消遣的意图。

现在，你已经知道了我们地下王国的所有秘密，我们在地下的生活很快就要终结了。不久之后，你就会听说，一场地震在这片山区里造成了巨大的破坏。为了达成这一效果，我们准备了大量炸药，这将是我们的最后一次销声匿迹。

去吧，阿方索，去世间大展宏图吧，你已经收到了我们给你的一张空白支票。你一定要填写上足够高的金额，以回报你为我们所做的一切。你必须记住，这个地下王国很快就不复存在了，一定要为自己奠定一个衣食无忧的未来。莫罗兄弟会帮你做到这一点的。好吧，那我们就此别过。亲一亲你的妻子们吧。沿着这道阶梯朝上走两千级，你就会到达卡萨·戈麦雷斯城堡的废墟之中，向导们会在那里等候你，带你去马德里。再见了，再见了。

我沿着旋转楼梯向上走，刚看到阳光时，就看见了我的两个仆人，洛佩兹和莫斯奇托，他们曾在"软木橡树"饮水槽抛下了我。见到我，他们都高兴地吻了我的手。他们把我带到旧塔楼里，已经为我准备好了饭菜和舒适的床铺。

第二天，我们很早出发，在入夜时分就到达了卡德尼亚斯旅馆。我再次见到了贝拉斯克，他正在聚精会神地解一道题，看上去好像就是化圆为方的难题。这位著名的几何学家没有马上认出我来，我只得将我们在阿尔普哈拉斯山区里的经历一一讲述一遍。反应过来之后，他拥抱了我，并展露出重逢的喜悦。与此同时，他告诉我，与劳拉·德·乌泽达的离别有多么痛苦，这就是他如今对于丽贝卡的称呼。

> 萨拉戈萨手稿

后 记

1739年6月20日,我到达了马德里。第二天,莫罗兄弟转交给我一封黑色封印的信,这让我有了不祥的预感。果然,信里说我父亲突发心脏病去世了。我母亲把我们的沃顿封地租了出去,然后住到了布鲁塞尔附近的一所修道院里,她希望凭借自己的年金能在那里安度晚年。

第二天,莫罗本人亲自登门拜访,他请我务必要对接下来的谈话内容守口如瓶。"到现在为止,先生,"他说,"您还只了解我们的部分秘密,不过您很快就会得知全部真相。就在我们说话的这个当口,洞穴秘密的所有知情人都正忙着在不同的国家里配置他们的资产。如果其中有人交了厄运,损失了财产,我们都会向他伸出援手。先生,您有个叔叔曾在印度群岛上生活,他已经过世了,几乎没有给您留下任何遗产。为了防止您一夜暴富的事引发别人的怀疑,我已经放出风声,称您得到了一笔不菲的遗产。您必须在布拉班特①、西班牙,甚至美洲购置房产,请允许我为您操办这些事宜。至于您,先

---

① 译注:位于现荷兰南部和比利时中北部的一个公国。

后 记

生,我知道您非常勇敢,请务必登上圣萨卡里亚号,支援正遭受弗农将军围攻的卡塔赫纳城¹。英国官方本不想开战,但却被民意绑架了。尽管如此,和平的曙光已经初露,如果您错过了这次参战的机会,将来恐怕也没什么仗可打了。"

莫罗的建议是我的保护人们早就定好的计划。我随自己的部队一起登上了战舰,舰上的队伍由不同军团选派出来的战士们组成。航行十分顺利,我们及时到达战场,与勇敢的埃斯拉达将军一起在要塞里严防死守。英军最终放弃了围城,我于1740年3月回到了马德里。

有一天,我正在官里办事,看到王后的侍女们走过,我立刻就认出其中的一个年轻女子正是丽贝卡。旁人告诉我,她是一位来自突尼斯的公主,她逃离了自己的国家,想要改信我们的宗教。国王成了她的教父,还赐给她阿尔普哈拉斯女公爵的头衔,贝拉斯克公爵已经向她求婚了。丽贝卡发现我们正在谈论她,马上向我投来急切的目光,似乎在恳求我不要泄露她的秘密。

后来,王室去了圣伊尔德丰索行宫,在托莱多①。我在集市附近的一条窄巷里租了一所房子。街对面住着两位女子,她们每人各有一个孩子。据说她们的丈夫都是海军军官,目前都在海上执行任务。这两位女子深居简出,一心一意地照顾孩子,其他什么事都不做。她们的孩子就像小天使一样漂亮。她们成天围着孩子转,哄他们睡觉、喂他们吃东西、帮他们洗澡穿衣。充满母爱的温馨画面让我深受感动,吸引我一直站在窗前不愿离去。说实话,此外我也十分好奇,想看一看这两位女邻居的容貌,但她们一直很小心地戴着面纱。两周时间就这

---

① 译注:西班牙古城。位于马德里以南70公里处。

么过去了。她们沿街的那间屋子是孩子们的活动场所,两位女子并不在那里用餐,但有一天晚上,我看到那间房里有一张布置好的餐桌,女邻居正在筹备宴席。

餐桌的一头有一把用鲜花装饰过的椅子,那是宴席的主位。两侧分别放了两个给孩子们坐的高脚凳。接着,我的女邻居们示意我过去,和她们一起用餐。我犹豫了一阵,不知道该怎么办。这时,她们掀起了面纱,我认出了艾米娜和祖贝达。我和她们共度了六个月的时光。

后来,奥地利的《国事诏书》(Pragmatic Sanction)和查理六世的皇位继承人之争将整个欧洲拖进了战争[2],西班牙也积极参与了这些战事。我与表妹们告别,担任了堂菲利波王子[①]的副官。整个战争期间,我一直陪在王子身边。和约签订之后,我被提拔为上校。

当时我们正在意大利。莫罗银行的一名代理人来到帕尔马,他负责恢复基金和处理公爵领地的财务事宜。一天晚上,这个人来找我,对我说,人们正在乌泽达城堡里焦急地等待着我,我应该立即启程。他告诉了我一个知情人的名字,那个人会在马拉加与我会合。

我向王子告辞之后,在利诺沃上了船,在海上航行十天后到达马拉加。那个知情人正在栈桥上等候我的到来。我们当天继续赶路,第二天就到达了乌泽达城堡。

我发现所有重要人物已经在城堡里汇聚一堂:族长、他的女儿丽贝卡、贝拉斯克、秘法师、吉普赛人首领和他的两个女儿以及女婿、

[①] 译注:西班牙国王腓力五世的幼子,后成为帕尔马公爵(称菲利波一世,1748—1765年在位)。他是西班牙波旁王朝的分支——波旁-帕尔马王朝的创建者。

后记

佐托和他的两兄弟、假装着了魔的帕切科,还有来自另外三大家族的十几个穆斯林。族长宣布,既然人已经到齐了,我们就要立刻前往洞穴。大家在入夜时分启程,天亮时到达了洞穴。我们来到地下空间,然后休息了一会儿。

随后,族长把众人召集起来,说了如下这番话,还用阿拉伯语重复了一遍,让穆斯林也听得懂:"这座金矿一千年来一直是我们家族的财富之源,它似乎取之不竭。我们的先辈对此深信不疑,他们决定借助这笔财富来传播伊斯兰教,尤其要用来资助阿里的信徒们。他们是这片宝藏仅有的守护者,为了守好这个金矿,他们做出了巨大的贡献,承受了巨大的痛苦。我本人就为此经历过无数折磨。为了能最终摆脱这种越来越难以忍受的痛苦,我决定亲自检验一下,这座金矿是否真的取之不竭。我在各个方向上钻开岩层,发现无论在哪个方向上,这条矿脉都已经到了尽头。莫罗先生帮助我评估了剩余矿脉的价值,计算出了我们每个人应得的份额。计算结果是,每位主要继承人可获得一百万个西昆,其他参与者可获得五万个西昆。所有剩余黄金已经开采出来,存放在一个偏远的洞穴里。我先带各位参观一下矿脉,让大家确认一下,我的话句句属实。然后我会把各人的份额分给各位。"

我们沿着旋转楼梯下到墓室,然后进入金矿,发现矿脉确实已经采空了。族长催促我们赶快上去。当我们回到山坡上时,听到了剧烈的爆炸声。族长告诉我们,刚才我们查看的地下矿井的一部分已经被炸毁了。接着,我们又来到存放剩余黄金的洞穴。非洲人拿走了他们的份额,我和大部分欧洲人的份额则交由莫罗保管。

我回到马德里觐见国王[3],表达为其效力的忠心,国王十分亲切地接见了我。我在卡斯蒂利亚购置了大量房产,又获得了佩纳·弗洛里达伯爵的头衔,与卡斯蒂利亚的达官显贵们平起平坐。

我的声望随着财富一同增长。三十六岁时,我成了一名将军。

1760年,我被任命为舰队总指挥,使命是与巴巴利海岸诸国订立和约。我首先前往突尼斯。我希望与突尼斯的和谈能够较为顺利地进行,使之成为一个成功的范例,供其他国家效仿。我将船停泊在开放锚地上,然后派一名军官上岸宣布我的到来。城中已经得到了这个消息,拉古莱特湾中布满了装饰一新的船只,这些船载着我和我的随从进入了突尼斯城。

第二天,突尼斯贝伊①接见了我。他是一个二十岁左右年纪的年轻人,容貌非常英俊。他用最高规格的礼遇接待了我,并邀请我当晚去马努巴城堡过夜。我被领到一个偏僻的亭子里,亭子的门也被关上了。接着,贝伊走了进来,他跪到我面前,亲吻了我的手。

随后,我听到另一扇门打开的声音,三个蒙面女子走了进来。她们掀起面纱后,我认出了艾米娜和祖贝达。一个年轻女子牵着祖贝达的手:她正是我的女儿。而艾米娜则是贝伊的母亲。我心中的父爱被唤醒了,这种情感如此强烈,难以用语言来形容。唯一美中不足的就是,我的孩子们都信仰了与我们敌对的宗教。我把这令人不快的想法说了出来。

贝伊向我坦承,他笃信自己的宗教,但他的妹妹法蒂玛是由一个西班牙奴仆带大的,她觉得自己从内心来说是一个基督徒。我们于是商定,把我的女儿接到西班牙去生活,并接受洗礼,成为我的继

---

① 译注:奥斯曼帝国时对长官的称谓。1705年突尼斯王朝的统治者称贝伊。

后 记

承者。

这些计划在一年时间内全都实现了。国王成了法蒂玛的教父，赐予她欧兰公主的头衔。一年之后，她与贝拉斯克和丽贝卡的长子结为夫妻，她比自己的丈夫年长两岁。为了确保她能继承我的所有财产，我对外宣称，我父亲的家族里已经没有我的近亲了，而这个摩尔女子来自我母亲这边的戈麦雷斯家族，作为我的亲戚，她将成为我唯一的继承人。我当时正值壮年，但已经开始考虑谋求一个闲职，以便享受安宁的生活。当时萨拉戈萨行政长官的职位还空缺着，我便提出申请，并得到了这一职位。

我向国王表达了谢意，然后向他辞行。接着，我又去见了莫罗兄弟，请他们把我二十五年前存放在他们那里的手稿归还给我。那份手稿里记录着我来到西班牙的头六十六天里所发生的事情。

我亲手誊抄了一遍，然后将手稿保存在一个铁盒子里，总有一天，我的后人们会让它重见天日。

原注：

1 英军统帅爱德华·弗农（Edward Vernon，1684—1757）于1741年率军围攻卡塔赫纳。
2 奥地利王位继承战争（1741—1748）是1713年颁布的《国事诏书》所引发的后果之一。
3 指斐迪南六世（Ferdinand VI，1746—1759年在位）。